검은 수첩

THE BLACK BOOK

검은 수첩

THE BLACK BOOK

존 리버스 컬렉션

이언 랜킨 지음
최필원 옮김

오픈하우스

작가의 말

　『검은 수첩』후반부에 나는 바 하버(Bar Harbor)라는 미국의 소도시를
언급한다. 순식간에 스쳐 지나가는 언급이지만 사실 나는 북미에서 이 소
설의 플롯을 대부분 구상했다. 내 기억 속 1992년은 두 건의 중대한 행사
로만 이루어져 있다. 2월, 내 아들 잭이 태어났다. 그리고 거의 정확히 3개
월 후, 랜킨 가족은 영원히 잊지 못할 6개월을 보내기 위해 미국으로 떠났
다. 미국에서 가장 유명한 범죄 소설가, 레이먼드 챈들러 덕분에 가능했던
일이다.
　그 전년도 초여름. 우리가 살던 프랑스 남서부의 칙칙한 농가에 편지
한 통이 배달된다. 숨 막히는 런던을 떠나온 우리가 그곳에 자리를 잡은
지 1년쯤 지났을 때. 난장판이었던 농가가 대충 정리되었을 때다. 그동안
죽을 뻔한 적이 대여섯 차례 있었다. 지붕에서 떨어지고, 전기톱을 다루다
가 부츠가 잘려나가고, 배선을 바꾸다가 감전 사고를 당하고, 얼굴로 달려
드는 제초기를 피해 검은딸기나무 덤불로 몸을 날리고. 하지만 그 덕분에
집은 번듯한 지붕을 갖게 되었고, 멀쩡한 욕조와 엉성하나마 기본적인 난
방 장치를 갖추게 되었다. 깨진 창문들은 말끔히 수리했고, 나무좀(나무를
파먹고 사는 좀과의 곤충) 놈들은 완벽히 박멸했다. 그뿐 아니라 거실에 소
파까지 들여놓아 더 이상 저녁마다 시트로엥에서 뒷좌석을 떼어오지 않

아도 되었다.

우리에게는 휴가가 절실했다.

편지에는 내가 '챈들러-풀브라이트 어워드' 탐정소설 부문 수상자로 선정되었다는 내용이 담겨 있었다. 레이먼드 챈들러 재단이 제공한 상당한 액수의 상금이 주어졌는데, 흥미롭게도 반드시 미국에서 6개월간 체류하며 그 돈을 써야 한다는 조건이 내걸렸다. 그런 조건이라면 마다할 이유가 없었다. 나는 아내 미란다에게 그 편지를 보여주었고, 아내는 내게 가느다란 카드 조각을 내밀며 그 끝이 푸르스름해 보이지 않느냐고 물었다. 나는 그런 것 같다고 대답했고, 아내는 아무래도 임신인 것 같다고 했다. 결국 우리는 술과 마약이 넘쳐나는 미국 횡단의 꿈을 접고 대신 그보다 훨씬 건전하고 유익한 일에 집중하기로 했다. 1992년 5월, 잭이 태어난 지 3개월이 되었을 때 ―영국항공에 탑승할 수 있는 최저 연령― 우리는 시애틀로 떠났다. 그곳에는 우리의 친구들이 살고 있었고, 그들은 우리에게 새 환경에 적응할 시간과 공간을 제공해주었다. 우리는 1969년형 폭스바겐 캠핑카에 몸을 싣고 5개월간 24,000킬로미터를 쏘다녔다.

그렇게 미국을 ―그리고 캐나다도 며칠― 들쑤시고 다니는 동안 다음 리버스 소설을 구상하기 시작했다. 『검은 수첩』은 바로 그 결과물이다. 소설을 보면 에든버러 헤이마켓 역 인근에 자리한 엘비스 테마 레스토랑이 등장한다. 사실 그것은 뉴올리언스의 뒷골목에서 본 식당이었다. 지저분한 싸구려 식당이었지만 왠지 고향에 옮겨놓아도 잘 어울릴 것 같았다. 그곳 메뉴를 떠올리는 작업도 아주 재미있었다. 예를 들면 이런 요리. 러브 미 텐더로인(Love Me Tenderloin). 나는 미국을 횡단하며 시리즈에 대해 많은 생각을 했다. 시리즈가 본격적인 궤도에 접어들었으니 더 늦기 전에 몇 가지 변화를 주고 싶었다. 지난 작품 『스트립 잭(Strip Jack)』의 결말에서 나는 첫 편부터 주인공이 근거지로 삼아온 허구의 경찰서를 불태워버렸었다. 『검은 수첩』에서 그는 세인트 레너즈 가에 자리한 진짜 경찰서로 일터를 옮기게 되었다. 그리고 처음으로 그가 사는 곳, 그것도 실재하는 거리 이름을 언급했다. 그를 현실 속 에든버러 영안실로 데려다놓기도 했고.

또한 나는 이 작품에서부터 경제적인 글쓰기를 시작하게 되었다. 스토리가 특정 캐릭터 타입을 필요로 할 때, 그리고 그런 캐릭터가 지난 작품에 등장한 경우, 머리를 싸매고 새 인물을 창조하는 것보다 그들을 다시 불러내 쓰는 편이 훨씬 낫다는 걸 알게 된 것이다. 매튜 밴더하이드와 잭 모튼 같은 캐릭터들이 리버스의 인생에 다시 등장하게 된 이유다. 리버스의 동생 마이클도 다시 모습을 드러낸다. 그는 리버스가 페이션스 에이트킨 박사의 집에 살러 들어가 있는 동안 형의 아파트에서 지내게 된다. 하지만 불가피한 경우에는 새로운 캐릭터를 만들어 투입할 수밖에 없다. 이번 작품에 처음 등장해 리버스를 돋보이게 만들어준 쇼반 클락 경장처럼. 리버스에게는 이미 조수가 있었다. 브라이언 홈스 경사. 하지만 쇼반도 리버스의 또 다른 동료로서 홈스에 못지않은 활약을 충분히 보여줄 수 있을 것 같았다. 이 소설의 결말에서 그녀는 순전히 캐릭터의 힘만으로 홈스를 압도해버렸다. 리버스에게 완벽한 파트너가 생긴 것이다. 상관을 존경하지만 그가 규칙을 무시할 때는 대놓고 화를 낼 줄도 아는 당돌한 부하 형사. 출중한 능력만큼 자신감이 넘치는 형사. 쇼반은 성격상 '그저 또 다른 동료'라는 역할에만 만족할 사람이 아니었다. 그녀에게는 완전히 다른 아이디어가 있었다.

지난 작품에서 또 다른 이유로 리버스를 돋보이게 해준 캐릭터인 모리

스 제럴드 캐퍼티 역시 이번에 컴백했다. '빅 제르'라는 별명으로 불리는
그는 에든버러 최대 범죄 조직을 이끄는 두목이었다. 『이빨 자국(Tooth
and Nail)』에서 인상적인 카메오로 등장했던 캐퍼티는 『검은 수첩』에서
완전히 형성된 캐릭터로 자리매김하게 되었다. 도덕적, 그리고 정신적 타
락의 전형으로. 중반부까지 등장하지는 않지만 시종 으스스한 분위기를
자아내는 역할을 완벽히 해낸다. 개인적으로 가장 흥미롭게 여기는 부분
은 캐퍼티 캐릭터의 애매성이다. 그는 어떤 면에서는 리버스와 아주 흡사
하다. 그는 기꺼이 인정하겠지만 리버스는 절대 그러지 않을 것이다. 두
사람 모두 빨리 늙어가고 있다. 변화하는 주변 환경을 못마땅해하는 것도
똑같다. 그들은 꼭 카인과 아벨 같다. 동전의 양면.

아니면 지킬과 하이드.

지난 작품들에서 나는 로버트 루이스 스티븐슨의 암울한 걸작을 많이
써먹었다. 내 소설 『숨바꼭질(Hide&Seek)』의 제목에서는 하이드의 성으
로 말장난까지 했었다. 하지만 『검은 수첩』은 또 다른 스코틀랜드 고딕 스
릴러에 많은 빚을 지고 있다. 제임스 호그의 『사면된 죄인의 사적 일기와
고백』. 그 책에 등장하는 한 순진한 캐릭터는 누군가의 꼬드김과 정신적
학대에 못 이겨 살인을 저지른다. 그렇다면 그의 박해자는 악마인가, 아니
면 잔혹하고 기만적인 사이코패스인가? 어쩌면 악의적인 목소리는 그 자
신의 것인지도 모른다. 악마에 홀린 사람의 헛소리. 결국 문제는 해결되지
않는다. 그 판단은 철저히 독자에게 맡겨진다.

나 역시 『검은 수첩』이 전임자의 코스를 얼마나 긴밀히 따라가는지, 그
판단을 독자들에게 맡기려 한다.

마지막으로, 스코틀랜드에서는 굴뚝을 '럼(lum)'이라고 부른다는 사실

을 기억해두길 바란다. 이 시리즈에서 개인적으로 가장 좋아하는 말장난을 이해하는 데 도움이 될 테니까……

일러두기

1. 본문의 괄호는 모두 옮긴이주이다.
2. 외국 인명, 지명은 외래어 표기법을 따르되 일부는 관용적인 표기를 따랐다.
3. 책, 신문, 잡지는 『 』, 영화, TV 프로그램은 「 」, 노래 제목은 〈 〉, 음반 제목은 《 》로 묶어
   표기했다.

사악한 자들에게 모든 건 사악하게만 보인다.
하지만 공정한 자들에게 모든 건 공정하고 올바르게만 보인다.

-제임스 호그, 『사면된 죄인의 사적 일기와 고백』

프롤로그

그날 이른 아침, 밴에는 두 명이 타고 있었다. 그들은 북해에서 떠밀려 온 차가운 바다 안개에 맞서 헤드라이트를 켰다. 하얀 안개는 연기만큼이나 자욱했다. 그들은 엄격한 지시 내용에 따라 조심스레 차를 몰아나갔다.

"왜 하필 우리가 가야 하지?" 운전자가 터지려는 하품을 참으며 말했다. "나머지 둘은 왜 그냥 두고."

조수석의 남자는 동행자보다 덩치가 컸다. 사십대에 접어들었음에도 그는 자신의 긴 머리를 독일군 철모 모양으로 우스꽝스럽게 잘라놓았다. 왼쪽으로 흘러내린 머리를 연신 잡아당기던 그의 손이 황급히 좌석 옆을 붙잡았다. 그는 하품이 나올 때마다 무의식적으로 눈을 질끈 감는 운전자가 못마땅했다. 승객은 말수가 많지 않았다. 하지만 운전자의 잠을 쫓아내려면 다른 방법이 없었다.

"그냥 우리가 이해하자고." 그가 말했다. "매일 해야 하는 일도 아니잖아."

"그나마 얼마나 다행이야?" 운전자가 다시 눈을 감고 하품을 했다. 밴은 풀이 나 있는 길가로 살짝 미끄러졌다.

"내가 운전할까?" 승객이 물었다. 그의 얼굴에 미소가 떠올랐다. "뒷좌석에서 눈 좀 붙이지 그래?"

"고맙지만 사양할게, 지미. 냄새가 좀 고약해야지!"

"고기가 상했으니 어쩔 수 없잖아."

"똑똑한 친구군."

"제대로 봤어."

"거의 다 왔나?"

"아는 길이잖아."

"큰길은 좀 알아보겠는데 여긴 모르겠어. 게다가 안개까지 끼어 있잖아."

"해안에 바짝 붙어서 가면 금세 도착할 수 있을 거야." 그 말을 내뱉는 동시에 승객의 머릿속에 아찔한 상상이 떠올랐다. 해안에 바짝 붙어 가다가 두 바퀴가 빠지기라도 하면 절벽 밑으로 추락할 수도 있잖아. 그 가능성 외에도 그를 긴장시키는 건 또 있었다. 그들은 동해안이 처음이었다. 서해안은 지켜보는 눈이 많아 부득이 피할 수밖에 없었다. 초행길만 아니었어도 그의 마음은 훨씬 편안했을 것이다.

"저기 도로 표지판이 있어." 그들은 차를 세우고 바다 안개를 투시해 보았다. "조금 더 가서 오른쪽이야." 운전자가 다시 차를 출발시켰다. 잠시 후, 낮은 철문이 나타났다. 그는 열린 문 안으로 조심히 들어섰다. "문이 잠겨 있었으면 어쩔 뻔했어?" 그가 말했다.

"뒤에 절단기가 실려 있어."

"역시 똑똑한 친구야."

그들은 자갈로 덮인 작은 주차장으로 들어섰다. 그들 눈에는 보이지 않았지만 한쪽에는 나무 테이블과 벤치 몇 개가 놓여 있었다. 주말을 맞아 소풍 나온 가족들이 각다귀 떼에 원 없이 시달릴 수 있게끔. 전망이 좋기로 유명한 장소였다. 이곳에서는 광대하게 펼쳐진 바다와 하늘을 마음껏 감상할 수 있었다. 그들이 문을 열기가 무섭게 바다 냄새와 소리가 밀려들어왔다. 그들 머리 위에서는 갈매기들이 요란하게 깩깩대고 있었다.

"새들이 깬 걸 보니 우리가 늦은 것 같군." 그들은 마음을 가다듬고 밴의 뒷문을 열었다. 곧바로 역겨운 냄새가 풍겼다. 좀처럼 감정을 드러내지 않는 승객도 코를 찡긋거리며 숨을 참을 정도였다.

"빨리 해치우고 가자고." 그가 서두르며 말했다. 시체는 두꺼운 비료 부대 두 개로 덮여 있었다. 하나는 상체, 또 하나는 하체. 중간에서 맞닿은 두 부대의 끝은 테이프와 끈으로 봉해져 있었다. 그들은 부대 안에 브리즈 블록(모래, 석탄재를 시멘트와 섞어 만든 가벼운 블록)을 여러 개 넣어두었다. 짐을 최대한 무겁게 만들기 위함이었다. 그들은 기괴하게 생긴 꾸러미를 힘겹게 들고 질벅거리는 젖은 잔디를 헤쳐 나갔다. 조금 내려가니 단애면(돌 부스러기가 쌓이지 않는 급경사의 사면)을 경고하는 표지판이 나타났다. 그들은 당장이라도 쓰러질 듯한 울타리를 조심스레 넘어갔다.

"이 정도면 애들도 넘어가겠군." 운전자가 숨을 헐떡거리며 말했다. 그의 입에는 접착제 같은 침이 잔뜩 고여 있었다.

"조심해." 승객이 말했다. 그들은 발을 질질 끌며 더 이상 디딜 곳이 없을 때까지 앞으로 나아갔다. 격랑의 바다로 수직 낙하하기 직전까지. "됐어." 그가 말했다. 두 남자는 어떠한 의식도 없이 묵직한 짐을 절벽 아래로 던져버렸다. 이내 그들에게 후련한 기분이 찾아들었다. "이제 돌아가자고."

"바다 냄새가 나쁘지 않은데." 운전자가 주머니에서 작은 위스키 병을 꺼내들었다. 그들이 밴을 향해 걸어가고 있을 때 도로 쪽에서 차 한 대가 들어섰다. 잠시 후, 타이어에 자갈이 짓이겨지는 소리가 들려왔다.

"젠장, 저건 또 뭐지?"

밴에 도착한 그들에게 헤드라이트 불빛이 쏟아졌다.

"빌어먹을 경찰 놈들!" 운전자가 격분하며 말했다.

"침착해." 승객이 말했다. 그의 목소리는 나지막했지만 그의 눈은 분노로 이글거리고 있었다. 핸드브레이크 걸리는 소리와 함께 차문이 열렸다. 제복 차림의 경관이 내렸다. 그는 손전등을 쥐고 있었다. 헤드라이트와 엔진은 여전히 켜진 채였다. 동행자는 없는 듯했다.

승객은 상황을 대충 파악할 수 있었다. 누군가가 쳐놓은 덫은 아니었다. 경관은 야간 근무 중 잠시 들렀을 것이다. 차 안에는 분명 보온병이나 담요가 준비되어 있을 것이고, 커피 한 잔의 여유를 누리려고, 또는 잠깐 눈을 붙이기 위해 이곳을 찾았을 게 분명했다.

"안녕하십니까." 제복 경관이 말했다. 젊지는 않지만 그렇다고 골치 아픈 상황을 많이 겪어본 베테랑 같지도 않았다. 직접 맡아 처리해본 사건도 기껏해야 토요일 밤 주먹다짐이나 농사짓는 이웃들 간의 분쟁 정도였을 테고. 보나마나 그의 머릿속은 어떻게 따분한 밤을 무난히 흘려보낼 것인지에 대한 고민과 퇴직연금 생각으로만 가득 차 있을 것이다.

"안녕하세요." 승객이 말했다. 운전자만 경거망동하지 않는다면 무탈하게 흘러갈 상황이었다. 하지만 문득 불길한 생각이 그의 뇌리를 스쳤다. 여기서 튀는 사람은 오히려 *나잖아.*

"농무(濃霧)가 장난 아니군요. 안 그렇습니까?" 경관이 말했다.

승객이 고개를 끄덕였다.

"그래서 여기 차를 세운 겁니다." 운전자가 말했다. "좀 걷힐 때까지 기다려보려고요."

"잘하셨습니다."

승객이 밴으로 천천히 다가갔다. 그는 밴 뒤편으로 돌아가 운전석과 조수석 쪽 타이어를 차례로 살펴보았다. 타이어들을 발로 툭툭 건드려본 그가 땅에 납작 엎드려 차 밑을 유심히 들여다보았다. 경관이 그의 행동을 빤히 지켜보고 있었다.

"뭐 문제라도 있습니까?"

"그런 건 아니고요." 운전자가 살짝 긴장한 모습으로 말했다. "그래도 혹시 모르니까요."

"멀리서 오신 모양이네요."

운전자가 고개를 끄덕였다. "여기서 던디(영국 스코틀랜드 동부에 있는 항구도시)까지 올라가야 합니다."

경관이 미간을 찌푸렸다. "에든버러에서요? 고속도로나 A914를 타는 게 훨씬 빠를 텐데 왜 이쪽으로 오셨습니까?"

운전자가 황급히 머리를 굴렸다. "테이포트(스코틀랜드 동부의 주 파이 프에 있는 도시)에 잠깐 들를 일이 있었거든요."

"아무리 그래도 그렇지." 경찰이 말했다. 차 밑을 살피던 승객이 몸을 일으키고 경관 뒤로 천천히 이동했다. 그의 손에는 돌멩이가 쥐어져 있었다. 운전자는 경관에게서 눈을 떼지 않았다. 마침내 큼지막한 돌멩이가 번 쩍 들렸다가 떨어졌다. 경관은 독백을 제대로 맺지도 못한 채 땅에 픽 고 꾸라졌다.

"아주 잘했어."

"다른 방법이 없잖아." 승객이 차문을 열며 말했다. "뭐해? 빨리 도망쳐 야지!"

"그래." 운전자가 말했다. "조금만 더 지체했으면 그가 알아차릴 뻔했어."

승객이 도끼눈을 하고 그를 쏘아보았다. "왜? 그가 네게서 술 냄새를 맡 을까 봐 오금이 저렸나?" 그는 운전자가 어깨를 으쓱이며 멋쩍어할 때까지 눈에서 힘을 빼지 않았다.

그들은 밴을 돌려 주차장을 빠져나갔다. 갈매기들은 아직도 아득한 곳에서 요란하게 울어대고 있었다. 순찰차의 엔진은 계속 돌아갔다. 헤드라이트 불빛은 의식을 잃고 쓰러진 형체를 비추고 있었다. 하지만 땅에 떨어진 손전등은 고장이 나버렸다.

1

모든 건 존 리버스가 자신이 즐겨 찾는 안마 시술소에서 성서를 꺼내 읽었기 때문에 벌어진 일이었다.

맥주 공장과 술집 대여섯 곳 옆에 있는 안마 시술소라면 당연히 금요일 밤에 급여 봉투를 들고 찾아오는 못 말리는 술고래들을 성심껏 챙겨야 한다는 잘못된 신념을 가진 남자가 불쑥 들어오는 바람에.

하지만 이곳 주인인 신앙심 깊은 오르간 연주자는 정직하게 가게를 운영하고 있었다. 이곳에서는 오로지 피로에 지친 근육을 풀고 갈 수 있을 뿐이었다. 리버스는 지쳐 있었다. 페이션스 에이트킨과의 언쟁, 갈 곳이 없다며 학생들이 득실대는 아파트에 불쑥 나타난 동생, 그리고 무엇보다도 권태로운 직무가 그를 피곤하게 만들었다.

지난 한 주는 그야말로 최악이었다.

월요일 저녁, 그의 아든 가 아파트에서 전화가 걸려왔다. 세 들어 사는 학생들은 페이션스의 전화번호를 알고 있었다. 필요할 때 연락하라고 그가 적어준 것이었다. 그들이 전화를 걸어온 것은 이번이 처음이었다. 마이클 리버스 때문에.

"안녕, 존."

리버스는 목소리의 주인을 대번에 알아챘다. "미키?"

"잘 지냈어, 존?"

"맙소사. 미키, 거기 어디야? 아니, 대답하지 않아도 돼. 네가 어디 있는지 아니까. 내 말은……" 마이클이 웃음을 터뜨렸다. "남쪽으로 내려갔다는 얘기 들었어."

"일이 잘 안 풀렸어." 그가 시무룩하게 말했다. "저기 말이야, 존, 나랑 얘기 좀 할 수 있어? 이런 상황이 오지 않기를 바랐는데. 형이랑 긴히 할 얘기가 있어."

"좋아."

"잠깐 가도 돼?"

리버스는 잽싸게 머리를 굴려보았다. 페이션스는 두 조카를 마중하기 위해 웨이벌리 역에 나가 있었다. 그래도 이곳으로 불러들이는 건 좀…… "아니, 거기 가만히 있어. 내가 그쪽으로 갈 테니까. 거기 학생들, 괜찮은 놈들이야. 기다리는 동안 차나 한잔하고 있으라고. 마리화나를 얻어 피우든지."

한동안 말이 없던 마이클이 입을 열었다. "굳이 그런 얘기를 뭣하러해." 전화는 끊어졌다.

마이클 리버스는 마약 거래 혐의로 기소되어 징역 5년을 선고받았고, 그중 3년을 복역했다. 그 기간 동안 존 리버스가 동생을 면회하러 간 횟수는 대여섯 차례를 넘지 않았다. 석방된 마이클이 버스를 타고 런던으로 떠났을 때 그는 크게 안도했었다. 그것이 벌써 2년 전의 일이었다. 그 후로 형제는 한 번도 서로를 찾은 적이 없었다. 하지만 무슨 바람이 불었는지 마이클은 다시 형 앞에 모습을 드러냈다. 존 리버스가 두 번 다시 떠올리고 싶어 하지 않는 암울한 기억을 잔뜩 안고서.

그가 도착했을 때 아든 가 아파트는 수상하리만큼 잘 정돈되어 있었다.

집은 학생 세입자 두 명이 지키고 있었다. 한때 리버스의 침실이었던 곳에서 잠을 자는 커플. 펍(Pub, 술을 비롯한 여러 음료와 음식을 파는 대중적인 술집)에 가려고 집을 나서던 그들은 복도에서 맞닥뜨린 그에게 국세청(the Inland Revenue)이 보내온 편지를 건네주었다. 리버스는 그들이 자신과 함께 집에 남아주기를 바랐지만 커플을 붙잡아둘 명분이 딱히 없었다. 그들이 떠나자 아파트는 정적에 휩싸였다. 리버스의 예상대로 마이클은 거실에서 기다리고 있었다. 그는 스테레오 앞에 웅크려 앉아 음반들을 살피는 중이었다.

"대단한데." 여전히 리버스를 등진 채 마이클이 말했다. "비틀스와 스톤스. 다 예전에 듣던 것들이잖아. 형 때문에 아빠가 미치기 일보 직전까지 가셨던 거 기억해? 그 레코드 플레이어 이름이 뭐였더라?"

"단세트."

"맞아. 아빠가 담배 쿠폰을 모아 사주셨잖아." 마이클이 일어나 형을 돌아보았다. "안녕, 존."

"안녕, 마이클."

그들은 포옹을 하지도, 악수를 나누지도 않았다. 그냥 각자의 자리에 어색하게 앉았을 뿐이었다. 리버스는 의자에, 마이클은 소파에 각각 자리를 잡았다.

"여기 많이 변했는데." 마이클이 말했다.

"세를 놓으려고 가구를 좀 들여놨어." 리버스는 이미 몇 곳을 눈여겨보고 있었다. 카펫에 남겨진 담배 자국들. 벽지에 스카치테이프로 붙여놓은 포스터들―그렇게 경고하고 당부했는데―. 그는 국세청 편지를 뜯어보았다.

"형이 오고 있다니까 화들짝 놀라며 집을 치우던데. 진공청소기도 꺼내

23

와 밀고, 밀린 설거지도 하고. 학생들이라고 다 게으른 건 아닌가 봐."

"괜찮은 놈들이라고 했잖아."

"걔들은 언제 들인 거야?"

"몇 달 됐어."

"어떤 의사랑 같이 산다며? 걔들이 그러던데."

"페이션스. 그 사람 이름이야."

마이클이 고개를 끄덕였다. 그는 안색이 창백했고, 어딘지 아파 보였다. 리버스는 모른 척하려 애썼지만 자꾸 신경이 쓰이는 건 어쩔 수 없었다. 국세청은 그가 아파트에 세입자를 들였다는 사실을 알고 있는 듯했다. 편지는 그에게 소득 신고를 제대로 해볼 것을 제안하는 내용이었다. 그의 뒤통수가 따끔거렸다. 화상을 입은 후로 짜증이 날 때마다 찾아드는 증상이었다. 의사들은 이 문제에 대해 자신들이 해줄 게 딱히 없다고 입을 모았다.

결국 그가 짜증을 내지 않는 수밖에 없었다.

그가 우울한 편지를 잘 접어 주머니에 넣었다. "그래, 무슨 일이야, 미키?"

"요점만 말할게, 존. 당분간 머물 곳이 필요해. 일주일, 길어야 2주일 거야. 내가 자립할 때까지만." 리버스는 냉담한 얼굴로 벽에 붙은 포스터들을 응시했다. 마이클은 말을 계속 이어나갔다. 그는 일자리를 알아보겠다고 했다. 돈이 바닥났다고도 했고. 무슨 일이든 마다하지 않고 할 각오가 되어 있단다. 기회만 주어진다면.

"그게 다야, 존. 마지막 기회."

리버스는 머리를 굴려보았다. 페이션스의 아파트에는 빈방이 있었다. 그녀의 조카들과 함께 지낸다 해도 마이클을 위한 공간은 얼마든지 만들 수 있었다. 하지만 리버스는 동생을 옥스퍼드 테라스로 끌어들이고 싶지 않았다. 지금 그가 처한 상황이 썩 좋지도 않았고. 리버스와 페이션스 두 사람의 늦은 귀가 시간, 두 사람의 심신에 쌓인 피로, 일에 대한 두 사람의 병적 집착. 리버스는 마이클이 이런 상황을 개선시키는 데 아무런 도움이 되지 않을 거라는 걸 알고 있었다. 그는 생각했다. 내가 동생의 보호자도 아니잖아. 아니, 내가 책임져야 하는 건가?

"골방 하나를 내줄 수도 있을 것 같긴 해. 학생들과 먼저 상의해봐야겠지만." 그들은 집주인의 제안을 쉽게 거절하지 못할 것이다. 특히 요즘처럼 아파트 구하기가 힘들 때는. 게다가 이곳은 마치몬트에서도 꽤 괜찮은 아파트가 아니던가. 그렇다 해도 먼저 물어보는 것이 예의이기는 했다.

"그래준다면야 고맙지." 마이클이 안도하는 목소리로 말했다. 그가 소파에서 일어나 골방 쪽으로 다가갔다. 말이 좋아 방이지, 사실은 통풍이 잘되는 커다란 벽장일 뿐이었다. 상자들과 쓰레기를 치우면 싱글 침대와 작은 서랍장 정도는 거뜬히 들여놓을 수 있었다.

"거기 있는 상자들은 지하실로 옮겨놓으면 돼." 리버스가 동생 뒤로 바짝 다가서며 말했다.

"존," 마이클이 말했다. "지하실을 내줘도 난 상관없어." 형을 돌아보는 마이클 리버스의 눈에는 어느새 눈물이 맺혀 있었다.

수요일, 리버스는 자신의 세상이 한 편의 블랙코미디임을 깨닫기 시작했다.

마이클은 호들갑 떨지 않고 아든 가 아파트로 들어갔다. 리버스는 페이션스에게 지나가는 말로 마이클이 돌아왔다고 언급했을 뿐 상세한 내용은 들려주지 않았다. 어차피 그녀는 언니의 두 딸을 챙기느라 다른 문제에는 신경 쓸 겨를이 없었다. 그녀는 며칠 휴가를 내어 그들에게 에든버러 구석구석을 보여주었다. 그것은 말처럼 쉬운 일이 아닌 듯했다. 열다섯 살 수잔은 여덟 살 제니가 하지 않거나 할 수 없는 것들만을 골라 하고 싶어했다. 리버스는 성질 드센 세 여자 틈을 비집고 들어갈 엄두를 내지 못했다. 그저 가끔 제니의 방에 들어가 천진난만하게 잠든 아이를 지켜보다가 나올 뿐이었다. 남녀의 차이를 너무나도 명확히 알고 있는 수잔과는 가급적 부딪치려 하지 않았다.

그는 일부러 일에만 매달렸다. 하루에도 수십 번씩 떠오르는 마이클을 머릿속에서 지워보려는 노력이었다. 아, 일에 대해서도 물론 할 말이 있었다. 그레이트 런던 가의 경찰서가 화재로 소실되자 리버스는 중앙지방 사단본부인 세인트 레너즈로 오게 되었다.

경악스러운 것은 브라이언 홈스 경사 외에도 '농부(Farmer)' 왓슨 총경과 '방귀(Fart)' 로더데일 경감까지 그를 따라 일터를 옮기게 되었다는 사실이었다. 보상이 아주 없지는 않았다. 비교적 새로운 사무실과 가구들, 훨씬 나아진 편의시설과 장비들. 하지만 충분히 만족스러운 수준은 아니었다. 리버스는 아직도 새로운 환경이 어색하기만 했다. 지나치게 깔끔한 분위기도 쉽게 적응되지 않았다. 그러다 보니 자신도 모르게 자꾸 밖으로 나갈 기회만을 엿보게 되었다.

그가 사우스 클럭 가의 정육점에서 칼에 찔린 남자를 내려다보고 있는 것도 그런 이유 때문이었다.

남자는 때마침 돼지 갈비살과 개면(돼지 뒷다리살이나 옆구리살을 소금에 절이거나 훈제한 것) 스테이크를 사러 나온 지역 의사에게 응급처치를 받은 후였다. 의사는 정육점 주인이 가져온 깨끗한 앞치마로 상처를 꽁꽁 싸매어놓았다. 몰려든 사람들은 막 도착한 구급차에서 들것이 내려지기를 기다리고 있었다.

순경이 리버스에게 어떻게 된 일인지 설명해주었다.

"저는 길 저쪽에 있었습니다. 사건이 발생하고 5분도 채 되지 않아 현장에 도착했습니다. 상황 파악 직후 무전기로 보고를 했고요."

리버스는 차에서 순경의 보고 내용을 듣고 이곳으로 달려온 것이었다. 그는 자신이 내린 그 결정을 후회했다. 톱밥이 뿌려진 바닥은 피로 흥건했다. 그는 정육점 주인들이 바닥에 톱밥을 뿌려놓는 이유가 궁금했다. 하얀 타일로 덮인 벽에는 피로 찍힌 손바닥 자국이 남아 있었다. 그 밑에도 약간의 혈흔이 보였다.

피해자는 세인트 레너즈에서 얼마 떨어지지 않은 루튼 가 곳곳에도 피를 뿌려놓았다.

남자의 이름은 로리 킨툴. 그는 복부에 자상을 입고 쓰러졌다. 경찰이 확인한 사실은 딱 거기까지였다. 로리 킨툴은 사건에 대해 한마디도 하지 않았다. 하지만 사건 당시 정육점에 들어와 있던 손님들은 그와 딴판이었다. 그들은 우르르 몰려든 군중에게 흥미진진한 상황을 설명하느라 정신이 없었다. 그 광경은 리버스로 하여금 토요일 오후의 세인트 제임스 센터를 떠올리게 했다. 특히 축구 스코어를 확인하려는 남자들이 TV 대여점 앞에 몰려와 있을 때.

리버스는 살짝 위협적으로 킨툴 앞에 웅크려 앉았다.

"사는 곳이 어딥니까, 킨툴 씨?"

남자는 대답이 없었다. 그때 유리로 된 진열 케이스 너머에서 누군가의 목소리가 들려왔다.

"덩턴 테라스(비슷한 주택들이 연이어 다닥다닥 붙어 있는 거리)." 목소리의 주인은 피 묻은 앞치마 차림으로 수건에 묵직한 칼을 닦고 있었다. "델키스(스코틀랜드 남동부에 있는 도시)에 있죠."

리버스가 정육점 주인을 쳐다보았다. "누구시죠?"

"짐 본. 여기 주인입니다."

"킨틀 씨를 아십니까?"

킨틀이 정육점 주인의 얼굴을 올려다보려고 힘겹게 고개를 돌렸다. 자신의 눈빛이 그의 입을 막을 수 있을 거라 믿는 듯이. 진열 케이스에 등을 기댄 채 구부정하게 앉아 있는 그는 악마에 홀리지 않고서는 도저히 뒤를 돌아볼 수 없는 상태였다.

"알다마다요." 주인이 말했다. "제 사촌이거든요."

리버스가 또 다른 질문을 던지려는 찰나 구급대원 두 명이 들것을 밀고 들어왔다. 그들 중 한 명은 미끄러운 바닥에서 잠깐 휘청거렸다. 그들이 킨틀 앞에 들것을 세웠을 때 리버스는 한동안 잊히지 않을 무언가를 빤히 응시하고 있었다. 진열 케이스 안의 태그 두 개. 하나는 콘 비프(소고기를 익혀 소금에 절인 것) 옆구리에, 또 하나는 시뻘건 등심살에 꽂혀 있었다. 하나는 '콜드 컷(Cold Cuts, 편육)', 또 하나는 '플레싱(Fleshing, 가죽에서 벗겨낸 살 조각)'이라고 적혀 있었다. 그들이 정육점 주인의 사촌을 들것에 싣자 피가 홍건한 바닥이 드러났다. 콜드 컷과 플레싱. 리버스는 몸을 바르르 떨며 밖으로 나왔다.

금요일 저녁 6시. 근무를 마친 리버스는 마사지를 받으러 갔다. 페이션스에게는 8시쯤 들어가겠다고 이미 통보해놓은 상태였다. 몸을 두드려주는 안마를 받고 나면 개운하게 주말을 보낼 수 있었다.

하지만 그는 먼저 브로드소드에 들러 지역산 맥주를 한잔 걸치기로 했다. 깁슨스 다크보다 지역색이 뚜렷한 맥주는 없었다. 쓰디쓴 맥주는 술집에서 600미터쯤 떨어진 깁슨 맥주 공장에서 만든 것이었다. 맥주 공장, 펍, 그리고 안마 시술소. 여기에 인도 레스토랑과 자정까지 영업하는 구멍가게만 있다면 리버스는 영원히 이곳을 뜨지 않을 자신이 있었다.

물론 페이션스와 옥스퍼드 테라스 가든 플랫(저층의 정원이 딸린 아파트)에서 지내는 게 싫다는 건 아니었다. 이 동네는 말 그대로 빈민가의 전형을 볼 수 있는 곳이었다. 평판은 좋지 않지만 나름 에든버러의 진수를 맛볼 수 있는 곳. 리버스는 자신이 이런 동네에 유독 매력을 느끼는 이유가 궁금했다.

바깥 공기에는 맥주 공장의 이스트 냄새가 풍겼다. 다른 대규모 맥주 공장에서는 맡을 수 없는 은은한 향기였다. 브로드소드는 이 지역에서 꽤 유명한 술집이었다. 에든버러의 여느 유명 술집들과 마찬가지로 이곳 역시 잡다한 손님들로 늘 북적거렸다. 학생과 하층민들, 그리고 그 틈에 간간이 보이는 번듯한 회사원들. 술집은 좋은 맥주와 넉넉한 지하 저장실만으로도 찬사를 받아 마땅했다. 리버스는 주말답게 발 디딜 틈 없이 북적이는 술집에 들어가 바의 빈 의자에 간신히 자리를 잡았다. 바닥에는 옆에 앉은 남자가 데려온 엄청나게 큰 셰퍼드 한 마리가 잠들어 있었다. 최소한 두 명이 들어설 수 있는 공간이었지만 누구도 선뜻 나서서 개를 치워달라고 요구하지 않았다. 맨 끝에 앉은 남자는 한 손을 코트 걸이에 걸쳐놓은 채 술을 마시고 있었다. 근처 중고품 가게에서 사 온 모양이었다. 바에 줄지어 앉은 손님들 모두가 같은 맥주를 마시고 있었다.

이 동네에만 대여섯 곳의 펍이 있지만 오직 브로드소드만이 통에 담긴 깁슨스 맥주를 팔았다. 대형 맥주 공장 한두 곳과 엮여 있는 다른 곳들은 꿈도 못 꿀 일이었다. 리버스는 이 맥주가 자신의 신진대사에 어떤 영향을 줄지 궁금했다. 특히 오르간 연주자의 손놀림이 시작되었을 때. 그는 한 잔 더 마시고 싶은 유혹을 힘겹게 뿌리치고 오-지스(O-Gee's)로 향했다. 오르간 연주자는 자신의 가게를 그렇게 불렀다. 리버스는 그 이름이 마음에 들었다. 오르간 연주자가 직접 나서서 치낼 때 손님들의 입에서 터져 나오는 소리와 흡사하게 들렸기 때문이다. "오, 지즈(Oh, Jeez)!" 하지만 그들은 가급적 소리를 내지 않으려 애썼다. 오르간 연주자가 그것을 신성모독으로 여길지 모르기 때문이었다. 누구도 속상해하는 오르간 연주자의 손맛을 보고 싶어 하지 않았다. 그에게 찍히면 괴로워지니까.

그는 무릎에 성서를 펼쳐놓은 채 6시 30분 예약 손님을 기다리고 있었다. 가게에 갖춰진 읽을거리는 성서뿐이었다. 물론 오르간 연주자가 구비해둔 것이었다. 리버스는 이미 한 번 읽어보았음에도 다시 펼쳐드는 데 거부감을 느끼지 않았다.

그때 갑자기 정문이 벌컥 열렸다.

"여자들은 어디 있습니까?" 새로 온 손님은 무언가 크게 오해했을 뿐더러 심각하게 취해 있었다. 오르간 연주자 혼자 해결할 수 있는 상황이 아니었다.

"번지수가 틀렸습니다." 리버스가 태국 여자들의 헌신적인 마사지를 받을 수 있는 근처 안마 시술소를 언급하려는 찰나 남자가 두꺼운 손가락을 펴 그의 입을 막았다.

"존 리버스, 이 한심한 자식!"

리버스는 얼굴을 찌푸렸다. 남자를 어디서 보았는지 도무지 기억이 나지 않았다. 그의 머릿속에서 지난 20여 년간 훑어온 현상수배 사진들이 빠르게 스쳐 지나가고 있었다. 리버스의 어리둥절한 표정을 확인한 남자가 두 손을 활짝 펼쳐 보였다. "딕 토런스, 기억 안 나?"

리버스가 고개를 저었다. 토런스가 결연한 얼굴로 다가왔다. 리버스는 혹시 몰라 두 주먹을 꼭 쥐었다.

"공수 훈련 같이 받았잖아." 토런스가 말했다. "맙소사, 어떻게 그걸 잊을 수가 있지?"

순간 리버스의 기억이 되돌아왔다. 그는 모든 걸 기억했다. 자신의 과거를 수놓았던 블랙코미디를.

그들은 브로드소드에서 맥주를 마시며 이야기를 나누었다. 딕은 공수부대에서 오래 버티지 못했다. 1년 만에 백기를 들어버린 그는 돈을 써서아예 군대를 탈출하고야 말았다.

"따분해 죽을 것 같았어, 존. 그게 문제였다고. 자넨 어땠어?"

리버스는 고개를 저은 후 맥주를 들이켰다. "내 문제 말이야, 딕?" 뜬금없이 나타난 미키와 딕 토런스. 유령 같은 두 사람이 불쑥 나타나 그를 심란하게 만든 것이 문제라면 문제였다. 하지만 리버스는 그들에게 심통을부리고 싶지 않았다. 그는 술을 한 잔씩 더 주문했다.

"자넨 SAS(영국의 특수부대)에 들어갈 거라고 했잖아." 토런스가 말했다.

리버스는 어깨를 으쓱였다. "그게…… 잘 안됐어."

술집은 손님들로 발 디딜 곳이 없었다. 커다란 더블베이스를 앞세우고들어온 청년이 실수로 토런스를 밀쳤다.

"그런 건 좀 밖에 놔두면 안 되나?"

"이 동네에선 위험합니다."

토런스는 다시 리버스를 돌아보았다. "방금 봤어?"

리버스는 그냥 미소만 지어 보일 뿐이었다. 마사지의 여운 덕분인지 그는 기분이 좋았다. "이 동네 술집에선 자주 보는 일이야." 딕 토런스가 툴툴거렸다. 리버스는 그제야 그를 완벽히 기억할 수 있었다. 못 본 사이 그는 살이 많이 쪘고 머리도 꽤 벗어졌다. 살집이 있는 얼굴은 거친 피부로 덮여 있었다. 그뿐 아니라 목소리도 예전과 달랐다. 하지만 그때와 달라지지 않은 특징이 하나 있었다. 토런스 특유의 끙 앓는 소리. 젊은 시절의 토런스는 말수가 적었었다. 하지만 지금은 완전히 딴판이었다.

"요즘은 무슨 일을 해, 딕?"

토런스가 씩 웃어 보였다. "자네가 경찰이라니 그 질문은 패스할게." 리버스는 차분히 기다리기로 했다. 술에 거나하게 취한 토런스는 이런 일에 오래 버틸 위인이 아니었다. "사고파는 일을 하고 있어. 주로 팔지."

"정확히 뭘 파는데?"

토런스가 몸을 앞으로 기울였다. "경찰로서 묻는 거야, 아니면 옛 친구로서 묻는 거야?"

"친구." 리버스가 대답했다. "게다가 지금은 비번이야. 그러니까 뭘 파는 일인지 말해줘."

토런스가 다시 툴툴거렸다. "뭐든 다 팔아, 제너스 백화점처럼. 차이가 있다면 그들에게 없는 것들을 주로 취급한다는 거지."

"예를 들면?" 리버스의 시선이 바 위쪽에 걸린 시계로 향했다. 시간이 벌써 저렇게 됐을 리 없어. 보나마나 10분 빠르게 맞춰놨을 거야. 하지만 아무리 그렇더라도.

"뭐 별 게 다 있지." 토런스가 말했다. "살담배(칼 따위로 썬 담배)부터 총까지. 말만 하라고. 다 있으니까."

"시계는?" 리버스가 손목시계의 시간을 맞추기 시작했다. "내 건 두 시간 이상 가질 않아."

토런스가 시계를 흘끔 내려다봤다. "론진이네." 그의 발음은 흠잡을 데가 없었다. "버리지 마. 뜯어서 청소하면 잘 돌아갈 거야. 원한다면 그걸 인수받는 조건으로 롤렉스를 싸게 줄 수도 있어."

"요즘도 짝퉁 시계를 파는 모양이군."

"내가 그랬나? 난 그런 말을 한 기억이 없는데. 아무튼 없는 게 없어, 존. 고객이 원하는 건 뭐든 다 취급한다고." 토런스가 윙크를 했다.

"지금 몇 시쯤 됐지?"

토런스가 어깨를 으쓱이며 재킷의 소매를 살짝 들추었다. 그는 시계를 차고 있지 않았다. 리버스는 잽싸게 계산에 들어갔다. 그는 예약된 시간에 맞춰 오르간 연주자에게 마사지를 받았다. 그러는 동안 딕은 기꺼이 대기실에서 기다려주었다. 마사지를 받고 나서는 가볍게 한두 잔 걸치려고 펍을 찾았다. 그들은 딱 두 잔씩 마셨고…… 아니, 세 잔이었나? 아무래도 조금 늦어진 것 같았다. 그는 바텐더를 불러 자신의 손목을 톡톡 두드렸다.

"8시 20분." 바텐더가 말했다.

"페이션스에게 전화를 해야겠어." 리버스가 말했다.

하지만 공중전화는 이미 누군가가 사용하고 있었다. 누군지 몰라도 수화기를 아예 여자 화장실로 들고 들어가버렸다. 술집의 소음 때문에 정상적인 통화가 불가능했던 모양이다. 전화선은 화장실을 찾는 손님들을 교살할 수도 있을 만큼 팽팽히 당겨져 있었다. 리버스는 잠자코 기다렸다. 하지만 자신도 모르게 벽에 붙은 전화기 본체로 자꾸 시선이 돌아갔다. 에라, 모르겠다. 그가 손가락으로 수화기 거는 곳을 꾹 눌렀다가 떼었다. 그리고 술꾼들 틈으로 슬그머니 들어가 몸을 숨겼다. 한 젊은 남자가 여자 화장실에서 튀어나와 수화기를 거칠게 내려놓았다. 그는 동전을 찾아 주머니를 뒤적였다. 한 닢도 남지 않았는지 그는 체념하고 바 쪽으로 걸음을 옮겼다.

리버스는 전화기 앞으로 다가갔다. 수화기를 들었지만 신호음이 들리지 않았다. 그는 다시 내려놓았다가 귀에 대보았다. 아무 소리도 나지 않았다. 방금 전 남자가 부서뜨릴 듯 내려놓았을 때 고장이 나버린 모양이었다. 빌어먹을. 시간은 벌써 8시 30분이 다 되어 있었다. 아무리 서둘러도 옥스퍼드 테라스까지는 15분 이상 걸릴 것이다. 그는 오늘 일로 어떤 대가를 치르게 될지 궁금했다.

"술이 간절해 보이는 표정이군." 리버스가 자리로 돌아오자 딕 토런스가 말했다.

"그거 알아, 딕?" 리버스가 말했다. "내 인생이 블랙코미디 그 자체야."

"그래도 비극보다야 낫잖아, 안 그래?"

리버스는 그 둘의 차이가 무엇인지 궁금해졌다.

그는 9시 20분이 되어서야 아파트에 도착할 수 있었다. 페이션스는 4인분의 식사를 만들어놓고 기다렸을 것이다. 딱 15분을 기다렸다가 먹어버렸겠지. 어쩌면 식사 후 15분을 더 기다렸다가 치워버렸을 수도 있다. 생선 요리였다면 고양이가 먹어치웠을 것이다. 그게 아니라면 정원의 퇴비 더미로 가져다 버렸을 것이고, 한두 번 겪어본 일이 아니었다. 리버스는 옛 친구와 고장 난 시계가 충분한 핑곗거리가 될 수 있을 거라고 생각했다.

아파트로 통하는 계단은 심하게 닳아 미끄러웠다. 조심스레 내려가던 리버스의 눈에 주황색 가로등 불빛을 머금은 채 현관문 앞 매트에 놓여 있는 커다란 스포츠 가방이 들어왔다. 그의 가방이었다. 그는 지퍼를 열고 안을 들여다보았다. 옷과 구두 위에는 메모가 놓여 있었다. 그는 두 번에 걸쳐 꼼꼼히 읽어보았다.

문을 열려 해도 소용없을 거예요. 빗장을 질러놓았으니까. 초인종도 끊어놨어요. 주말 동안 수화기도 내려놓을 거고요. 나머지 짐은 월요일 아침에 내다놓을게요.

메모에는 서명이 되어 있지 않았다. 리버스의 입에서 숨소리 섞인 휘파람이 길게 흘러나왔다. 그는 열쇠를 꺼내 자물쇠에 꽂아보았다. 손잡이를 돌렸지만 문은 꿈쩍도 하지 않았다. 초인종을 눌러도 안에서는 아무 소리도 들리지 않았다. 당황한 그가 몸을 웅크리고 문에 난 우편물 수취함 구멍으로 안을 살폈다. 실내는 어둠에 묻혀 있었다. 어느 방에서도 불빛이 새어 나오지 않았다.

"그럴 일이 좀 있었어요." 그가 안을 향해 큰 소리로 외쳤다. 무응답. "늦지 않게 연락하려고 했어요. 전화가 고장이 나서 못한 거라고요." 여전히 무응답. 그는 조금 더 기다려보기로 했다. 제니가 정적을 깨뜨려주기를 내심 바라면서. 아니면 무정하지만 선동가 기질이 있는 수잔이라도. "안녕, 페이션스." 그가 말했다. "안녕, 수잔. 안녕, 제니." 여전히 정적만 흘렀다. "미안해요."

35

그것은 진심을 담은 사과였다.

"정말 피치 못할 일이 있었는데." 그가 웅얼거리며 가방을 집어 들었다.

일요일 아침, 희미한 햇살과 거센 바람 속에서 앤드류 맥페일은 에든버러로 슬그머니 기어들어왔다. 그가 타지로 떠나 있는 동안 도시에는 많은 변화가 있었다. 그 무엇 하나 예전 모습을 간직한 것이 없었다. 돌아온 지 며칠이 지났지만 여독은 아직 풀리지 않은 상태였다. 런던의 물가가 폭등하는 바람에 그는 떠났을 때보다 더 가난해져 돌아오게 되었다. 버스 터미널을 빠져나온 맥페일은 리스 워크 근처 브로턴 지역까지 터덕터덕 걸어갔다. 그리 먼 거리가 아닌데도 발걸음은 무겁기만 했다. 버스에서 제대로 잠을 못 잔 탓이기도 했지만 악몽 없는 숙면을 누려본 적 없는 그에게는 새삼스러운 일이 아니었다.

태양은 당장이라도 자취를 감춰버릴 것만 같았다. 두꺼운 구름들이 리스 쪽으로 몰려들고 있었다. 맥페일은 걷는 속도를 조금 높였다. 그의 주머니에는 하숙집 주소가 적힌 종이가 들어 있었다. 어젯밤 그는 그곳에 전화를 걸어 안주인과 통화했었다. 보나마나 그녀는 그가 도착하기를 기다리고 있을 것이다. 그를 무척 반기는 목소리였지만 실제로 그런지는 알 길이 없었다. 그녀의 입장이 어떻든 그는 신경 쓰지 않았다. 쓸데없이 말만 많지 않다면 대만족이었다. 그는 자신이 캐나다를 떠난 사실이 지역 신문에 대문짝만하게 실렸다는 걸 알고 있었다. 몇몇 미국 신문도 그 소식을 다루었다. 이곳 기자들도 결국은 그를 쫓느라 법석을 떨게 될 것이다. 그는 아직도 자신이 히스로 공항을 무사히 빠져나온 사실이 믿기지 않았다. 다행스럽게도 그를 알아보는 사람은 없었다.

그는 그저 평온한 삶을 원했을 뿐이다. 지난 몇 년은 지나치다 싶을 만큼 평온해서 문제였지만.

그는 런던에 도착하자마자 여동생에게 전화를 걸었다. 그리고 전화번호 안내 서비스를 통해 벨뷰 지역에 사는 맥켄지 부인의 연락처를 알아봐 달라고 부탁했다. ─런던의 전화번호 안내 서비스는 그다지 협조적이지 않았다.─ 그가 멜라니와 그녀 어머니인 알렉시스를 처음 만났을 때, 모녀는 맥켄지 부인의 집에 하숙하고 있었다. 그들이 한집에 모여 살기 전에. 알렉시스는 DSS(영국 사회보장부)의 관리를 받는 싱글맘이었다. 맥켄지 부인은 여느 하숙집 주인과 달리 매우 동정적이었다. 하지만 그는 지금껏 멜라니와 그녀 어머니를 찾아온 적이 없었다. 맥켄지 부인의 눈치가 보였기 때문이다.

맥켄지 부인은 새로운 하숙인을 받고 싶어 하지 않았지만 맥페일은 그녀가 독실한 기독교인이라는 점을 십분 이용해 끈질기게 설득했다.

마침내 그가 집 앞에 도착했다. 소박한 2층집의 외벽은 자갈 섞인 회색 시멘트로 처리되어 있었다. 한쪽에는 흉측하게 생긴 이중 유리창이 나 있었다. 양옆의 집들도 똑같은 모습을 하고 있었다. 어떻게 알았는지 맥켄지 부인이 알아서 문을 열어주었다. 그는 수선을 떠는 그녀의 안내를 받으며 거실과 주방을 둘러보았다. 그런 다음, 위층으로 올라가 화장실과 자신이 쓸 침실을 차례로 구경했다. 방은 교도소 독방만 했지만 꽤 성의껏 꾸며져 있었다. ─1960년대 중반 스타일이랄까.─ 그 정도면 충분히 만족스러웠다.

"아주 마음에 듭니다." 그가 맥켄지 부인에게 말했다. 그녀는 예상했던 반응이라는 듯 어깨를 으쓱였다.

"마침 차를 끓이고 있었어요." 그녀가 말했다. "가서 한잔씩 하죠." 방을 나서려던 그녀가 갑자기 홱 돌아섰다. "참, 방 안에서 취사는 금물이에요."

앤드류 맥페일은 고개를 저었다. "전 요리 같은 거 못합니다." 그가 말했다. 또 무언가가 떠올랐는지 그녀가 창가로 다가갔다. 창문에는 레이스 커튼이 드리워져 있었다.

"이걸 걷어줄게요. 환기를 하고 싶으면 창문을 열면 되고요."

"그게 좋겠네요." 그가 말했다. 두 사람의 시선이 창밖 거리로 향했다.

"조용하죠?" 그녀가 말했다. "차도 별로 안 다녀요. 물론 대낮에는 소음이 조금 들리긴 하지만."

맥페일의 시선이 그녀를 따라 길 건너편에 있는 학교로 향했다. 검은 철책 너머로 오래된 학교 건물이 보였다. 별로 크지 않은 걸 보니 초등학교인 듯했다. 창문으로 학교 본관 오른편에 자리한 정문이 훤히 내려다보였다. 정문 너머로는 텅 빈 놀이터가 있었다.

"가서 차를 준비할게요." 맥켄지 부인이 말했다. 그녀가 방을 나가자 맥페일은 탄력 있는 싱글 침대 매트리스에 가방을 내려놓았다. 침대 옆에는 작은 책상과 의자가 놓여 있었다. 그는 창가로 의자를 끌어와 앉은 후 창턱에 놓인 작은 유리 광대 장식을 멀리 밀어냈다. 그 자리에 자신의 턱을 얹어놓을 수 있도록. 이제 아무것도 그의 시야를 가리지 않았다. 그는 마치 꿈을 꾸듯 앉아 놀이터를 바라보았다. 잠시 후, 맥켄지 부인이 거실에 차가 준비되었음을 알려왔다. "파운드케이크도 있어요." 앤드류 맥페일이 한숨을 내쉬며 일어났다. 그는 차를 마시고 싶은 생각이 전혀 없었다. 가능하다면 그냥 방으로 가져오고 싶었다. 그는 몹시 피곤했다. 하지만 왠지 오늘 밤만큼은 죽은 듯이 푹 잘 수 있을 것 같았다.

"내려갈게요, 맥켄지 부인." 그가 학교에서 눈을 떼며 큰 소리로 말했다.

2

월요일 아침, 존 리버스 경위의 심기가 평소보다도 좋지 않다는 소식이 세인트 레너즈 경찰서 전체에 퍼져나갔다. 그 믿을 수 없는 사실을 직접 확인하기 위해 일부러 리버스에게 접근하려는 시도도 있었다.

물론 어떤 이들에게는 선택의 여지가 없었다.

리버스의 호출을 받고 CID(영국 경찰청 범죄 수사과) 사무실로 불려온 브라이언 홈스 경사와 쇼반 클락 경장은 반숙한 달걀 위에 위태롭게 앉아 있는 듯한 표정이었다.

"자," 리버스가 말했다. "로리 킨툴은 어떻게 됐지?"

"퇴원했습니다, 경위님." 쇼반 클락이 말했다.

리버스는 고개를 끄덕였다. 그는 그녀가 어떤 실수라도 저질러주기를 고대하고 있었다. 그녀가 잉글랜드인이기 때문은 아니었다. 그녀가 번듯한 대학을 나왔고, 또 에든버러 뉴타운에 아파트를 마련해준 부자 부모를 두었기 때문도 아니었다. 문제는 그녀가 아니라 젊은 부하 형사들을 대하는 리버스의 한결같은 태도였다.

"그는 아직도 입을 열지 않고 있습니다." 홈스가 말했다. "저러고 있으니 그에게 무슨 일이 있었는지 알 길이 없네요. 그뿐 아니라 가해자를 고소할 마음도 없는 것 같습니다."

리버스의 눈에 브라이언 홈스는 무척 지쳐 보였다. 그는 홈스와 눈이 마주치는 걸 원치 않았다. 그와 홈스는 일맥상통하는 데가 있었고, 리버스는 홈스에게 그 사실을 일깨우고 싶지 않았다.

두 사람 모두 파트너에게 쫓겨난 신세였다.

홈스는 한 달쯤 전에 리버스와 같은 시련을 겪었다. 홈스는 반턴에 사는 숙모의 집에서 신세를 지고 있었다. 홈스는 모든 게 가족계획 때문이라고 했다. 넬이 아이를 얼마나 갈망하고 있는지 몰랐다나. 그것도 모르고 계속 깐족거리다가 결국 에든버러 남쪽에 자리한 광산 마을의 집에서 쫓겨나게 되었다고 했다. 동네 여자들이 전부 쏟아져 나와 넬이 폭발하는 모습을 지켜보고, 부리나케 달아나는 홈스를 보고 박수까지 쳤다나.

그 후로 그는 더더욱 일에만 매달렸다. ―일에 대한 자신의 집착이 불화의 근원이었다는 걸 모르는지. 아무튼 초과 근무를 모르고 살아온 그녀 입장에서는 남편의 그런 모습이 이해되지 않았을 것이다.― 리버스는 홈스를 보면 수명이 거의 다해, 닳아 해지고 색이 바래버린 작업용 청바지가 떠올랐다.

"그래서 어쩌자고?" 리버스가 물었다.

"그냥 여기서 손을 떼는 게 좋겠습니다, 경위님. 외람되지만……"

"'외람되지만?' 브라이언, 그건 상대가 미련하고 멍청하다는 의미로 붙이는 거잖아. 내가 모를 줄 아나?" 리버스는 여전히 홈스의 눈을 피하고 있었다. 보지 않아도 그는 젊은 부하의 볼이 화끈 달아올라 있다는 걸 알 수 있었다. 클락은 자신의 무릎만 내려다볼 뿐이었다.

"잘 들어봐." 리버스가 말했다. "그 친구는 복부에 5센티미터짜리 자상이 난 상태로 몇 백 미터를 걸어왔어. 왜 그랬을까?" 두 사람 모두 대답이 없었다. "왜 그랬을 것 같나?" 리버스가 다시 물었다. "오는 길에 들어가서 도움을 요청할 가게도 많았는데 굳이 *사촌*의 정육점까지 걸어온 이유가 뭐였을까?"

"병원까지 가려고 했을 수도 있지 않습니까? 그러다 포기한 것인지도 모르죠." 클락이 말했다.

"그랬을 수도 있겠지." 리버스가 말했다. "그런데 좀 웃기지 않아? 하필 자기 사촌의 가게 앞에서 포기했다는 게?"

"그 사촌이라는 사람이 연루됐다고 보십니까?"

"자네들에게 한 가지 더 물어보지." 리버스가 일어나서 몇 걸음 내디뎠다가 다시 제자리로 돌아갔다. 홈스와 클락은 서로를 흘끔 쳐다보았다. 한 때 그들 사이에서는 불꽃이 튀었었다. 적대감의 불꽃. 하지만 이제는 죽이 꽤 잘 맞았다. 리버스는 그저 두 사람의 관계가 더 이상 발전하지 않기를 바랄 뿐이었다. "답해보게." 그가 말했다. "피해자에 대해 우리가 아는 게 뭐지?"

"별로 없습니다." 홈스가 말했다.

"그는 댈키스에 살고 있습니다." 클락이 말했다. "병원에서 실험실 기사로 일하고 있고요. 기혼이고, 아들이 하나 있습니다." 그녀가 어깨를 으쓱였다.

"그게 다야?" 리버스가 물었다.

"그렇습니다, 경위님."

"바로 그거야." 리버스가 말했다. "그는 특별한 사람이 아니야. 보잘것 없는 사람이라고. 여러 사람을 만나 인터뷰해봤지만 그에 대해 나쁜 얘길 한 사람은 단 한 명도 없었어. 자, 그럼 다음 질문으로 넘어가보자고. 그는 어쩌다가 칼에 찔리게 됐을까? 그것도 수요일 아침나절에? 노상강도의 소행이라면 그가 자초지종을 털어놓지 않을 이유가 없잖아. 지금 그의 입은 헌금 시간을 앞둔 애버딘 사람의 지갑처럼 꼭 닫혀 있어. 뭔가 숨기고 있다는 뜻이라고. 그게 뭔지는 모르겠지만 차와 관련이 있다는 건 분명해."

"그걸 어떻게 아십니까, 경위님?"

"혈흔은 연석에서부터 시작됐어, 홈스. 내 생각엔 그가 이미 부상을 당한 상태로 차에서 내렸던 것 같아."

"그는 운전을 하지만, 현재 차를 소유하고 있진 않습니다."

"똑똑한 아가씨군, 클락." 그녀는 '아가씨'라는 단어에 발끈했다. 하지만 리버스는 개의치 않고 계속 말을 이어나갔다. "그는 아내에게도 알리지 않고 반차를 냈어." 그가 다시 자리에 앉았다. "왜? 왜? 왜? 자네들이 가서 다시 몰아붙여봐. 그의 비협조적인 태도에 경찰이 언짢아하고 있다고 해. 원하는 답을 내놓을 때까지 성가시게 하겠다고. 우리가 얼마나 진지한지 제대로 일깨워주란 말이야." 리버스가 잠시 말을 멈추었다. "그런 다음엔 정육점 주인을 좀 파헤쳐봐."

"알겠습니다, 경위님." 홈스가 말했다. 그때 전화벨이 울렸다. 리버스는 페이션스이기를 바라며 수화기를 집어 들었다.

"리버스 경위입니다."

"존, 당장 내 사무실로 오게."

페이션스가 아니라 총경의 전화였다. "2분 내로 가겠습니다, 총경님." 리버스가 수화기를 내려놓았다. 그가 다시 홈스와 클락을 돌아보았다. "어서들 가봐."

"네, 경위님."

"내가 너무 일을 벌인다고 생각하나, 브라이언?"

"솔직히 그렇습니다, 경위님."

"난 그저 풀리지 않는 미스터리가 거슬릴 뿐이야. 그게 얼마나 하찮든 간에 말이지. 그러니까 빨리 가서 이 호기심을 좀 풀어달라고."

자리에서 일어난 홈스가 턱으로 책상 뒤에 놓인 여행 가방을 가리켰다. 밖에서 보이지 않도록 리버스가 나름 성의껏 숨겨놓은 것이었다. "제게 뭐 하고 싶은 말씀 없으십니까?"

"그래, 있어." 리버스가 말했다. "이건 뇌물 보관용이야. 자넨 아직 뒷주머니만으로 충분하지?" 홈스는 그 말에 만족하고 나가줄 것 같지 않았다. 클락은 이미 자신의 자리로 돌아간 후였다. 리버스는 한숨을 내쉬며 목소리를 죽여 말했다. "보다시피 집에서 쫓겨났어." 그 말에 홈스의 얼굴이 환해졌다. "아무에게도 얘기하면 안 돼. 자네와 나만의 비밀이니까."

"알겠습니다." 홈스가 말했다. "저기…… 저는 주로 하트브레이크 카페에서 저녁을 먹습니다만……"

"나중에 초창기 엘비스 곡들이 듣고 싶어지면 갈게."

홈스가 고개를 끄덕였다. "베이거스 시절 엘비스도 괜찮습니다. 그러니까 제 말씀은…… 뭐 필요하신 게 있으시면 언제든지……"

"날 돕고 싶다면 나로 변장해서 농부 왓슨에게로 가봐."

홈스는 고개를 저었다. "온당한 범위 내에서 부탁을 하셔야죠."

온당한 범위 내에서. 리버스는 학생들에게 소파에서 며칠 잘 수 있게 해달라고 부탁하는 것이 과연 온당한 범위에 포함되는지 궁금했다. 그것도 자신의 동생이 이미 골방을 쓰고 있는 상황에. 집세를 깎아주겠다고 해볼까? 금요일 밤, 그는 사전 통보도 없이 아파트를 찾아갔다. 학생 세 명과 마이클이 책상다리로 바닥에 앉아 마리화나를 말고 있었다. 스피커에서는 롤링 스톤스의 노래가 흘러나오고 있었다. 리버스는 충격에 휩싸인 얼굴로 마이클의 손에 쥐어진 담배 마는 종이를 쳐다보았다.

"맙소사, 미키!" 그제야 마이클 리버스가 뻔뻔한 표정으로 형을 돌아보았다. 적어도 학생들은 범죄자처럼 보이려고 노력이라도 하는데. "다들 운이 좋은 줄 알아." 리버스가 그들에게 말했다. "난 지금 이런 일에 신경 쓸 정신이 없거든."

"자, 받아, 존." 마이클이 반쯤 피우다 만 마리화나를 내밀며 말했다. "이 정도로는 해가 되지 않는다고."

"나도 알아." 리버스가 들고 있던 쇼핑백에서 위스키 한 병을 꺼냈다. "하지만 이건 해가 좀 될 걸."

그는 저녁 내내 소파에 누워 위스키를 홀짝이며 흘러나오는 옛 노래를 따라 흥얼거렸다. 한때 그는 같은 자리에 누워 주말을 보내곤 했었다. 비록 마리화나는 더 이상 즐길 수 없었지만 학생들은 그가 불쑥 찾아온 것을 불편해하지 않는 눈치였다. 그들은 아파트 구석구석을 치웠고, 마이클도 그들을 거들었다. 청소를 마친 후에는 토요일 밤을 만끽하려 펍으로 향했다. 홀로 남겨진 리버스는 맥주를 마시며 TV를 봤다. 마이클은 학생들에게 자신의 전과에 대해 털어놓지 않은 모양이었다. 리버스는 부디 동생이 끝까지 그래주기를 바랐다. 마이클이 형에게 자신의 골방을 내주겠다고 했지만 리버스는 사양했다. 그는 자신이 왜 그랬는지 궁금했다.

일요일, 그는 옥스퍼드 테라스에 가보았다. 집이 비어 있어 그가 가지고 있던 열쇠로 열어보려 했지만 현관문은 여전히 열리지 않았다. 자물쇠를 바꾼 걸까? 페이션스는 아이들을 데리고 어딘가에 숨어버렸는지도 모른다.

지금 그는 농부 왓슨의 사무실 밖에 서서 옷매무새를 바로잡고 있었다. 아침에 다시 옥스퍼드 테라스를 찾은 그는 페이션스가 밖에 내놓은 자신의 짐을 마저 챙겨 와야 했다. 이번에는 메모가 없었다. 그냥 짐만 덩그러니 놓여 있을 뿐이었다. 그는 경찰서 화장실에서 깨끗한 양복으로 갈아입었다. 조금 구겨지기는 했지만 그가 평소에 걸치고 다니는 것들보다는 나은 상태였다. 문제는 그의 짙은 청색 양복에 어울리는 넥타이가 없다는 사실이었다. 페이션스가 내준 것은 흉측한 갈색 넥타이뿐이었다. ─이게 내 것이 맞기는 한 건가?─ 아무리 생각해도 갈색 넥타이는 정말 아니었다. 그는 노크를 한 번 한 후에 문을 열었다.

"어서 오게, 존. 어서 와." 보아하니 농부도 아직 아늑함이라고는 조금도 느껴지지 않는 세인트 레너즈의 분위기에 적응하지 못한 듯했다. "앉게." 리버스는 의자를 찾아 주위를 살폈다. 벽 앞에 놓인 의자에는 파일이 수북이 쌓여 있었다. 그가 그것들을 번쩍 들고 내려놓을 만한 공간을 찾아 바닥을 둘러보았다. 놀랍게도 총경의 사무실은 리버스의 것보다 좁아 보였다. "아직도 빌어먹을 서류 캐비닛을 기다리고 있어." 그가 투덜대며 말했다. 리버스는 의자를 책상 앞으로 끌어와 앉았다.

"무슨 일 있으십니까, 총경님?"

"자네야말로 별일 없나?"

"네?"

"별일 없느냐고?"

"네. 별일 없습니다, 총경님." 리버스는 농부가 페이션스에 대해 알고 있는지 궁금했다. 설마.

"클락 경장은 잘하고 있나?"

"네, 그런 것 같습니다."

"다행이군. 조만간 공정거래원(Trading Standards)과 합동작전을 벌이게 될 것 같아."

"네?"

"자세한 내용은 로더데일 경감이 들려주겠지만 그 전에 자네에게 먼저 귀띔해주고 싶었네. 자네 팀 분위기도 알아볼 겸."

"어떤 합동작전입니까?"

"대금업." 왓슨이 말했다. "내 정신 좀 봐. 자네, 커피 한잔하겠나?" 리버스는 고개를 저었다. 왓슨이 의자에 앉은 채로 몸을 숙였다. 사무실에 공간이 충분치 않아 책상 뒤 바닥에 커피 메이커를 놓아둔 모양이었다. 새로 깐 베이지색 카펫에는 벌써 커피를 쏟은 흔적이 남아 있었다. 왓슨이 두툼한 손에 악명 높은 커피를 쥔 채 허리를 폈다. 총경의 커피는 에든버러에서 나름의 전설을 써나가는 중이었다.

"불법 고리대금업 말고도 부업으로 보호세를 걷고 있더군." 왓슨이 말했다. "하지만 일단 대금업 쪽에만 집중해야 돼."

전당포에 맡길 만한 것도 없고, 은행이 받아주지 않아도 돈을 빌릴 방법은 있었다. 엄청난 위험 부담을 감수할 각오가 되어 있다면. 백 퍼센트에 달하는 살인적인 이자에 몇 달 연체라도 되어버리면 도저히 갚을 길이 없어진다. 절대 끊을 수 없는 악순환. 결국 협박과 폭력으로 끝맺음된다는 사실이 가장 큰 문제였다.

순간 리버스는 총경이 자신을 불러들인 이유를 깨달았다. "설마 빅 제르 때문은 아니겠죠?" 그가 물었다.

왓슨이 고개를 끄덕였다. "완전히 아니라고는 할 수 없네." 그가 말했다.

리버스가 자리에서 벌떡 일어났다. "이게 벌써 네 번쩹니다! 아무리 처넣어도 끄떡없는 걸 어쩌란 말입니까? 총경님도 잘 아시잖아요!" 평소 같았으면 휙 돌아서서 나가버렸겠지만 발을 디딜 공간이 없어 그냥 어정쩡하게 서 있을 수밖에 없었다. 마운드(the Mound, 에든버러 중심부에 있는 언덕) 앞 연단에 올라 있는 것처럼. "그에게 불법 고리대금 혐의를 씌우는 건 시간 낭비입니다. 이미 숱하게 겪어본 일이 않습니까. 다른 걸로 엮어 밀어붙이는 거면 몰라도 이건 아닙니다."

"나도 알아, 존. 안다고. 하지만 공정거래원 사람들이 많이 걱정하고 있네. 자기들이 생각했던 것보다 문제가 심각한 모양이야."

"그놈들이 뭐라던 그게 무슨 상관입니까?"

"이보게, 존……"

"하지만……" 리버스가 멈칫했다. "대단히 죄송한 말씀이지만, 총경님, 이건 아까운 시간과 인력만 허비하는 일이 될 겁니다. 감시팀도 붙여놔야 하고 사진 증거도 확보해야 합니다. 조직에서 잔심부름하는 불쌍한 얼간이 놈들 몇 명 체포한다고 뭐가 해결되겠습니까? 어차피 증언도 거부할 텐데요. 지방 검찰관이 빅 제르를 잡아들이고 싶어 한다면 우선 경찰에 제대로 지원부터 해줘야죠. 이 정도 규모로 달려들면 아무것도 못합니다."

더 큰 문제는 모두가 '빅 제르'라고 부르는 모리스 제럴드 캐퍼티의 검거를 존 리버스만큼 갈망하는 사람이 없다는 사실이었다. 그는 할 수만 있다면 빅 제르를 십자가에 매달아놓고 그 자식이 죽을 때까지 창으로 찔러대고 싶었다. 캐퍼티는 인간쓰레기였다. 그것도 아주 영리한 인간쓰레기. 그의 조직에는 보스를 대신해 기꺼이 감옥에 들어가도 남을 심복이 많았다. 그를 잡아넣는 데 실패를 거듭해온 리버스는 언제부터인가 아예 그에 대한 생각을 떠올리려 하지도 않았다. 그런데 농부가 뜬금없이 '작전' 얘기를 꺼낼 줄이야. 놈을 검거하려면 밤낮으로 그의 조직을 감시해야 했다. 한도 끝도 없이 주어지는 서류 작업도 웃으면서 반겨야 했고, 젖비린내 나는 조직의 애송이 놈들도 안타깝지만 모조리 잡아 처넣어야만 했다.

"존," 성격 분석에 능한 왓슨이 말했다. "자네 기분이 어떨지 잘 아네. 그래도 이번이 마지막이라고 생각하고 한번 해보지 않겠나? 응?"

"몸이 달아 있는 건 오히려 저란 말입니다." 리버스가 손으로 총을 만들어 한 방 갈기는 시늉을 해 보였다.

왓슨의 얼굴에 미소가 떠올랐다. "정말 그 총으로 끝장낼 건가?"

잠시 후, 리버스도 상관을 따라 미소를 지었다. 그가 다시 자리에 앉았다. "자, 계속 해보십시오, 총경님." 그가 말했다. "집중해서 듣겠습니다."

그날 밤 11시, 리버스는 자신의 아파트에서 TV를 보고 있었다. 언제나 그렇듯 집은 텅 비어 있었다. 그들은 대학 도서관에서 공부를 하거나 펍에서 술을 마시고 있을 게 뻔했다. 마이클도 보이지 않으니 펍에 가 있을 확률이 높았다. 그는 학생들이 불안해한다는 걸 알고 있었다. 그들은 리버스가 자신의 침실을 되찾기 위해 그들 중 하나를 골라 쫓아낼지도 모른다고 생각했다. 퇴거 통지가 두려운 그들은 행동거지를 바르게 하려고 애썼다.

그는 페이션스에게 세 번이나 전화를 했었다. 자동응답기 메시지가 나오면 집에 있는 걸 알고 있으니 제발 응답하라는 메시지를 남겨놓았다.

한참 후, 소파 옆 바닥에 놓아둔 전화기가 울어댔다. 그가 잽싸게 수화기를 집어 들고 자신의 귀로 가져갔다.

"여보세요?"

"존?"

이내 리버스의 허리가 곧게 펴졌다. "페이션스, 하느님 맙소사……"

"내 말 잘 들어요. 중요한 문제예요."

"나도 알아요. 내가 잘못했어요. 하지만 날 좀 믿어줘요."

"내 말 잘 들으라니까요!" 리버스가 입을 닫고 귀를 쫑긋 세웠다. 그는 그녀가 시키는 것이라면 무엇이든 다 할 각오가 되어 있었다. "경찰서에서 전화가 왔어요. 당신이 여기 있는 줄 알았나 봐요. 브라이언 홈스가……"

"그가 뭐라던가요?"

"아뇨. 그가 전화를 걸어온 게 아니라 경찰이 걸어왔다고요, 그 사람 문제로."

"그 친구가 어쨌는데요?"

"그가 좀…… 나도 모르겠어요. 많이 다친 것 같더라고요."

리버스는 전화기를 집어 들고 소파에서 일어났다. "그 친구는 지금 어디 있답니까?"

"헤이마켓 어딘가에 있대요. 어떤 술집에……"

"하트브레이크 카페?"

"맞아요. 거기예요. 그리고 존?"

"네?"

"우린 나중에 얘기해요. 지금은 좀 그렇고. 내게 조금만 시간을 줘요."

"당신이 하자는 대로 할게요, 페이션스. 그럼." 존 리버스가 수화기를 내려놓고 황급히 재킷을 챙겨 들었다.

리버스는 전화를 끊은 지 7분도 채 되지 않아 하트브레이크 카페에 도착했다. 에든버러는 그런 곳이었다. 신호등만 협조해준다면. 하트브레이크 카페는 엘비스 프레슬리를 좋아한다는 요리사가 1년 전쯤에 문을 연 곳이었다. 그는 수많은 엘비스 관련 기념품들로 실내를 장식해놓았다. 하지만 리버스처럼 엘비스를 좋아하지 않아도 자주 찾고 싶어지는 곳이었다. 주방장의 탁월한 요리 솜씨 덕분이었다. 홈스는 오래전부터 그곳을 극찬해왔다. 특히 '블루 스웨이드 슈(Blue Suede Choux)'라는 디저트가 정말 끝내준다며 호들갑을 떨어댔었다. 카페에는 야한 색깔의 칵테일과 1950년대 음악을 마음껏 즐길 수 있는 바도 마련되어 있었다. 브로드소드 펍이었다면 손님들이 경기를 일으켰을 만큼 비싼 미국 맥주도 취급했다. 리버스는 홈스와 카페 주인 사이에 어느 정도 친분이 쌓였을 거라 생각했다. 집에서 쫓겨난 후로 거의 그곳에 살다시피 했으니.

밖에서 보면 특별할 것 없는 레스토랑이었다. 옅은 색 시멘트로 덮인 앞 벽 중앙에는 긴 직사각형 창문이 하나 나 있었다. 그 안에서는 맥주를 광고하는 네온사인이 깜빡이고 있었다. 창문 위에도 네온사인으로 된 레스토랑 간판이 붙어 있었다. 이곳은 사건 현장이 아니었다. 홈스가 괴한의 습격을 받은 곳은 건물 뒤편이었다. 주차장으로 통하는 뒷골목은 포드 코티나 한 대가 간신히 지나갈 수 있을 정도로 좁았다. 작은 주차장에는 쓰레기로 넘쳐나는 통들이 줄지어 놓여 있었다. 손님들 대부분은 건물 앞에 차를 세워두었다. 하지만 홈스는 굳이 으슥한 뒷골목 주차장을 이용했다. 레스토랑에서 많은 시간을 보내기 때문이기도 했지만 언젠가 건물 앞에 세워둔 차가 심하게 훼손된 적이 있었기 때문이기도 했다.

주차장에는 차가 두 대 세워져 있었다. 하나는 홈스의 차였고, 또 하나는 하트브레이크 카페 주인의 차인 듯했다. 보닛에 엘비스가 그려진 낡은 포드 카프리. 브라이언 홈스는 두 대의 차 사이에 누워 있었다. 아직 아무도 건드리지 않은 모양이었다. 의사가 간단한 검사를 진행하고 있었다. 현장을 서성이던 한 형사가 리버스를 알아보고 쪼르르 달려왔다.

"뒤통수를 된통 얻어맞았습니다. 20분 정도 의식을 잃었던 것 같아요. 이곳 주인이 발견하고 신고했습니다. 두개골이 골절됐을라나요?"

리버스는 말없이 고개를 끄덕였다. 그의 시선이 땅바닥에 뻗어 있는 동료 형사 쪽으로 돌아갔다. 형사는 계속해서 상황 설명을 이어나가는 중이었다. 홈스의 호흡이 정상으로 돌아왔으니 너무 걱정하지 말라나. 리버스는 후배 형사에게로 다가가보았다. 한쪽 무릎을 꿇고 앉은 의사는 그를 올려다보지 않았다. 의사가 손전등으로 브라이언 홈스를 비추고 있는 제복 경관에게 불빛을 왼쪽으로 조금만 이동시켜줄 것을 주문했다. 그리고 홈스의 머리를 찬찬히 살펴보기 시작했다.

리버스의 눈에는 피가 보이지 않았다. 하지만 그렇다고 마음을 놓을 수는 없었다. 피 한 방울 흘리지 않고 죽는 사람도 많았으니까. 신기하게도 브라이언은 무척 평온해 보였다. 마치 뚜껑 열린 관을 들여다보는 기분이었다. 그가 몸을 돌려 형사를 바라보았다.

"여기 주인 이름이 뭐지?"

"에디 링건입니다."

"지금 안에 있고?"

형사가 고개를 끄덕였다. "한잔하고 있는 중입니다."

역시. "들어가서 얘기 좀 들어봐야겠어." 리버스가 말했다.

에디 링건은 하트브레이크 카페를 열기 전, 오랫동안 알코올 의존증 치료에 정성을 쏟아왔다. 그걸 아는 사람들은 오래가지 않아 그가 새 사업을 보기 좋게 말아먹을 거라고 예상했었다. 그가 예전에 벌였던 모든 사업들이 그랬듯. 하지만 그들의 예상은 완전히 빗나가버렸다. 에디가 재정 전문가인데다가 강철 대들보만큼이나 강직하기까지 한 지배인을 그의 파트너로 영입할 줄은 몰랐기 때문이다. 에디는 가게 운영을 충직한 그에게 일임하고 자신은 오로지 주방 일에만 온 신경을 쏟았다.

에디는 여전히 술을 마셨지만 업무에 지장을 줄 만큼은 아니었다. 견습 요리사 두어 명이 들어온 후로 주방에서 그가 할 일이 현저히 줄어든 것도 긴장이 풀어진 이유 중 하나였다. 브라이언 홈스는 하트브레이크 카페가 탄탄대로를 걷고 있다고 했었다. 그는 기필코 리버스에게 킹 슈림프 크리올이나 러브 미 텐더로인의 황홀한 맛을 보여주겠노라고 각오를 다져왔지만 번번이 실패하고 말았다. 하지만 오늘 밤, 리버스는 얄궂은 운명의 장난으로 레스토랑에 자진해서 발을 들이게 되었다.

조명은 아직도 켜져 있었다. 꼭 아이돌을 숭배하는 십대 아이의 방에 들어온 것 같았다. 벽마다 엘비스의 포스터로 도배되어 있었다. 엘비스 음반 커버, 실물 크기의 마분지 피규어, 거기에 엘비스의 두 팔이 빙빙 돌며 시간을 알려주는 벽시계까지 레스토랑의 인테리어는 상상을 초월했다. TV는 뉴스 채널에 맞춰져 있었다. 깁슨스 맥주 공장 앞에서 특대형 수표가 자선단체에 전달되고 있었다.

가게 안에는 높은 의자에 축 늘어진 채 앉아 있는 에디 링건과 바 너머에서 짐 빔(버번위스키의 브랜드)을 따르고 있는 바텐더뿐이었다. 리버스가 자신을 소개하자 앉으라는 대꾸가 튀어나왔다. 바텐더는 자신을 팻 컬더라고 소개했다.

"전 링건 씨의 파트너입니다." 리버스는 두 청년이 단순한 동업자 관계 그 이상일지 모른다고 생각했다. 어쩐지 바텐더의 태도가 그것을 암시하는 것 같았다. 홈스는 에디가 게이라는 걸 언급한 적이 없었다. 그의 시선이 주방장에게로 돌아갔다.

이십대 후반인 에디 링건은 나이보다 열 살쯤 더 늙어 보였다. 커다란 달걀형 얼굴 앞으로는 곧고 가느다란 머리털이 흘러내려와 있었다. 그는 주방장다운 육중한 덩치의 소유자였다. 누가 봐도 주방장이라는 걸 대번에 알 수 있을 만한 체형. 술 때문인지 그의 창백한 얼굴은 많이 삭아 있었다. 그동안 얼마나 퍼마셨기에 그런 것인지 짐작이 되지 않았다. 리버스는 황색 액체를 음미하듯 목으로 넘기는 그를 지켜보았다.

"한 잔 더 줘."

하지만 팻 컬더는 고개를 저었다. "운전해야 하잖아." 그리고 맑고 명료한 톤으로 덧붙였다. "이분은 형사님이셔, 에디. 브라이언에 대해 할 얘기가 있으신가 봐."

에디 링건이 고개를 끄덕였다. "그 친구, 넘어져서 머리를 부딪친 겁니다."

"정말 그렇게 생각해요?" 리버스가 물었다.

"아뇨." 링건이 처음으로 바에서 눈을 떼고 리버스의 눈을 쳐다보았다. "강도와 맞닥뜨렸는지도 모릅니다. 아니면 누군가의 경고이거나."

"경고라뇨?"

"에디는 많이 취했습니다, 경위님." 팻 컬더가 말했다. "자기가 지금 무슨 말을 지껄이고 있는지……"

"내가 지금 헛소리하는 걸로 보여?" 링건이 손바닥으로 바를 탁 내리쳤다. 그의 눈은 여전히 리버스를 바라보고 있었다. "형사님도 잘 아시지 않습니까? 그놈들이 보험료라고 부르는 보호세를 내지 않으면 어떻게 되는지. 그게 싫으면 어떻게든 놈들에게 맞서야 하는데 우리에게 무슨 힘이 있겠습니까. 이런 사업을 하다보면 불가피하게 적을 많이 만들게 됩니다."

리버스는 고개를 끄덕였다. "혹시 짚이는 사람이 있어요, 에디? 유력한 용의자?"

하지만 링건은 천천히 고개를 저었다. "아뇨, 없습니다."

"원래는 그 친구가 아니라 당신이 표적이었다고 생각해요?"

링건이 한 잔 더 따르라고 손짓했다. 컬더는 못 이기는 척 글라스를 다시 채워주었다. 링건은 위스키를 단숨에 비우고 나서 입을 열었다. "그랬는지도 모르죠. 저도 모르겠습니다. 어쩌면 우리 가게 손님들에게 겁을 주려 한 걸 수도 있고요. 아무튼 저희에겐 아주 힘든 시기입니다."

리버스가 이번에는 컬더를 돌아보았다. 그는 혐오감이 묻어나는 눈빛으로 링건을 응시하고 있었다. "당신은 어떻습니까, 컬더 씨? 뭐 짚이는 게 없나요?"

"그냥 강도의 소행이었을 겁니다."

"아무것도 챙겨간 게 없는데도?"

"범행 중 무슨 일이 있었나 보죠, 뭐."

"골목에서 누군가가 불쑥 튀어나왔다든지, 뭐 그런 상황 말인가요? 그렇다면 범인은 어떻게 도망쳤을까요? 주차장은 막다른 길인데."

"모르겠습니다." 리버스는 팻 컬더를 빤히 쳐다보았다. 그는 링건보다 몇 살이 더 많았지만 외모는 오히려 어려 보였다. 그는 긴 검은 머리를 포니테일로 묶고, 귀밑까지 내려오는 구레나룻을 기르고 있었다. 키는 컸고,

몸은 빼빼 말랐다. 정육점 연필보다도 살이 적었다. "어쩌면……" 컬더가 다시 입을 열었다. "어쩌면 그냥 넘어졌을 수도 있죠. 어두워서 발을 헛디뎠을 수도 있지 않겠습니까. 아무래도 주차장에 조명을 달아줘야 할 것 같습니다."

"아주 가상한 생각입니다." 리버스가 불편한 의자에서 일어났다. "나중에라도 뭔가 떠오르는 게 있으면 연락해요. 이름이라든지 뭐 그런 것들."

"물론이죠."

리버스가 문간에서 멈춰 섰다. "아, 그리고 컬더 씨?"

"네?"

"링건 씨에게 차 열쇠를 내주지 말아요. 어차피 헤이마켓도 못 가서 잡히겠지만. 당신이 직접 집까지 데려다주는 게 어때요?"

"전 운전을 못합니다."

"그럼 택시를 불러요. 그러지 않으면 링건 씨가 다음에 만들어낼 요리는 제일하우스(Jailhouse, 교도소) 로크포르 치즈가 될 겁니다."

리버스는 에디 링건의 웃음소리를 뒤로 한 채 레스토랑을 걸어 나왔다.

그의 웃음은 오래가지 않았다. 또다시 술의 유혹이 찾아들었기 때문이다. "한 잔 더." 그가 말했다. 팻 컬더는 말없이 작은 유리잔에 위스키를 채워주었다. 그 잔들은 그들이 마이애미를 여행하던 중에 사 온 것들이었다. 사업 투자금의 대부분은 팻 컬더와 그의 부모에게서 나왔다. 그가 링건의 앞으로 글라스를 밀어냈다. 그리고 자신도 입에 한 잔 털어 넣었다. 링건이 또다시 투덜대기 시작하자 컬더가 그의 뺨을 냅다 올려붙였다.

링건은 놀라지도, 불쾌해하지도 않았다. 컬더가 다시 그를 후려쳤다.

"미련한 새끼!" 그가 씩씩대며 말했다. "한심하고 미련한 새끼!"

"어쩔 수 없었어." 링건이 빈 글라스를 내밀며 말했다. "충격이 너무 컸단 말이야. 내가 더 미련한 짓을 벌이기 전에 빨리 술이나 줘."

팻 컬더는 잠시 골똘한 생각에 잠겼다가 에디 링건에게 위스키를 내주었다.

구급차는 브라이언 홈스를 왕립 병원으로 데려갔다.

리버스는 이 병원에서 단 한 번도 제지를 받아본 적이 없었다. 모두가 선의를 가졌거나 아니면 인력이 부족하거나, 이유는 둘 중 하나일 것이다. 덕분에 그는 브라이언 홈스의 침대에 바짝 붙어 있을 수 있었다. 그는 꿈쩍도 하지 않고 병실을 지켰다. 밤이 깊어가면서 벽에 기대어진 그의 몸이 스르르 미끄러져 내려갔다. 시간이 얼마나 흘렀을까. 무릎에 머리를 얹은 채 웅크려 앉아 있는 그의 앞으로 누군가가 다가왔다. 넬 스테이플턴. 리버스는 큰 키만으로 그녀를 알아볼 수 있었다. 그의 시선이 눈물로 범벅이 된 그녀의 얼굴로 올라갔다.

"안녕, 넬."

"맙소사. 존……" 그녀가 다시 눈물을 쏟기 시작했다. 그는 천천히 일어나 그녀를 안아주었다. 그녀가 그의 귀에 대고 속삭였다. "아까 저녁에 둘이 얘기할 때만 해도 멀쩡했는데. 다 저 때문에 벌어진 일이에요. 저만 못되게 굴지 않았어도……"

"쉿. 당신 잘못이 아니었어요, 넬. 이런 일은 언제든지, 누구에게나 벌어질 수 있어요."

"자꾸 우리가 대판 싸웠던 날이 떠올라 미치겠어요. 그때 그렇게 싸우지만 않았어도……"

"쉬, 흥분하지 말아요." 그는 계속해서 그녀를 꼭 끌어안았다. 맙소사. 이렇게 기분이 좋을 줄이야. 황홀함을 느껴서는 안 되는 상황이었지만 그는 어쩔 수 없었다. 사실인데 어떻게 부인하란 말인가. 그녀의 향수, 그녀의 몸매, 그의 몸에 착 감기는 느낌.

"언쟁을 좀 벌였어요. 그는 성을 내며 그 카페로 가버렸고, 거기서 이렇게……"

"쉬, 당신 잘못이 아니었다니까요, 넬."

그것은 진심을 담아 한 말이었다. 정확히 누구의 잘못인지는 알 수 없었지만. 보호세를 걷으러 온 조폭 놈들? 질투심에 사로잡힌 레스토랑 주인들? 아니면 평범한 청년 놈들? 아직은 갈피를 잡을 수 없었다.

"그를 봐도 되나요?"

"물론이죠." 리버스가 홈스의 침대를 가리켰다. 그가 옆으로 비켜서자 넬 스테이플턴이 침대로 바짝 다가갔다. 둘만의 프라이버시를 존중해주고 싶었지만 별 의미가 없을 것 같기도 했다. 어차피 홈스는 의식불명 상태였으니. 모니터 몇 대가 그의 상태를 체크 중이었다. 그의 머리에는 붕대가 두껍게 감겨져 있었다. 넬은 별거 중인 연인에게 무언가를 속삭였다. 그 모습을 지켜보는 리버스는 페이션스 에이트킨 박사를 떠올리며 *자신도 의식불명으로 누워 있으면 좋겠다*고 생각했다. 그녀가 찾아와 그에 대한 좋은 얘기를 달콤하게 속삭여줄 수 있도록.

5분쯤 지나자 그녀가 지친 모습으로 돌아섰다. "일이 힘들죠?" 리버스가 물었다.

넬 스테이플턴이 고개를 끄덕였다. "왜 이런 일이 벌어졌는지 알 것 같아요." 그녀가 나지막이 말했다.

"네?"

그녀의 목소리는 속삭임에 가까웠다. 정적에 파묻힌 병동에 두 발로 멀쩡히 서 있는 사람은 그들뿐이었다. 그녀가 긴 한숨을 내쉬었다. 리버스는 그녀가 연기 수업을 받은 적이 있었는지 궁금해졌다.

"검은 수첩." 그녀가 말했다. 리버스는 고개를 끄덕이다가 얼굴을 찌푸렸다.

"검은 수첩이라뇨?" 그가 물었다.

"이 얘길 해도 되는지 모르겠지만 경위님은 저 사람에게 특별한 분이시잖아요. 친구이시기도 하고." 그녀가 또 한 번 땅이 꺼져라 한숨을 내쉬었다. "브라이언의 수첩이에요. 공식적인 건 아니고, 그냥 그가 혼자서 수사해온 것들을 적은 거예요."

리버스는 환자들이 깨지 않도록 그녀를 병동 밖으로 이끌고 나왔다. "일기장인가요?" 그가 물었다.

"그건 아니고요. 그냥 밖에서 들은 이런저런 소문을 기록해둔 수첩이에요. 펍에서 흥미로운 얘길 듣거나 했을 때. 그런 것들을 검은 수첩에 기록해뒀다가 짬이 날 때마다 혼자 파헤쳐보곤 했었죠. 그만의 취미라고나 할까. 어쩌면 조기 승진을 위해 그랬는지도 모르죠. 전 잘 모르겠어요. 사실 그 문제로 싸운 적도 몇 번 있었어요. 그 수첩 때문에 저 사람 얼굴 볼 시간이 점점 줄어들었거든요."

리버스는 복도의 벽을 물끄러미 응시하고 있었다. 천장 조명 때문에 눈이 따가웠다. 홈스는 지금껏 자신의 수첩에 대해 언급한 적이 없었다.

"그런데 그 수첩이 어때서요?"

넬이 고개를 저었다. "그가 했던 말이 마음에 걸렸어요. 대판 싸우기 전에 그가 했던 말이……" 그녀가 한 손을 올려 입을 가렸다. 또 울음이 터지려는 모양이었다. "우리가 갈라서기 전에."

"그가 뭐라고 했는지 들려줘요, 넬."

"정확히는 기억나지 않아요." 그녀가 힘겹게 리버스와 눈을 맞추었다. "브라이언은 겁에 질려 있었어요. 그가 그토록 두려워하는 걸 본 적이 없었는데."

"그가 뭘 두려워한 거죠?"

그녀가 어깨를 으쓱였다. "수첩에 적힌 어떤 내용." 그녀가 다시 고개를 저었다. "저도 그게 뭔지는 몰라요. 자꾸만 이 모든 게 저 때문에 벌어진 것 같아서…… 만약 우리가 그때……"

리버스는 그녀를 다시 감싸 안았다. "자, 자, 진정해요. 당신 잘못이 아니라니까요."

"제 잘못이에요! 제 잘못이 맞다고요!"

"아니에요." 리버스가 단호히 말했다. "자, 어서 말해봐요. 브라이언이 그 검은 수첩을 어디에 보관해두나요?"

자신의 몸. 그것이 답이었다. 브라이언 홈스의 옷과 소지품은 병원 보관실에서 찾을 수 있었다. 리버스는 경찰 신분증을 들이밀고 문제의 수첩을 챙겨 나왔다. 수첩과 함께 A4 크기의 봉투에 담겨 있던 지갑과 메모지, 신분증, 시계, 열쇠꾸러미, 그리고 잔돈은 그냥 놔두었다. 리버스는 이것이 단순 강도 사건이 아닐 거라 확신했다. 그리고 마침내 주인에게서 떨어져 나온 수첩이 그것을 증명해주기를 기대했다.

넬은 펑펑 울면서 집으로 돌아갔다. 나중에 브라이언에게 전해달라는 메시지는 없었다. 그녀는 그가 수첩 때문에 봉변을 당했다고 믿었고, 리버스도 그 가능성을 높게 보았다. 그는 홈스가 입원해 있는 병동 복도에 앉아 물을 홀짝이며 싸구려 모조 가죽으로 만들어진 수첩을 펼쳐 보았다. 홈스는 속기로 적어놓았지만 동료 형사의 눈에는 그 암호가 별로 복잡하게 여겨지지 않았다. 수첩에 기록된 정보 대부분은 하룻밤, 그리고 한 가지 사건으로부터 뽑아낸 것들이었다. 동물 권리 단체가 페츠 본부 기록 보관실을 무단으로 침입했던 날 밤. 그들은 그곳에서 에든버러의 존경받는 시민들이 대거 연루된 소년 남창 스캔들의 증거를 보게 되었다. 그것은 존 리버스도 이미 알고 있는 사건이었다. 하지만 수첩에 기록된 또 다른 내용은 대단히 흥미로웠다. 특히 센트럴 호텔과 관련된 내용.

에든버러의 센트럴 호텔은 5년 전, 석연치 않은 이유로 완전히 파괴되었다. 보험 사기라는 소문이 돌았고, 보험 회사는 그 증거를 찾는다면서 5천 파운드의 현상금을 걸었었다. 하지만 누구도 현상금을 챙기지 못했다.

한때 그 호텔은 관광객들의 천국이었다. 프린스 가에 자리하고 있어 웨이벌리 역과도 가까웠고, 그런 이유로 출장 온 많은 회사원들에게 특히 인기가 높았다. 하지만 말년에 매출이 급감하자 센트럴 호텔은 편법을 쓰기 시작했다. 방을 시간제로 빌려주기도 하고, 룸서비스를 통해 샴페인과 텔컴 파우더(주로 땀띠약으로 사용되는 몸에 바르는 분)를 제공했다. 그것도 손님들이 원하는 만큼.

다시 말해, 센트럴 호텔이 대놓고 매음굴이 되어버렸다는 뜻이었다. 그뿐 아니라, 상대를 가리지 않고 음식 서비스를 제공하기까지 했다. 도시의 악한들은 호텔에서 결혼식 피로연을 열었고, 미성년자들은 라운지 바에서 마음껏 음주를 즐겼다. 정직한 경찰이라면 절대 찾지 않을 곳이 되어버렸기 때문에. 라운지 바는 어느새 마약 거래의 장이 되어버렸고, 호텔은 매음굴을 넘어 늪이 되어버렸다.

퇴거 명령장이 붙은 늪.

시민들의 불평은 하늘을 찔렀고, 경찰도 언제까지 모른 척만 할 수는 없었다. 센트럴 호텔을 찾는 인간쓰레기가 늘어갈수록 그곳이 생산해내는 인간쓰레기도 늘어갔다. 더 이상 그곳에서는 술꾼을 찾아보기 힘들어졌다. 사람들은 오직 여자와 싸구려 마약을 누리기 위해 호텔을 들락거릴 뿐이었다. 아니면 싸울 상대를 찾아서. 그게 아니라면 그곳에 발을 들일 이유가 없었다.

그러던 어느 날, 센트럴 호텔은 화재로 소실되어버렸다. 누구에게도 충격으로 다가올 일은 아니었다. 지역 신문 기자들조차도 대형 화재 사건을 의욕적으로 취재하지 않았다. 물론 경찰은 내심 기뻐했다. 화재 덕분에 부담스러운 급습 계획이 취소되었기 때문이다.

다음 날, 모든 직원과 손님들이 무사히 대피한 것으로 알려졌던 화재 현장에서 시체 한 구가 발견되었다. 신원 확인이 불가능할 정도로 타버린 시체는 숯으로 변한 천장과 지붕보 틈에 끼어 있었다.

화재가 일어나기 전에 이미 숨겨 있었던 시체.

거기까지는 리버스도 알고 있는 내용이었다. 에든버러 경찰이라면 모를 수 없는 사건이었다. 하지만 홈스는 왜 자신의 검은 수첩에 감질나게 하는 단서들을 쏟아놓았을까? 적어도 리버스의 눈에는 감질나게 하는 단서들로 보였다. 그는 관련 부분을 다시 훑어보았다.

센트럴 화재. 엘(El)이 그곳에 있었다! 1층 포커 게임. R. 형제 연루. -어쩌면 모르크(Mork)도?- 계속 알아볼 것.

그는 홈스의 필적을 유심히 살폈다. 'El' 혹은 'E1'. 글자 l인지 숫자 1인지 구분이 되지 않았다. 만약 글자라면 'l'의 발음 표기-El-인 것일까? 느낌표는 왜 썼을까? 브라이언 홈스에게는 엘-L인지 E-1인지는 모르지만-의 발견이 뜻밖의 일이었던 걸까? 그리고 R. 형제는 대체 누구를 말하는 걸까? 리버스는 문득 그것이 마이클과 자신을 의미하는 게 아닐까 생각했다. 리버스(Rebus) 형제. 그리고 모르크. 형편없는 TV 쇼만이 뇌리를 스쳤다.

그는 피곤했다. 더 살펴보는 건 내일로 미뤄도 되는 일이었다. 어쩌면 브라이언이 의식을 되찾아 모든 걸 설명해줄지도 모르는 일이고 리버스는 잠자리에 들기 전 짧게라도 그를 위해 기도를 해야겠다고 생각했다.

3

기도는 효과가 없었다. 7시, 리버스가 병원에 전화를 걸었을 때도 브라이언 홈스는 여전히 의식을 되찾지 못한 상태였다.

"그럼 혼수상태에 빠진 겁니까?"

수화기에서 흘러나오는 목소리는 냉담했다. "오늘 아침에 정밀검사를 해볼 거예요."

"어떤 정밀검사 말이죠?"

"홈스 씨의 직계가족이신가요?"

"아뇨, 저는……" 경찰? 그의 상관? 그냥 친구? "됐습니다." 그가 수화기를 내려놓았다. 학생 하나가 거실 문 안으로 고개를 불쑥 내밀었다.

"허브차 한잔하시겠어요?"

"난 됐어."

"뮤즐리(곡식, 견과류, 말린 과일 등을 섞은 것으로 우유에 타 먹는 식사 대용식)는요?"

리버스가 고개를 저었다. 그녀가 씩 미소를 흘리고는 사라졌다. 허브차와 뮤즐리. 맙소사. 고작 그런 걸로 배를 채우고 하루를 시작하라고? 그때 골방 문이 열렸고, 리버스는 흠칫 놀랐다. 남자 셔츠만 달랑 걸친 십대 소녀가 걸어 나왔기 때문이다. 그녀는 잠시 눈을 비벼대다가 그를 향해 환히 미소를 지어 보였다. 차가운 리놀륨 바닥에 맨발이 닿는 게 싫은지 그녀는 발끝으로 총총 걸어 거실을 빠져나갔다.

리버스는 한동안 거실 문을 응시하다가 골방으로 들어갔다. 마이클은 알몸으로 싱글 침대에 누워 있었다. 침대는 지난 주말에 리버스가 중고로 구입해온 것이었다. 마이클이 한 손으로 가슴을 문지르며 천장을 올려다보았다. 골방 안 공기에서 악취가 진동했다.

"대체 무슨 짓을 한 거야?" 리버스가 물었다.

"쟨 열여덟 살이야, 존."

"그걸 물은 게 아니잖아."

"오? 그럼 뭘 물어본 거지?"

사실 리버스도 그게 궁금했다. 형이 2미터 남짓 떨어진 소파에서 자고 있는데 어떻게 여학생을 데리고 들어가 동침을 할 수 있지? 아무리 생각해도 이해가 되지 않았다. 아무래도 마이클을 쫓아내야 할 것 같았다. 리버스는 자신이 묵을 호텔도 알아보기로 했다. 더 이상 이런 꼴을 두고 볼수는 없었다. 무엇보다도 학생들에게 부당한 일이었다.

"형도 펍에 자주 가봐." 마이클이 말했다. "그럼 이해가 될 걸."

"뭐?"

"그런 걸 안 하려고 하니 세상을 전혀 모르잖아. 이젠 좀 사람답게 살아보라고."

마이클이 실실 미소를 흘렸다. 리버스는 거칠게 문을 닫고 골방을 나와버렸다.

"방금 브라이언 소식이 들어왔어."

쇼반 클락 경장은 심란해하는 표정을 짓고 있었다. 그녀의 얼굴은 창백했고, 볼과 입술만 조금 불그스름할 뿐이었다. 리버스는 고개를 끄덕이며 그녀에게 앉을 것을 권했다. 그녀가 그의 책상 앞으로 의자를 끌어왔다.

"뭐라고 하던가요?"

"머리를 가격당한 게 맞대."

"뭘로요?"

좋은 질문이었다. 형사라면 응당 물어야 할 질문. 사실 그것은 어젯밤 리버스가 깜빡하고 묻지 못했던 질문이기도 했다. "그건 아직 몰라." 그가 말했다. "범행 동기도 알 수 없고."

"하트브레이크 카페 밖에서 그런 게 맞죠?"

리버스가 고개를 끄덕였다. "뒤편 주차장에서."

"툭하면 거기서 한턱 쏘겠다고 했는데."

"브라이언은 약속을 칼같이 지키는 친구야. 그러니 걱정 말라고, 쇼반. 곧 툭툭 털고 일어날 테니까."

그녀가 고개를 끄덕였다. "이따 병원에 잠깐 들러볼까 해요."

"자네가 원한다면, 뭐." 리버스가 말했다. 그는 자신의 톤이 무엇을 의미하는지 궁금했다. 그녀가 다시 그를 쳐다보았다.

"네, 그러고 싶어요." 그녀가 말했다.

그녀가 사무실을 나가자 리버스는 로더데일 경감의 메시지를 확인했다. 합동작전을 위한 초기 감시 계획에 관련된 내용이었다. 그는 리버스에게 궁금한 점이나 '좋은 의견'이 있으면 언제든 달라고 했다. 리버스의 입가에 미소가 머금어졌다. 그런 뻔한 멘트로 나를 입막음해보시겠다? 그때 그의 사무실로 묵직한 상자 하나가 배달되었다. 그가 기다렸던 것이었다. 판지 상자의 뚜껑을 열어본 그가 흠칫 놀랐다. 실로 엄청난 양의 파일들.

그가 요청한 센트럴 호텔 관련 정보들이었다. 호텔의 역사는 물론 그것의 참혹한 결말까지 총망라된 정보. 그는 로더데일의 편지에 'OK'라고 큼지막하게 적은 후 그 밑에 서명을 하고 자신의 기결 서류함에 넣었다. 로더데일은 리버스가 한마디 불평도 없이 감시 임무를 받아들였다는 사실에 깜짝 놀랄 것이다. 아니, 무척 당혹스러워 할 것이다.

덕분에 그는 멋진 하루를 시작할 수 있었다.

리버스는 상자에서 첫 번째 파일을 꺼내 훑어 내려가기 시작했다.

그가 휴대하고 있던 수첩의 두 번째 장에 메모를 하고 있을 때 전화벨이 울렸다. 넬 스테이플턴이었다.

"넬, 지금 어디죠?" 메모를 이어나가며 리버스가 물었다.

"일하고 있어요. 그간 무슨 소식이 있었는지 궁금해서 전화드렸어요."

그의 손이 뚝 멎었다. "소식?"

"브라이언에게 무슨 일이 있었는지 말이에요."

"그건 아직 몰라요. 나중에 의식을 되찾으면 그 친구가 알려줄 겁니다. 병원에 연락은 해봤어요?"

"일어나자마자 해봤어요."

"나도 그랬어요." 리버스의 손이 다시 움직이기 시작했다. 잠시 어색한 침묵이 흘렀다.

"검은 수첩은요?"

"오, 그거. 조금 훑어봤어요."

"브라이언이 뭘 보고 겁을 먹었는지 알아내셨나요?"

"알아낸 것도 같고 아닌 것도 같고, 뭐 그렇습니다. 너무 걱정 말아요,

넬. 지금 열심히 파헤쳐보고 있으니까."

"알겠습니다." 그녀의 목소리에서 안도감이 묻어났다. "브라이언이 깨어나면 이건 비밀로 해주세요. 그래주실 거죠?"

"왜요? 당신이 그를 얼마나 걱정하는지 알려주고 싶지 않아요?"

"당연히 걱정하고 있죠!"

"그런데도 그를 집에서 쫓아냈나요?" 그는 이내 괜한 말을 내뱉은 자신을 질책했다. 하지만 이미 엎질러진 물이었다. 그는 그녀가 고뇌하는 소리를 들을 수 있었다. 리버스의 머릿속에 대학 도서관에서 동료들에게 우는 모습을 보이지 않으려 애쓰는 그녀의 모습이 떠올랐다.

"존," 마침내 그녀가 말했다. "전말을 알면 그런 말씀은 못 하실 거예요. 경위님은 브라이언 쪽 얘기만 들으셨잖아요."

"그건 그래요. 당신 얘기도 듣고 싶어요."

그녀는 잠시 망설였다. "전화로 말씀드리는 건 좀 그렇고, 나중에 만나 뵙고 말씀드릴게요."

"난 언제든 괜찮아요, 넬."

"하던 작업을 마저 해야겠네요. 혹시 오늘 브라이언을 보러 가실 건가요?"

"이따 밤에 한번 가볼 생각이에요. 오전 내내 정밀검사를 할 거라던데. 당신은요?"

"오, 당연하죠. 이따 들를 거예요. 여기서 2분 거리밖에 안 되거든요."

그렇군. 리버스는 문득 쇼반 클락을 떠올렸다. 어떤 이유에서인지 그는 두 여자가 브라이언의 병실에서 맞닥뜨리는 걸 원치 않았다. "몇 시쯤 갈 건가요?"

"점심시간에요."

"마지막으로 한 가지만 물어볼게요, 넬."

"네?"

"혹시 브라이언에게 적이 있었나요?"

그녀가 잠시 뜸을 들였다. "아뇨."

리버스는 추가 답변을 기다렸지만 그녀는 입을 닫아버렸다. "알았어요. 나중에 봐요, 넬."

"안녕히 계세요, 존."

수화기를 내려놓은 후 리버스는 계속 메모를 이어나갔다. 하지만 한 문장도 제대로 맺지 못한 채 다시 펜을 멈추었다. 그가 펜으로 입을 톡톡 두드렸다. 한동안 그러고 있던 그가 자신의 정보원들에게 −그는 '끄나풀'이라는 표현을 좋아하지 않았다− 차례로 연락해 하트브레이크 카페 폭행 사건에 대해 알아보라는 지령을 내렸다.

"내 동료가 당했어. 내가 얼마나 진지한지 대충 감이 오지?"

그는 일단 '동료'라고 말해버렸다. 원래는 '친구'라고 하려 했었지만.

점심시간에 그는 대학 병리과를 찾아갔다. 미리 연락을 받은 커트 박사는 사무실에서 그를 기다리고 있었다. 크림색 레인코트를 걸친 그는 리버스의 귀에 익은, 하지만 제목은 알지 못하는 클래식 음악 한 곡을 흥얼거리고 있었다.

"아, 경위님. 아까 연락을 받고 좀 놀랐습니다."

리버스가 눈을 깜빡였다. "네?"

"평소엔 한창 수사가 진행 중인 긴급한 사건으로 저를 찾으시지 않습니까. 하지만 오늘은……" 커트가 두 팔을 활짝 펼쳐 보였다. "무슨 일입니까? 갑자기 점심을 다 사신다고 하고요. 세인트 레너즈는 좀 한가하지 않습니까."

그건 전혀 사실이 아니었다. 하지만 리버스가 당장 나서서 처리해야 할 일은 없었다. 그는 경찰서를 나서기 전, 쇼반 클락에게 여유로운 점심시간을 누리지 못할 만큼의 임무를 한 아름 안겨주었다. 그녀는 구내식당에서 샌드위치와 음료로 점심을 때우게 되었다며 투덜거렸고, 그는 대신 브라이언 홈스를 병문안할 수 있도록 일찍 보내주겠다는 약속으로 그녀를 달랬다.

"새 환경엔 적응을 하셨습니까?"

리버스가 어깨를 으쓱였다. "그들이 절 어디로 보내든 별 상관없습니다. 자, 어디서 먹을까요?"

"제가 학교 스태프 클럽에 테이블을 예약해두었습니다."

"구내식당 말씀입니까?"

커트가 웃음을 터뜨리며 고개를 저었다. 그는 리버스를 이끌고 사무실을 나와 문을 걸어 잠갔다. "아닙니다." 커트가 말했다. "구내식당은 따로 있고요. 경위님이 한턱내신다고 해서 좀 고상한 곳으로 골라봤습니다."

"그럼 그곳으로 안내해주시죠."

레스토랑은 챔버스 가 스태프 클럽 정문에서 얼마 떨어지지 않은 건물 1층에 자리하고 있었다. 그들은 위에서 들려오는 교통 소음 너머로 한담을 나누며 안으로 들어섰다. 커트는 항상 약속 시간에 늦은 사람처럼 급하게 걸었다. 원래 바쁜 몸이기는 했다. 강의하랴 경찰이 던져주는 성가신 과제 처리하랴.

레스토랑은 크지 않았지만 테이블들은 띄엄띄엄 배치되어 있었다. 리버스는 무엇보다도 적당한 수준으로 책정된 가격이 마음에 들었다. 커트가 와인 한 병을 주문하는 바람에 총계가 조금 오르기는 했지만.

"이건 제가 대접하겠습니다." 그가 말했다. 하지만 리버스를 고개를 저었다.

"저희 서장님이 대접하는 겁니다." 그건 사실이었다. 그는 나중에 업무를 위한 합법적 지출이었다고 주장할 생각이었다. 수프가 나오기 전에 와인이 먼저 도착했다. 웨이트리스가 와인을 따라주는 동안 리버스는 용건을 꺼내기 좋은 타이밍이 언제일지 생각해보았다.

"건배!" 커트가 글라스를 들며 말했다. "무슨 일로 절 보자고 하셨는지 궁금합니다. 경위님은 친구와 여유를 부리며 점심을 즐기는 타입이 아니시지 않습니까. 분명 제게 원하시는 게 있을 텐데요. 연기 자욱한 술집에서 맥주와 브라이디(고기를 넣은 작은 파이)를 사는 것으로는 얻을 수 없는 무언가가."

그 말에 리버스가 미소를 지었다. "센트럴 호텔을 기억하시죠?"

"프린스 가에 있었던 그 호텔 말씀이시죠? 6년인가 7년 전에 불타 없어진?"

"정확히는 5년 전입니다."

커트가 다시 와인을 한 모금 넘겼다. "불에 탄 시체 한 구가 발견됐었죠? 그때 우린 그걸 '바삭바삭한 튀김옷'이라고 불렀습니다."

"그 시체를 부검하신 걸로 알고 있습니다. 그는 화재로 죽은 게 아니었죠?"

"새로운 증거가 나왔습니까?"

"그런 건 아니고요. 전 그저 그 사건에 대해 기억하시는 내용을 듣고 싶을 뿐입니다."

"흠, 어디 한번 봅시다." 그때 수프가 도착했다. 커트는 급하게 몇 입 떠먹은 후 냅킨으로 입가를 훔쳤다. "시체의 신원은 끝내 확인하지 못했습니다. 치과 기록까지 살펴봤는데도 실패했어요. 물론 외적 증거는 없었고, 사람들은 어리석게도 불에 탄 시체는 말이 없다고 믿었습니다. 시체를 절개해보니 장기들 상태가 꽤 괜찮더군요. 겉은 바싹 타버렸지만 속은 프렌치 스테이크처럼 날것 그대로였습니다."

옆 테이블의 커플은 소리 없이 음식을 씹고 있었다. 커트는 그들을 의식하지 못한 듯했다. 아니면 알면서도 무시하고 있는 것이거나.

"유전자 지문 분석법은 4년쯤 전부터 쓰이기 시작했습니다. 심장에서 혈액을 조금 뽑아내긴 했지만 그걸 대조할 샘플이 없었습니다. 물론 심장이 결정적인 사실을 알려주긴 했지만요."

"총상 말씀이시죠?"

"두 개가 있었습니다. 사입구와 사출구. 그게 확인된 후 경찰은 다시 현장으로 황급히 되돌아왔었죠. 그때 기억하십니까?"

리버스는 고개를 끄덕였다. 당시 그들은 현장 주변을 쥐 잡듯 뒤졌고, 수색 작업은 한 간부 후보생이 총알을 발견했을 때까지 멈추지 않았다. 8밀리미터. 심장에 난 총상과 정확히 일치했지만 추가 단서가 되지는 못했다.

"그뿐 아니라……" 리버스가 말했다. "피해자가 과거에 팔이 부러진 적이 있었다는 걸 알아내셨죠?"

"제가 그랬습니까?"

"그 사실도 수사에 아무런 도움이 돼주지 못했습니다."

커트가 빵으로 수프 그릇을 훔쳤다. "다른 곳도 아닌, 악명 높은 센트럴 호텔이었지 않습니까. 거길 들락거린 사람들 대부분이 그런 부상을 입었을 겁니다. 툭하면 서로 치고받았을 테니까요."

리버스가 고개를 끄덕였다. "하긴 그렇죠. 그럼에도 불구하고 그의 신원은 끝내 확인되지 않았습니다. 만약 그가 그곳 단골이거나 직원이었다면 누군가가 나서서 정보를 제공해주었을 텐데 그러지 않았단 말입니다."

"꽤 오래된 일이지 않습니까. 왜 갑자기 그 사건을 끄집어내신 겁니까?"

"브라이언 홈스가 머리를 가격당해 위독한 상태입니다."

"홈스 경사가요? 대체 무슨 일이 있었던 겁니까?"

리버스는 오후 내내 자료를 훑어보고 싶었다. 넉넉잡고 반나절이면 끝날 거라 생각했지만 막상 해보니 호락호락한 작업이 아니었다. 아무래도 집으로 가져가 며칠 더 봐야 할 것 같았다. 살펴봐야 할 게 너무나 많았다. 소방서와 시의회가 작성한 길고 장황한 보고서, 신문 기사, 경찰 조서, 인터뷰 녹취록……

그가 세인트 레너즈로 돌아왔을 때 로더데일은 그를 기다리고 있었다. 리버스의 성의 없는 답을 확인한 그는 합동작전을 위한 감시 작업을 의욕적으로 밀어붙이려 하고 있었다. 결국 리버스는 경감의 사무실에 두 시간 가까이 붙잡혀 있어야 했다. 경감과의 열띤 토론이 끝나자 앨리스터 플라워 경위가 들어왔다. 그는 세인트 레너즈 경찰서가 처음 문을 연 1989년 9월부터 이곳을 지켜왔다. 그는 당시 프리메이슨(18세기 초 영국에서 시작된 세계시민주의·인도주의적 우애를 목적으로 하는 단체) 단원인 한 고위 관리와 악수를 나눈 사실을 틈만 나면 자랑하고 다녔다.

플라워는 그레이트 런던 가에서 온 전입자들을 좋아하지 않았다. 경찰서에서 벌어지는 모든 마찰과 파벌 싸움의 배후에 플라워가 있다는 건 공공연하게 알려진 사실이었다. 플라워에 대한 반감은 로더데일과 리버스가 공유하는 유일한 감정이었다. 문제는 로더데일이 조금씩 플라워 진영에 기웃거리기 시작했다는 사실이었다.

반면 리버스는 그가 자신의 이름의 철자를 말하는 우스꽝스러운 방법마저도 혐오했다. 리버스는 그를 '리틀 위드(Little Weed, 작고 하찮은 잡초)'라고 불렀다. 그리고 갑자기 국세청의 편지가 날아든 것도 플라워와 무관하지 않을 거라고 의심했다.

플라워는 고리대금업자들과의 전쟁에서 또 다른 감시팀을 이끌 예정이었다. 로더데일은 그가 먼저 팀을 고를 수 있도록 배려해주었다. 한 팀은 놈들이 보호세를 뜯어가기 위해 자주 찾는다는 펍을, 또 다른 팀은 그들 조직의 명목상 본부인 고르기 가의 콜택시 회사를 감시하게 될 것이다.

"서부 사단 본부와도 고르기 감시 작업에 대해 얘기를 끝낸 상태네." 책상 뒤에서 로더데일이 말했다. 사무실에서는 누구보다도 유능한 경찰이었다. 하지만 밖에서는 빈달루(보통 고기나 생선을 넣어 아주 매콤하게 만든 인도 요리) 속 후추만큼이나 존재감이 없었다.

"그럼," 플라워가 말했다. "리버스 경위만 괜찮다면 제가 펍을 맡겠습니다. 집에서도 가깝고요." 플라워가 미소를 지었다.

"흥미로운 선택이군." 리버스가 팔짱을 낀 채 두 다리를 길게 뻗었다.

로더데일이 두 남자를 번갈아 쳐다보았다. "그럼 그 문제는 해결된 거지? 자, 이제 디테일로 들어가보자고."

플라워가 합류하기 전에 이미 리버스와 그가 짚어보았던 내용이었다. 리버스는 집중해보려 애썼지만 잘되지 않았다. 그의 머릿속은 어느새 센트럴 호텔 파일 생각으로 가득 차 있었다.

작전 자체는 무척 단순했다. 고리대금업자들은 톨크로스의 퍼스 펍을 거점으로 삼고 있었다. 그들은 그곳에서 채무자들의 지불금을 꼬박꼬박 받아 챙겼다. 그리고 그렇게 모인 돈은 고스란히 고르기 가 사무실로 옮겨졌다. 역시 채무자들의 지불금 전달 장소로 쓰이는 콜택시 회사에서는 조직의 거물들을 쉽게 찾아볼 수 있었다.

퍼스 펍에 적을 둔 남자들은 단역에 불과했다. 그들은 돈을 수금했고, 지불이 늦어지면 말로 설득까지 했다. 하지만 부득이하게 완력을 써야 하는 상황이 오면 모두가 데이비 두게리를 찾았다. 데이비는 매일 아침마다 회사원처럼 성실하게 사무실로 출근했다. 타고 온 BMW 635CSi는 낡은 콜택시들 옆에 세워놓았고, 날씨가 따뜻한 날이면 재킷을 벗어 셔츠 소매를 걷어 올렸다. 공정거래원은 오랫동안 데이비를 지켜봐왔다.

두 감시팀에는 공정거래원 담당자들이 합류할 예정이었다. 경찰은 그저 법을 집행하기 위해 나서는 것뿐이었다. 명목상으로는 공정거래원의 작전인 셈이었다. 그들은 이번 작전에 '머니백(Moneybags)'이라는 이름을 붙였다. 리버스는 그것을 흥미롭고 참신한 이름이라고 평가했다. 펍을 감시하는 건 나쁘지 않았다. 하루 종일 앉아 신문을 훑고, 마권에 낙서를 하고, 포켓볼을 치고, 주크박스나 도미노를 가지고 놀 수도 있으니까. 남들 눈에 튀면 안 되니 맥주도 마음껏 마실 수 있고.

반면 사무실을 감시하는 건 무척 따분한 일이었다. 하루 종일 길 건너 공동주택 1층 창가에 앉아 시간을 죽이는 것 외에는 할 게 없었다. 감시 작업에 쓰일 방은 여러모로 최악이었다. 화장실도 그렇고, 난방 장치도 그렇고, —연초에 도둑이 들어와 변기까지 뜯어가버렸다고 한다.— 홈스가 속히 복귀한다면 클락과 함께 이곳에서 감시 임무를 수행하게 될 것이다. 그는 두 부하 형사가 2인용 침낭 안에서 서로를 부둥켜안은 채 몸을 녹이는 모습을 떠올려보았다. 빌어먹을! 그나마 두게리가 야근을 하지 않아 다행이었다. 공정거래원 담당자들이 감시 작업을 돕기로 했다는 사실도 작은 위안이 되었다.

마침내 내 손으로 데이비 두게리를 체포하게 되다니. 리버스는 상상만으로도 짜릿했다. 두게리는 썩은 사과 같았다. 속은 썩어 문드러졌지만 겉보기에는 멀쩡했다. 두게리는 빅 제르 캐퍼티의 오른팔이었다. 언젠가 사무실에 나타난 캐퍼티가 카메라에 포착된 적도 있었다. 물론 그것은 별 도움이 되지 않았다. 그가 콜택시 회사를 찾으면 안 된다는 법은 없었으니까. 어차피 법정에서 증거로 제출해도 소용없을 것이다. 두게리는 몰라도 캐퍼티의 덜미를 잡으려면 이 정도 작전으로는 어림도 없었다.

"자," 로더데일이 말했다. "다음 주 월요일에 시작하는 걸로 하자고, 괜찮지?"

리버스는 몽상에서 깨어났다. 그의 정신이 딴 데 팔려 있는 동안 두 사람 사이에 많은 대화가 오고간 듯했다. 그는 자신이 무의식적으로 그들이 내건 이상한 조건에 동의하지는 않았는지 궁금했다. ―그의 침묵이 묵인으로 받아들여졌을 수도 있고―.

"저는 괜찮습니다." 플라워가 말했다.

탈출을 코앞에 둔 리버스는 몸이 근질거렸다. "홈스 경사의 빈자리를 메워줄 인력이 필요합니다."

"아, 그렇지. 그 친구는 상태가 좀 어떤가?"

"오늘은 아무 소식도 못 들었습니다." 리버스가 말했다. "퇴근 전에 한

번 연락해보겠습니다."

"알아보고 알려주게."

"저희가 모금을 진행하고 있습니다." 플라워가 말했다.

"젠장. 그가 죽기라도 했어?"

플라워는 리버스의 짜증에 별 반응을 보이지 않았다. "꼭 죽어야만 모금을 할 수 있는 건 아니잖아."

"그래도 마음은 가상하군." 로더데일이 말했다. 플라워는 겸손한 척 어깨를 으쓱였다. 로더데일이 내키지 않는 표정으로 지갑에서 5파운드를 꺼내 플라워에게 건넸다.

통 한번 엄청 크군. 리버스는 생각했다. 플라워조차도 흠칫 놀라는 모습이었다.

"5파운드네요." 그가 굳이 말했다.

로더데일은 플라워의 과장된 반응에 머쓱해하며 지갑을 치웠다. 플라워는 지폐를 셔츠 주머니에 쑤셔 넣고 자리에서 일어났다. 리버스도 그를 따라 일어났다. 그는 플라워와 텅 빈 복도에 단둘이 남겨지고 싶지 않았다. 그런 그의 마음을 읽었는지 로더데일이 그를 불러 세웠다.

"나랑 얘기 좀 하세나, 존."

플라워가 코를 훌쩍이며 사무실을 나갔다. 그는 경감 앞에서 격해진 감정을 다스리지 못한 리버스가 질책을 받게 될 거라 믿는 듯했다. 하지만 로더데일이 그를 남게 한 것은 전혀 다른 이유 때문이었다.

"아까 자네 자리를 지나다가 봤는데, 센트럴 호텔 화재 사건 파일이 널려 있더군. 꽤 오래된 사건 아닌가, 응?" 리버스는 대꾸하지 않았다. "내게 무슨 할 말 없나?"

"없습니다, 경감님." 리버스가 문으로 걸어 나가며 말했다. 그는 플라워가 진작 복도를 빠져나갔기를 바랐다. "신경 쓰지 마십시오. 그냥 호기심에 훑어보고 있을 뿐입니다. 역사 공부 정도로 봐주시면 됩니다."

"오히려 고고학에 가깝지."

그것은 사실이었다. 오래된 뼈와 상형문자들. 죽은 자를 살리려는 노력.

"과거는 중요하지 않습니까, 경감님." 사무실을 나서며 리버스가 말했다.

4

에든버러에게 과거는 특히 중요했다. 자신의 꼬리를 문 뱀처럼 도시는 자신의 과거를 먹고 살았다. 리버스의 과거도 같은 코스를 빙빙 돌고 있었다. 그의 책상에는 클락의 메시지가 놓여 있었다. 부재중인 상관을 대신해 전화를 받고 나서 홈스를 보러 나간 모양이었다.

폴커크에서 모튼 경위님이 전화를 걸어오셨습니다. 나중에 다시 하시겠답니다. 용건은 말씀 안 하셨고요. 뭔가 비밀스러운 내용인 것 같습니다. 저는 두 시간 후에 돌아오겠습니다.

그녀는 자신이 비운 두 시간을 만회하기 위해 며칠간 야근도 불사할 타입이었다. 상관으로부터 여유롭게 점심을 먹을 권리까지 박탈당했음에도. 쇼반 클락은 잉글랜드인이었지만 스코틀랜드 신교도 같은 면을 가지고 있었다. 그녀에게 쇼반이라는 이름이 붙여진 것도 그녀의 잘못이 아니었다. 그녀의 부모는 1960년대에 에든버러 대학에서 영문학을 가르쳤었다. 그들은 딸에게 게일어(스코틀랜드 켈트어) 이름을 붙여주고는 다시 남쪽으로 돌아갔다. 그녀는 그런 이름을 달고 노팅엄과 런던에서 학창 시절을 보냈다. 하지만 그녀는 대학 진학을 위해 다시 에든버러로 돌아왔고, 어쩌다 보니 에든버러와 사랑에 빠지게 되었다고 했다. 경찰이 될 결심을 굳히면서 부모와 소원해졌지만 그들이 결국 마음을 풀고 뉴타운 아파트를 선물해주었다나.

리버스는 그녀가 경찰에서도 잘해줄 거라 믿었다. 자신 같은 상관을 모시면서도. 경찰 조직에서 여성들은 남성 동료들과 나란히 발맞춰 나가기 위해 몇 배 더 열심히 뛰어야 했다. 모두가 그걸 알고 있었다. 쇼반은 특히 더 열심이었다. 그뿐만 아니라 기억력도 남달랐다. 한 달쯤 지나서 책상에 놓아둔 메모에 대해 물어보면 그녀는 단어 하나 틀리지 않고 통화 내용을 정확히 읊어줄 것이다. 상상만 해도 오싹해졌다.

하필 이럴 때 잭 모튼의 이름이 튀어나왔다는 사실도 그를 오싹하게 만들었다. 리버스가 과거에 담아두었던 또 하나의 유령. 6년 전, 리버스는 술과 담배에 찌든 모튼이 4, 5년을 버티지 못하고 세상을 떠날 줄 알았었다.

그는 연락처를 남겨놓지 않았다. 단 몇 분이면 알아낼 수 있겠지만 리버스는 그러고 싶지 않았다. 서둘러 책상에 수북이 쌓인 파일들로 돌아가고 싶은 마음뿐이었다. 그는 먼저 브라이언 홈스의 상태를 체크하기 위해 병원에 전화를 걸어보았다. 응답한 상대는 더 나아지지도, 더 나빠지지도 않았다고 알려주었다.

"그래도 왠지 희망적으로 들리는군요."

"그냥 표현일 뿐입니다." 상대가 대꾸했다.

그는 정밀검사 결과가 다음 날 아침에나 나올 거라는 답을 듣고 전화를 끊었다. 리버스는 잠시 생각에 잠겼다가 페이션스 에이트킨의 클리닉으로 전화를 했다. 하지만 페이션스는 볼일이 있어 자리를 비운 상태였다. 리버스는 메시지를 남긴 후 접수 담당자에게 그 내용을 읽어달라고 부탁했다. 자신의 귀에도 그럴 듯하게 들리는지 확인하기 위해서였다.

"'브라이언 상태를 궁금해할 것 같아 연락했어요. 자리에 없네요. 원한다면 아든 가로 전화해줘요. 존.'"

그래. 이 정도면 됐어. 분명 전화를 걸어올 거야. 브라이언의 상태가 궁금해서라도. 그러지 않으면 얼마나 무정한 사람 같아 보이겠어? 그의 가슴 속에서 희망 한 조각이 꿈틀거렸다. 리버스는 한결 가뿐해진 마음으로 작업을 시작했다.

그는 6시가 다 되어서야 아파트로 돌아올 수 있었다. 오는 길에 식료품 쇼핑을 했기 때문이었다. 사건 파일을 챙겨오고 싶었지만 결국 그러지 못했다. 그는 너무 피곤했다. 머리도 아팠고, 오래된 종이가 내뿜는 먼지 때문에 코까지 막혀버렸다. 그는 축 늘어진 몸을 이끌고 계단을 올라가 현관문을 열었다. 사 온 것들을 들고 주방으로 들어가자 두툼한 흑빵에 땅콩버터를 바르고 있는 한 학생이 보였다.

"안녕하세요, 리버스 씨. 아까 전화가 걸려왔었어요."

"어?"

"어떤 여자 의사였어요."

"언제?"

"10분 전쯤에요."

"메시지는 안 남겼고?"

"환자 상태가 궁금해지면……"

"브라이언? 브라이언 홈스 말이야?"

"네, 맞아요. 환자 상태가 궁금해지면 병원에 직접 연락해보겠대요. 오늘만 해도 이미 두 번 알아봤다고도 했고요." 학생이 환하게 웃었다. 메시지를 전부 제대로 기억해낸 자신이 대견스러운 모양이었다. 페이션스는 그의 속셈을 훤히 꿰뚫어보고 있었다. 그 정도는 예상했어야 하는데. 총명함은 그가 그녀에게 끌렸던 가장 큰 이유였다. 또한 두 사람은 많은 면에서 비슷했다. 리버스는 자신의 수를 척척 읽어내는 그녀에게 섣불리 게임을 걸어버린 것이다. 그는 봉지에서 달걀과 콩 통조림과 베이컨을 꺼냈다.

"오, 맙소사." 학생이 혐오스럽다는 듯 말했다. "돼지들이 얼마나 똑똑한지 아세요, 리버스 씨?"

리버스가 학생의 샌드위치를 내려다보았다. "땅콩보다야 똑똑하겠지." 그가 말했다. "프라이팬은 어디다 뒀어?"

그날 밤, 리버스는 소파에 축 늘어져 TV를 보고 있었다. 그는 브라이언 홈스를 보기 위해 병원에 잠깐 다녀왔다. 왠지 메도우즈까지는 걸어가는 게 훨씬 빠를 것 같았다. 그래서 그는 차를 두고 밤길을 걸었다. 지끈거리는 머리도 식힐 겸. 하지만 그는 우울함만 잔뜩 안고 돌아와야 했다. 환자에게는 조금의 차도도 없었다.

"이런 상태로 얼마나 버틸 수 있습니까?"

"한동안은 버틸 수 있어요." 간호사가 그를 위로하며 말했다.

"이미 오래된 것 같은데."

그녀가 그의 팔뚝에 손을 얹었다. "인내(Patience), 인내해야 돼요."

페이션스! 하마터면 그는 택시를 잡아타고 그녀의 아파트로 달려갈 뻔했다. 그는 솟구치는 충동을 애써 무시하고 터덜터덜 걸어 아든 가로 돌아왔다. 힘겹게 계단을 올라온 그는 집에 들어서기가 무섭게 소파에 풀썩 주저앉아버렸다. 리버스는 이곳에 사는 동안 숱한 밤을 이렇게 지새웠다.

깊은 생각에 잠긴 채 소파에 앉아서. 이 아파트가 완전히 자신의 것이었을 때.

마이클이 거실로 나왔다. 허리에 타월을 두른 그는 깔끔하게 샤워와 면도를 마친 상태였다. 쏙 들어간 배. 리버스는 완벽하게 관리된 동생의 몸을 제대로 본 적이 없었다. 눈길을 의식한 마이클이 자신의 배를 토닥였다.

"피터헤드에선 할 게 운동밖에 없었어."

"그 안에선 누구라도 체력 관리를 안 할 수 없을 거야." 리버스가 지친 목소리로 말했다. "누군가가 엉덩이를 노리고 달려들면 필사적으로 저항해야 할 테니."

형의 도발에 마이클은 애써 태연한 척했다. "하긴 그 안에선 그래야지. 하지만 난 아무도 안 건드렸다고." 그가 휘파람을 불며 골방으로 들어가 옷을 챙겨 입기 시작했다.

"어디 나가?" 리버스가 물었다.

"집에 틀어박혀 있을 이유가 없잖아."

"또 그 어린애랑 만나서 놀게?"

마이클이 문 밖으로 고개를 불쑥 내밀었다. "걘 동의 성인(법적으로 성관계 동의 결정을 할 수 있다고 보는 연령이 된 사람)이라니까."

리버스가 소파에서 일어났다. "아직 어린애야." 그가 골방으로 다가가 마이클을 쳐다보았다.

"왜? 이젠 나가서 여자들이랑 노는 것도 막으려고? 미안하지만 그건 내가 알아서 할게."

리버스는 이 타이밍에 자신이 늘어놓을 수 있는 모든 잔소리를 차례로 떠올려보았다. 여긴 내 집이야…… 난 네 형이야…… 제발 철 좀 들어……

하지만 무슨 말을 하든 미키는 웃어넘길 게 뻔했다. 보나마나한 일. 그는 동생을 단념시킬 또 다른 방법을 찾아 머리를 굴려보았다.

"나쁜 새끼."

마이클은 계속해서 주섬주섬 옷을 챙겨 입었다. "형에게 실망만 안겨줘서 미안해. 하지만 날더러 어쩌라고? 밤새도록 곁에서 형이 마음을 졸이거나 골을 부리는 걸 얌전히 지켜봐야 해? 고맙지만 사양할게."

"일자리를 알아본다고 했잖아."

마이클 리버스가 침대에서 책을 집어 들고 형에게 냅다 던졌다. "지금 알아보고 있단 말이야! 내가 하루 종일 뭘 했을 것 같아? 제발 그만 좀 해. 응?" 그가 재킷을 집어 들고 리버스를 거칠게 밀치며 나왔다. "기다리지마. 늦을 거야."

어이가 없어 웃음밖에 나오지 않았다. 아파트에 홀로 남겨진 리버스는 10시 뉴스가 시작되기도 전에 스르르 잠에 빠져들었다. 하지만 숙면은 아니었다. 수많은 꿈이 그의 잠에 들락거렸다. 그는 사무실 건물 안에서 페이션스를 쫓고 있었다. 하지만 번번이 그녀를 놓치고 말았다. 그는 레스토랑에서 십대 소녀와 식사를 하고 있었다. 한쪽 구석의 작은 무대에서는 롤링 스톤스가 공연을 펼치고 있었다. 그는 호텔이 불에 타 없어지는 것을 지켜보았다. 생사가 확인되지 않은 브라이언 홈스가 무사히 탈출했는지 궁금해하면서……

갑자기 잠에서 깬 그는 몸을 바르르 떨었다. 거실은 커튼 틈으로 스며든 가로등 불빛에 젖어 있었다. 그는 마이클이 집어 던진 책을 읽다가 잠이 들었었다. 그의 무릎에는 아직도 최면요법에 관한 책이 놓여 있었다. 누군가가 그에게 덮어준 담요 밑에. 누군가가 신나게 시시덕대는 소리가 들려왔다. 골방에서 흘러나오는 소리였다. 최면요법이라도 쓰고 있나? 리버스는 바깥 불빛이 사그라질 때까지 그 소리에 귀를 기울였다.

5

앤드류 맥페일은 자신의 침실 창가에 앉아 있었다. 길 건너로 학교 정문 앞에 두 줄로 늘어선 아이들이 보였다. 남학생들은 두 여교사의 지시에 따라 여학생들과 손을 잡아야 했다. 교사들은 무척 앳돼 보였다. 아이의 부모로 보기에는 너무 어려 보였고, 교사로도 보이지 않을 정도였다. 맥페일은 차갑게 식은 차를 홀짝이며 그들을 지켜봤다. 그의 시선은 특히 아이들을 유심히 훑어나갔다. 여자아이들 중 누구라도 멜라니로 오해할 만했다. 물론 멜라니는 길 건너 아이들보다 나이가 많았다. 그렇다고 아주 많은 건 아니다. 안심하기에는 아직 일렀다. 멜라니가 이 학교에 다니고 있을 가능성은 높지 않았다. 어쩌면 더 이상 에든버러에 살고 있지 않을 수도 있었다. 하지만 그는 개의치 않고 아이들을 지켜보았다. 그 애가 저 아이들 틈에서 자그마한 손으로 어떤 남학생의 차가운 손을 잡고 있는 모습을 상상하면서. 그 애랑 많이 닮은 한 소녀가 보였다. 귀와 목 부분에서 살짝 말려 올라간 짧은 머리뿐 아니라 키까지 비슷했다. 하지만 얼굴은 멜라니와 완전히 달랐다. 아무리 봐도 아니었다. 맥페일에게는 그런 건 상관없었지만.

그들이 줄지어 건물로 들어갔다. 그에게는 다시 차가운 차와 기억만이 남겨졌다. 아래층에서 맥켄지 부인이 설거지하는 소리가 들려왔다. 왠지 닦는 것보다 깨뜨리는 게 더 많을 것 같았다. 물론 시력이 나쁜 건 그녀의 잘못이 아니었다. 노파의 모든 것이 쇠퇴해가고 있었다. 집은 4만 파운드 정도의 가치를 가지고 있었고, 그녀는 재정적으로 아무 문제가 없었다. 하지만 그에게는 오직 캐나다에서의, 그리고 캐나다로 떠나기 전의 추억들만이 있을 뿐이었다.

또 하나의 접시가 바닥에 떨어졌다. 이러다가는 머지않아 하나도 남아나지 않을 것이다. 그는 거실에 있는 작은 앵무새를 떠올리고 싶지 않았다.

맥페일은 진한 차를 마저 들이켰다. 카페인이 그를 살짝 알딸딸하게 만들어주었다. 그의 이마에서 땀이 배어 나왔다. 놀이터는 텅 비어 있었다. 학교의 모든 문은 굳게 잠겨 있었다. 창문으로는 아무것도 들여다볼 수 없었다. 보나마나 지각생이 있을 것이다. 하지만 그는 아까운 시간을 허비하고 싶지 않았다. 그에게는 할 일이 있었다. 바쁘게 사는 건 좋은 일이었다. 미치지 않으려면 바쁘게 살아야 했다.

"빅 제르." 리버스가 말했다. "본명은 모리스 제럴드 캐퍼티."

기억력 좋은 쇼반 클락 경장이 굳이 수첩에 받아 적었다. 두뇌 운동에 도움이 되는 모양이었다. 리버스는 고개를 푹 숙이고 있는 그녀의 정수리를 빤히 쳐다보았다. 담갈색 머리가 앞으로 흘러내려와 있었다. 그녀에게는 묘한 매력이 있었다. 넬 스테이플턴을 조금 닮기도 했고.

"그가 바로 주동자야. 기회가 주어지면 당연히 체포하겠지만 머니백 작전의 주요 표적이 '데이비'라고 알려진 데이비드 찰스 두게리라는 걸 명심하라고." 그녀는 그 내용도 빠뜨리지 않고 기록해놓았다. "두게리는 고르기가 콜택시 회사에서 주로 활동해. 아예 거기에 사무실까지 차려놨지."

"하트브레이크 카페와도 가깝지 않나요?"

그녀의 질문에 그가 흠칫 놀랐다. "맞아." 그가 말했다. "멀지 않아."

"레스토랑 주인은 보호세 명목으로 돈을 뜯기고 있다고 했고요."

리버스가 고개를 저었다. "처음부터 너무 깊이 파고들진 마, 클락."

"그들이 부업으로 보호세를 걷는다는 건 사실이지 않습니까?"

"빅 제르 캐퍼티는 거의 모든 사업에 손을 대고 있어. 돈세탁부터 매춘까지. 아주 나쁜 놈이라고. 하지만 당장 중요한 건 그게 아니야. 이번 작전은 오로지 고리대금업에만 집중해야 돼."

"혹시 카페 주인으로 착각하고 홈스 경사님을 습격했던 건 아닐까요?"

"그랬는지도 모르지." 리버스가 말했다. 만약 그게 사실이라면 나도 시간 낭비 그만하고 파일들을 돌려보내야지. 그는 생각했다. 하지만 닐은 분명 브라이언이 검은 수첩에 적힌 무언가 때문에 겁에 질려 있었다고 했다. 베일에 싸인 R. 형제가 누구인지도 밝혀내야 했고.

"뭐 아무튼 우린 콜택시 회사 건너편에 감시팀을 붙일 거야."

"24시간 내내 지켜봐야 하나요?"

"일단 그 친구 근무시간에만 해보자고. 두게리는 굉장히 규칙적인 놈이거든."

"대체 사무실에서 무슨 일을 하는 거죠?"

"기본적인 기업 활동에서부터 제3세계에 보낼 식량 보급품 관리까지 별의별 일을 다 한다더군. 하지만 그런 데 속아선 안 돼. 두게리는 똑똑한 놈이야. 아직까지 빅 제르 곁을 지키고 있는 것만 봐도 알잖아. 그는 또한 미치광이야. 그 점도 명심하라고. 언젠가 술집에서 난동을 부린 그를 체포한 적이 있었어. 상대의 귀를 물어뜯어버렸더군. 우리가 도착했을 때 두게리는 그걸 질겅질겅 씹고 있었어. 피해자는 한쪽 귀를 영영 잃게 됐고."

리버스의 예상과 달리 쇼반 클락은 별 반응이 없었다. 그녀가 살짝 미소를 지으며 말했다. "전 이 도시가 너무 좋아요. 캐퍼티 씨에 대한 파일도 있나요?"

"오, 물론이지. 원한다면 전부 찾아 훑어봐도 좋아. 적을 제대로 알아야 효과적으로 맞설 수 있을 테니까."

그녀가 고개를 끄덕였다. "알겠습니다. 감시는 언제부터 시작되나요?"

"월요일 아침. 일요일에 모든 준비를 끝마칠 거야. 부디 이번엔 쓸 만한 카메라가 제공되면 좋겠군." 그는 안도하는 클락의 표정을 살폈다. "염려 마. 하이버니언(스코틀랜드의 수도 에든버러를 연고로 하는 프로축구팀) 경기를 놓칠 일은 없을 테니까."

그녀가 미소를 지었다. "애버딘(스코틀랜드 북동부의 항구도시)에서의 원정경기예요."

"정말 거기까지 가서 보려고?"

"그럼요." 그녀는 한 경기도 빠뜨리지 않고 찾아가 관전하는 열혈 팬이었다.

리버스는 고개를 저었다. 세상에 하이버니언 팬도 있었다니. "난 재림이 온다 해도 그렇게 멀리까진 못 갈 것 같은데."

"그땐 열 일을 제쳐두고 가실 것 같은데요."

그 말에 리버스가 미소를 지었다. "누굴 만나봤지? 오늘 스케줄은?"

"정육점 주인을 만나봤습니다. 별 도움은 안 됐고요. 차라리 냉동고 속 고기들을 인터뷰할 걸 그랬나 봐요. 걔네들은 훨씬 협조적일 텐데. 아무튼 그가 메르세데스를 몰고 다닌다는 건 알아냈어요. 아주 비싼 차죠. 정육점 주인들이 돈을 많이 버나요?"

리버스가 어깨를 으쓱였다. "요즘 고기 값을 보면 알잖아. 장난 아닐걸."

"아무튼 오늘 아침에 그의 집으로 한번 찾아가보려고요. 몇 가지 확인할 게 있거든요."

"그 친구는 정육점에 있을 텐데."

"불행하게도 그렇겠죠."

리버스는 그녀의 의도를 금세 깨달았다. "그의 아내는 집에 있겠지?"

"그러길 바라고 있어요. 거실에서 차 한잔하면서 수다나 떨어보려고요. 로리 킨툴 애기도 좀 꺼내보고요."

"수다쟁이 아내가 쓸 만한 단서를 내줄 수도 있겠군." 리버스가 천천히 고개를 끄덕였다. 나는 왜 진작 그 생각을 못했을까?

"어서 가봐." 그가 말했다. 그녀가 물러가자 리버스는 책상에서 센트럴 호텔 파일 하나를 집어 들었다.

한동안 파일을 훑던 그가 갑자기 바짝 얼어붙었다. 화재가 발생했던 날 호텔을 이용했던 손님들의 명단. 이름 하나가 그의 눈에 확 들어왔다.

"맙소사." 리버스가 자리에서 일어나 황급히 재킷을 걸쳤다. 또 하나의 유령. 사무실을 벗어날 또 하나의 핑계.

그 유령은 바로 매튜 밴더하이드였다.

6

밴더하이드의 옆집에는 나이 든 독립주의자가 살고 있었다. 정문에는 스코틀랜드 국기가 걸려 있었고 창문마다 30년은 족히 된 것 같은 소책자들이 붙어 있었다. 집주인이 체질적으로 햇빛을 싫어하는 모양이었다. 리버스가 향하고 있는 집 역시 커튼이 쳐져 있었다.

그는 초인종을 누르고 잠시 기다렸다. 문득 밴더하이드가 이미 세상을 떴을 수도 있다는 생각이 들었다. 지금쯤 칠십대 초중반이 되어 있을 텐데. 하지만 2년 전, 마지막으로 보았을 때 그는 꽤 정정해 보였었다.

당시 밴더하이드는 리버스의 수사에 큰 도움이 되어주었고, 두 사람은 사건이 해결된 후로도 가끔 만나 시간을 보내곤 했었다. 그들의 집은 여섯 블록밖에 떨어져 있지 않았다. 하지만 그와 페이션스 에이트킨 박사가 진지한 관계로 발전한 후로는 통 여유가 생기지 않았다.

문이 열리고 매튜 밴더하이드가 예전 그대로의 모습으로 나타났다. 앞을 못 보는 그의 눈은 암녹색 안경 뒤에 감춰져 있었고, 광이 나는 이마 위로 긴 노랑머리가 단정히 빗어 넘겨져 있었다. 그는 베이지색 코르덴 양복에 갈색 조끼 차림이었고, 조끼 주머니에 회중시계의 쇠줄이 길게 늘어뜨려져 있었다. 그는 끝부분이 은으로 처리된 지팡이로 땅을 짚고 서서 방문자가 입을 열기를 기다렸다.

"안녕하세요, 밴더하이드 씨."

"아, 리버스 경위. 그렇지 않아도 언제쯤 나타날까 기다리고 있었는데. 자, 들어와요, 들어와."

밴더하이드는 마치 2주 만에 만난 듯이 반응했다. 그는 어두운 복도를 따라 더 어두운 거실로 들어갔다. 리버스는 희미한 윤곽으로만 확인이 가능한 책장과 그림, 그리고 해외여행 기념품들로 장식된 커다란 벽난로 선반을 찬찬히 둘러보았다.

"보다시피 그간 변한 게 없어요."

"아주 건강해 보이십니다. 다행이에요."

밴더하이드가 어깨를 으쓱였다. "차 한잔하겠소?"

"괜찮습니다."

"오랜만이라 더 반갑군요. 이렇게 찾아온 걸 보니 내가 또 도울 게 있는 것 같은데."

리버스가 미소를 지었다. "한동안 걸음이 뜸했습니다. 죄송합니다."

"여긴 자유국가 아닙니까. 게다가 내가 쓸쓸히 시들어가는 것도 아니고."

"네, 여전히 정정하세요."

"자, 이번엔 무슨 일입니까? 마법? 악마들이 또 거리로 쏟아져 나왔습니까?"

리버스는 여전히 미소를 흘리고 있었다. 한창때 매튜 밴더하이드는 선한 주술사였다. 적어도 리버스는 그가 선한 편에서 활동했기를 바랐다. 두 사람은 그의 과거에 대해 깊이 대화를 나누어본 적이 없었다.

"이번에는 마법이 아니고요." 리버스가 말했다. "센트럴 호텔 사건을 살펴보고 있습니다."

"센트럴? 아, 좋은 추억이 많았던 곳이죠. 젊었을 때 자주 들락거렸습니다. 티 댄스(사람들이 오후에 만나 다과를 나누고 춤을 추었던 오래전 유행한 사교 행사), 그런대로 괜찮았던 오찬…… 당시 그곳 주방이 꽤 훌륭했거든 요. 저녁 무도회도 한두 번 다녀온 적이 있었어요."

"호텔에 화재가 발생했을 때 그곳에 계셨었죠?"

"방화 여부는 확인되지 않은 걸로 아는데."

역시 밴더하이드의 기억력은 날카로웠다. "그렇습니다. 아무튼 그날 거기 계셨던 건 맞죠?"

"네, 맞아요. 하지만 화재가 발생하기 몇 시간 전에 나왔습니다. 난 무죄예요, 판사님."

"거긴 왜 가셨던 겁니까?"

"친구랑 술 한잔하러 갔었어요."

"그런 지저분한 곳에서요?"

"그런가요? 난 기억이 없어서 말입니다, 경위. 아마도 앞을 볼 수 없어서 그랬던 모양입니다. 하지만 역겨운 냄새나 느낌은 없었어요."

"그렇군요."

"생생히 기억하고 있습니다. 오찬을 하고 춤을 추러 다녔을 때랑 달라진 게 없었죠. 적어도 난 그렇게 느꼈습니다. 그날도 거기서 멋진 저녁을 보냈습니다."

"선생님께서 센트럴을 약속 장소로 잡으셨던 겁니까?"

"아뇨. 내 친구가 거기서 보자고 제안했습니다."

"그 친구분이……"

밴더하이드가 잠시 머뭇거렸다. "뭐 중요한 비밀도 아니고…… 앵거스 깁슨입니다."

리버스가 잽싸게 머리를 굴렸다. "블랙 앵거스 말씀입니까?"

밴더하이드가 작고 까만 이를 드러내며 웃음을 터뜨렸다. "그 친구 앞에선 그렇게 부르지 말아요. 큰일 납니다."

앵거스 깁슨이 교화되었다는 건 두루 알려진 사실이었다. 그는 아직까지도 스코틀랜드 최고의 젊은 신랑감 중 한 명으로 꼽히고 있었다. 서른두 살을 젊다고 할 수 있는지는 모르겠지만. 아무튼 블랙 앵거스는 깁슨 맥주 공장의 유일한 상속인이었다.

"앵거스 깁슨." 리버스가 말했다.

"바로 그 앵거스 깁슨입니다."

"5년 전 화재 사건 당시 그는……"

"아주 혈기왕성했었죠." 밴더하이드가 나지막이 웃었다. "오, 그땐 블랙 앵거스라 불려 마땅했었죠. 언론이 별명을 아주 잘 지었습니다."

"그의 이름은 기록에 없었습니다. 선생님 성함은 있었는데요."

"그 친구 집안에서 손을 쓴 모양이죠. 그런 데 이름이 올라 있으면 좋을 게 없지 않겠습니까. 언론이 알아버리면 큰일이고요."

그래, 블랙 앵거스가 좀 와일드했었지. 런던 신문들까지 관심을 가질 정도였으니. 도저히 통제가 안 되는 친구였는데 어느 날 갑자기 망나니짓을 뚝 끊어버렸지. 그는 갱생의 길을 걸었고, 어느새 완전 딴사람이 되어버렸어. 그 후로는 회사를 챙기는 데만 전념했고, 자선사업에도 꽤 열심이었던 걸로 기억하는데.

"완전히 새사람이 되어버렸습니다. 경찰은 아직도 의심의 눈초리를 거두지 못하고 있는 것 같지만요. 아무래도 그런 타입은 상습범으로 발전할 가능성이 높으니 이해는 갑니다. 하지만 앵거스는 예외로 쳐도 괜찮을 겁니다."

"그가 갑자기 변한 이유를 아십니까?"

밴더하이드가 어깨를 으쓱였다. "나랑 나눈 대화 때문인지도 모르겠군요."

"그날 밤 센트럴 호텔에서 나눈 대화 말씀입니까?"

"그 친구 아버지가 내게 부탁을 했어요. 아들놈에게 얘기 좀 잘 해달라고."

"그 집안사람들과 친분이 있으십니까?"

"오, 아주 오래됐죠. 앵거스는 날 삼촌처럼 여깁니다. 센트럴 호텔이 그렇게 됐다는 소식을 들었을 때 난 그걸 상징적으로 받아들였어요. 어쩌면 그 녀석도 그랬는지 모르죠. 그 호텔 평판이야 워낙 유명하지 않았습니까. 그날 밤 호텔이 불에 타 없어졌을 때 난 앵거스가 잿더미 속에서 불사조를 타고 날아오르는 모습을 떠올렸습니다. 난 그걸 일대 쇄신의 순간으로 봤어요." 그가 잠시 멈칫했다. "하지만 당신이 찾아와 오랫동안 잊고 지내온 사건을 끄집어내는 걸 보면 내가 그때 착각을 했던 것 같습니다."

"시체가 발견됐었죠."

"아, 그래요. 신원은 끝내 확인되지 않았죠?"

"그는 살해된 피해자였습니다."

"그 사건을 이제 와서 다시 들춰본 이유가 궁금하군요."

"그날 밤 얘길 좀 듣고 싶었습니다. 수상한 사람을 만나진 않으셨는지, 수상한 느낌은 못 받으셨는지."

밴더하이드가 고개를 한쪽으로 살짝 꺾었다. "그날 밤 호텔엔 많은 사람들이 들어차 있었습니다. 분명 명단을 봤을 텐데 굳이 나 같은 맹인을 찾아온 이유가 뭡니까?"

"선생님은 사진처럼 정확한 기억력을 갖고 계시지 않습니까."

밴더하이드가 웃음을 터뜨렸다. "뭐 느낌 정도는 얼마든지 들려줄 수 있어요." 그가 잠시 생각에 잠겼다. "좋습니다. 당신을 봐서 특별히 협조하겠습니다. 단, 조건이 하나 있어요."

"그게 뭡니까?"

"여기 너무 오래 틀어박혀 있어서 답답해요. 밖에 나가서 합시다."

"어디로 모실까요?"

불필요한 질문에 밴더하이드가 흠칫 놀랐다. "경위, 그걸 질문이라고 하는 겁니까? 당연히 센트럴 호텔이죠!"

"자," 리버스가 말했다. "바로 여기가 호텔이 있었던 자리입니다. 지금 선생님은 그쪽을 향해 서 계십니다." 오가는 사람들이 그들을 흘끔 쳐다보았다. 점심시간의 프린스 가는 주어진 얼마 안 되는 시간을 최대한 활용하려는 회사원들로 북적거렸다. 사람들은 대담하게 인도 한복판을 막고 선 두 남자에게 곱지 않은 시선을 보냈다. 하지만 그들 중 하나가 맹인이라는 걸 아는지 어느 누구도 소리 내어 불평하지 않았다.

"이젠 뭐가 들어서 있죠?"

"햄버거 가게."

밴더하이드가 고개를 끄덕였다. "그래서 고기 굽는 냄새가 풍기는 거군요. 보나마나 체인점이겠지. 그것도 미국에서 건너온 걸 테고요. 한때 프린스 가는 이렇지 않았습니다. 스코틀랜드의 소드 앤 쉴드(Sword and Shield, 스코틀랜드 국민당의 강경 분파로 지금은 존재하지 않는 것으로 알려진 민족주의자 그룹)가 처음 생겼을 때 센트럴 호텔 대연회장에서 미팅이 여러 번 열렸었죠. 수십 명의 회원이 달리아다 왕국(스코틀랜드 최초의 고대

국가)의 옛 영광을 되찾겠다면서 몰려들었습니다."

리버스는 묵묵히 듣고만 있었다.

"소드 앤 쉴드, 기억 안 나요?"

"제가 태어나기 전 일이라."

"아, 그랬겠군요. 1950년대였으니. 그건 국민당의 한 분파였습니다. 나도 두어 번 미팅에 참석했던 적이 있어요. 치고받고 싸우다가도 차와 스콘이 나오면 언제 그랬냐는 듯이 잠잠해졌었죠. 아쉽게도 오래 버티진 못했습니다. 언젠가 브로더릭 깁슨이 회장을 맡았던 적도 있었죠."

"앵거스의 부친 말씀입니까?"

"맞아요." 밴더하이드는 계속해서 기억을 더듬어나갔다. "이 근처 어딘가에 펍이 있었습니다. 정치 얘기와 시가 넘쳐나던 곳이었죠. 우린 미팅을 마치면 늘 그곳에 가서 술을 마셨습니다."

"두어 번 참석하셨다면서요?"

"뭐 몇 번 더 갔었는지도 모르죠."

리버스가 씩 웃었다. 그는 M. 밴더하이드도 한때 소드 앤 쉴드의 수장으로 활동한 적이 있었을 거라 확신했다. 어딘가에 분명 그 기록이 남아 있을 게 분명했다.

"아주 괜찮은 펍이었어요." 밴더하이드가 말했다.

"그땐 그랬겠죠." 리버스가 말했다.

밴더하이드의 입에서 한숨이 터져 나왔다. "에든버러. 잠깐 돌아서 있으면 펍의 간판이 바뀌고, 가게의 용도가 바뀌어버립니다." 그가 지팡이로 자신의 뒤편을 가리켰다. 하마터면 그것에 행인의 발이 걸릴 뻔했다. "하지만 저건 절대 바뀌지 않을 겁니다. *저기도 에든버러인데.*" 캐슬 록(에든버러 중심부에 있는 바위산) 쪽을 가리킨 지팡이가 누군가의 다리에 살짝 스쳤다. 리버스는 피해자인 여성에게 사과의 의미를 담은 미소를 지어 보였다.

"저쪽에 가서 앉죠." 그가 제안했다. 밴더하이드는 고개를 끄덕였다. 길을 건너온 그들은 공원을 등진 벤치로 다가갔다. 밴더하이드는 리버스에게 벤치 밑에 붙은 명판을 읽어보라고 했다.

"다 모르는 이름들이군요." 그가 고개를 저으며 말했다.

"밴더하이드 씨," 리버스가 말했다. "우린 소풍을 나온 게 아닙니다." 밴더하이드가 말없이 미소를 지었다. "그날 밤, 몇 시쯤 술집에 가셨습니까?"

"정각 7시. 그때 만나기로 돼 있었거든요. 물론 앵거스는 앵거스답게 늦게 도착했고요. 아마 30분쯤 늦었을 겁니다. 난 기다리는 동안 구석 테이블에 홀로 앉아 물 탄 위스키를 마셨습니다. J&B 위스키였나?" 그는 자신의 남다른 기억력에 무척 만족하는 듯했다.

"아는 사람은 또 없었습니까?"

"백파이프 소리가 들리네요." 밴더하이드가 말했다.

리버스의 귀에도 들렸다. 하지만 백파이프 연주자는 보이지 않았다. "관광객들을 위해 연주하는 겁니다." 그가 설명했다. "특히 여름엔 짭짤한 돈벌이가 되죠."

"실력이 형편없군요. 킬트는 걸쳤을지 몰라도 제대로 된 타탄 무늬는 아닐 겁니다."

"그날 술집에 아시는 분이 있었습니까?" 리버스가 다시 물었다.

"오, 잠깐 생각 좀 해보고……"

"죄송하지만, 선생님, 생각까지 해보실 건 없습니다. 아시든지 모르시

97

든지, 둘 중 하나이니까요."

"톰 헨드리가 다가와 인사를 했던 것 같기도 합니다. 한때 신문사에서 일했던 친구죠."

리버스는 명단에서 그 이름을 본 기억이 있었다.

"또 다른 사람들도 있었는데…… 내가 모르는 사람들이었습니다. 내게 말을 걸지도 않았고요. 하지만 레몬 향기가 풍겼던 건 기억납니다. 그 기억은 아주 생생해요. 향수였는지도 모르겠는데, 아무튼 앵거스에게 그 얘기 했더니 웃으면서 여자 향수가 아니라고 하더군요. 자세한 설명은 없었습니다. 내가 무슨 웃기는 농담이라도 한 것처럼 그냥 웃기만 했어요. 이게 수사에 도움이 되는지는 모르겠지만."

"그건 나중에 알게 되겠죠." 리버스의 배에서 꼬르륵 소리가 터져 나왔다. 밴더하이드가 조끼 주머니에서 시계를 꺼내 유리 뚜껑을 열고 손가락으로 눈금판을 더듬었다.

"정각 1시." 그가 말했다. "내가 그랬지 않습니까. 황망한 우리 도시에 만고불변한 것도 있다고."

리버스가 고개를 끄덕였다. "강수량처럼 말씀이죠?" 마침 이슬비가 내리기 시작했다. 아침 해는 마법사의 속임수처럼 사라져버린 후였다. "다른 건 기억 못 하시고요?"

"앵거스와 난 오랫동안 대화를 나눴습니다. 난 그 녀석에게 더 이상 잘못된 길을 걷지 말라고 설득했죠. 당시 앵거스는 건강이 좋지 않았고, 집안 재산도 빠르게 줄어가는 중이었습니다. 당연하게도 후자를 지적하는 편이 훨씬 효과적이더군요."

"그가 그 얘길 듣고 방탕한 생활을 딱 끊어버린 겁니까?"

"설마요. 그 호텔은 매음굴과 크게 다르지 않았습니다. 그는 나랑 헤어지면서 어떤 여자를 만나러 간다고 했습니다." 밴더하이드는 또다시 깊은 생각에 잠겼다. "하지만 내 말이 어느 정도 효과가 있었던 건 사실입니다." 그가 고개를 끄덕였다. "난 그날 밤, 이리(the Eyrie)에서 혼자 식사를 했습니다."

"저도 거기 가본 적 있습니다." 리버스가 말했다. 그의 뱃속에서 다시 요란한 소리가 터져 나왔다. "가서 햄버거 하나 드실래요?"

밴더하이드를 집까지 안전하게 데려다준 리버스는 차를 몰고 세인트 레너즈 경찰서로 돌아갔다. 상관을 본 쇼반이 책상에서 벌떡 일어났다. 그녀의 얼굴에는 만족해하는 표정이 떠올라 있었다.

"정육점 주인 부인이 수다쟁이였던 모양이군." 리버스가 의자에 풀썩 주저앉으며 말했다. 그의 책상에는 또 다른 메모가 놓여 있었다. 잭 모튼이 전화를 걸어왔다는 내용. 하지만 이번에도 연락처는 남겨놓지 않았다.

"말이 엄청 많더라고요. 간신히 빠져나왔습니다."

"성과는?"

"뭔가 있었다고 볼 수도 있고, 그렇지 않다고 볼 수도 있습니다."

"뭐라도 좋으니 얘기해봐." 리버스는 손으로 자신의 배를 살살 문질렀다. 햄버거를 맛있게 먹었지만 그는 여전히 배가 고팠다. 구내식당 생각이 간절했지만 살이 찔까 봐 포기했다.

"저기……" 쇼반 클락이 다시 자리에 앉았다. "본 씨는 내기에서 이겨 메르세데스를 받았다고 합니다."

"내기?"

클락이 고개를 끄덕였다. "정육점 지분을 걸었는데 운 좋게 이겼다더군요."

"맙소사."

"그의 아내는 그 사실을 무척 자랑스러워하는 눈치였습니다. 남편이 내기 운 하나는 타고났다나요. 그게 사실인진 모르겠지만 마법의 공식이나 뭐 그런 건 없었던 것 같습니다."

"그건 또 무슨 소리지?"

그녀는 예열을 마친 듯한 모습이었다. 리버스는 의욕적으로 달려들어 기어이 성과를 내고 돌아온 그녀가 기특했다. "그 집 거실에서 눈에 거슬리는 게 몇 가지 보이더군요. 예를 들면, 비디오테이프가 있는데 비디오는 없었습니다. 한때 기계가 놓여 있었던 흔적은 뚜렷이 남아 있었고요. 그뿐 아니라, 대형 TV와 비디오를 놔둘 수 있는 공간이 충분히 있는데도 자그마한 휴대용 TV만 덩그러니 놓여 있었습니다."

"그들이 비디오와 대형 TV를 처분했다는 얘긴가?"

"그렇게 빚을 갚아왔는지도 모르죠."

"도박 빚?"

"아무래도 그럴 가능성이 크겠죠?"

그가 미소를 지었다. "외상으로 가져왔다가 돈을 못 냈을 수도 있잖아."

쇼반이 회의적인 톤으로 말했다. "그럴 수도 있겠죠."

"흥미롭긴 한데 아직은 좀 약해. 로리 킨툴과 엮기에도 무리가 있고." 그녀는 얼굴을 찌푸리고 있었다. "그 친구를 기억하지, 클락? 칼에 찔린 피해자이면서도 어떤 이유에서인지 입을 열려 하지 않고 있어. 우린 그에게 집중해야 한다고."

"무슨 좋은 방법이라도 있으신가요, 경위님?" 그녀의 목소리에서 은근한 분노가 느껴졌다. 자신이 이끌어낸 성과가 충분히 인정받지 못한 것에 대한 불만의 표시였다. "이미 인터뷰까지 했는데."

"입을 열 때까지 계속 찔러봐야지." 그녀는 못마땅해하는 표정이었다. "이번엔 말이야……" 리버스가 계속 이어나갔다. "그에게 사촌에 대해 물어보도록 해. 정육점 주인, 본 씨에 대해서. 정확히 뭘 파헤쳐야 할지 모르겠지만 조심히 더듬어나가다 보면 뭔가 걸리는 게 있을 거야."

"알겠습니다, 경위님." 그녀가 자리에서 일어났다. "참, 캐퍼티 파일을 좀 살펴봤습니다."

"엄청 많지? 대부분 내용이 X 등급일 거야."

"정말 그렇더군요. 하지만 요즘엔 'X 등급'이라는 표현을 잘 안 씁니다. '18세 이상 관람가'라고들 하죠."

리버스가 눈을 깜빡였다. "그냥 표현일 뿐인데 뭘 그리 따져?" 그녀가 돌아서려 하자 그가 잽싸게 불러 세웠다. "파일을 훑으면서 주목할 만한 내용이 보이면 메모를 해놓도록 해. 캐퍼티와 그의 조직에 관해서. 기억을 되살리는 데 도움이 될 것 같아서 말이야. 한동안 잊고 살았는데 또다시 문을 열어젖혀야 할 때가 온 것 같아."

"알겠습니다."

그녀는 사무실을 나갔다. 리버스는 본의 집에서 나름 애쓰고 돌아온 그녀를 칭찬해주지 못한 게 마음에 걸렸다. 아, 시간을 되돌릴 수도 없고. 그나마 그의 비위를 맞추기 위한 노력이 아니기에 다행이었다. 그가 수화기를 집어 들고 잭 모튼에게 전화를 걸었다.

"잭? 오랜만이군. 존 리버스야."

"존, 잘 지냈나?"

"그럭저럭. 자넨?"

"나도 뭐 그렇지. 이젠 경위가 됐어."

"그래? 나도 그런데."

"자네가 진급했다는 소식은 들었어." 잭 모튼이 마른기침을 쏟아냈다.

"요즘도 줄담배를 피우나?"

"좀 줄였어."

"이런, 담배 회사 주식을 빨리 팔아치워야겠구먼. 그건 그렇고, 왜 날 찾은 거지?"

"내 문제가 아니라 자네 문제 때문에 연락한 거야. 런던 경찰국이 앤드류 맥페일을 눈여겨보고 있다더라고."

리버스는 잽싸게 머리를 굴려보았다. "음," 그가 말했다. "처음 듣는 이름인데."

"우리 파일에도 들어 있는 성범죄자야. 8년쯤 전에 동거녀의 딸을 건드렸는데 아쉽게도 잡아넣지는 못했어."

리버스는 희미하게 기억이 나는 것 같았다. "여자애들이 하나둘씩 사라지기 시작했을 때 우리가 붙잡아 심문했었지?" 리버스가 당시 기억을 떠올리며 몸을 바르르 떨었다. 그의 딸도 '실종된 소녀들' 중 한 명이었었다.

"바로 그놈이야. 그때 우린 별 생각 없이 유죄를 선고받았거나 아동 성범죄자로 의심되는 놈들부터 차례로 살펴봤었잖아."

"다부진 체격에 뻣뻣한 머리?"

"맞아."

"그가 뭘 어쨌는데, 잭?"

"그가 지금 에든버러에 있어."

"그래서?"

"맙소사. 존, 난 자네가 이미 알고 있을 줄 알았는데. 우리에게 심문을 받은 후 그는 캐나다로 달아나버렸어. 거기서 패션 카탈로그 사진사로 일했다나. 마음에 드는 아이가 있으면 그들 부모에게 접근해 온갖 거짓말을 늘어놓았대. 명함, 카메라 장비, 스튜디오, 그런 걸 보여주면서 말이지. 그는 카탈로그에 사진을 실어주겠다고 하면서 애들에게 근사한 드레스를 입혀 사진을 찍었어. 가끔은 속옷만 입혀놓고……"

"구체적으로 설명하지 않아도 돼, 잭."

"뭐 아무튼, 그곳 경찰이 그 친구를 체포했어. 거기서도 애들을 여럿 건드렸나 봐. 그는 기소되어 감옥에 가게 됐지."

"그런데?"

"그런데 이번에 석방된 거야. 그 후엔 강제추방 당했고."

"그가 에든버러로 왔다고?"

"내가 직접 알아봤어. 그가 어디서 자리를 잡았는지 궁금했거든. 만약 우리 동네로 돌아왔다면 한밤중에 슬쩍 찾아가보려고. 하지만 알고 보니 여기가 아니라 자네 동네에 가 있더군. 주소도 알아냈어."

"잠깐." 리버스가 펜을 집어 들고 주소를 받아 적었다.

"이 주소는 어떻게 알아냈지? DSS?"

"아니. 그 친구 파일을 보니 에어에 여동생이 살고 있다는 정보가 있었어. 그녀와 통화를 해봤는데, 그가 하숙집 전화번호를 알아봐달라고 했대. 웃긴 건 말이야, 여동생조차도 그를 지하 감옥에 영원히 가둬둬야 한다고 했어."

"멋진데, 그 아가씨."

"딱 내 스타일이야. 뭐 어쨌든 그 친구, 정말로 새사람이 됐는지도 모르잖아."

그 단어. 새사람. 밴더하이드도 앵거스 깁슨에 대해 얘기할 때 그 단어를 썼었다. "그래." 리버스가 말했다. 하지만 모튼과 마찬가지로 그 역시 그 가능성을 믿지 않았다. 그들은 전문 불신자들이었다. 경찰이라면 어쩔 수 없었다.

"좋은 정보 알려줘서 고마워, 잭."

"고맙긴. 언제 폴커크에 한번 안 올 거야? 오랜만에 같이 한잔해야지."

"그래, 말 나온 김에 조만간 한번 가지."

"오?"

"맥페일을 호송할 때."

모튼이 웃음을 터뜨렸다. "사람, 싱겁기는." 그리고 그는 전화를 끊었다.

잭 모튼은 한동안 전화기를 응시했다. 그의 얼굴에는 여전히 미소가 머금어져 있었다. 그가 껌을 입에 넣고 질겅질겅 씹어대기 시작했다. 어쨌든 담배보다는 나으니까. 그는 반복해서 자기최면을 걸었다. 그의 시선이 앞에 놓인 종이로 돌아갔다. 맥페일이 성폭행한 소녀는 요즘 멜라니 맥클레인이라는 이름으로 불리고 있었다. 소녀의 어머니는 결혼을 했고, 멜라니는 그들 부부와 해딩턴에 살고 있었다. 에든버러에서 아주 멀리 떨어진 곳. 아마 그곳에서는 우연하게라도 맥페일과 마주칠 일은 없을 것이다. 맥페일도 소녀를 찾을 수 없을 것이고, 그가 계부의 이름을 알 리 없으니. 잭 모튼도 어렵게 알아낸 것이었다. 알렉스 맥클레인. 잭 모튼은 집 주소와 집 전화번호, 거기에 직장 전화번호까지 알아놓은 상태였다.

알렉스 맥클레인은 목수였다. 해딩턴 경찰은 맥클레인의 고약한 성질을 경고했었다. 그 욱하는 성격 때문에 결혼 전에만 두 차례 체포되었다나. 하지만 그렇다고 손 놓고 지켜볼 수만은 없었다. 잭 모튼은 수화기를 집어 들고 전화를 걸었다. 그리고 응답을 기다렸다.

"여보세요, 맥클레인 씨와 통화 가능합니까? 맥클레인 씨? 선생님은 저를 모르시겠지만 긴히 알려드릴 정보가 있어서 연락드렸습니다. 앤드류 맥페일이라는 남자에 관한 정보인데요……"

그날 오후, 매튜 밴더하이드도 오랜 고민 끝에 무선 전화기를 집어 들었다. 그는 자신이 가장 좋아하는 안락의자에 앉아 긴 손톱으로 버튼을 눌러나갔다. 밖에서 개 짖는 소리가 들려왔다. 하루 종일 낑낑대기만 하는 이웃집 개였다. 벽난로 선반에서는 시계가 요란하게 째깍거렸다. 그가 소리에 온 신경을 집중시키자 째깍거림이 서서히 느려졌다. 그에게 시간은 심장 박동과 같았다. 마침내 상대가 응답했다. 그들은 한마디 인사도 없이 곧장 용건으로 들어갔다.

"형사가 찾아왔었어." 그가 말했다. "센트럴 호텔이 불에 타 없어진 날 밤에 뭘 했는지 묻더군." 그가 잠시 머뭇거렸다. "그래서 앵거스 얘길 들려줬어." 그는 상대가 격분하는 모습을 떠올리며 미소를 지었다. "브로더릭," 그가 상대의 말을 끊으며 말했다. "이 문제로 나 혼자만 곤란해지는 걸 원치 않아."

그 말에 상대는 더 격분했다. 매튜 밴더하이드는 무심하게 전화를 끊어버렸다.

7

리버스는 그날 저녁 처음으로 그를 의식하게 되었다. 아까 세인트 레너즈 밖에서도 본 듯한 키가 크고 어깨가 떡 벌어진 청년. 그는 지금 리버스의 아든 가 아파트 공용 계단 입구에 서 있었다. 리버스는 길 건너에 차를 세우고 백미러로 남자를 지켜보았다. 남자는 초조해하는 모습이었다. 어떤 이유에서인지 무척 심란해하는 모습. 어쩌면 여자친구를 기다리는 중인지도 몰랐다. 어쩌면.

리버스는 두렵지 않았다. 하지만 다시 시동을 켜고 골목을 빠져나왔다. 한 시간쯤 후 돌아와보면 모든 게 확인될 것이다. 만약 그가 같은 자리를 지키고 있다면 여자친구를 기다리는 게 아니라는 뜻이었다. 아무리 여자친구가 예쁘다 하더라도 그렇게 서서 한 시간을 기다릴 남자는 없었다. 그는 메도우즈를 따라 톨크로스까지 나갔다가 오른쪽으로 돌아 로디언 가로 들어섰다. 늘 그렇듯 도로는 차들로 꽉 막혀 있었다. 이곳의 교통 체증은 나날이 악화되어가는 느낌이었다. 황혼 무렵의 에든버러는 다른 곳들의 풍경과 다르지 않았다. 상점과 사무실과 북적이는 인도. 특별히 행복해보이지 않는 사람들.

그는 프린스 가를 가로질러 샬럿 광장 쪽으로 향했다. 그리고 퀸스페리 가를 따라 조금 달리다가 옥스퍼드 테라스로 빠져나왔다. 페이션스는 집에 없었다. 그는 이번 주 중에 페이션스의 언니가 방문해 며칠 묵을 예정이라는 걸 알고 있었다. 페이션스가 키우는 고양이 럭키는 밖에 앉아 들여보내달라고 애원하고 있었다. 리버스는 처음으로 녀석에게 연민을 느꼈다.

"거 참 안됐군." 그가 말했다. 그리고 다시 계단을 올라갔다.

그가 다시 아든 가에 돌아왔을 때 덩치 큰 남자는 이미 사라져버린 후였다. 하지만 다음에 다시 마주친다 해도 리버스는 그를 알아볼 수 있을 것 같았다. 그것도 아주 확실하게.

집에 들어온 그는 또다시 마이클과 부딪쳤다. 두 사람이 거실에서 언쟁을 벌이는 동안 학생들은 숨을 죽인 채 주방을 지켰다. 여기 사는 세입자가 정확히 몇 명이었지? 그는 학생 세 명에게 집을 세놨었다. 그들은 나중에 한 명이 더 합류할지도 모른다고 했었다. 하지만 느낌으로는 열 명 이상이 북적대며 살고 있는 것 같았다. 매일 아침, 처음 보는 얼굴들이 그를 맞았고, 그는 그들 중 단 한 명의 이름도 기억하지 못했다.

아무튼 그 문제로 또 한 차례의 실랑이가 있었다. 그가 주방에 모인 학생들을 갈구는 동안 마이클은 골방에 틀어박혀 있었다. 한바탕 폭풍이 스치고 간 후 리버스가 말했다. "지옥으로 도망쳐야겠어." 그는 차에 올라 도시에서 가장 지저분한 동네로 향했다. 그곳에서 파이와 맥주로 저녁을 때웠고, 소리가 나지 않는 TV를 보며 시간을 죽였다. 몇몇 정보원에게도 연락해보았지만 아무도 브라이언 홈스 폭행 사건에 대한 쓸 만한 정보를 내놓지 못했다.

이렇게 또 하루가 허무하게 흘러가버렸다.

그는 일부러 늦게 귀가했다. 부디 모두가 곯아떨어져 있기를 바랐다. 그는 아파트 정문을 거칠게 열고 건물로 들어섰다. 그가 고개를 숙이고 현관문 열쇠를 찾아 주머니를 뒤적이고 있을 때 뒤에서 한 남자가 슬그머니 다가왔다. 남자는 어둠 속 계단에 앉아 그를 기다렸던 모양이었다.

"안녕하세요."

리버스가 흠칫 놀라며 고개를 들었다. 그는 본능적으로 남자를 향해 주먹을 날렸다. 그가 쥐고 있던 동전과 열쇠들이 사방으로 튀었다. 그는 많이 취해 있지 않았다. 문제는 상대의 정신이 말짱하다는 사실이었다. 그보다 스무 살쯤 적기도 했고. 남자는 날아든 주먹을 손바닥으로 가볍게 막아냈다. 예기치 못한 공격에 조금 놀란 듯했다. 리버스는 거기서 멈추지 않고 무릎으로 남자의 사타구니를 힘껏 찍었다. 남자는 외마디 비명을 지르며 몸을 웅크렸고, 리버스는 그 틈을 타 남자의 목덜미를 후려쳤다. 그의 손가락 관절에서 우두둑 소리가 났다.

"젠장." 남자가 헐떡거리며 말했다. "그만해요."

리버스가 욱신거리는 손을 허공에 대고 털었다. 남자로부터 충분히 떨어져 나온 그가 물었다. "네놈 정체가 뭐야?"

남자가 헛구역질을 멈추었다. "앤디 스틸."

"만나서 반가워, 앤디. 여긴 왜 온 거지?"

남자가 촉촉이 젖은 눈으로 리버스를 올려다보았다. 그는 한동안 숨을 고르고 나서 다시 입을 열었다. 리버스는 그의 말씨를 이해하지 못했고, 그가 전하는 내용도 믿지 않았다. 그는 스틸에게 다시 말해보라고 했다.

"당신 숙모님이 보내서 왔어요." 스틸이 말했다. "당신에게 메시지를 전해달라고 하셨어요."

리버스는 앤디 스틸을 소파에 앉혀놓고 차를 끓여왔다. 스틸은 설탕을 네 스푼이나 넣어달라고 했다.

"이렇게 마셨다간 충치가 생길 텐데."

"지금 이것도 내 이가 아니에요." 스틸이 뜨거운 머그잔을 입으로 가져 갔다.

"그럼 누구 건데?" 리버스가 물었다. 스틸이 씩 웃었다. "날 하루 종일 미행했지?"

"아뇨. 차가 있으면 그게 가능하겠지만 내겐 차가 없습니다."

"차가 없다고?" 스틸이 고개를 저었다. "세상에 그런 사립 탐정이 어디 있지?"

"사립 탐정이라고 한 적 없는데요. 탐정이 되고 싶어 하는 건 맞지만."

"그럼 인턴인가?"

"그렇게 보는 게 맞겠죠. 지금은 그냥 간만 보고 있는 거예요."

"간을 보니 어떻던가, 앤디?"

그가 다시 미소를 흘리며 차를 홀짝였다. "방심하다가 당했어요. 다음 엔 더 조심해야겠어요."

"내게 숙모가 있었나? 그것도 북부에?" 리버스는 스틸의 말씨를 통해 그가 북부 출신임을 알 수 있었다.

앤디 스틸이 고개를 끄덕였다. "우리 부모님 집 바로 옆에 살고 계세요. 피토드리 경기장 건너에."

"애버딘 말이야?" 순간 리버스에게 깨달음이 찾아왔다. "아, 이제야 기 억이 나는군. 그래, 애버딘에 삼촌과 숙모가 계셨지."

"당신 아버지와 지미, 그러니까 당신 삼촌은 오래전에 사이가 틀어졌어 요. 당신은 너무 어려서 그걸 몰랐겠지만."

"젊게 봐줘서 고마워."

"에나가 했던 말이에요."

"지미 삼촌이 돌아가시기라도 했나?"

"3주 전에요."

"에나 숙모가 날 보고 싶다고 하셨어?" 스틸이 고개를 끄덕였다. "무슨 일로?"

"모르겠어요. 그냥 당신이 보고 싶다고만 했어요."

"나만? 내 동생은 언급 안 하셨고?"

스틸이 고개를 저었다. 리버스는 아까 골방을 슬쩍 들여다보았었다. 마이클만 보이지 않을 뿐, 나머지 침실에는 전부 학생들이 있었다.

"하긴," 리버스가 말했다. "내가 어렸을 때 두 분이 싸우셨다면 그건 마이클이 태어나기 전이었을 거야."

"그들이 동생분은 모를 수도 있겠네요." 스틸이 말했다. 무슨 가족이 이따위지? "아무튼, 에나는 당신 얘기만 지겹도록 늘어놓았어요. 그래서 내가 내려가 직접 알아보겠다고 나섰죠. 어선을 타다가 6개월 전에 잘렸거든요. 그렇지 않아도 발광 직전 상태였는데. 마침 사립 탐정 일이 하고 싶기도 했고. 난 탐정 영화라면 사족을 못 써요."

"직접 당해보니 만만치 않지?"

"정말 그렇네요."

"날 어떻게 찾은 거지?"

스틸의 얼굴이 환해졌다. "에나가 주소 몇 개를 가르쳐줬어요. 당신과 당신 아버지가 살던 곳들이라면서. 당신이 에든버러 형사라는 건 이웃들이 알려줬고요. 그래서 이곳의 모든 경찰서에 일일이 전화를 넣어봤죠. 존 리버스를 찾을 때까지." 그가 어깨를 으쓱인 후 차를 한 모금 넘겼다.

"이 집 주소는 어떻게 알아냈고?"

"CID의 누군가가 가르쳐줬어요."

"설마 플라워 경위는 아니겠지?"

"그런 비슷한 이름이었어요."

앤디 스틸은 이십대 중반쯤 되었고, 북해 어선에서의 고된 노동으로 단련된 몸은 억세 보이기는 했지만 6개월간 쉬어온 티가 뚜렷이 났다. 리버스는 사립 탐정이 되고 싶다는 앤디 스틸이 측은하게 여겨졌다. 차를 홀짝이며 허공을 바라보는 그의 눈에서는 생기가 엿보이지 않았다. 불투명한 미래에 대한 불안함 때문인 듯했다.

"가서 만나볼 건가요?"

"주말쯤에." 리버스가 말했다.

"에나가 아주 좋아할 겁니다."

"내가 차로 데려다줄게."

하지만 청년은 고개를 저었다. "아뇨. 괜찮아요. 기왕 온 김에 에든버러 구경이나 좀 할까 해요."

"뭐 그러든지." 리버스가 말했다. "하지만 조심해야 할 거야."

"조심? 애버딘에 비하면 여긴 껌입니다. 거기 얘길 들으면 머리털이 곤두설걸요."

"곤두서는 김에 관자놀이 쪽 숱도 좀 늘어났으면 좋겠는데."

앤디 스틸은 1분이 훨씬 지나서야 그 농담을 이해했다.

다음 날, 리버스는 앤드류 맥페일을 찾아가보았다. 하지만 맥페일은 집에 없었다. 하숙집 여주인은 전날 저녁부터 그가 보이지 않았다고 했다.

"평소엔 정각 7시에 아침을 먹으러 내려오거든요. 오늘은 많이 늦기에 올라가봤더니 없더라고요. 그에게 무슨 일이라도 생긴 건가요, 경위님?"

"아뇨. 그런 건 아닙니다. 맥켄지 부인, 이 파운드케이크 정말 맛있네요."

"만든 지 며칠 됐어요. 좀 뻑뻑하죠?"

리버스는 고개를 저으며 목구멍에 달라붙은 부스러기를 씻어 내리기 위해 차를 들이켰다. 차를 만난 부스러기들이 하나의 단단한 덩어리로 변해버렸다. 자칫하다가는 목구멍이 막혀버릴 수도 있을 것 같았다.

한쪽 구석에는 새장이 놓여 있었다. 거울이 있는 새장 안으로 갑오징어 뼈와 횟대가 들여다보였지만 새는 탈출했는지 보이지 않았다.

그는 맥켄지 부인에게 명함을 건네며 맥페일 씨가 들어오면 전해달라고 부탁했다. 그는 그녀가 자신의 당부대로 해줄 거라 믿어 의심치 않았다. 갑작스러운 경찰의 방문을 받은 집주인은 아무런 통보도 없이 맥페일을 쫓아내려고 할 게 뻔했다. 안타까운 일이었다.

어쩌면 맥켄지 부인은 하숙인을 수상히 여기지 않을지도 몰랐다. 맥페일은 보나마나 리버스가 방문한 그럴 듯한 이유를 떠올려 그녀에게 늘어놓을 것이다. 에든버러 경찰국이 리스 강 격류에 휩쓸려 내려가는 강아지들을 구해준 자신에게 표창을 하려 한다는 둥, 뭐 그렇게. 맥페일은 거짓말의 달인이었다. 그리고 아이들은 그의 거짓말에 쉽게 넘어갔다.

리버스는 맥켄지 부인의 집을 나와 길 건너를 바라보았다. 맥페일은 굳이 초등학교가 코앞에 내다보이는 하숙집을 선택했다. 과연 우연의 일치일까? 하지만 리버스는 우연을 믿지 않았다.

만약 맥페일이 제 발로 나가기를 거부한다면 머지않아 이웃들이 맥켄지 부인의 집에 머무는 자의 정체를 알아버릴 것이다. 리버스는 주차해둔 차에 올랐다. 그는 자기 자신을 좋아해본 적이 없었다. 자신의 직업은 말할 것도 없고.

하지만 어떤 부분은 그렇게 나쁘지만은 않았다.

세인트 레너즈로 돌아온 그는 수사에 별 진전이 없었다는 쇼반 클락의 우울한 보고를 받았다. 로리 킨툴은 여전히 입을 열지 않았고, 더 이상 연락이 닿지도 않았다.

"그에겐 열일곱 살 된 아들이 있습니다. 무직 상태이고 하루 대부분을 집에 틀어박혀 지냅니다. 그 아이를 공략해보는 게 어떨까 싶은데요."

"좋은 생각이야." 쉽지는 않겠지만. 어쩌면 홈스가 옳았는지도 몰랐다. "최선을 다해봐." 리버스가 말했다. "킨툴을 만나보고 나서도 별 진전이 없으면 우리도 손을 뗄 거야. 자기가 칼에 찔리고 싶어서 찔린 거겠지, 뭐. 더 이상 신경 쓰지 말자고."

그녀가 고개를 끄덕이고 돌아섰다.

"브라이언은 무슨 소식 없었고?"

그녀가 다시 상관을 돌아보았다. "말을 했대요."

"말을?"

"자면서요. 경위님도 알고 계실 거라 생각했는데."

"자면서 뭐라고 했다는데?"

"무슨 얘긴지 알아들을 순 없었다는데, 아무튼 서서히 의식을 되찾아가는 중이라니 다행이죠."

"잘됐군."

그녀가 돌아서려는 찰나 리버스가 다시 말했다. "이번 주 토요일에 애

113

버딘에 간다고 했지? 뭐 타고 갈 거야?"

"제 차로 가려고요. 그건 왜 물으시죠?"

"내가 탈 자리가 있을까?"

"저 혼자 가니까요."

"그럼 날 좀 태워주겠어?"

그녀는 깜짝 놀라는 표정이었다. "물론이죠. 어디로 가시나요?"

"피토드리."

그녀는 한층 더 놀라는 표정을 지었다. "경위님이 하이버니언 팬이신 줄은 몰랐어요."

리버스가 얼굴을 찌푸렸다. "오해하지 마. 여기서 하이버니언을 좋아하는 건 자네뿐이니까. 난 단지 그곳까지 태워줄 사람이 필요할 뿐이라고."

"그렇군요."

"가는 길에 빅 제르 파일에서 뭘 알아냈는지 들려달라고."

8

　토요일까지 리버스는 마이클과 무려 세 차례나 언쟁을 벌였다. -그럴 때마다 마이클은 자기가 나가면 되지 않느냐며 오히려 큰소리를 쳤다.- 학생들과도 한 번 부딪쳤고-그들 역시 아파트를 나가겠다고 으름장을 놓았다-, 전화를 걸 때마다 페이션스를 바꿔주지 않는 진료소 접수 담당자와도 마찰이 있었다. 브라이언 홈스는 잠시나마 눈을 떴었고, 의사들은 그것을 회복의 증거로 받아들였다. 하지만 그들 중 누구도 '완전한 회복'을 입에 담지 않았다. 그나마 차도가 있었다는 소식에 쇼반 클락은 기뻐했다. 그녀는 한껏 들뜬 모습으로 리버스의 아든 가 아파트에 도착했다. 그는 1층에서 기다리고 있었다. 그녀는 2년 된 선홍색 르노 5를 몰고 나타났다. 리버스의 눈에 그녀의 차는 무척 팔팔해 보였다. 반면 바로 옆에 세워진 그의 차는 폐차 직전의 절망적인 상태였다. 놀랍게도 리버스의 차는 지난 3, 4년간 이런 위태로운 상태를 유지해왔다. 그가 팔아치우기로 결심을 굳힐 때마다 차는 기적적으로 소생했고, 오랫동안 그런 패턴이 반복되어왔다. 리버스는 차가 자신의 생각을 읽을 수 있다고 믿게 되었다.

　"안녕하세요, 경위님." 쇼반 클락이 말했다. 카 스테레오에서는 팝 음악이 흘러나오고 있었다. 그녀는 움찔하며 조수석에 오르는 리버스를 지켜보며 볼륨을 줄였다. "푹 못 주무셨어요?"

　"다들 내게 그걸 묻더군."

"왜들 그럴까요?"

그녀는 아침을 거른 리버스를 위해 제과점에 들렀다. 아파트에는 '음식'으로 볼 수 있는 게 하나도 없었다. 하지만 리버스는 불평을 늘어놓을 입장이 아니었다. 그 자신도 식품 저장실이 그 지경이 되어버린 것에 일말의 책임이 있었으니까. 언젠가 고기를 사다놓은 적이 있었지만 학생들은 그것에 손도 대지 않았었다. 마이클마저도 채식주의자가 되어버린 모양이었다. 적어도 사람들이 있는 데서는.

"건강을 생각해야지, 존." 마이클은 자신의 배를 찰싹 때리며 형에게 말했었다.

"그게 무슨 뜻이지?" 리버스는 예민하게 반응했다.

마이클은 안쓰럽다는 표정으로 고개를 저었다. "이게 바로 카페인의 폐해야."

주방 찬장에는 커피로 보이는 유리병이 잔뜩 보관되어 있었다. 하지만 자세히 보니 나무껍질과 치커리를 으깨어 달인 차였다. 리버스는 제과점에서 폴리스티렌 컵에 담긴 커피와 소시지 롤빵 두 개를 샀다. 소시지 롤을 선택한 건 실수였다. 아무리 조심스레 베어 물어도 페이스트리 조각이 우수수 떨어지는 걸 막을 수 없었다. 리버스는 종이 봉지로 최선을 다해 받아보았지만 깔끔한 바닥은 어느새 빵 조각들로 덮여버리고 말았다.

"미안해." 그가 쇼반에게 말했다. 그녀는 차창을 완전히 내린 채 운전에 집중하고 있었다. "혹시 자네도 채식주의자인가?"

그녀가 웃음을 터뜨렸다. "그걸 이제야 눈치채셨습니까?"

"응."

그녀가 턱으로 소시지 롤을 가리켰다. "혹시 기계적 회수육(기계적 공정을 통해 뼈나 도체에서 남은 살코기를 분리해내어 얻은 고기)이라고 들어보셨습니까?"

"그만해." 리버스가 경고했다. 그는 얼마 남지 않은 소시지 롤을 황급히 먹어치운 후 헛기침을 했다.

"혹시 자네와 브라이언 사이에 뭔가 있는 건 아니지?"

그녀의 표정이 갑자기 굳어졌다. 리버스는 괜한 말을 꺼낸 자신을 질책했다. "그런 게 있을 리 있나요?"

"그와 넬의 관계가 좀…… 내가 보기엔 분위기가 심상치 않은 것 같아서……"

"저는 괴물이 아닙니다, 경위님. 브라이언과 넬의 상황에 대해선 잘 알고 있어요. 브라이언은 그냥 좋은 동료일 뿐입니다. 저랑 죽이 잘 맞을 뿐이라고요." 그녀가 앞 유리에서 눈을 뗐다. "오해하지 마세요." 리버스는 대꾸할 타이밍을 잡지 못했다. "설령 저희 사이에 뭔가 있다 해도 그건……" 그녀가 계속 이어나갔다. "경위님께서 참견하실 문제가 아닙니다. 임무 수행에 지장이 없는 한 말이죠. 브라이언도 저랑 같은 입장일 겁니다."

리버스는 침묵을 지켰다.

"죄송합니다. 제가 흥분을 했네요."

"뭐 틀린 말은 아니야. 톤이 조금 불손했던 게 문제지. 경찰은 비번일 때도 경찰인 거야. 아무리 상황이 이렇다 해도 난 자네의 상관이라는 걸 명심하라고."

한동안 무거운 침묵이 흘렀다. 쇼반이 먼저 입을 열었다. "이 동네, 별로 나쁘지 않네요. 마치몬트."

"뉴타운만큼은 못 되지만."

그녀가 리버스에게 살짝 눈을 흘겼다. 핸들을 쥔 그녀의 손에는 힘이 잔뜩 들어가 있었다.

"옥스퍼드 테라스에 사시는 줄 알았는데요." 그녀가 간교하게 미소를 흘리며 말했다.

"아니, 자네가 잘못 알았어. 저 빌어먹을 음악 좀 끌 수 없겠나? 가면서 중요한 문제를 의논하기로 했잖아."

모리스 제럴드 캐퍼티.

쇼반 클락은 그 동안 정리해둔 자료를 챙겨오지 않았다. 머릿속에 모든 핵심적 정보를 담아두었기 때문이었다. 그녀는 차를 몰면서 암기한 내용을 줄줄 읊어댔다. 머니백 작전을 앞두고 빅 제르의 배경을 심도 있게 조사한 모양이었다. 문제는 캐퍼티가 머니백 작전이라는 허술한 덫에 걸릴 인물이 아니라는 사실이었다. 또한 그녀는 킨툴 사건에 대해서도 많은 시간을 할애해 조사를 해놓은 상태였다. 그 역시 흐지부지 종결될 게 뻔했지만.

"한 가지 더 있어요." 그녀가 말했다. "캐퍼티에게 암호로 된 일기장이 있답니다. 아직까지 해독이 안 됐다는데, 그만큼 사적인 내용이라는 뜻이겠죠."

리버스도 그 사실을 알고 있었다. 경찰은 빅 제르를 잡아들일 때마다 그가 소지한 일기장을 압수해 꼼꼼히 살펴보았다. 하지만 암호화된 내용은 아직까지도 파악되지 않고 있었다.

"소문에 따르면," 쇼반이 말했다. "그 일기장엔 회수 불가능한 악성 부채가 기록돼 있다고 합니다. 캐퍼티가 직접 나서서 처리해야 하는 케이스 말이죠."

"그에 관한 소문이 어디 한두 개라야 말이지. 알고 보면 별 볼 일 없는 놈인데 온갖 소문으로 무슨 대단한 인물이라도 되는 것처럼 부풀려졌어. 우둔한 깡패 두목일 뿐인데."

"우둔한 사람은 그런 암호를 쓰지 못하죠."

"하긴……"

"파일에 『선』에서 오려낸 최근 기사가 있었어요. 해안지대에서 시체가 속속 발견되고 있다는 내용이더군요."

리버스가 고개를 끄덕였다. "솔웨이 해안. 스트랜라(스코틀랜드 남서부에 있는 항구도시)에서 가까운 곳이야."

"그것도 캐퍼티의 소행이라고 보시나요?"

리버스는 어깨를 으쓱였다. "시체들의 신원 확인이 안 되고 있어. 누가 알겠나. 란(영국 북아일랜드 북동부에 있는 행정구)의 연락선에서 떠밀려진 피해자들일지. 얼스터(Ulster) 놈들의 소행일 수도 있고. 란과 스트랜라 사이의 해류가 좀 요상해지." 그가 잠시 말을 멈추었다. "일단은 모든 가능성을 다 열어놔야 해."

"그러니까 캐퍼티의 소행일 가능성도 있다는 말씀이네요."

"그럴 가능성도 있지."

"시체를 버리려고 굳이 거기까지 갔을까요?"

"그렇다고 자기 집에 고이 모셔놓을 순 없는 일 아닌가?"

그녀는 잠시 생각에 잠겼다. "기사를 보니 해안지대에서 수상한 밴이 발견됐다고 하던데요. 뭔가를 배달하기에는 너무 이른 시간이었다고요."

리버스는 고개를 끄덕였다. "여러모로 이상한 점이 많았지. 나도 가끔 신문을 본다고, 클락. 거긴 덤프리스와 갤러웨이(스코틀랜드 남부의 주) 경찰이 자주 순찰을 도는 지역이야."

쇼반은 한동안 말없이 운전에만 집중했다. "그 사람, 지금까진 운이 아주 좋았던 모양이네요. 안 그렇습니까, 경위님? 그가 영리한 악당이라는 건 알겠어요. 영리한 악당들은 상대하기가 쉽지 않죠. 하지만 그 혼자서 조직을 이끌어나갈 순 없지 않습니까. 보스는 영리할지 몰라도 부하들은 아닐 텐데요. 우둔하고 게으른 부하 한두 명만 거느리고 있어도 빈틈이 많이 생기지 않을까요?"

"일리 있는 말이야." 그가 말했다.

"캐퍼티의 부하들에 대해서도 꼼꼼히 읽어봤어요. 다들 O 등급 시험(과거 스코틀랜드에서 보통 16세가 된 학생들이 치던 과목별 평가 시험)과는 거리가 멀어 보이더군요. 그들에게 붙여진 별명만 봐도 대충 감이 오지 않습니까. 슬링크, 코지, 라디에이터……"

리버스가 씩 웃었다. "라디에이터 맥컬럼. 그 친구는 아직도 기억이 생생해. 조상이 하일랜드 식인종이라지 아마? 자기가 직접 조사해본 모양인데, 그 사실을 무척 자랑스럽게 여기더군."

"그도 실종됐답니다."

"그래. 한 3, 4년쯤 됐어."

"기록에 의하면 정확히 4년 반입니다. 그에게 무슨 일이 있었던 걸까요?"

리버스가 어깨를 으쓱였다. "빅 제르를 배신하려다가 겁을 먹고 달아났는지도 모르지."

"어쩌면 달아날 기회가 없었을 수도 있고요."

"맞아. 그게 아니라면 조폭 생활에 질려버렸거나, 다른 데서 일자리 제의가 들어왔을 수도 있잖아. 워낙 유동적인 직업이라서 일거리를 따라다니다 보면 뭐······."

"이것도 캐퍼티의 소행인지는 모르겠지만, 맥컬럼의 사촌들도 그가 실
종되기 바로 전에 사라졌습니다."

리버스의 얼굴이 찌푸려졌다. "그에게 사촌들이 있었다는 건 금시초문
인데."

"그들은 브루-헤드 형제라는 별명으로 불렸습니다. 아이언 브루(Irn
Bru, 스코틀랜드의 인기 음료)를 얼마나 좋아했으면."

"그랬나 보지, 뭐. 그건 그렇고, 그놈들 본명이 뭐였지?"

그녀는 잠시 기억을 더듬었다. "탐과 에크 로버트슨입니다."

리버스가 고개를 끄덕였다. "에크 로버트슨······ 그래. 하지만 나머지
한 놈에 대해선 전혀 몰랐어. 아, 잠깐만······"

탐과 에크 로버트슨. R 형제. 그렇다면 모르크는······

"모리스 캐퍼티!" 리버스가 계기판을 탁 내리쳤다. 브라이언은 이름을
짧게 줄여 적어놓은 것이었다. 'c'는 일부러 'k'로 고쳐 적었고, 맙소사······
만약 브라이언이 캐퍼티 조직을 건드린 거라면 그가 그토록 공포에 떨었
던 이유가 완벽히 설명될 수 있었다. 센트럴 호텔과 캐퍼티. 호텔이 순순
히 보호세를 내지 않아 그들이 불을 지른 건가? 그렇다면 그 안에서 발견
된 시체는? 채무자였나? 그 직후 라디에이터 맥컬럼과 그의 사촌들은 어
디론가 증발해버렸고. 빌어먹을!

"심장 발작이 일어날 것 같나요?" 쇼반이 말했다. "걱정 마세요. 심장소
생술을 할 줄 알거든요."

리버스는 그 말이 들리지 않았다. 그는 먼발치 도로를 멍하니 바라보고
있었다. 그의 한 손은 커피 컵을 쥐고 있었고, 또 한 손은 자신의 무릎을

탁탁 내리치는 중이었다. 그의 머릿속에서 브라이언의 수첩이 아른거렸다. 수첩에 의하면, 그날 밤 캐퍼티가 현장에 있었는지는 알 수 없지만 형제는 분명히 그곳에 있었다고 했다. 그리고 함께 언급된 포커 게임. 그는 로버트슨 형제를 찾고 있었다. 그 사실을 알게 된 누군가는 그를 막으려 했고. 이제야 풀리지 않던 퍼즐이 조금씩 맞춰지는 것 같았다.

"하지만 긴장증 처치법은 몰라요."

"응?"

"제가 드린 말씀 때문에 그러세요?"

"그래."

"브루-헤드 형제?"

"맞았어. 그들에 대해 더 아는 거 없나?"

"니드리 출신이고, 어릴 적부터 좀도둑질을 일삼았대요."

"다른 정보는 없고?"

쇼반은 자신이 무언가를 제대로 건드렸음을 깨달았다. "없긴요. 두 사람 모두 전과가 많습니다. 에크는 번지르르한 옷을 좋아한 반면 탐은 늘 청바지와 티셔츠 차림으로만 다녔다고 합니다. 재밌는 건 탐이 청결에 병적으로 집착했다는 사실입니다. 항상 전용 비누를 챙겨 다녔다고 하네요. 어디를 가든 말입니다. 이상하지 않나요?"

"내가 만약 도박꾼이라면……" 리버스가 말했다. "레몬 향기가 나는 비누였을 거라는 데 돈을 걸겠어."

"그걸 어떻게 아시죠?"

"직감. 내가 아니라 다른 사람의 직감." 리버스의 미간이 찌푸려졌다. "왜 난 지금껏 탐의 존재를 몰랐던 거지?"

"그는 학교에서 쫓겨나자마자 던디로 떠났습니다. 한참 후에야 에든버러로 돌아왔고요. 전과를 보면 6개월쯤 조폭으로 활동한 기록이 있습니다." 그녀가 말했다. "그런데 왜 그러시죠?"

"이 모든 게 호텔 화재 사건과 연관이 있는 것 같아서."

"경위님 책상 뒤에 쌓여 있는 파일들 말씀인가요?"

"내 책상 뒤에 쌓여 있는 파일들."

"일부러 엿보려 한 건 아니었어요."

"어쩌면 그게 브라이언 사건과 연관이 있는지도 몰라." 그녀가 리버스를 돌아보았다. "운전 중엔 앞을 봐야지. 자넨 운전에만 집중하라고. 지금부터 아주 흥미로운 이야기를 들려줄 테니까. 애버딘에 도착할 때까지 무료하진 않을 거야."

"어서 오너라, 쟉. 맙소사, 이젠 못 알아보겠구나."

"숙모님이 마지막으로 보셨을 때 전 반바지를 입고 있었죠."

나이 든 여자가 웃음을 터뜨렸다. 그녀는 보행 보조기를 밀고 퀴퀴한 냄새가 풍기는 좁은 복도를 따라 안쪽 방으로 들어갔다. 방은 온갖 가구들로 빽빽이 채워져 있었다. 앞쪽에 거실이 있었지만 그것은 특별 손님을 위한 공간이었다. 가족인 리버스는 절대 누릴 수 없는 공간.

그녀는 쇠약해 보였고, 허리는 심하게 굽어져 있었다. 그녀는 여윈 어깨에 숄을 두르고 있었다. 뒤로 팽팽히 당겨진 그녀의 은백색 머리는 핀으로 고정된 상태였다. 양피지 같은 얼굴에서 두 눈은 옴폭 들어간 점 같아 보였다. 리버스는 그녀를 전혀 기억하지 못했다.

"우리가 파이프(스코틀랜드 동부의 주)에 살았을 때 넌 세 살쯤 됐었어.

하루 종일 쉴 새 없이 재잘댔었지. 그것도 아주 억센 사투리로. 도무지 알 아들을 수가 없었단다. 하지만 넌 아랑곳하지 않고 계속 우스갯소리를 늘어놓거나 노래를 불러댔어."

"이젠 안 그래요." 리버스가 말했다.

"그래?" 그녀가 벽난로 옆 의자에 앉아 고개를 앞으로 내밀었다. "늙어서 귀가 잘 안 들려, 쟉."

"이젠 아무도 쟉이라고 부르지 않는다고요!" 리버스가 큰 소리로 말했다. "존이에요."

"오, 그래, 존. 알았다." 그녀가 무릎 덮개를 끌어와 다리에 둘렀다. 벽난로는 전기로 가동되고 있었다. 가짜 석탄, 가짜 불꽃, 그리고 가짜 열기. 달랑 하나 켜진 주황색 막대에서는 아주 조금의 온기도 느껴지지 않았다.

"대니가 널 찾아낸 모양이구나."

"앤디 말씀이시죠?"

"착한 아이야. 한창 일해야 할 나이인데 안됐지. 걔도 같이 왔니?"

"아뇨. 그 친구는 아직 에든버러에 있어요." 그녀는 의자 등받이에 머리를 기대고 있었다. 당장이라도 잠에 빠져들 것 같은 모습이었다. 현관과 안쪽 방을 오가느라 기운을 소진해버린 듯했다.

"그 애 부모를 잘 알아. 좋은 사람들이지."

"절 보고 싶어 하셨다고요, 에나 숙모님?"

"응?"

그가 그녀 앞으로 다가가 앉아 의자 옆에 손을 얹었다. "저를 보고 싶어 하셨다면서요?" 그녀의 눈은 게슴츠레했고 입은 살짝 벌어져 있었다. 그녀가 이내 코를 골기 시작했다.

리버스는 허리를 펴고 일어나 긴 한숨을 내쉬었다. 벽난로 선반 위 시계는 멎어 있었지만 그는 자신에게 두 시간 정도 여유가 있다는 걸 알고 있었다. 쇼반에게 센트럴 호텔 사건을 속속들이 들려준 그는 한시라도 빨리 파일로 돌아가고 싶어 몸이 근질거렸다. 하릴없이 자그마한 박물관에 갇혀 있어야 하는 시간이 너무 아까웠다. 그는 실내를 찬찬히 둘러보았다. 어둠에 묻힌 한쪽 구석에는 금속 서랍장이 놓여 있었다. 앞면이 유리로 된 자기 장식장에 사진이 몇 개 들어 있었다. 그는 그것들을 차례로 들여다보았다. 조부모 사진만 보일 뿐 그의 아버지 사진은 없었다. 불화의 흔적인가?

스코틀랜드인들은 나쁜 기억을 잊는 법이 없었다. 그것은 그들의 짐이자 재능이었다. 거실은 작은 부엌과 연결되어 있었다. 리버스는 구석 냉장고를 열어보았다. 안에 덩그러니 놓인 양지머리 한 덩어리가 보였다. 그는 고기 냄새를 살짝 맡아본 후 돌아섰다. 식료품 저장실에는 빵이 든 커다란 금속 용기가, 식기 건조대에는 버터 접시가 각각 놓여 있었다. 그는 10분에 걸쳐 샌드위치를 만들었다. 차가 담긴 통을 찾아내는 데만 5분이 소요되었다.

그는 싱크대 옆에 라디오가 있는지 찾아보았다. 기다리는 동안 축구 중계라도 들어볼까 했지만 건전지가 바닥나 단념할 수밖에 없었다. 그는 발끝으로 조심조심 걸어 안쪽 방으로 돌아갔다. 에나 숙모는 여전히 곯아떨어져 있었다. 그는 숙모 반대편 의자에 자리를 잡고 앉았다. 그는 유산을 기대하고 온 게 아니었다. 하지만 이런 상황은 참기 힘들었다. 잠시 후, 에나 숙모가 자신이 코 고는 소리에 놀라 눈을 번쩍 떴다.

"응? 당신이에요, 지미?"

"존이에요. 숙모님 조카."

"맙소사, 존. 내가 깜빡 졸았나 보구나."

"괜찮아요."

"손님을 모셔놓고 잠이 들다니."

"전 손님이 아니라 가족이잖아요, 에나 숙모님."

"그렇지. 가족이지. 참, 냉장고에 소고기가 있는데. 뭣 좀 만들어줄까?"

"벌써 만들어왔어요."

"응?"

"샌드위치. 그걸로 만든 거예요."

"그래? 어릴 적에도 똑똑하더니만. 차는?"

"그냥 앉아 계세요. 제가 만들어 올게요."

리버스는 차와 샌드위치를 가져와 그녀의 앞에 있는 발받침에 놓아주었다. "자, 드세요." 그가 돌아서려는 찰나 노파가 손을 뻗어 그의 손목을 움켜잡았다. 하마터면 손에 스친 접시가 엎어질 뻔했다. 그녀는 눈을 감은 채, 연약해 보이는 손에 힘을 잔뜩 주고 있었다. 그녀의 입에서 감사 기도가 흘러나오기 시작했다.

"어떤 이는 고기가 있어도 먹지 못하고, 어떤 이는 먹을 수 있지만 고기가 없나이다. 하지만 저희에겐 고기가 있고, 먹을 수도 있으니 주님께 감사드리나이다."

리버스는 터져 나오려는 웃음을 간신히 참아냈다. 하지만 한편으로는 마음이 훈훈해졌다. 그는 미소를 지으며 숙모의 손에 샌드위치를 쥐어주고 나서 차를 챙기러 갔다.

식사 후 활기를 되찾은 그녀는 조카를 보고 싶어 했던 이유를 기억해냈다.

"네 아버지와 우리 남편은 오래전에 소원해졌어. 모르긴 해도 40년은 훨씬 더 됐을걸. 편지나 크리스마스카드도 띄우지 않았고, 웬만해선 말도 섞지 않았어. 네가 생각해도 웃기지 않니? 그들이 뭣 때문에 그렇게 된 줄 알아? 우린 이쉬벨의 결혼식에 네 아버지와 어머니를 초대했어. 하지만 넌 쏙 빼버렸단다. 애들이 있으면 좀 어수선해질 것 같아서 말이야. 하지만 내 친구, 페기 캘러헌이 초대하지도 않은 아들을 데려왔지 뭐니. 먼 길을 왔는데 되돌려 보낼 수도 없고. 그래서 그냥 뒀더니만 네 아버지가 지미에게 항의를 했어. 두 사람은 아주 격렬히 싸웠단다. 그리고 네 아버지는 씩씩대며 나가버렸어. 네 어머니는 난처해하며 남편을 따라 나갔고. 그렇게 된 거였어."

그녀가 등받이에 몸을 기대었다. 그녀의 아랫입술에는 빵 부스러기가 조금 붙어 있었다.

"정말 그게 다였어요?"

그녀가 고개를 끄덕였다. "황당하지? 하지만 고집 센 그들에겐 심각한 문제였단다. 그래서 끝내 화해를 못했던 거고."

"이 말씀을 들려주시려고 절 찾으신 건가요?"

"다른 이유도 있었어. 네게 뭔가 줄 게 있거든." 천천히 일어난 그녀가 보행 보조기에 몸을 의지한 채 벽난로 선반 앞으로 다가갔다. 리버스가 달려가 도와주려 했지만 그녀는 괜찮다고 했다. 그녀는 선반에서 사진 하나를 집어 들고 돌아와 조카에게 내밀었다. 그의 눈이 사진을 유심히 살폈다. 흑백 사진 속에서는 어깨동무를 한 두 소년이 환히 웃고 있었다. 절친한 사이인 듯했다. 아니, 그들은 형제였다.

"그 사람은 끝까지 이걸 버리지 않았어. 싸우고 나서 네 아버지 사진을 죄다 버린 줄 알았는데. 남편이 죽고 나서 유품을 살피다가 구두 상자 속에서 그걸 찾아냈단다. 네게 주고 싶었어, 쟉."

"쟉이 아니라니까요. 존이에요." 리버스가 말했다. 그의 눈은 어느새 촉촉이 젖어 있었다.

"그래." 에나 숙모가 말했다. "그래."

그날 오후, 마이클 리버스는 긴 소파에 누워 잠을 잤다. BBC2 채널에서 자신이 가장 좋아하는 영화 「이중 배상」이 방영되는 줄도 모르고. 그는 아까 한잔 걸치러 펍에 다녀왔다. 혼자서. 학생들은 다들 볼일이 있다며 쇼핑몰과 빨래방으로 뿔뿔이 흩어졌다. 몇몇은 주말을 맞아 집으로 돌아갔다. 마이클은 라거 맥주 두 잔과 레모네이드 한 잔으로 배를 채운 후 아파트로 돌아왔다. 그리고 TV 앞에 누워 잠에 빠져들었다.

그는 존에 대해 많은 생각을 해왔다. 그는 형에게 필요 이상으로 오래 신세를 지고 싶지 않았다. 얼마 전에는 크리시와 통화도 했다. 그녀는 아직도 아이들과 커콜디에서 살고 있었다. 경찰의 불시 단속 이후 그녀는 그와의 인연을 완전히 끊어버렸다. 다른 사람도 아닌 친형이 남편에게 불리한 증언을 했다는 사실도 크게 한몫했다. 하지만 마이클은 존을 탓하지 않았다. 존은 원래 철저한 원칙주의자였으니까. 게다가 어떤 증언은 오히려 마이클에게 유리하게 작용했었다. 그는 그것이 자신을 위한 형의 배려였다고 확신했다.

아무튼 크리시는 더 이상 그와의 통화를 거부하지 않았다. 그는 복역 기간 내내 그녀에게 편지를 띄웠고, 런던에서도 여러 차례 편지를 썼다. 그녀는 남편과의 통화에서 배달된 편지들을 꼬박꼬박 챙겨 봤으며, 아직

사귀는 사람이 없다고 털어놓았다. 또한 그에게 아이들이 보고 싶지 않은 지 묻기도 했다.

"당신도 보고 싶어." 그는 말했다. 진심을 담아서.

초인종이 울렸을 때 그는 꿈속에서 아내를 만나고 있었다. 아내와 그 학생, 게일을 동시에. 그는 힘겹게 몸을 일으켰다. 초인종 소리는 멎을 줄 몰랐다.

그는 둔한 손으로 허둥대며 자물쇠를 풀었다. 잠시 후 자신이 무슨 일을 겪게 될지 모른 채.

하이버니언은 또 패했다. 우울해진 쇼반 클락은 집으로 돌아오는 내내 말이 없었다. 리버스에게는 오히려 다행스러운 일이었다. 그는 생각할 게 많았다. 하지만 일에 관해서는 아니었다. 일을 생각하는 만큼만 주변인들을 챙겼더라면. 전처, 딸, 페이션스, 그리고 마이클.

처음 경찰이 되었을 때 그는 이미 많이 지친 상태였다. 홈스와 클락 같은 파릇파릇한 신임 형사들이 시스템과 대중의 태도에 막혀 좌절하는 모습은 그를 더욱 진 빠지게 만들었다. 한때 그는 세상의 그 어떤 형편없는 직업도 경찰보다는 훨씬 나을 거라고 굳게 믿었었다.

"무슨 생각을 그렇게 골똘히 하세요?" 쇼반 클락이 물었다.

"좀 우울해서."

"설마 저보다 더하시려고요."

그 말에 리버스가 미소를 지었다. "하긴." 그가 말했다. "자꾸 잊는군. 찾아보면 내 처지보다 못한 사람이 분명 있다는 사실 말이야. 하이버니언 서포터들만 빼고."

"하하, 갑자기 쑥 들어오시네요."

쇼반이 손을 뻗어 라디오를 켰다. 그리고 오늘 경기의 스코어를 나불거리지 않는 방송국을 찾아 분주히 손을 놀렸다.

9

리버스는 한결 가벼워진 마음으로 아파트로 들어섰다. 집에는 아무도 없는 듯했다. 토요일 밤이니 별로 놀랄 일도 아니었다. 아무리 그래도 TV를 틀어놓은 채 나가버린 건 문제가 있었다.

그는 골방으로 들어가 정돈되지 않은 마이클의 침대에 자신이 가져온 사진을 놓아두었다. 방에서는 향수 냄새가 은은히 풍겼다. 그 냄새는 페이션스를 떠올리게 했다. 그는 그녀가 보고 싶었다. 진지하게 사귀기 시작했을 때 두 사람은 자신들이 '사랑'을 하기에는 너무 늙었다는 사실에 공감했다. 또한 그래서 섹스에 더 최선을 다해야 한다는 데도 생각을 같이했다. 리버스가 그녀의 집으로 들어가게 되었을 때 두 사람은 동거 자체에 큰 의미를 두지 말자고 했다. 그저 더 편해지려고 내린 결정이었을 뿐이니까. 하지만 리버스가 자신의 아파트를 세놓고 난 후에는 동거에 큰 의미가 있었음을 새삼 깨닫게 되었다. 페이션스에게 쫓겨나 불편한 소파에서 잠을 청해야 하는 그의 처지가 그 사실을 증명해주었다.

그는 소파에 누워 아파트의 주된 공용 공간을 자기 혼자 차지하는 것이 과연 옳은 일인지 생각해보았다. 그가 돌아온 후 학생들은 거실이 아닌 주방에 모여 빈둥거렸다. 누구 험담을 하는지 문까지 닫아두곤 했다. 물론 리버스는 그들을 탓할 입장이 아니었다. 이 모든 게 *자신* 때문에 벌어진 일이기 때문이었다. 창가 바닥에는 그의 여행 가방이 활짝 열린 채 놓여 있었다. 가방 밖으로는 넥타이와 양말들이 삐져나온 상태였다. 또 다른 가방은 소파 뒤에 처박혀 있었다. 그의 양복 두 벌은 골방 옆 액자 걸이용 레일에 축 늘어진 채 걸려 있었고, 리버스의 눈을 시리게 하는 사이키델릭한 포스터의 일부는 옷에 가려져 있었다. 오랫동안 환기를 시키지 않아 집 안에서는 퀴퀴한 냄새가 났다. 하지만 리버스는 그 불쾌한 냄새가 자신의 암담한 처지에 딱 들어맞다고 생각했다.

그가 전화기를 끌어와 페이션스에게 전화를 걸었다. 자동응답기 메시지가 흘러나왔다. 처음 듣는 메시지였다.

"수잔과 제니를 애들 어머니에게 데려다주러 갔어요. 할 말이 있으면 삐 소리 후 남겨줘요."

리버스는 페이션스가 걱정되었다. 전화를 걸어오는 모든 이에게 집이 비어 있다는 걸 광고하다니. 빈집 털이범이 들으면 어쩌려고. 그들은 무작위로 전화를 걸어 응답이 없거나 자동응답기 메시지가 흘러나오는 집들을 주로 표적으로 삼았다. 그게 바로 메시지를 애매하게 녹음해놓아야 하는 이유였다.

그는 잽싸게 머리를 굴려보았다. 그녀가 언니의 집에 가 있다면 내일 밤까지는 절대 돌아오지 못할 것이다. 어쩌면 월요일까지 그곳에 머물지도 모른다.

"안녕, 페이션스." 그가 자동응답기에 대고 말했다. "나예요. 당신에게 할 얘기가 있어요. 당신이 너무…… 보고 싶어요. 나중에 얘기해요."

애들이 집으로 돌아갔다 이거지? 그럼 우리도 좋았던 예전으로 돌아갈 수 있는 건가? 예민하게 굴던 수잔과 온순한 제니. 그들은 리버스와 페이션스의 불화의 원인이 아니었다. 하지만 그렇다고 두 사람의 관계에 특별히 도움이 된 것도 아니었다. 그건 분명한 사실이었다.

그는 주방에 들어가 '커피 대용품'을 한 잔 만들어왔다. 마치몬트 가 모퉁이에는 밤늦게까지 영업하는 커피숍이 있었다. 하지만 싸지도 않은 인스턴트 커피 한 잔 마시겠다고 그곳까지 다녀오는 건 어리석은 일 같았다. 그는 방금 자신이 만들어온 기묘한 음료가 입맛에 맞기를 바랐다.

애석하게도 맛은 형편없었다. 게다가 카페인이 첨가되지 않아서인지 그는 TV로 영화를 보던 중 자신도 모르는 새 스르르 잠에 빠져버리고 말았다.

시간이 얼마나 흘렀을까. 그는 요란하게 울리는 전화벨 소리에 눈을 떴다. TV는 꺼져 있었고, 그의 몸에는 담요가 덮여 있었다. 누구인지는 몰라도 매일 밤 그를 챙기는 마음이 갸륵했다. 그는 뻣뻣해진 몸을 일으키고 수화기를 집어 들었다. 손목시계는 새벽 1시 15분을 가리키고 있었다.

"여보세요?"

"리버스 경위님이십니까?"

"그런데요." 리버스가 머리를 문지르며 대답했다.

"경위님, 저는 사우스 퀸스페리 소속 하트 순경입니다."

"그런데?"

"여기 동생분이 와 계십니다."

"마이클이?"

"네."

"그 친구가 거긴 왜 간 거지? 죽기라도 했나?"

"그런 건 아니고요, 경위님."

"그럼 뭐지?"

"저기…… 저희가 방금 발견했습니다."

리버스는 갑자기 불안해졌다. "발견? 어디서?"

"포스 철교에 매달려 있었습니다."

"뭐라고?" 순간 수화기를 쥔 리버스의 손에 힘이 잔뜩 들어갔다. *"매달려 있었어?"*

"경위님께서 생각하시는 그런 게 아니고요. 제가 설명을 제대로 못 드린 것 같은데……" 그 말에 리버스는 안도했다.

"그런 게 아니라, 거꾸로 매달려 있었습니다. 공중에 대롱대롱."

"처음엔 누군가가 장난을 쳐놓은 거라 생각했습니다. 번지점프처럼 말이죠." 하트 순경이 리버스를 사우스 퀸스페리 부둣가로 안내하며 말했다. 그들 눈앞에 펼쳐진 포스 만(灣)은 까맣고 잔잔했다. 그들 머리 위로 어둠에 묻힌 철교가 어렴풋이 보였다. "하지만 동생분 얘길 들어보니 그게 아닌 것 같더군요. 자살 기도도 아니었고요."

"확실해?"

"두 손이 꽁꽁 묶여 있었습니다, 경위님. 입은 테이프로 봉해져 있었고요."

"맙소사."

"의사는 별 문제가 없어 보인다고 했습니다. 그 높은 데서 던져졌다면 다리가 뽑혔을 수도 있었다더군요. 하지만 상태를 보니 줄에 묶인 채 천천히 내려진 것 같답니다."

"그들이 다리엔 어떻게 올라갔지?"

"그건 어렵지 않습니다. 고소공포증만 없다면요."

고소공포증이 있는 리버스는 마이클이 발견된 황토색 강철 구조물에 오르기를 완강히 거부했다.

"기차가 다니지 않을 때까지 기다렸던 것 같습니다. 마침 다리 밑을 지나던 보트가 있었는데 선장이 뭔가 이상한 게 매달려 있다면서 신고를 해왔습니다. 그가 아니었으면 밤새도록 여기 매달려 있었을 겁니다." 하트가 고개를 저었다. "추운 날씨라 만약 그랬다면 정말 큰일 날 뻔했어요."

그들은 인근 막사로 들어갔다. 협소한 막사 안에는 어깨에 담요를 두른 마이클과 자다가 연락을 받고 달려온 듯한 지역 의사가 앉아 있었다. 그 주변에서 남자 몇몇이 서성이고 있었다. 경관, 부둣가 호텔 주인, 그리고 마이클의 목숨을 구해준 보트 선장.

"존…… 맙소사." 창백한 얼굴의 마이클은 몸을 덜덜 떨고 있었다. 의사는 뜨거운 무언가가 담긴 컵을 환자 앞으로 내밀고 있었다.

"마셔, 미키." 리버스가 말했다. 마이클은 끔찍한 비극의 피해자처럼 보였다. 리버스는 압도적인 슬픔에 휩싸였다. 마이클은 교도소에서 몇 년을 썩었다. 그가 그 안에서 무슨 일을 겪었을지 누가 알겠는가. 암담한 처지는 출소 후 에든버러에 올 때까지도 바뀌지 않았다. 허세, 학생들과의 밤 외출…… 리버스는 그제야 깨달을 수 있었다. 마이클은 지난 몇 년간 자신을 짓눌러온 공포를 떨쳐내려 애썼던 것이다. 하지만 운명은 그에게 다시 이런 시련을 안겨주었다. 막사 안에 웅크린 채 몸을 떨고 있는 그는 꼭 덫에 걸린 짐승 같아 보였다.

"곧 돌아올게, 미키." 리버스가 하트를 잡아끌고 막사를 나갔다. "마이클이 뭐라고 했지?" 그는 가슴 속에서 끓어오르는 분노를 애써 억눌렀다.

"경위님 아파트에 혼자 있었다고 했습니다."

"언제?"

"오늘 오후에요. 4시쯤. 누가 초인종을 눌러서 나가봤더니 남자 셋이 우격다짐으로 밀고 들어왔답니다. 그들은 그의 머리에 포대를 씌워놓고 온 몸을 꽁꽁 묶었습니다. 그런 다음, 포대를 벗기고 테이프로 그의 입을 봉한 후에 다시 포대를 씌웠다고 하네요."

"그놈들 얼굴은 못 봤대?"

"현관 카펫에 얼굴을 묻고 있어서 못 봤다더군요. 문을 열어주면서 스치듯 본 게 전부랍니다."

"계속 해봐." 리버스는 철교를 올려다보지 않으려 애썼다. 대신 멀리 보이는 도로교에 시선을 고정시켰다. 그곳에서는 빨간 불빛이 깜빡이고 있었다.

"그들은 카펫 같은 것으로 그를 감싼 후 번쩍 들어 아래층으로 내려갔습니다. 그리고 밴에 실었고요. 동생분의 진술에 따르면 공간이 무척 비좁았답니다. 자신의 양옆으로 상자들이 잔뜩 쌓여 있었다더군요." 하트가 잠시 말을 멈추었다. 경위의 심상치 않은 표정 때문이었다.

"그리고?" 리버스가 신경질적으로 말했다.

"밴은 몇 시간 동안 쉬지 않고 달렸답니다. 놈들은 한 마디도 하지 않았고요. 차가 멈춘 후에는 또다시 번쩍 들려 지하실이나 창고 같은 곳으로 옮겨졌는데 그러는 동안 한 번도 포대를 벗겨주지 않았다고 합니다. 그래서 자신이 정확히 어디 붙잡혀 있었는지 알 길이 없답니다." 하트가 다시 머뭇거렸다. "피해자의 상태도 저렇고, 더 깊이 파고들진 못했습니다."

리버스가 고개를 끄덕였다.

"아무튼 그들은 그를 이곳으로 데려왔습니다. 다리 옆에 묶어놓고 밑으로 천천히 내렸죠. 그때까지도 놈들은 아무 말도 하지 않았지만, 포대는 벗겨주었답니다."

"맙소사." 리버스는 눈을 질끈 감았다. SAS 시절, 자신이 받은 훈련이 떠올랐다. 그에게서 정보를 알아내기 위해 그들이 자행했던 짓. 그들은 그의 머리에 포대를 씌워 헬리콥터에 태웠다. 순순히 불지 않으면 헬리콥터 밖으로 밀어버리겠다고 협박했고 결국 그 협박을 실행에 옮겼다. 하지만 헬리콥터는 수십 미터 상공에 떠 있지 않았다. 지상에서 고작 2미터 남짓 떨어져 있었을 뿐이다. 그때 겪은 일은 지금 생각해도 치가 떨렸다. 리버스는 하트를 밀치고 막사로 들어갔다. 그는 의사를 한쪽으로 끌어내고 마이클을 와락 끌어안았다. 형의 품에 안긴 마이클이 고함을 치며 펑펑 울기 시작했다. 울음은 몇 분간 이어졌고, 리버스는 끌어안은 동생에게서 떨어지지 않았다.

한참 후, 마른기침과 함께 울음이 멎었다. 격해졌던 마이클의 호흡도 서서히 정상으로 돌아왔다. 그의 얼굴은 눈물과 콧물로 범벅이 되어 있었다. 리버스는 동생에게 손수건을 건넸다.

"구급차가 기다리고 있습니다." 의사가 나지막이 말했다. 리버스는 고개를 끄덕였다. 마이클은 쇼크 상태에 빠져 있었다. 병원은 그를 하룻밤 붙잡아두려 할 게 분명했다.

챙겨야 할 환자가 두 명으로 늘었군. 리버스는 생각했다. 두 사건에는 유사점이 있었다. 범행 동기. 그의 안에서 다시 분노가 치밀어 올랐다. 두 피까지 따끔거릴 지경이었다. 하지만 그는 애써 마음을 다스렸다. 그리고 경관들을 도와 마이클을 부축했다.

"같이 가줄까?" 그가 물었다.

"괜찮아." 마이클이 말했다. "그냥 집에 가 있어, 응?"

구급차로 향하던 중 마이클의 다리가 풀려버렸다. 그들은 경기장에서 부상당한 선수를 끌어내듯 그를 번쩍 들어 구급차에 태웠다. 멀어지는 차를 바라보던 리버스가 의사와 선장과 하트에게 고맙다고 차례로 인사했다.

"정말 끔찍한 일입니다." 하트가 말했다. "왜 이런 일이 벌어졌을까요? 혹시 짚이는 게 있으십니까?"

"아주 없진 않아." 리버스가 말했다.

그는 어둠에 묻힌 거실에 앉아 생각을 정리했다. 그는 나락에 빠져 있었다. 그리고 오늘 밤, 누군가가 그에게 메시지를 남겼다. 마이클을 통해 메시지를 전달하려 했거나 마이클을 리버스로 착각했거나, 둘 중 하나였다. 닮았다는 얘기를 숱하게 들어온 형제였으니 그럴 만도 했다. 놈들은 아든 가로 쳐들어왔다. 그들의 정보가 오래되었다는 뜻이었다. 어쩌면 그들은 그가 페이션스와 별거에 들어갔다는 사실을 알고 있는지도 몰랐다. 만약 그렇다면 그들이 리버스의 사정에 정통하다는 뜻일 테다. 하지만 리버스는 전자일 가능성을 높이 쳤다. 초인종에는 여전히 리버스의 이름이 붙어 있다. 하지만 종이에는 네 개의 다른 이름도 적혀 있었는데. 그걸 보고도 무모하게 밀고 들어왔다? 대체 왜? 그 정도로 절박했던 걸까? 아니면, 누가 인질이 되어도 메시지 전달이 확실히 될 테니까?

아무튼 놈들의 메시지는 잘 전달되었다.

그리고 그 내용도 거의 이해가 되었다. 거의. 이것은 무척 심각한 문제였다. 처음에는 브라이언, 그리고 이제는 마이클. 두 사건에는 분명한 연결고리가 있었다. 지금은 그들의 다음 범행을 기다릴 때가 아니었다. 그가 본격적으로 나서야 할 때였다. 그는 자신이 무엇을 하고 싶은지 알고 있었다. *이판사판.* 그는 총을 원했다. 총이 있으면 놈들과 어느 정도 동등해질 수 있었다. 그는 총을 구할 수 있는 방법도 알고 있었다. *살담배부터 총까지*. 그는 창가 앞을 빙빙 맴돌고 있었다. 꼭 감옥에 갇힌 기분이었다. 잠도 오지 않았다. 오로지 보이지 않는 적을 응징하고 싶은 마음뿐이었다. 무엇이라도 해야 직성이 풀릴 것 같았다. 그래서 그는 드라이브를 나갔다.

그는 퍼스(스코틀랜드 중부에 위치한 도시)까지 달렸다. 한밤중의 고속도로는 썰렁했다. 시내에서 한두 번 길을 잃고 헤매기는 했지만 그는 결국 자신이 원하는 거리를 찾아내고야 말았다. 길게 솟은 땅 한쪽으로 집들이 늘어서 있었다. 페이션스의 언니가 사는 곳이었다. 어렵지 않게 페이션스의 차를 찾아낸 리버스는 그것으로부터 두 칸 떨어진 자리에 자신의 차를 세웠다. 그는 헤드라이트와 시동을 차례로 끄고 뒷좌석에서 담요를 끌어와 덮었다. 모처럼 마음에 평화가 찾아들었다. 위스키를 챙겨올까도 생각했지만 숙취 걱정에 마음을 접었다. 그는 최대한 맑은 정신으로 아침을 맞고 싶었다. 그의 머릿속에 손님용 침실에서 잠들어 있는 페이션스의 모습이 떠올랐다. 그녀는 곤히 자고 있을 것이다. 이마와 볼에 달빛을 맞으면서. 에든버러에서 아주 멀리 떨어져 있는 기분이었다. 포스 철교가 드리운 그림자에서도 존 리버스는 서서히 잠에 빠져들었다. 실로 오랜만에 누려보는 숙면이었다.

그는 일요일 아침 6시 30분에 잠에서 깼다. 그는 담요를 조수석에 던져놓은 후 차에 시동을 걸고 히터를 세게 켰다. 냉기에 떨기는 했지만 모처럼의 단잠은 충분히 만족스러웠다. 거리는 한산했다. 한 남자가 흉측하게 생긴 하얀 푸들과 산책을 하고 있었다. 남자는 호기심에 찬 눈으로 자꾸만 리버스를 쳐다봤다. 리버스는 그에게 환히 미소를 지어 보인 후 기어를 1단에 걸고 주차장을 빠져나왔다.

10

그는 곧장 병원으로 향했다. 이른 시간이었음에도 아침식사 준비가 한창이었다. 마이클은 침대에 일어나 앉아 있었다. 앞에 놓인 농갈색 액체를 멍한 표정으로 응시하고 있는 그의 모습은 조각상을 연상케 했다. 형이 가까이 다가왔음에도 그는 움직이지 않았다. 리버스는 벽에 붙은 의자를 요란하게 끌어와 앉았다.

"안녕, 미키."

"안녕, 존." 마이클의 시선은 차에서 떨어지지 않았다. 리버스는 동생의 눈이 깜빡이지 않고 있음을 알아챘다.

"자꾸 그 생각이 떠오르나 보지?" 마이클은 대꾸가 없었다. "나도 겪어본 일이야, 미키. 끔찍한 일을 겪으면 그 후유증이 꽤 오래가지. 하지만 결국엔 잊힐 거야. 지금은 믿기지 않겠지만."

"누가 이랬는지, 왜 그랬는지, 난 그걸 알고 싶어."

"그냥 겁만 주려고 했을 거야, 미키. 내게 메시지를 보낸 거라고."

"그냥 편지로 보낼 수도 있잖아. 왜 굳이 날 끌어들인 거야? 하마터면 아끼는 폴로 바지에 똥을 지릴 뻔했다고."

그 말에 리버스가 큰 소리로 웃음을 터뜨렸다. 마이클이 유머감각을 되찾았다는 건 분명 반가운 소식이었다. "이걸 가져왔어." 그가 말했다.

애버딘에서 가져온 사진. 리버스는 그것을 쟁반에 내려놓았다.

"이 사람들은 누구야?"

"아버지와 지미 삼촌."

"지미 삼촌? 우리에게 이런 삼촌이 있었어?"

"오래전에 소원해졌다나 봐. 심하게 다툰 후론 서로 말도 섞지 않았대."

"저런, 어쩌다가."

"지미 삼촌은 몇 주 전에 세상을 떠나셨어. 홀로된 에나 숙모는 우리에게 이 사진을 주고 싶어 하셨고."

"왜?"

"우린 가족이니까." 리버스가 말했다.

마이클의 얼굴에 미소가 머금어졌다. "정말 그렇게 생각해?" 그가 고개를 들고 촉촉해진 눈으로 리버스를 쳐다보았다.

"앞으로는 그렇게 생각하려고." 리버스가 말했다. 그가 턱으로 컵을 가리켰다. "이거 내가 마셔도 돼? 네가 안 마실 거면. 혀가 해피 아워(술집에서 정상가보다 싼 값에 술을 파는 보통 이른 저녁 시간대) 때 도어매트처럼 변해버렸어."

"마셔."

리버스는 단숨에 컵을 비워냈다. "맙소사." 그가 말했다. "이런 형편없는 차를 내가 대신 마셔주니 고맙지?"

"교도소든 병원이든, 시설에서 제공하는 차는 다 거기서 거기야."

"보기보다 똑똑한데." 리버스가 잠시 머뭇거렸다. "그들을 제대로 못 봤겠지?"

"누구?"

"널 납치해갔던 놈들."

"몸뚱이만 봤어. 첫 번째 놈은 내 키 정도 됐는데 덩치가 산만 하더군. 나머지 놈들은 몰라. 얼굴도 못 봤고. 미안."

"괜찮아. 여기에 더 덧붙일 건 없지?"

"어젯밤 그 순경에게 다 얘기했어. 그 친구 이름이 뭐랬더라?"

"하트."

"맞아. 그는 내가 번지점프를 하는 줄 알았대." 마이클이 피식 웃었다. "그래서 내가 그랬지. 그냥 얼쩡거렸을(hanging around) 뿐이라고."

리버스가 미소를 지었다. "그래도 그런 상태로 추락하지 않은 게 어디야, 안 그래?"

순간 마이클의 웃음이 뚝 멎었다. "어젯밤 그런 악몽을 꿨어. 결국 수면제를 먹고 간신히 잠들었지. 무슨 약인지 모르겠는데 아직도 머리가 알딸딸해."

"의사에게 처방전을 써달라고 해. 그걸 학생들에게 팔면 되잖아."

"걔들, 좋은 애들이야, 존."

"알아."

"이번 일로 방을 빼겠다고 안 했으면 좋겠어."

"나도."

"게일 기억하지?"

"너랑 어울려 다녔던 여자애?"

"이젠 과거의 여인이 돼버렸어. 뭐 아무튼, 그 애 남자친구가 오치터라더에 산다던데. 설마 질투가 심한 친구는 아니겠지?"

"그 녀석이 어제 그런 일을 벌이진 않았을 거야."

"정말 그렇게 생각해? 난 적을 만들 만큼 에든버러에 오래 살지 않았는데."

"걱정 마." 리버스가 말했다. "네 적까지 내가 다 만들어줄 테니까."

"형이 그렇게 말해주니 마음이 놓여. 그건 그렇고……"

"응?"

"현관문에 작은 구멍이라도 뚫어놓는 게 어때? 그때 내가 아니라 여학생이 문을 열었더라면 어쩔 뻔했어."

오, 리버스도 그 생각을 했었다. "그리고 체인도 있으면 좋겠지." 그가 말했다. "그렇지 않아도 이따 오후에 사러 가려고 했어." 그가 잠시 말을 멈추었다. "하트가 밴에 대해 뭔가 얘기한 게 있는데."

"그들이 날 태웠을 때 좁은 공간에 꽉 끼어 있는 듯한 기분이 들었어. 밴 자체도 크지 않았던 것 같고."

"뒤에 뭔가가 많이 실려 있었던 건가?"

"그랬던 것 같아. 뭔지는 몰라도 꽤 묵직했었어. 거기에 무릎을 부딪쳤더니 멍이 들어버렸다고." 마이클이 어깨를 으쓱였다. "그게 다야." 그리고 그는 잠시 생각에 잠겼다. "아, 맞아. 고약한 냄새도 났어. 나를 감쌌던 카펫에서 뭔가가 죽었던 것 같아."

마이클이 눈을 감고 잠에 빠져들 때까지 형제는 약 15분에 걸쳐 대화를 나누었다. 마이클은 숙면을 취하지 못할 것이다. 이제 곧 아침식사가 나오게 될 테니. 리버스는 일어나 의자를 원위치에 가져다놓았다. 그런 다음, 가져온 사진을 마이클의 침대 옆 캐비닛 위에 놓아두었다. 병원에 온 김에 보고 갈 사람이 한 명 더 있었다.

브라이언 홈스의 병실에는 의사들이 들어가 있었다. 간호사는 회진이 얼마나 오래 걸릴지 모른다고 했다. 하지만 그녀는 브라이언이 어젯밤 1분 가까이 의식을 되찾았었다는 고무적인 소식을 들려주었다. 리버스는 그 순간에 병실을 지키지 못한 자신을 원망했다. 그 1분 동안 많은 것을 물어볼 수 있었을 텐데. 또한 브라이언이 잠꼬대를 했다는 소식도 있었다. 리버스는 아무도 그 내용을 기록해두지 않았다는 사실이 아쉬웠다. 그는 쇼핑을 하기 위해 병원을 나섰다. 마이클의 퇴원 시간은 정오쯤 담당자에게 전화를 걸어 문의하면 될 것 같았다.

그는 동네 구멍가게에 들렀다가 아파트로 돌아왔다. 일주일치 식료품을 한 아름 안고서. 그가 아침식사를 마침과 동시에 첫 번째 학생이 주방으로 들어와 물 석 잔을 거푸 들이켰다.

"물은 잠자리에 들기 전에 마셔야지." 리버스가 말했다.

"고마워요, 셜록." 청년이 신음 섞인 목소리로 말했다. "파라세타몰(해열진통제의 한 종류) 없어요?" 리버스는 고개를 저었다. "어제 마신 맥주가 문제였던 것 같아요. 첫 잔부터 맛이 이상했는데."

"하지만 두 번째 잔은 괜찮았지? 여섯 번째 잔은 끝내줬을 거고."

학생이 웃음을 터뜨렸다. "뭐 드세요?"

"토스트랑 잼."

"베이컨이나 소시지는 없어요?"

리버스는 고개를 저었다. "앞으로 육류는 좀 줄일까 해서."

학생은 그의 대답에 만족해하는 모습이었다.

"냉장고에 오렌지 주스가 있어." 리버스가 말했다. 냉장고 문을 연 학생의 입에서 탄성이 터져 나왔다.

"이 많은 걸 누가 다 먹습니까?"

"놀랄 거 없어." 리버스가 말했다. "어차피 이틀이면 바닥나버릴 테니까."

학생이 냉장고 위에서 편지를 집어 들었다. "어제 온 거예요."

국세청에서 보내온 것이었다. 직접 아파트를 살펴보러 오겠다는 내용이었다.

"명심해." 리버스가 학생에게 말했다. "만약 누가 물어보면 자네들은 내 조카들인 거야."

"네, 삼촌." 학생은 계속해서 냉장고 안을 뒤져나갔다. "어젯밤에 미키랑 어디 가셨어요?" 그가 물었다. "새벽 2시쯤 들어왔는데 아무도 없더라고요."

"아, 우린 그냥······" 하지만 리버스는 할 말을 찾지 못했다. 보다 못한 학생이 대신 답을 해주었다.

"형제끼리 신나게 수다를 떨었나 보군요."

"형제끼리 신나게 수다를 떨었지." 리버스가 말했다.

그는 도시 외곽에 자리한 DIY 용품점에서 현관문 체인과 스파이 홀(밖을 내다볼 수 있도록 문에 나 있는 작은 구멍), 그리고 설치에 필요한 연장을 구입했다. 친절한 점원의 조언에 따라 이것저것 집어왔지만 막상 쓰려고 보니 불필요한 것이 많았다. 리버스는 집 근처 슈퍼마켓에서 식료품을 더 사 왔다. 그런 다음, 일찍 문을 연 펍 몇 곳을 돌며 안을 살펴보았다. 그가 찾는 얼굴은 보이지 않았다. 그는 바텐더들에게 메시지를 남겨놓고 집으로 돌아왔다.

그는 병원에 연락해보았다. 그들은 마이클이 오후 중 퇴원할 거라고 알려주었다. 리버스는 4시에 환자를 데리러 가겠다고 했다. 전화를 끊고 나서는 본격적인 작업에 착수했다. 그는 드릴로 문에 구멍부터 뚫었다. 하지만 그 위치가 너무 높아 여학생에게는 부담스러울 수 있겠다는 생각이 들었다. 하는 수 없이 그는 그 밑에 또 하나의 구멍을 뚫어놓았다. 첫 번째 구멍은 우드 퍼티(목재 접합부의 공간과 구멍을 채우는 데 쓰는 재료)로 메워놓았고, 두 번째 구멍에는 스파이 홀을 끼워 넣었다. 완벽하지는 않았지만 제대로 기능하는 데는 무리가 없을 것 같았다. 슬라이딩 체인을 설치하는 건 훨씬 수월했다. 그는 작업을 마치고 나서야 연장 두 개와 드릴 날 하나가 불필요했음을 깨닫게 되었다. 그는 DIY 용품점이 그것들을 환불해줄지 궁금했다.

그는 골방을 청소하고 마이클의 옷을 챙겨 세탁기에 쑤셔 넣었다. 어느새 점심시간이 다 되어 있었다. 그는 학생들이 만들어놓은 마카로니 치즈로 배를 채웠다. 지난주 문제로 학생들에게 사과를 하고 싶었던 리버스는 이제부터 언제든지 거실을 써도 좋다고 했다. 그뿐 아니라 방세도 깎아주기로 했다. 그는 마이클에 대해서는 굳이 언급하지 않았다. 왠지 마이클이 그 일을 비밀로 해두고 싶어 할 것 같았기 때문이다. 그래서 요즘 주변 동네에 빈집 털이가 횡행하고 있다는 말로 스파이 홀과 도어체인에 대한 설명을 대신했다.

그는 마이클을 퇴원시켜 집으로 데려왔다. 의사는 그에게 엄청난 양의 수면제를 처방해주었다. 학생들은 저녁까지 자리를 피해달라는 리버스의 요청을 받고 나가버린 후였다. 이제 마이클은 관객 걱정 없이 마음껏 울 수 있었다.

"봐, 문에 스파이 홀을 만들어놨어." 리버스가 현관문을 가리키며 말했다.

"빨리도 했네."

"신교도들이 원래 좀 근면하잖아. 아니, 칼뱅파라서 그런 건가? 죄책감 때문에?" 리버스가 문을 열었다. "안쪽에 체인도 설치해놨어."

"서둘러 한 티가 나네. 페인트가 다 벗겨졌잖아."

"적당히 하셔, 아우님."

리버스는 마이클을 거실에 앉혀놓고 주방으로 들어가 차를 만들었다. 계단을 오르는 내내 그는 불안한 기운을 떨쳐내지 못했었다. 마이클에게 내색하지는 않았지만 솔직히 지금도 마음이 놓이지는 않았다.

"네 입맛에 딱 맞게 탔어." 그가 차를 내려놓으며 말했다. 마이클의 눈가는 촉촉이 젖어 있었다.

"고마워, 존."

리버스가 입을 열려는 순간 전화벨이 울렸다. 쇼반 클락. 그녀는 감시 작전을 앞두고 몇 가지 세부 사항을 체크하고 싶어 했다.

리버스는 모든 게 완벽히 준비되어 있으니 시간 맞춰 나타나기만 하라고 당부했다. 특별히 하는 일 없이 엉덩이만 몇 시간 얼리고 오는 것뿐이니 너무 부담 갖지 말라고.

"의욕을 꽉꽉 심어주시는군요, 경위님." 그녀가 퉁명스럽게 말하고 전화를 끊었다.

"마이클," 리버스가 동생에게 말했다. "이제 뭘 하고 싶지?"

마이클이 갈색 병을 흔들어 크고 둥근 알약 하나를 꺼냈다. 그는 떨리는 손으로 약을 혀에 올려놓고 차 한 모금과 함께 꿀꺽 삼켰다.

"그냥 좀 자고 싶어." 그가 말했다.

"좋은 생각이야." 리버스가 말했다.

11

머니백 작전은 월요일 아침 8시 30분 정각에 조용히 시작되었다. 데이비 두게리의 BMW가 콜택시 회사의 울퉁불퉁한 주차장으로 들어서기까지 30분 남짓 남아 있었다. 앨리스터 플라워와 그의 팀은 11시 이후에나 일을 시작하게 될 것이다. 이미 추위와 한바탕 씨름하고 있는 쇼반 클락은 더 이상 다른 팀 사정에 신경 쓰고 싶지 않았다. 때가 오면 사용하게 될 벽장 안 화학식 화장실도 덤덤히 운명으로 받아들이기로 했다.

그녀는 무료해 죽을 지경이었다. 세인트 레너즈 소속 피터 페트리 경장과 공정거래원 소속 엘사-베스 자르딘은 숙취와 그에 따른 우울감에 시달리는 중이었다. 쇼반은 자르딘과 말이 잘 통할 것 같았다. 둘 다 남성이 우세한 직종에서 유리천장을 깨부수기 위해 바둥대고 있다는 공통점 때문이었다. 하지만 페트리가 끼어 있어 여자끼리 신나게 수다를 떨어댈 수도 없었다.

피터 페트리는 똑똑하지만 통찰력이 부족했다. 성적은 커트라인을 간신히 넘는 수준에 불과했지만 그는 상관들 눈 밖에 나지 않으려 애쓰는 것으로 무난한 진급을 거듭해왔다. 페트리는 말수가 적었고 무척 꼼꼼한 타입이었다. 무능한 형사는 아니었지만 쇼반이 보기에는 영감과 본능이 턱없이 부족했다. 어쩌면 그는 쇼반을 그저 학사 학위로 무장한, 말 많고 건방진 동료로만 여기고 있는지도 몰랐다. 아무튼 중요한 건 그가 전혀 존 리버스 같지 않다는 사실이었다.

한때 그녀는 부하들에게 동기부여를 충분히 제공하지 않는 자신의 상관을 탐탁지 않게 여겼었다. 하지만 그에게는 부하들이 자신의 의견을 따르도록 만드는 묘한 능력이 있었다. 비록 수사에 대한 편협한 시각은 지적하지 않을 수 없었지만. 사람들은 비밀스럽고 결연한 그의 성격에 매력을 느끼는 듯했다. 또한 목표가 생기면 거침없이 밀고 나가는 스타일 역시 좋은 평가를 받아 마땅했다. 외모도 그 정도면 준수했고. 그녀는 브라이언 홈스로부터 리버스에 대한 많은 정보를 얻어낼 수 있었다. 홈스는 상관과 함께 활약했던 과거 사건들에 대해 주절주절 떠벌리기를 좋아했었다.

불쌍한 브라이언. 그녀는 그가 하루 속히 완쾌되기를 바랐다. 어젯밤에도 오랫동안 브라이언 생각을 했다. 하지만 그녀가 캐퍼티와 그의 조직에 대한 생각에 들인 시간에는 미치지 못했다. 그녀는 존 리버스 경위에게 큰 도움이 되어주고 싶었다. 그래서 센트럴 호텔 화재 사건에 대해 많은 조사를 했고……

"누가 오고 있어." 페트리가 말했다. 그는 삼각대 뒤에 쪼그려 앉아 카메라의 초점을 조절하고 있었다. 그가 민첩하게 셔터를 대여섯 번 눌렀다. "정체불명의 남성. 데님 재킷과 밝은 색 바지 차림. 걸어서 사무실로 향하는 중."

쇼반은 수첩을 펼쳐 들고 페트리가 불러주는 내용을 받아 적었다. 그 옆에 시간을 기록해두는 것도 잊지 않았다.

"사무실로 들어가고 있어…… 지금." 페트리가 카메라에서 얼굴을 떼고 환히 웃었다. "경찰이 된 보람이 있군. 너무 스릴 있지 않아?" 그가 보온병에서 뜨거운 코코아를 한 잔 따라 마셨다.

"난 저 화장실은 못 쓰겠어요." 엘사-베스 자르딘이 말했다. "잠깐 나갔다 올게요."

"안돼요." 페트리가 말했다. "화장실이 급할 때마다 들락거리면 저놈들 눈에 띌 수 있어요."

자르딘이 쇼반을 돌아보았다. "입심 좋은 동료를 뒀군요."

"게다가 낭만적이기까지 하죠. 미안하지만 화장실 문제는 이 친구 말이 맞아요." 작년 불법 침입 사건 때 화장실이 침수되는 일이 벌어졌었다. 그 바람에 바닥이 불안정해져 벽장을 화장실 대신 쓸 수밖에 없었다.

자르딘이 펼쳐든 잡지를 몇 장 넘겼다. "버트 레이놀즈는 집에 화장실이 일곱 개나 있대요." 그녀가 말했다.

"일곱 난쟁이가 화장실 문제로 싸울 일은 없겠군." 페트리가 웅얼거렸다.

실제로 리버스는 목표가 생기면 거침없이 밀고 나가는 스타일이었다. 하지만 지금 그는 아무 성과 없이 제자리걸음만 반복하고 있었다. 그는 신문사와 리스 부두 근처의 일찍 문을 연 펍, 사교 클럽, 그리고 마권 판매소들을 차례로 돌며 준비해간 질문을 던졌고, 또 메시지를 남겨놓았다. 딕 토런스는 세간의 이목을 피하려 애쓰는 중이거나 도시를 떴거나, 둘 중 하나였다. 아직 도시에 남아 있다면 오래 버티지 못하고 가까운 펍에 들어가 괄괄한 목소리로 술을 주문해 마실 게 분명했다. 비범한 딕 토런스는 사람들의 기억에서 쉽게 잊히는 타입이 아니었다.

또한 그는 에든버러와 던디의 모든 병원에 차례로 연락해 센트럴 호텔 시체의 주인일지 모르는 로버트슨 형제가 오른팔 골절로 수술을 받은 적이 없는지 문의했다.

이제는 머니백 작전 상황을 체크할 시간이었다. 그는 집에서 곯아떨어져 있을 마이클을 떠올렸다. 병원에서 받아온 수면제가 잘 듣는다면 마이클은 오전 내내 잠에서 깨지 않을 것이다. 리버스가 쥐어준 30파운드로 술을 마시고 자정이 넘어서야 귀가한 학생들은 발끝으로 조심히 걸어 각자의 방으로 들어갔다. 그들 역시 리버스가 아파트를 나설 때까지 잠에서 깨지 못했다.

주말 전체가 요상한 악몽처럼 여겨졌다. 애버딘으로의 드라이브, 에나숙모, 마이클, 퍼스로 향한 밤 드라이브, 현관문 개조, 그리고 지나치다 싶을 만큼 많이 주어졌던 여가 시간. 그는 페이션스의 주말이 궁금했다. 그녀는 오늘 오후 집으로 돌아올 게 분명했다. 그는 그때 다시 연락해보기로 했다.

그는 고르기 가의 옆길에 차를 세워놓고 문을 걸어 잠갔다. 이곳은 우범지대였다. 그는 쇼반이 초록색과 하얀색 스카프를 두르고 오지 않았기를 바랐다. 그는 고르기 가를 따라 빠르게 움직였다. 줄지어 달리는 버스들이 인도로 연신 빗물을 튀겨댔다. 리버스는 문 앞에서 멈칫하지도 않았고, 길 건너 콜택시 회사 쪽으로 시선을 돌리지도 않았다. 그는 정문을 밀고 들어가 계단을 오른 후 현관문에 노크를 했다.

쇼반 클락이 문을 열어주었다. "어서 오세요, 경위님." 그녀는 옷을 잔뜩 껴입은 차림이었다. "커피 한잔 드릴까요?"

그녀가 보온병을 가져오려하자 리버스가 고개를 저었다. 원래 감시 임무를 수행할 때는 먹고 마실 것을 얼마든지 들여올 수 있었다. 하지만 이번은 달랐다. 그들이 은신해 있는 곳은 버려진 건물이었다. 누군가가 차가 담긴 일회용 컵이나 피자를 들고 정문으로 다가온다면 눈치 빠른 놈들에게 의심을 살 수 있었다. 게다가 건물에는 뒷문도 없었다.

"어때?"

"별 움직임이 없습니다." 엘사-베스 자르딘이 불안해하는 얼굴로 말했다. 그녀의 무릎에는 잡지가 펼쳐진 채 놓여 있었다. "난 1시까지만 버티면 돼요."

"좋겠네요. 빨리 들어갈 수 있어서." 페트리 경장이 말했다.

분위기가 아주 좋은데. 리버스는 생각했다. "원래 감시 임무는 따분한 거야." 그가 그들에게 말했다. "이것도 엄연한 일인데 쉽고 재미있다면 말이 안 되지. 우리 파티는 두게리와 그의 부하들이 체포되는 순간 시작되는 거야." 그들은 딱히 대꾸할 말이 없는 듯했다. 리버스도 추가로 덧붙일 내용이 없었다. 그가 창가로 다가가 밖을 살폈다. 창문은 밖에서 들여다보는 게 불가능할 정도로 지저분했다. 그들은 촬영을 위해 유리창 한복판을 깨끗이 닦아두었다.

"카메라는 완벽히 작동되고?"

"지금까지는요." 페트리가 대답했다. "저는 이런 전동식 카메라를 신뢰하지 않습니다. 모터가 나가면 그걸로 끝장이니까요. 손으로 감을 수도 없고."

"건전지는 충분히 챙겨왔고?"

"두 세트가 준비돼 있습니다. 그 부분은 걱정 안 하셔도 됩니다."

리버스는 고개를 끄덕였다. 그는 페트리의 평판을 익히 들어 알고 있었다. 몇 년에 걸쳐 무난하게 진급을 거듭해온 페트리는 나름 쓸 만한 형사였다. "전화는?"

"연결돼 있습니다, 경위님." 쇼반 클락이 대답했다.

감시팀과 본부는 주로 무전기로 소통했다. 하지만 머니백 작전에서는 그럴 수 없었다. 문제는 콜택시 회사였다. 택시와 사무실에 설치된 송수신 겸용 무전기가 경찰의 무전 내용을 엿듣는 데 사용될 수도 있고, 송신 자체에 지장을 줄 수도 있었다.

그런 재앙을 막기 위해 경찰은 일요일 새벽에 전화선을 깔아놓았다. 전화기는 문 앞 바닥에 놓여 있었다. 전화기는 지금껏 딱 두 차례 사용되었다. 자르딘이 미용실을 예약할 때 한 번, 그리고 타블로이드 신문의 경마 팁을 훑고 난 페트리가 마권을 구입할 때 한 번. 쇼반도 오후에 한 번 사용할 계획이었다. 브라이언의 상태를 체크하기 위해서였다. 하지만 리버스는 의도된 용도대로 세인트 레너즈에 전화를 걸었다.

"새 메시지는 없었고?" 그가 잠시 답을 기다렸다. "그래? 흥미롭군. 다른 건? 뭐? 그 얘길 왜 이제야 하는 거야?" 그가 수화기를 거칠게 내려놓았다. "브라이언이 깨어났대." 그가 말했다. "일어나 앉아서 닭고기 수프를 먹는 중이라는군. TV까지 보면서."

"둘 중 하나만 해도 재발의 위험이 있을 텐데요." 쇼반이 말했다. 그녀는 리버스에게 전달된 두 번째 메시지의 내용이 궁금했다.

"안녕, 브라이언."

"안녕하세요, 경위님." 홈스는 하이파이로 음악을 듣는 중이었다. 그가 음악을 끄고 헤드폰을 목으로 내렸다. "팻시 클라인이에요." 그가 말했다. "집에서 쫓겨난 후로 이것만 듣고 있어요."

"테이프는 어디서 났지?"

"숙모님이 가져오셨어요, 감사하게도. 제가 뭘 좋아하는지 아시거든요.

깨어나 보니 침대맡에 놓여 있더라고요."

순간 리버스의 뇌리를 스치는 생각이 있었다. 혼수상태에 빠진 환자들에게 음악을 틀어준다는 말을 들었는데. 홈스에겐 팻시 클라인을 틀어준 건가? 어쩐지 빨리 깨지 않더라니.

"아직도 실감이 안 납니다." 홈스가 말했다. "인생의 며칠이 그렇게 흘러가버리다니. 뭐 불만은 없습니다. 덕분에 며칠 푹 쉬었으니까요. 그저 그간 꾼 꿈들이 기억나지 않아 답답할 뿐입니다."

리버스는 침대 옆에 놓인 의자에 앉았다. "면회들 많이 왔나?"

"딱 한 명 왔습니다. 넬."

"그래?"

"펑펑 울다 갔어요. 혹시 제 얼굴에 흉측한 상처라도 난 겁니까?"

"걱정 마. 자네 얼굴은 여전히 추하니까. 그건 그렇고, 기억이 전혀 없는 거야?"

홈스가 미소를 지었다. "오, 아뇨. 생생히 기억납니다. 별 도움은 안 되겠지만요."

홈스의 상태는 온전해 보였다. 뇌가 모든 체내 시스템을 정지시키고 손상된 부분을 치료한 후 환자를 깨울 거라고 했던 의사들의 말 그대로였다.

"얘기해봐."

"그게……" 홈스가 말했다. "저는 하트브레이크 카페에서 저녁을 보냈습니다. 그날 뭘 먹었는지도 말씀드릴 수 있어요."

"당연히 후식은 블루 스웨이드 슈였을 거고?"

홈스가 고개를 저었다. "그건 다 팔려서 못 먹었습니다. 만들기가 무섭게 나가버리더군요."

"식사 후엔 무슨 일이 있었지?"

"늘 그렇듯 바에 앉아 술을 마시며 수다를 떨었습니다. 섹시한 아가씨가 다가와 옆자리에 앉아주기를 기다리면서 말이죠. 팻이랑 많은 얘기를 나눴어요. 그가 그날 당직 바텐더였거든요." 홈스가 잠시 말을 멈추었다. "설명을 좀 드리는 게 좋을 것 같은데, 팻은……"

"에디의 사업 파트너잖아. *잠자리 파트너*일 수도 있고."

"워워, 설마 동성애 혐오증이 있으신 건 아니겠죠?"

"한두 다리 건너면 다 게이들인데, 뭐." 리버스가 말했다. "자네가 예전에 컬더를 언급한 적이 있었어. 가서 만나보니 운전을 못하는 것 같던데."

"맞습니다. 운전은 에디가 하죠."

"고주망태가 된 상태에서도."

홈스가 어깨를 으쓱였다. "언뜻 보면 나쁘지 않지만 사실 그 차는 완전 똥차입니다. 뻥 뚫린 길에서도 시속 60킬로미터를 넘지 못해요. 게다가 에디는 보행자 친화적 운전자입니다. 어떨 땐 스케이트보더에게 추월당하기도 한다니까요."

"그러니까 그날 밤 바에는 자네와 컬더만 있었단 말이지?"

"나중에 주방에서 에디가 나왔어요. 레스토랑엔 손님이 몇 명 있었는데 범인은 없었던 것 같습니다."

"계속 해봐."

"집에 가려고 밖으로 나왔더니 누군가가 쓰레기 컨테이너 뒤에서 기다리고 있더군요. 무방비 상태에서 습격을 당했고, 며칠 후 정신을 차려보니 간호사 둘이 제 물건을 씻겨주고 있었습니다."

"뭐라고?"

"그것 때문에 의식이 돌아온 거예요. 정말입니다."

"그런 걸 의료 기적이라고 하나?"

"마법 스펀지였던 모양입니다." 홈스가 말했다.

"누가 자넬 이 꼴로 만들었는지 짚이는 게 없어?"

"저도 한참 머리를 굴려봤습니다. 어쩌면 놈들은 에디나 팻을 노렸던 것인지도 몰라요."

"그들을 왜?"

홈스가 어깨를 으쓱였다.

"늙은 리버스 삼촌에게까지 비밀로 해둘 텐가, 브라이언? 내가 자네 생각을 훤히 읽고 있다는 걸 잊었어?"

"그럼 경위님께서 말씀해보시죠."

"그들이 보호세 납부를 거부했던 걸지도 모르잖아."

"보호세?"

"사람들이 보험료라고 부르는 거."

"뭐 그랬는지도 모르죠."

"하트브레이크 카페의 다이내믹 듀오는 매상에 타격을 입은 주변 식당들을 의심하는 것 같던데. 그곳 주인들이 불경한 동맹을 맺고 이런 일을 벌인 것으로 말이야."

"설마요."

"사실 나도 그건 아닌 것 같아. 우리가 잘못 짚은 건 아닐까, 브라이언? 에디와 팻이 놈들의 표적이 아니었을 수도 있잖아. 만약 *자네*가 표적이었다면 그 이유가 뭐였을까?"

홈스의 볼은 불그스름해져 있었다. "제 검은 수첩을 보셨습니까?"

"당연히 봤지. 그 안에 단서가 있을지 모른다는 생각에 꼼꼼히 살펴봤어. 죄다 암호로 적혀 있더군. 하지만 경찰이라면 누구나 알아볼 수 있겠던데. 기록된 수많은 사건들 중에 유독 두드러져 보이는 내용이 하나 있었어."

"센트럴 호텔."

"바로 그거야. 센트럴 호텔. 포커 판이 벌어졌고, 탐과 에크 로버트슨도 그곳에 있었어. 둘 다 고객 명단엔 빠져 있었고 말이야. 자네가 그들을 찾아 헤맸던 거지? 하지만 아무 소득이 없었고?" 홈스는 고개를 저었다. "누군가가 자네에게 그 얘길 들려준 거야, 맞지? 파일엔 포커 게임이 전혀 언급돼 있지 않더군. 자, 그럼," 리버스가 침대 쪽으로 몸을 기울였다. "자네에게 그 얘길 들려준 게 바로 그 베일에 싸인 엘(El)이었지?" 홈스가 고개를 끄덕였다. "내가 알고 싶은 건 딱 한 가지야, 브라이언. 대체 엘이 누구지?"

그때 병실 문이 열리고 간호사가 들어왔다. 그녀가 가져온 쟁반에는 약과 점심 식사가 담겨 있었다.

"너무 배가 고파요." 그가 리버스에게 말했다. "깨어나서 벌써 두 번째 먹는 겁니다." 그가 접시에서 금속 커버를 살짝 들어올렸다. 연분홍빛 고기, 질퍽한 으깬 감자, 그리고 얇게 썬 껍질콩.

"맛있어 보이는군." 리버스가 말했다. 홈스는 진심으로 그렇게 생각하는 모양이었다. 그가 포크로 그레이비(고기를 익힐 때 나온 육즙에 밀가루 등을 넣어 만든 소스)가 뿌려진 감자를 떠 입에 넣었다.

"어려운 퍼즐을 다 푸셔서 엘의 정체는 쉽게 알아내실 줄 알았는데요." 그가 말했다.

"실망을 안겨줘서 미안해. 그 친구가 누구야?"

"엘비스." 브라이언 홈스가 말했다. "엘비스가 제게 들려준 겁니다." 그
는 다시 포크를 놀려 으깬 감자를 입으로 가져갔다.

12

리버스는 유치한 말장난으로 가득 찬 메뉴를 유심히 살폈다. 하트브레이크 카페의 특별 런치 메뉴 중에서 확 끌리는 요리는 보이지 않았다. 긴 소시지가 박힌 롤빵에는 예상대로 전혀 먹음직스럽게 들리지 않는 '하운드 도그'라는 이름이 붙어 있었다. 리버스는 부디 이름 그대로의 재료가 쓰이지 않았기를 바랄 뿐이었다. 음료 메뉴는 그보다 더 모호했다. '엄마는 로제를 좋아하셨어(Mama Liked the Rosé)'라는 와인도 있었다. 리버스는 어느새 허기가 싹 가셨음을 깨달았다. 그는 바에 앉아 '테디' 비어(beer)를 홀짝이며 십대로 보이는 바텐더에게 메뉴판을 돌려주었다.

"팻은 안 나왔어?" 그가 물었다.

"쇼핑할 게 있다고 했어요. 나중에 올 겁니다."

리버스가 고개를 끄덕였다. "에디는 있고?"

"주방에요." 바텐더가 테이블 쪽을 흘끔 돌아보았다. 그의 왼쪽 귓불에는 금으로 된 단추형 귀걸이가 세 개가 붙어 있었다. "엄청나고 특별한 뭔가를 만들고 있지 않다면 곧 나올 겁니다."

"그래." 리버스가 말했다. 몇 분 후, 그는 맥주 글라스를 들고 화장실 옆에 놓인 커다란 주크박스 앞으로 다가갔다. 자세히 보니 기능하지 않는 장식용이었다. 그는 벽에 걸린 프레슬리 기념품들을 찬찬히 구경했다. 베이거스 시절 엘비스의 서명된 사진과 희귀한 선 레코드(Sun Records) 음반들. 그것들은 스포트라이트가 설치된 유리 진열장 안에 고이 모셔져 있었다. 어느새 그는 주방 문 앞에 바짝 다가가 있었다. 리버스는 문을 어깨로 살짝 밀고 안으로 들어갔다.

에디 링건은 조리에 몰두하고 있었다. 그의 얼굴은 땀으로 범벅이 된 상태였고, 눈썹에는 젖은 머리카락 몇 가닥이 달라붙어 있었다. 그는 작은 프라이팬을 가스 불꽃 위에서 분주히 놀리는 중이었다. 주방 분위기는 상상 이상이었다. 깨끗해 보이는 조리대에는 수많은 레인지와 냄비들이 정돈되어 있었다. 언뜻 봐도 많은 돈을 들였음을 알 수 있었다. 겉으로만 번드르르한 레스토랑은 아니었다. 흥미롭게도 주방에 틀어놓은 음악은 프레슬리의 곡이 아니었다. 에디 링건은 마일즈 데이비스의 음악을 듣고 있었다.

주방장은 리버스가 다가와 있다는 사실을 모르는 듯했다. 리버스도 주방 뒤편에서 냉장고를 뒤지고 있는 수습 요리사를 미처 보지 못했다.

에디가 갑자기 작업을 멈추고 짐 빔을 병째로 들이켰다. 그의 입에서 만족스러운 날숨이 천천히 터져 나왔다.

"이봐요." 수습 요리사가 말했다. "여긴 들어오면 안 됩니다." 에디의 시선이 프라이팬에서 멀어졌다.

"당신이었군요!" 그가 큰 소리로 말했다. "저번에 봤던! 이쪽으로 와봐요."

그는 처음 봤을 때보다 더 취해 있었다. 리버스는 그의 고삐를 잡아줄 팻 컬더의 빈자리가 영 아쉬웠다.

리버스는 레인지 앞으로 다가갔다. 불꽃의 열기에 그도 조금씩 땀을 흘리고 있었다.

"이게 오늘 마지막 작품입니다." 에디 링건이 턱으로 프라이팬을 가리키며 말했다. "로크포르 치즈에 빵가루와 양념을 넣어 튀기는 것이죠. 프라이팬에 구워도 되고 기름에 튀겨도 됩니다. 어느 쪽으로 갈지 고민하고 있었어요."

"제일하우스 로크포르." 리버스가 말했다. 링건의 입에서 함성이 터졌다.

"바로 당신이 제공한 아이디어였죠, 레이비스(Rabies, 광견병) 경위님."

"흐뭇하네요. 하지만 내 이름은 리버스입니다."

"당연히 흐뭇해야죠. 메뉴에도 당신 이름을 살짝 언급할까 하는데, 어 떻습니까?" 그가 황금빛으로 튀겨진 요리를 포크로 뒤적이며 유심히 살폈 다. "딱 6분만 튀겨야겠어요. 월리!"

"여기 있습니다."

"지금까지 몇 분이나 튀겼지?"

그의 제자가 손목시계를 들여다보았다. "3분 30초. 달걀 옆에 버터를 놓아뒀습니다."

"월리는 내 조수입니다, 경위님."

분노 섞인 월리의 목소리와 표정은 링건의 조수로 오래 남고 싶은 마음 이 없다는 뜻을 분명히 드러내고 있었다. 그는 링건보다 어렸지만 덩치로 는 조금도 밀리지 않았다. "할 얘기가 있습니다. 1분이면 돼요."

"원한다면 2분 30초도 가능합니다."

"센트럴 호텔에 대해 물어볼 게 있습니다." 링건은 그 말을 듣저 못한 듯했다. 그의 눈은 어느새 프라이팬으로 돌아가 있었다. "화재가 났던 날 밤에 거기에 있었죠?"

엘은 엘비스의 애칭이었다. 엘비스는 에디 링건을 의미하는 암호였고. 홈스는 자신의 검은 수첩이 엉뚱한 이의 손에 들어가는 걸 원치 않았다. 그래서 모든 이름을 암호화해 기록해놓은 것이다. 링건의 경우처럼.

리버스는 홈스가 비밀을 누설한 사실을 주방장이 모르게 하겠노라고 굳게 약속을 했다. 하지만 링건이 술김에 내뱉은 민감한 이야기는 빙산의 일각에 불과했다. 홈스는 그저 감질나게 맛만 보았을 뿐이었다.

"내 말 들려요, 에디?"

"1분 남았습니다, 경위님."

"그곳 스태프 명단에 당신 이름은 없었습니다. 호텔 일은 당신의 비밀스러운 야간 부업이었으니까요. 그래서 당신은 가명을 썼습니다. 그래서 포커 판이 벌어진 날 밤 당신이 그곳에 있었다는 걸 아무도 몰랐던 겁니다."

"거의 다 됐습니다." 에디 링건의 얼굴에서는 계속 땀이 배어 나왔다. 분을 삭이려는 듯 그의 입은 굳게 닫혀 있었다.

"나도 거의 끝났어요, 에디. 술은 언제부터 퍼마시기 시작했습니까? 그날 밤 이후였죠? 안 그렇습니까? 그 호텔에서 벌어진 사건 때문에? 난 그게 뭔지 궁금해요. 당신은 현장에서 모든 걸 목격했습니다. 좋은 말로 할 때 그게 뭐였는지 털어놔요. 끝까지 고집을 부린다면 내가 직접 알아낼 겁니다. 그리고 다시 돌아와 당신을 가만두지 않을 거예요." 리버스가 손가락으로 주방장의 팔뚝을 쿡 찍으며 말했다.

링건이 손에 쥐고 있던 프라이팬을 냅다 휘둘렀다. 제일하우스 로크포르가 사방으로 날아갔다.

"당장 내 눈앞에서 꺼져요!"

리버스는 몸을 숙여 프라이팬을 피했다. 하지만 링건은 계속 달려들었다.

"빨리 사라지란 말입니다! 대체 어디서 무슨 헛소리를 듣고 왔기에……"

"나 혼자 알아본 겁니다. 누구에게도 듣지 않았어요."

윌리는 한쪽 무릎을 꿇은 채 웅크려 앉아 있었다. 뜨거운 치즈 덩어리에 눈가를 데인 모양이었다.

"너무 아파요!" 그가 소리쳤다. "구급차를 불러줘요. 변호사도 부르고. 이건 산업재해라고요."

에디 링건이 수습 요리사와 자신의 손에 쥐어진 프라이팬을 번갈아 쳐다보다가 리버스 쪽으로 돌아서며 큰 소리로 웃음을 터뜨렸다. 마치 히스테리 상태에 빠진 사람 같아 보였다. 마침내 프라이팬을 내려놓은 그가 바닥에서 치즈 덩어리 하나를 집어 들고 입에 넣었다.

"맛이 형편없군." 그가 말했다. 웃을 때마다 그의 입에서는 빵가루가 튀었다.

"들려줄 겁니까, 에디?" 리버스가 차분하게 물었다.

"당장 꺼져요."

리버스는 꿈쩍도 하지 않았고, 에디는 휙 돌아서버렸다. "브루-헤드 형제를 어디서 찾을 수 있는지 알려줘요."

그 말에 에디는 다시 웃음을 터뜨렸다.

"그걸 알려주면 당신도 양심의 짐을 좀 덜 수 있을 겁니다."

"내 양심은 이미 오래전에 달아났습니다, 경위님. 윌리, 새로 하나 만들어야겠어."

젊은 남자는 아직도 손으로 한쪽 눈을 쥐고 있었다. "앞이 안 보여요." 그가 징징거렸다. "아무래도 망막이 찢어진 것 같아요."

"아마 각막도 녹아버렸을걸." 링건이 말했다. "빨리 움직여. 오늘 밤부터 메뉴에 넣을 거야." 그가 리버스를 돌아보며 흠칫 놀라는 척했다. "아직도 안 갔습니까? 주방에 요리사가 너무 많으면 어떻게 되는지 몰라요?"

리버스는 그를 빤히 쳐다보았다. "아무거나 하나 던져줘요, 에디."

"꺼져요."

리버스가 천천히 돌아서서 문을 열었다.

"경위님!" 그가 고개를 돌려 주방장을 쳐다보았다. "카우든비스에 미드타운이라는 펍이 있습니다. 그곳 사람들은 미든이라고 불러요. 나라면 거기 음식을 시켜 먹지 않을 겁니다."

리버스가 천천히 고개를 끄덕였다. "팁 고마워요."

"팁은 당신이 줘야 하는 거 아닙니까?" 주방을 나서는 그의 뒤로 링건의 우렁찬 목소리가 들려왔다. 리버스는 빈 글라스를 바에 내려놓았다.

"주방은 출입금지 구역입니다." 바텐더가 말했다.

"웃기지 마."

13

책상에서 몇 가지를 챙겨 가려고 세인트 레너즈에 들른 그를 내근 경사가 불러 세웠다.

"어떤 남자가 경위님을 기다리고 있습니다. 무척 초조해하고 있어요."

내근 경사가 말한 '어떤 남자'는 한쪽 구석에 서 있었다. 그가 리버스를 보고 성큼 다가왔다. "날 못 알아보겠습니까?"

남자의 얼굴을 잠시 쳐다보던 리버스에게 오래 묵은 혐오감이 찾아들었다. "오." 그가 말했다. "알아보고말고요."

"내 메시지를 받았습니까?"

고르기 가에서 전화로 확인했던 또 다른 메시지. 그가 고개를 끄덕였다.

"어떻게 할 참입니까?"

"내가 어떻게 했으면 좋겠습니까, 맥페일 씨?"

"그를 막아야 하지 않겠습니까?"

"막다니? 누구를 말입니까?"

"메시지를 받았다면서요."

"앤드류 맥페일이라는 사람이 전화를 걸어와 날 찾았다는 내용이 전부였는데요."

"경찰이 날 보호해줘야죠!"

"흥분하지 말아요." 리버스가 뒤를 흘끔 돌아보았다. 내근 경사가 심상치 않은 표정으로 그들을 지켜보고 있었다.

"내가 뭘 어떻게 해야 하죠?" 맥페일이 말했다. "당신을 폭행이라도 해야 합니까? 그러면 날 감방에 처넣어줄 거예요? 네? 적어도 그 안은 안전하기라도 하니."

리버스가 고개를 끄덕였다. "안전하긴 할 겁니다. 우리가 감방 동료에게 당신의 과거 악행을 들려줄 때까지는."

그 말에 맥페일이 흥분을 가라앉혔다. 어쩌면 그는 캐나다 교도소에서 겪은 악몽 같은 일을 떠올리고 있는지도 몰랐다. 갑자기 나지막해진 그의 목소리는 애처롭게 들릴 정도였다. "그가 날 죽이려들 거라고요."

"누가 말입니까?"

"모르는 척하지 말아요! 당신이 그를 보낸 거잖아요. 그런 짓을 할 사람은 당신밖에 없어요."

"그게 누구냐니까?" 리버스가 말했다.

"맥클레인." 맥페일이 말했다. "알렉스 맥클레인."

"알렉스 맥클레인이 누군데요?"

맥페일이 아니꼽다는 표정을 지었다. 그가 목소리를 한층 더 낮추고 말했다. "그 여자애 계부 말입니다. 멜라니의 계부."

"아." 리버스가 고개를 끄덕이며 말했다. 잭 모튼이 무슨 짓을 했는지 깨달은 것이었다. 맥페일이 다급하게 연락을 해올 만했다. 그는 이 모든 게 그날 맥켄지 부인을 만나고 온 리버스가 꾸민 계략일 거라 믿고 있는 모양이었다.

"그가 협박을 하던가요?"

맥페일이 고개를 끄덕였다.

"구체적으로 얘기해봐요."

"그가 집으로 찾아왔습니다. 내가 없을 때 말입니다. 맥켄지 부인에겐 나중에 다시 오겠다고 했답니다. 그분은 아직도 두려움에 떨고 계세요."

"여길 떠나면 되지 않습니까. 당신만 에든버러를 뜨면 다 해결될 문제인데."

"맙소사. 결국 원하는 게 그거였습니까? 그래서 맥클레인을 내게 보낸 거예요? 미안하지만 난 못 갑니다."

"아주 영웅적이군요, 맥페일 씨."

"이봐요, 나도 내가 뭘 잘못했는지 압니다. 하지만 그건 다 지나간 일이라고요."

리버스가 고개를 끄덕였다. "그래서 전망 좋은 방을 골라 들어간 거군요."

"맥켄지 부인의 하숙집이 초등학교 건너에 있다는 걸 누가 알았겠습니까!"

"그래도 생각이 있다면 진작 다른 데로 옮겼어야죠. 하고 많은 곳 중 하필 그런 데 머물고 있으니 맥클레인이 오해하는 것도 무리는 아니지 않습니까."

맥페일이 리버스를 빤히 쳐다보았다. "역겹네요." 그가 말했다. "아마 당신은 나보다 몇 배 더 추잡한 짓을 했을 겁니다. 내 걱정은 말아요. 죽든 살든 내가 알아서 할 테니까." 맥페일이 리버스를 거칠게 밀치고 정문으로 향했다.

"몸조심해요, 맥페일 씨." 리버스가 그의 뒤에 대고 큰 소리로 말했다.

"맙소사." 내근 경사가 말했다. "저 친구 뭡니까?"

"피해자의 심정을 절절히 헤아리게 된 놈이야." 리버스가 말했다.

하지만 그도 마음이 꺼림칙했다. 맥페일이 정말로 새사람이 됐는지도 모르잖아. 맥클레인이 필요 이상으로 그를 몰아붙였는지도 모르고. 이미 겁에 질려 사는 사람인데. 어쩌면 코너에 몰린 맥페일이 선제공격을 감행할지도 몰랐다. 그러거나 말거나. 지금 리버스에게는 그것 말고도 신경 쓸 게 한두 가지가 아니었다.

그는 CID 사무실에서 탐과 에크 로버트슨의 범인 식별용 얼굴 사진을 유심히 살펴보았다. 둘 다 5년 전에 촬영된 것이었다. 그는 경장을 시켜 그것들을 복사해오게 했다. 하지만 문득 더 좋은 아이디어가 떠올랐다. 경찰 몽타주 전문가보다 훨씬 실력 있는 아티스트를 섭외하는 것.

그는 5시가 다 되어서야 로열 마일(에든버러의 구시가지 거리) 끝자락에 자리한 맥쉐인스 바에 도착할 수 있었다. 맥쉐인스는 턱수염을 멋들어지게 기르고 털실로 짠 스웨터를 걸친 민속음악 애호가들의 안식처로 유명했다. 위층에서는 항상 음악이 흘렀다. 전문 음악인의 공연이 펼쳐질 때도 있지만 술 취한 손님들이 무대에 올라 〈윌 유 고, 래시 고(Will Ye Go Lassie Go)〉(스코틀랜드에서 유래된 아일랜드 포크송)나 〈트위드의 양면 (Both Sides O′ The Tweed)〉 따위를 우렁차게 부를 때도 있었다.

미지 맥네어는 맥쉐인스 바에서 미지가 그림을 그리는 것을 묵인해주는 손님들의 초상화를 그려주는 화가였다. 뜻밖의 선물을 받은 손님들은 그에게 돈을 내거나 술을 사주곤 했다.

미지는 아래층 구석 테이블에 앉아 문고판 소설을 읽고 있었다. 그의 옆에는 스케치북과 연필 대여섯 자루가 놓여 있었다. 리버스는 맥주 두 잔을 테이블에 내려놓고 브루-헤드 형제의 사진을 그의 앞으로 내밀었다.

"부치와 선댄스(영화 「내일을 향해 쏴라」의 두 주인공)엔 좀 못 미치는군.

그렇지?" 미지 맥네어가 말했다.

"맞아. 한참 부족하지." 리버스가 말했다.

14

존 리버스는 한때 카우든비스에서 학교를 다닌 적이 있었다. 19세기 말과 20세기 초, 석탄의 수요가 폭발적으로 늘어났을 때 파이프 지역에 우후 죽순처럼 생겨난 수많은 광산촌들 중 한 곳이었다. 하지만 파이프의 탄전(炭田)은 오래 버티지 못했다. 땅속 깊은 곳에는 아직도 많은 양의 석탄이 매장되어 있었다. 문제는 석탄층이 너무 얇고 심하게 뒤틀려져 있어 채굴이 불가능하다는 사실이었다. 노천 채광은 아직 가능할지도 몰랐다. 한때 파이프 서중앙구에는 유럽 최대 규모의 흙구덩이가 만들어진 적도 있었다. 물론 오래전에 완벽히 메워졌지만. 리버스가 어렸을 때만 해도 열다섯 살 소년이 선택할 수 있는 직업은 딱 세 가지뿐이었다. 탄광, 로사이스 조선소, 아니면 군대. 리버스는 그중 맨 마지막 옵션을 선택했었다. 요즘은 그것이 유일한 옵션이 되어버렸지만.

주변 소도시와 마을처럼 카우든비스 역시 무척 음울해 보였다. 폐업한 상점들과 칙칙한 체인점의 옷들. 하지만 주민들은 자신들이 처한 상황보다 훨씬 강한 사람들이었다. 고난은 씁쓸한 해학과 회복력을 낳았다. 인생 최대의 비극을 맞이하는 순간에도 그는 자신의 방문에 큰 의미를 부여하지 않았지만 '귀향'의 기분은 분명하게 느낄 수 있었다. 에든버러는 지난 20년 간 그의 근거지가 되어주었지만 누가 뭐래도 그는 파이프 사람이었다. 덕분에 리버스는 약삭빠른 이곳 주민들에게 전혀 휘둘릴 걱정이 없었다.

월요일 밤의 펍들은 한산했다. 그것은 어디를 가든 마찬가지였다. 주말을 보내면서 사람들의 월급봉투나 실업수당이 바닥을 드러냈기 때문이었다. 그래서 대부분의 사람들에게 월요일은 집에 틀어박혀 지내는 날이었다. 하지만 리버스가 문을 열고 들어간 미든 펍의 분위기는 전혀 딴판이었다. 간판에 적힌 이름(Midden, 두엄 더미)과도 확실히 거리가 먼 느낌이었다. 미든은 에든버러, 아니, 그 어느 도시의 어떤 술집에 비해서도 떨어지지 않았다. 지극히 펍다운 환경. 빨간 리놀륨 바닥에는 담배꽁초가 널려있었고, 테이블과 의자들은 적당히 실용적으로 보였다. 면적은 넓지 않지만 당구대와 다트 판 등 펍이 갖추어야 할 모든 것을 구비하고 있었다. 리버스가 안으로 들어섰을 때에도 다트 게임이 한창 진행 중이었다. 한 청년은 담배를 뻐끔대며 당구공을 연달아 포켓에 꽂아 넣고 있었다. 구석 테이블에는 납작한 모자를 눌러쓴 노인 세 명이 앉아 도미노 게임에 열중하고 있었다. 나머지 테이블들도 대부분 술꾼들로 채워진 상태였다.

리버스는 바 쪽으로 다가갔다. 그는 양옆으로 늘어선 손님들에게 고개를 끄덕여 인사했지만 그들 중 누구도 반응하지 않았다.

"스페셜 한 잔 줘요." 그가 올백 머리를 한 바텐더에게 말했다.

"스페셜, 곧 나갑니다."

바텐더는 오십대쯤 되어 보였다. 그는 마치 의식을 거행하듯 거룩한 표정으로 글라스에 맥주를 따랐다. 이 동네에서만 볼 수 있는 풍경인 듯했다.

"스페셜, 나왔습니다."

리버스는 맥주 값을 지불했다. 몇 달 만에 마시는 싸구려 맥주였다. 그는 파이프에 살면서 통근이 가능할지 상상해보았다.

"스페셜 한 잔, 도드."

"스페셜 한 잔, 곧 나가."

당구를 치던 청년이 리버스의 뒤로 바짝 다가와 있었다. 특별히 위협적으로 느껴지지는 않았다. 그가 빈 글라스를 바에 내려놓고 리필을 기다렸다. 리버스는 청년이 자신에게 관심을 두고 있다는 걸 알아차렸다. 리버스는 말없이 재킷 주머니에서 복사된 그림 두 장을 꺼내 펼쳐놓았다. 그는 로열 마일의 한 신문 가게에 들러 열 장씩 사본을 만들어왔다. 원본은 그의 차 글러브 박스 안에 고이 모셔져 있었다. 어두컴컴한 거리에 세워둔 차가 끝까지 무사할지는 알 수 없었지만.

양옆의 술꾼들이 그림을 흘끔 내려다보았다. 리버스는 뒤에 선 청년의 시선도 그림에 고정되어 있을 거라 확신했다. 바에는 여전히 침묵이 흘렀다.

"스페셜, 나왔어." 청년이 다시 채워진 글라스를 집어 들었다. 펼쳐놓은 그림에 맥주 몇 방울이 튀자 리버스가 고개를 올려 그를 쳐다보았다.

"미안해요."

좀처럼 듣기 힘든 무성의한 톤이었다. "괜찮아요." 리버스도 같은 톤으로 대꾸했다. "사본을 많이 만들어놨거든요."

"오, 그래요?" 청년이 바텐더로부터 잔돈을 건네받고 당구대로 돌아갔다. 그가 동전을 슬롯에 밀어 넣자 우르르 소리를 내며 공들이 굴러 나왔다. 그는 리버스를 흘끔 쳐다보며 공들을 한곳에 모아놓았다.

"그림에 소질이 있군요."

리버스는 손으로 그림에 튄 맥주 방울을 문질러 닦으며 바텐더 도드를 돌아보았다. "전혀요. 꽤 봐줄만 하죠?" 그는 도드가 제대로 볼 수 있도록 그림을 살짝 돌려놓았다.

"괜찮은데. 나쁘지 않아요. 뭐 내가 전문가는 아니지만. 여긴 그림 볼 줄 아는 사람이 없습니다. 연금과 실업수당 타먹는 사람들만 득실거려서." 그 말에 몇몇 손님이 웃음을 터뜨렸다.

"마약쟁이들도 있잖아요." 한 술꾼이 덧붙였다.

"골초들도." 또 다른 누군가가 말했다. 하지만 농담은 이미 썰렁해진 후 였다. 바텐더가 턱으로 그림을 가리켰다. "누굽니까?"

리버스는 어깨를 으쓱였다.

"형제들 같은데, 그렇죠?"

리버스가 그 말을 내뱉은 왼쪽 손님을 돌아보았다. "왜 그렇게 생각하죠?"

술꾼이 고개를 돌려 바 너머의 옵틱(술집에서 위스키 등 독한 술의 양을 잴 때 쓰는 기구)들을 돌아보았다. "눈에 익은 것 같아서요."

리버스는 두 장의 그림을 번갈아 들여다보았다. 미지는 그의 주문에 따라 형제를 대여섯 살 정도 늙어 보이게 그려주었었다. "그럴지도 모르겠네요."

"아니면 사촌 관계이거나." 이번에는 오른쪽 술꾼이 말했다.

"어쨌든 한 핏줄인 사람들 같습니다." 리버스가 말했다.

"내 눈엔 그렇게 안 보이는데." 바텐더 도드가 말했다.

"자세히 보면 어떻습니까?" 리버스가 말했다. 그가 손가락으로 그림을 살살 훑어나갔다. "턱이 비슷하지 않습니까? 눈도 닮았고. 내 눈엔 형제 같은데요."

"대체 누군데 그러죠?" 오른쪽 술꾼이 물었다. 중년 남자는 텁수룩한 수염으로 덮인 각진 턱과 파란 눈을 가지고 있었다.

하지만 리버스는 다시 어깨를 으쓱였다. 도미노 게임에 빠져 있던 한 남자가 바로 다가와 술을 주문했다. 삼세판 대결에서 승리했는지 그는 무척 들떠 있었다.

"어떻게 지냈나, 제임스?" 그가 리버스의 오른쪽에 앉은 손님에게 물었다.

"뭐 그럭저럭. 맷, 자네는?"

"나야 늘 똑같지." 그가 리버스를 돌아보며 미소를 지었다. "처음 보는 친구인데."

리버스가 고개를 저었다. "나가서 살고 있으니까요."

"오, 그래요?" 맥주 세 잔이 담긴 금속 쟁반이 그의 앞으로 내밀어졌다.

"여기 있어요, 맷."

"고마워요, 도드." 맷이 10파운드 지폐를 바텐더에게 건넸다. 그리고 거스름돈을 기다리며 바에 펼쳐진 그림을 내려다보았다. "부치와 선댄스인가?" 그가 웃음을 터뜨렸다. 리버스는 활짝 미소를 지어 보였다. "아니면 스텝토와 그의 아들(영국 시트콤 「스텝토 부자」에 등장하는 캐릭터들)?"

"스텝토와 그의 동생입니다." 리버스가 말했다.

"형제라고요?" 맷이 그림을 좀 더 유심히 살폈다. 잠시 후 그가 물었다. "경찰이우?"

"경찰로 보입니까?"

"그건 아니고."

"경찰로 보기엔 너무 말랐잖아요." 도드가 말했다. "그렇죠?"

"삐삐 마른 경찰도 얼마든지 있다고요." 제임스가 말했다. "스테키 제이미슨도 그렇고."

"하긴," 도드가 말했다. "그 자식은 가로등 기둥 뒤에 숨을 수도 있겠더라고."

맷이 맥주 쟁반을 번쩍 들었다. 멀리서 친구들이 그를 부르고 있었다.

맷이 턱으로 그림을 가리켰다. "어디서 본 적 있는 친구들인데." 그가 몸을 틀고 자리로 돌아갔다.

리버스는 남은 맥주를 마저 들이켜고 한 잔을 더 주문했다. 글라스를 비운 왼쪽 술꾼이 모자를 꾹 눌러쓰고는 작별 인사를 했다.

"다음에 봐요, 도드."

"다음에 봅시다."

"안녕, 제임스."

작별 인사는 1분 이상 이어졌다. 리버스는 그림을 접어 주머니에 집어넣었다. 그는 아주 천천히 두 번째 잔을 비웠다. 사방에서 축구와 불륜과 존재하지 않는 고용 시장에 관한 수다가 펼쳐지고 있었다. 하지만 술집에는 취업을 위해 기꺼이 시간과 에너지를 쏟아부을 만한 사람은 보이지 않았다. 적어도 리버스의 눈에는 그랬다.

"파이프, 특히 이 동네가 어떻게 변했는지 알아요?" 제임스가 물었다. "거대한 DIY 용품점. 거기서 일을 하거나 거기서 쇼핑을 하거나, 둘 중 하납니다."

"제대로 봤어요." 도드가 말했다. 하지만 그의 목소리에서는 신념이 묻어나지 않았다.

리버스는 두 번째 잔까지 깨끗이 비우고 화장실로 들어갔다. 심한 악취와 저속한 낙서가 그를 맞아주었다. 예상대로 그와 은밀한 대화를 원하는 사람은 들어오지 않았다. 화장실을 나온 그가 도미노 게임이 벌어지고 있는 테이블 앞에 멈춰 섰다.

"맷?" 그가 물었다. "방해해서 미안해요. 아까 부치와 선댄스를 어디서 봤는지 얘기 안 했었죠?"

"두 놈 중 하나는 본 것 같아요." 맷이 말했다. 그가 뒤섞인 도미노에서 7과 3과 4를 차례로 뽑아 들었다. "여기서 본 건 아니고, 아마 로크갤리에서 였을 겁니다." 그가 도미노를 테이블에 내려놓고 그중 쓰고 싶은 것 하나를 골라 들었다. 그의 옆에 앉은 남자가 도미노로 테이블을 탁탁 두드렸다.

"재수 없게 왜 그래, 탐? 그것도 벌써부터."

재수 없게…… 아무래도 로크갤리로 가봐야겠어. 리버스는 바로 돌아가 바텐더에게 작별 인사를 했다.

"오, 그뿐 아니라 여기선 비난도 원 없이 누릴 수 있지." 바에 앉은 누군가가 말했다. 이미 오래전에 죽어버린 농담의 불씨를 필사적으로 살려보려는 듯이.

리버스는 곧장 카우든비스를 벗어나 로크갤리로 향했다. 오래가지 않아 럼피난스가 나타났다. 그의 아버지는 종종 럼피난스에 대한 우스갯소리를 늘어놓곤 했었다. 리버스는 아버지가 왜 그랬는지 궁금했다. 물론 그때 들은 농담 중 기억나는 건 하나도 없었다. 그가 어렸을 때 이곳 하늘은 자욱한 연기로 덮여 있었다. 모든 집의 거실 벽난로에서 석탄을 땠기 때문이었다. 저녁이 되면 굴뚝마다 회색 연기 기둥이 피어올랐다. 하지만 지금은 아니었다. 중앙난방 장치와 휘발유가 석탄을 대신하고 있기 때문이었다.

굴뚝의 침묵(silence of the lums)이 리버스를 울적하게 만들었다.

그림을 펼쳐들고 또다시 같은 공연을 펼쳐야 하는 현실도 그를 슬프게 했다. 그는 미든 펍에서 자신의 탐구를 마칠 수 있기를 바랐다. 애초에 에디가 그를 잘못된 방향으로 안내했을 가능성도 있었다. 만약 그것이 사실로 확인되면 리버스는 그를 처절하게 응징할 생각이었다.

그는 펍 세 곳을 돌며 맥주를 세 잔 더 걸쳤다. 술꾼들은 그가 펼쳐놓은 그림에 별 반응을 보이지 않은 채 싱거운 '연금 수급자' 농담만 늘어놓았다. 하지만 네 번째 펍에서는 확실히 다른 반응을 볼 수 있었다. 기차역 인근에 자리한 술집은 허름한 판잣집을 연상시켰다. 그곳의 한 나이 든 술꾼이 리버스의 눈길을 확 잡아끌었다. 예리한 눈빛의 노인은 손님들에게 구걸해 술을 얻어 마시는 중이었다. 리버스는 L자 모양의 바에서 한 무리의 도장공과 실내 장식가(decorator)들에게 그림을 보여주고 있었다. 그들은 리버스에게 일감을 대줄 수 있는지 물었다. "필요할 때마다 하나씩 처리해야죠. 그래야 싸니까." 리버스가 고개를 저으며 그들 눈앞에 그림을 내밀었다.

그때 한 노인이 손님들을 헤치고 바 쪽으로 다가왔다. 그가 양옆으로 늘어선 술꾼들의 얼굴을 차례로 살폈다. "나도 전쟁에서 공을 세웠다고 훈장을 받았었지(decorated)." 그는 자신의 썰렁한 농담이 마음에 드는지 낄낄 웃었다.

"그 농담은 이제 지겹다고요, 쟉."

"어디 하루 이틀이어야지."

"어떻게 예외가 없습니까?"

"미안, 친구들." 쟉이 사과했다. 그가 짧고 두툼한 손가락으로 그림을 가리켰다. "눈에 익어."

"당신 눈에 익는다면 보나마나 기수겠군요." 한 장식가가 리버스를 흘끔 쳐다보며 윙크했다. "쟉은 정말 대단한 사람이에요. 사람 얼굴보다 경주마 볼기를 더 빨리 알아본다니까요."

"닥쳐." 잭이 경멸하는 듯이 말했다. 그리고 리버스를 휙 돌아보았다. "자네, 지난주에 나한테 술을 산다고 약속하지 않았었나?"

리버스가 침울한 표정으로 마지막 펍을 나선 지 5분쯤 지났을 때 청년 한 명이 들어왔다. 그는 미튼에서부터 이곳까지, 눈에 들어온 모든 펍에 들러 혹시 어떤 남자가 그림을 가져와 내보이지 않았는지 손님들에게 물었다. 리버스 때문에 당구 연습을 일찍 접어야만 했던 그는 무척 짜증이 나 있는 상태였다. 그의 스크루볼 트릭은 아직 완벽하지 않았다. 그는 일요일에 열리는 당구 대회에 나가 백 파운드 상금을 거머쥘 생각에 한껏 부풀어 있었다. 돈이 궁한 그에게는 절대 놓칠 수 없는 기회였다. 하지만 경찰이 아니라고 우기는 수상한 남자를 미행하는 임무 역시 그냥 흘려버릴 수는 없었다. 그는 미튼에서 이 과제를 내려준 누군가와 통화를 했었다.

"나중에 사례하지." 당구 선수의 전화가 연결되자 상대는 이렇게 말했다. 남자는 이미 또 다른 두 명에게 같은 내용을 보고한 후였다.

그는 사례하겠다는 말에 당장 미튼에서 출발했다. 그리고 그림을 지닌 남자를 쫓아 로크갤리까지 오게 되었다. 하지만 이곳을 지나서는 로코어가 나올 때까지 또 다른 펍 구경을 못하게 될 것이다. 게다가 그가 쫓던 남자도 홀연히 사라져버렸다. 그래서 당구 선수는 그에게 전화를 걸어 따지고 보면 별 거 아닌 내용을 보고했다.

"이번엔 내가 신세졌어, 샤키." 목소리가 말했다.

샤키는 한껏 들뜬 상태로 자신의 녹슨 닷선(일본 자동차 회사 닛산이 만든 소형차)에 올랐다. 서두르면 펍이 문을 닫기 전, 몇 게임을 더 칠 수 있을 것이다.

존 리버스는 차를 몰고 에든버러로 돌아왔다. 그의 머릿속은 여러 생각들로 복잡했다. 디저트, 앤드류 맥페일, 마이클과 그의 신경안정제, 페이션스, 그리고 머니백 작전.

그가 아파트에 도착했을 때 마이클은 곤히 잠들어 있었다. 학생들은 그의 동생이 마약에 취해 있는 줄 알았다고 했다. 그는 마이클이 금지된 (proscribed) 약이 아닌, 병원에서 처방 받은(prescribed) 약에 취해 있는 것이니 걱정 말라고 안심시켰다. 잠시 후, 그는 쇼반 클락의 집으로 전화를 걸어보았다.

"오늘 어땠어?"

"경위님도 같이 경험해보셨어야 하는데. 이젠 지루함에 관한 책을 써도 될 정도예요. 하루 종일 두게리를 찾아온 사람은 달랑 다섯 명뿐이었어요. 점심으로 피자를 배달시켜 먹었고요. 5시 30분 정각에 퇴근했습니다."

"방문자들 중 눈에 띄는 인물은 없었고?"

"사진을 찍어놨습니다. 나중에 보여드릴게요. 보나마나 고객들일 겁니다. 내일은 같이 계셔줄 건가요?"

"아마도."

"경위님과 센트럴 호텔 사건에 대해 의논할 것도 있어서요."

"그 얘기가 나왔으니 말인데, 브라이언은 좀 어떤가?"

"퇴근 후 잠깐 들러봤어요. 좋아 보이던데요." 그녀가 잠시 말을 멈추었다. "목소리 들어보니 많이 피곤하신 것 같네요. 오늘도 하루 종일 일하신 거예요?"

"그래."

"센트럴 문제로?"

"응." 리버스는 목 뒷부분을 살살 문질렀다. 벌써부터 숙취가 몰려들고 있었다.

"몇 잔 사셔야 했던 것 같네요." 쇼반이 말했다.

"그랬지."

"경위님도 몇 잔 걸치신 것 같고."

"맞아. 셜록이 다 됐구먼."

그녀가 웃음을 터뜨린 후 혀를 찼다. "취하신 채로 차를 몰고 돌아오셨을 거고요. 제게 연락 주셨으면 모시러 갔을 텐데." 그녀의 목소리에서는 진심이 묻어나왔다.

"고마워, 클락. 나중엔 꼭 연락하지." 그가 잠시 머뭇거렸다. "내가 크리스마스 선물로 뭘 원하는 줄 아나?"

"크리스마스까지는 시간이 많이 남지 않습니까."

"누군가가 그 시체의 주인이 브루-헤드 형제 중 하나라는 걸 밝혀줬으면 좋겠어."

"시체는 팔이 골절⋯⋯"

"알아. 확인해봤어. 병원에 문의해봤는데 아무 도움도 안 되더군." 그가 다시 말을 멈추었다. "자네가 걱정할 일은 아니야." 그가 말했다. "내일 보자고."

"안녕히 주무세요, 경위님."

리버스는 몇 분간 말없이 앉아 있었다. 쇼반 클락과 나눈 대화가 그로 하여금 페이션스를 그리게 했다. 그가 수화기를 집어 들고 그녀에게 전화를 걸었다.

"여보세요?"

맙소사, 자동응답기가 받을 줄 알았는데!

"안녕, 페이션스."

"존."

"당신에게 할 말이 있어요. 지금 괜찮겠어요?"

잠시 침묵이 흘렀다. "네, 괜찮아요. 나도 할 말이 있어요."

존 리버스는 소파에 누워 한 손은 뒤통수에 받쳐놓았다. 그날 밤, 아파
트의 누구도 전화기를 쓰지 못했다.

15

화요일 아침, 존 리버스는 기분 좋게 하루를 시작했다. 밤새도록 페이션스와 통화를 한 것 외에는 다른 이유가 없었다. 그들은 만나서 한잔하기로 했고, 장소와 시간은 그녀가 결정해 알려주기로 했다. 그는 산뜻한 기분으로 고르기 가 머니백 작전 본부로 들어섰다.

그는 계단을 오르며 위에서 들려오는 목소리에 귀를 기울였다. 심상치 않은 대화가 오가는 중이었다. 그가 뛰어 올라가 문을 벌컥 열어젖혔다. 한 남자가 페트리 경장에게 달려들어 머리로 그의 코를 찍고 있었다. 페트리는 창문 앞에 나자빠졌다. 그에게 떠밀린 카메라 삼각대는 한쪽으로 날아가버렸다. 경장의 코에서 피가 뿜어져 나왔다. 리버스의 눈에 구석에서 지켜보고 있는 어린 소년 둘이 들어왔다. 쇼반 클락과 엘사-베스 자르딘이 아이들을 챙기고 있었다. 리버스는 페트리를 일으켜 세우려 하는 남자의 뒤로 잽싸게 달려가 그를 끌어안았다. 두 팔이 잡혀버린 남자는 리버스를 떨쳐내려 바둥거렸다. 그의 입에서는 연신 고함이 터져 나왔다. 리버스는 밖에서 그 소리를 들을까 봐 겁이 났다.

리버스가 능숙하게 남자를 뒤로 쓰러뜨리고 그의 위에 올라탔다. 페트리가 달려들자 남자가 두 다리를 뻗어 그를 밀어냈다. 페트리는 또다시 창가에 나가떨어졌다. 뒤로 휘둘러진 그의 팔꿈치가 유리창을 산산조각 내버렸다. 리버스는 주먹으로 남자의 목을 내리쳤다.

"대체 무슨 일이지?" 그가 물었다. 숨이 턱 막혀버린 남자는 발버둥을 멈추지 않았다. "당신, 이제 그만둬요!" 그때 무언가가 리버스의 뒤통수를 세게 쳤다. 그것도 화상을 입었던 부분에. 소년의 꼭 쥐어진 주먹이었다. 그는 눈을 질끈 감고 화끈거리는 통증을 참아냈다. 뮤즐리와 꿀을 탄 차로 출렁거리는 그의 배 속이 부글부글 끓어올랐다.

"우리 아빠를 놔줘요!"

쇼반 클락이 소년을 붙잡고 뒤로 끌어냈다.

"그 녀석을 당장 체포해." 리버스가 말했다. 그리고 소년의 아버지를 홱 돌아보았다. "이건 농담이 아닙니다. 진정하지 않으면 저 녀석을 경찰 폭행죄로 체포할 거라고요. 정말 그렇게 되길 원해요?"

"어려서 체포 못 할걸요." 남자가 헐떡거리며 말했다.

"정말 그렇게 생각해요?" 리버스가 말했다. "누구 말이 맞는지 한번 해볼까요?"

남자가 잠시 머리를 굴리더니 이내 흥분을 가라앉혔다.

"잘 생각했어요." 리버스가 남자에게서 떨어져 나왔다. "누구라도 좋으니까 대체 무슨 일인지 설명해봐."

설명은 금세 끝이 났다. 페트리는 코를 치료하러 병원으로 갔고 두 소년은 집으로 돌려보냈다. 빌 칠턴이라는 남자는 불법 거주자가 싫다고 했다.

"불법 거주자?"

"닐이 그랬다고요."

"불법 거주자?" 리버스가 쇼반 클락을 돌아보았다. 그녀는 위에서 떨어진 유리 파편에 다친 사람이 없는지 살펴보고 올라온 후였다. 그녀는 다행히 누구에게도 위층 '사고'에 대해 해명할 필요가 없었다고 했다.

"아까 그 두 아이들……" 그녀가 말했다. "걔들이 갑자기 들이닥쳤습니다. 가끔 여기 들어와 논다고 하더군요."

리버스가 다시 칠턴을 돌아보았다. "닐은 왜 학교에 가지 않았죠?"

"친구랑 싸워서 정학당했어요."

리버스가 고개를 끄덕였다. "아까 보니 주먹이 장난 아니던데." 그의 뒤통수는 아직도 얼얼했다. 그가 쇼반을 돌아보았다.

"애들이 우리더러 여기서 뭐하냐고 물었고, 자르딘 씨는……" 엘사-베스 자르딘이 고개를 떨구었다. "우리가 불법 거주자들이라고 했어요."

"그냥 농담이었다고요." 자르딘이 불쑥 끼어들었다. 리버스가 깜짝 놀라는 척하자 그녀는 다시 얼굴을 붉히며 눈을 내리깔았다.

"페트리 경장도 같이 껴서 장난을 좀 쳤고, 아이들은 곧 물러갔습니다. 그냥 웃자고 한 일이었어요."

"웃자고 한 일?" 리버스가 말했다. "이건 중대한 보안 침해라고." 그가 버럭 화를 내자 쇼반이 시선을 멀리 돌렸다. 그는 다시 빌 칠턴을 돌아보았다.

"닐이 집에 와서 그러더군요. 여기 불법 거주자들이 들어와 있다고." 칠턴이 말했다. "몇 년 전부터 그런 일이 잦아졌습니다. 버려진 공동주택에 들어와 마약을 밀매하는 놈들도 있었고요. 그걸 알면서 그냥 잠자코 있을 순 없지 않겠습니까."

"그래서 자경단을 결성했다? 곡괭이 손잡이를 하나씩 챙겨들고?"

칠턴은 여전히 당당한 모습이었다. "문제는 우리가 아니라 당신들이라고요."

"겁을 줘서 불법 거주자들을 쫓아내려 한 건가요?"

"놈들이 발붙이기 전에 싹 쓸어버리려고 했습니다."

"그래서 어떻게 했습니까?"

칠턴은 말이 없었다.

"그래서," 리버스가 대신 대답했다. "페트리 경장에게 무례하게 굴었던 거군요. 그 친구는 자기가 경찰이니까 조용히 꺼지라고 했을 테고요. 하지만 극도의 흥분 상태에 빠져 있었던 당신은 순순히 그의 지시에 따르지 않았습니다. 원래 욱하는 성질이죠? 안 그렇습니까, 칠턴 씨? 닐은 분명 아버지로부터 그런 못된 성격을 고스란히 물려받았을 겁니다. 당신도 어릴 적 학교에서 싸움깨나 했을 게 아닙니까."

"그게 이번 일과 무슨 상관입니까?" 칠턴의 언성이 다시 높아졌다. 리버스는 한 손을 들어 그를 진정시켰다.

"경찰을 폭행한 건 심각한 범죄입니다."

"나는 착각했을 뿐이에요." 칠턴이 말했다.

"그 친구가 신분증을 꺼내 보여줬을 텐데요?"

칠턴이 어깨를 으쓱였다. "그는 신분증을 보여주지 않았어요."

리버스가 한쪽 눈썹을 추켜세웠다. "이 절차에 대해 아주 훤히 알고 있는 것 같군요. 이번이 처음이 아니죠? 그렇죠?" 그 말에 칠턴이 입을 꼭 닫아버렸다. "경찰서로 돌아가 컴퓨터에 당신 이름을 한번 조회해볼까요? 뭐가 걸리는지? 이번이 두 번째인가요? 아니면 세 번째? 잘하면 소우턴 교도소도 구경할 수 있겠는데요." 칠턴은 많이 불편해진 표정이었다. 바로 리버스가 원했던 반응.

"물론……" 그가 말했다. "이 문제는 여기서 그냥 덮어버릴 수도 있겠죠." 칠턴이 구미가 당긴다는 표정을 지었다. "만약," 리버스의 목소리가 경고의 톤으로 바뀌었다. "당신이 이곳에서의 일을 발설하지 않는다면. 닐과 그의 친구도 오늘 일을 깨끗이 잊어야 하고."

칠턴이 턱으로 카메라를 가리켰다. "누군가를 감시하고 있었죠? 잠복 근무 중입니까?"

"그건 당신이 알 거 없습니다, 칠턴 씨. 우리 그 조건으로 합의한 건가요?"

칠턴이 잠시 생각에 잠겼다가 고개를 끄덕였다.

"좋습니다." 리버스가 말했다. "자, 이제 꺼져요."

칠턴은 군말 없이 꺼져주었다. 리버스는 고개를 저었다.

"경위님······"

"닥치고 내 말 들어." 리버스가 쇼반 클락에게 말했다. "하마터면 모든 게 수포로 돌아갈 뻔했어. 어쩌면 이미 그렇게 돼버렸는지도 모르지. 그건 며칠 지나면 확인될 거야. 카메라 다시 세워놓고 다들 주어진 임무에만 신경 쓰라고. 창문에 판자를 쳐놔야 하니까 본부에 전화해서 사람을 보내라고 해. 카메라 구멍만 남겨놓고 다 막아버릴 거야. 어차피 유리창을 갈아 끼우진 못할 테니까."

"자네들, 내 말 잘 들어." 그가 경고하듯 손가락 하나를 펼쳐 보였다. "오늘 일은 철저히 비밀로 해둬야 해. 무슨 말인지 이해하겠지?"

그들은 리버스가 이번 일을 조용히 묻어두려는 이유를 알지 못했다. 머니백 작전의 조기 종료를 원치 않았기 때문은 아니었다. 애초에 실패할 운명이었으니까. 사실은 두려움 때문이었다. 이 부끄러운 해프닝이 퍼스 펍에서 또 다른 감시팀과 유유자적하고 있는 앨리스터 플라워 경위의 귀에 들어가게 될지 모른다는 두려움. 만에 하나 그랬다가는 상상을 초월하는 시련이 리버스에게 닥칠 게 뻔했다.

셔츠를 갈아입으러 세인트 레너즈로 떠난 피터 페트리 경장에게 이 부분을 당부하지 못한 게 아쉬웠다. 티셔츠에 뿌려진 피는 토마토소스나 차 얼룩으로 둔갑시킬 수 있겠지만 그의 코에 붙은 하얀 거즈는 어떻게 둘러댈 방법이 없었다. 결국 피터 페트리는 심한 과장을 섞어 자신이 겪은 일을 떠벌리고 말았다. 폭행범이 엄청난 거구에 타고난 싸움꾼이었으며, 무시무시한 속도로 움직였다고. 동료들은 동정적인 미소를 지으며 고개를 저어댔다. 그리고 입을 모아 이렇게 말했다.

"플라워가 알면 신나하겠군."

예상대로 플라워는 여러 소식통을 통해 고르기 가 감시팀을 아수라장으로 만들어버린 거구의 악당에 대해 듣게 되었다.

"저런, 맙소사." 그가 블루 라벨 보드카를 섞은 오렌지 주스를 홀짝이며 말했다. "그것 참 안됐군. 로더데일 경감님도 들으셨으려나? 아, 보나마나 알고 계시겠지. 리버스는 이런 일을 쉬쉬하며 감추려하지 않을 테니까. 안 그래?" 그가 환히 웃으며 함께 앉아 있는 경장에게 말했다. 하지만 경장은 마냥 웃을 수만은 없었다. 자신의 상관이 걱정되었기 때문이다.

쇼반이 수화기를 집어 들었다.

"여보세요?" 그녀는 깨진 창문 밖을 유심히 살피는 존 리버스를 지켜보았다. 그는 30분 동안 미동도 없이 콜택시 회사를 감시했다. 그녀와 자르딘은 그의 집중력을 흐트러뜨리지 않으려 목소리를 최대한 낮추고 대화를 했다. "전화입니다, 경위님."

리버스가 수화기를 건네받았다. CID는 전달할 메시지가 있다고 했다.

"얘기해."

"팻 컬더라는 사람이 링건 씨가 사라졌다고 신고를 해왔습니다."

"사라져?"

"네. 경위님께 그 소식을 전해달라고 하더군요. 여기서 저희가 할 일은 없습니까?"

"거긴 됐어. 내가 가서 만나볼게. 고마워." 리버스가 수화기를 내려놓았다.

"누가 사라졌답니까?" 쇼반이 물었다.

"에디 링건."

"하트브레이크 카페?"

리버스가 고개를 끄덕였다. "어제 만나러 갔었는데 치즈를 굽던 프라이 팬으로 날 위협하더군." 쇼반은 관심을 보였지만 리버스는 고개를 저었다. "자넨 여길 지켜. 적어도 페트리가 돌아올 때까지." 하트브레이크 카페는 불과 5분 거리에 자리하고 있었다. 리버스는 컬더가 자리를 지키고 있을지 궁금했다. 주방장이 없는데 정상 영업이 가능할까?

하지만 리버스가 도착했을 때 카페는 점심을 먹으러 온 손님들로 발 디딜 틈이 없었다. 지배인 역할을 하고 있는 컬더가 리버스를 보고 손짓했다. 리버스는 어제 본 바텐더에게 살짝 윙크했다. 컬더는 넋이 나간 모습이었다.

"대체 어제 에디에게 무슨 얘길 한 겁니까?"

"그게 무슨 소립니까?"

"모르는 척하지 말아요. 어제 그 친구와 주방에서 대판 싸웠다면서요? 그때도 분위기가 심상치 않다고 생각했었는데. 그는 어젯밤 내내 불안해했어요. 그가 만든 요리들도 다 형편없었고요." 컬더는 무척 진지해 보였다. "당신이 그의 심기를 건드렸다고 하던데요?"

"누가 그럽디까?"

컬더가 주방 쪽으로 고개를 까딱였다. "윌리."

리버스는 이해가 된다는 듯 고개를 끄덕였다. "오늘은 윌리의 원맨쇼가 펼쳐지고 있는 모양이군요."

"혼자서 점심 손님들을 처리하고 있어요."

"에디가 사라진 게 정확히 언젭니까?"

"어젯밤 식당 문을 닫고 나서 클럽에 간다면서 사라졌어요. 그 왜 있지 않습니까. 빌린 창고에서 춤추고 노는 곳."

"왜 당신은 따라가지 않았습니까?"

컬더가 혐오의 표정을 지으며 콧등을 찡그렸다.

"신사들을 위한 클럽이었습니까, 컬더 씨?"

"게이 클럽이냐고요? 네, 맞아요. 그런 건 숨길 이유가 없죠. 불법도 아니고."

"그런데 링건 씨가 끝내 귀가하지 않았다는 얘기죠?"

"네."

"클럽에서 누굴 만났을지도……"

"에디는 그런 타입이 아닙니다."

"그럼 그는 어떤 타입입니까?"

"충실한 타입. 술을 마시러 자주 나가지만 외박은 한 번도 한 적이 없어요."

"이번이 처음이겠군요."

"그렇죠."

리버스는 잠시 머리를 굴렸다. "실종 신고를 하기에는 너무 이릅니다. 최소한 48시간은 지나야 해요. 게다가 증거도 없고요."

"증거라뇨?"

"예를 들면, 시체 같은."

컬더가 시선을 홱 돌려버렸다. "맙소사." 그가 말했다.

"보나마나 별일 아닐 겁니다."

"그래도 걱정이 돼요." 팻 컬더가 말했다.

사실 그건 존 리버스도 마찬가지였다.

한 커플이 카페로 들어서자 컬더가 환히 미소를 지었다. 그가 메뉴판 두 개를 집어 들고 그들을 빈 테이블로 안내했다. 이십대 초반으로 보이는 커플은 멋지게 차려입은 듯이 보였다. 남자는 1930년대 갱스터 영화에서나 볼 법한 모습이었고, 여자는 실수로 어린 동생의 스커트를 걸치고 온 듯했다.

잠시 후, 바 쪽으로 돌아온 컬더가 나지막이 속삭였다. "팬스틱(배우들이 분장에 쓰는 막대 형태의 파운데이션) 밑으로 여드름이 보이는데 자기만 모르는 듯하더군요. 뭐 아무튼, 에디는 브라이언이 습격을 당한 날 밤 이후로 확 달라졌습니다."

"브라이언은 거의 회복했습니다."

"네. 어제 에디가 병원에 전화를 걸어 확인했어요."

"직접 찾아가진 않았고요?"

"우린 병원을 싫어합니다. 너무 많은 친구들이 거기서 죽어갔어요."

"브라이언 소식을 듣고 기운을 내지 않던가요?"

컬더가 입술을 오므렸다. "아주 잠깐 동안은 그랬던 것 같습니다." 그가 주머니에서 수첩과 펜을 꺼내 들었다. "가서 뭘 마시겠느냐고 물어봐야겠습니다."

리버스가 고개를 끄덕였다. "난 윌리와 바텐더를 차례로 만나볼게요."

"그래요. 우리가 대접할 테니 아무거나 시켜 먹어요." 리버스는 고개를 저었다. "몰래 독을 넣거나 하진 않을게요, 경위님."

"그래서가 아닙니다." 리버스가 말했다. "벽에 걸린 프레슬리 기념품 때문에 그래요. 저걸 보고 있으니 입맛이 확 달아나버립니다."

수습 요리사 윌리는 주방의 통치자라는 자리를 만끽하고 있었다. 조수가 없어 버거워하면서도 이 상황이 영원히 끝나지 않기를 내심 바라고 있는 듯했다.

"날 기억하죠, 윌리?"

윌리가 고개를 들고 그를 쳐다보았다. "제일하우스 로크포르?" 그가 불에 올려둔 냄비들을 차례로 흔든 후 파슬리를 썰기 시작했다. 리버스는 그의 손가락 끝을 아슬아슬하게 스치는 칼날을 지켜보며 마음을 졸였다.

"에디 때문에 왔죠? 제정신은 아니지만 요리 하나는 기가 막히게 합니다."

"주방의 왕이 되니 기분 좋죠?"

"하지만 내가 이렇게 고생한다는 걸 누가 알아주겠습니까. 아마 밖에선 위대한 에두아르도가 자기들이 주문한 음식을 공들여 만들고 있다고 생각할걸요. 팻이 그러더군요. 주방에 에디가 없다는 걸 알면 다들 탄도리(남아시아 요리법으로 고기를 기다란 쇠꼬챙이에 끼워 진흙 오븐 속에서 익히는 것)를 시켜먹을 거라고. 아무래도 그게 가장 싸니까요."

리버스가 미소를 지었다. "그래도 주방 책임자라는 자리가……"

윌리가 갑자기 칼질을 멈추었다. "내가 에디를 석탄 창고에 가둬놓기라도 했다는 겁니까? 고작 미친 파리처럼 이렇게 날뛰려고요?" 그가 칼을 쥔 손으로 주방 문을 가리켰다. "팻에게 도와달라고 했더니 자기는 밖에서 고객들을 챙겨야 한다더군요. 만약 내가 둘 중 하나를 없애야 한다면 에디가 아니라 저 친구를 고를 겁니다."

"너무 심각하게 여기는 거 아닙니까, 윌리? 에디가 사라진 지 오래된 것도 아니고. 어디 배수로에 처박혀 자고 있는지도 모르지 않습니까."

"팻은 그렇게 생각하지 않던데요."

"그럼 어떻게 생각하는데요?"

윌리가 찜통에 담긴 무언가를 조금 떠서 맛을 보았다. "포타지(진한 수프)에 크림을 너무 많이 넣은 것 같습니다."

"엘비스는 오히려 좋아했을 것 같은데요." 리버스가 말했다.

바텐더의 이름은 토니―끝에 'i'를 쓴 토니―였다. 그가 리버스에게 탁한 캐스크 컨디션드(Cask Conditioned) 맥주를 따라주었다.

"내 머리만큼이나 컨디션(conditioned)이 잘된 것 같군."

"꽤 실력 있는 미용사를 아는데 소개해드릴까요?"

리버스는 못 들은 척했다. 물론 맥주에도 시선을 주지 않았다. 그는 바 끝의 두 학생을 챙기는 토니를 지켜보았다. 잠시 후, 그가 다시 돌아왔다.

"내가 어제 여길 나가고 나서 에디가 어때 보였지?"

"그 스콜세지 영화 제목이 뭐였죠?"

"「택시 드라이버」?"

바텐더가 고개를 저었다. "「성난 황소」. 에디가 꼭 그랬어요."

"저녁 내내 그랬단 말이야?"

"오래 보진 못했어요. 퇴근하려고 코트를 걸치고 있을 때 그가 주방에서 나왔거든요."

"혹시 어젯밤에 수상한 사람이 오지 않았어?"

"별의별 사람이 다 오는 곳이라서. 특별히 찾고 계신 타입이 있나요?"

"아니, 됐어."

끝에 'i'를 쓰는 토니는 이미 그에게서 신경을 끊어버린 듯했다.

16

대충 그림이 그려지기 시작했다. 에디는 홈스에게 센트럴 호텔 시체에 대한 정보를 들려주었다. 홈스는 더 깊이 파헤쳐보려 브루-헤드 형제를 추적했고, 나중에는 리버스까지 돕겠다고 나섰다. 세 사람 모두 제각각의 방법으로 경고를 받았다. 그는 에디도 그냥 경고만 받고 끝나는 건이기를 바랐다. 상황이 그 이상으로 커지지 않기를 빌었다. 술만 들어가면 주방장의 입이 쉴 새 없이 나불거린다는 건 모두가 아는 사실이었다. 취해 있지 않을 때가 극히 드물다는 게 문제였지만. 물론 리버스도 걱정이 되었다. 그들은 그를 겁주려 했지만 오히려 그를 더 집착하게 만드는 역효과만 내고 말았다. 과연 그들이 또다시 그러려고 할까? 상대의 입을 막을 수 있는 더 확실한 방법을 써서?

리버스가 세인트 레너즈로 돌아왔을 때 그의 얼굴은 하늘만큼이나 어두워졌다. 로더데일이 그를 사무실로 불러들였기 때문이다. 로더데일은 글라스 세 개에 위스키를 따르고 있었다.

"아, 왔군."

"왠지 벨스(블렌디드 스카치위스키)가 있을 것 같아서 달려왔습니다, 경감님." 리버스가 글라스를 받아들며 말했다. 그는 희색이 만연한 앨리스터 플라워의 얼굴을 돌아보지 않으려 애썼다. 세 남자는 각자의 자리에 앉았다.

"건배." 로더데일이 말했다.

"모두를 위하여." 플라워가 말했다.

리버스는 말없이 술을 홀짝였다.

"성가신 일이라도 있었나, 존?" 로더데일이 반쯤 남은 위스키를 책상에 내려놓았다. 그가 리버스를 성이 아닌 이름으로 부른다는 건 좋지 않은 징조였다.

"글쎄요, 경감님. 아침에 약간의 문제가 있었습니다만 저희가 잘 처리했습니다."

로더데일이 여전히 사근사근한 얼굴로 고개를 끄덕였다. 플라워는 다리를 꼰 채 여유로운 모습으로 앉아 있었다. 로더데일이 손가락 하나를 펼쳐 들었다.

"어린애 둘이 불쑥 들이닥쳤다지? 페트리 경장은 생면부지의 남에게 얻어맞았고, 창문과 페트리의 코가 산산조각 났다고 들었네. 클락 경장이 내려가서 수습하느라 진땀 좀 뺐을 거야." 그가 고개를 들고 리버스를 쳐다보았다. "머니백 작전을 계속 진행해도 괜찮겠나, 존?"

"문제없습니다, 경감님." 리버스가 손가락 하나를 펼쳐 보였다. "그 친구는 입을 열지 않을 겁니다. 함부로 발설했다가는 폭행죄로 체포된다는 걸 알거든요." 두 번째 손가락이 펼쳐졌다. "애들도 걱정 없습니다. 아버지가 똑똑히 알아듣게 당부한다고 했으니까요." 그가 번쩍 들었던 손을 천천히 내렸다.

"외람된 말씀이지만, 경감님……" 리틀 위드가 입을 열었다. "버려진 건물에서 싸움이 벌어지고 창문이 깨졌다면 좀 문제가 되지 않겠습니까? 이웃들이 수상하게 여기지 않을까요? 인간이라는 동물이 원래 참견하길 좋아해서 말입니다. 아마 내일이면 모두가 그 깨진 창문을 유심히 올려다볼 겁니다. 그리고 수상쩍어 하겠죠. 창문 뒤에서 간간이 움직임이 포착될 테니까."

로더데일이 리버스를 돌아보았다. "존?"

"플라워 경위의 말이 맞습니다, 경감님. 하지만 사람들은 또 금세 잊어 버리지 않습니까. 내일 새 유리창을 끼워놓을 겁니다. 콜택시 회사의 누구도 저희 쪽을 살피지 않았습니다. 창문 깨지는 소리를 들었다 해도 이상하게 여기지 않았을 겁니다. 고르기 가에선 흔히 들리는 소리일 테니까요."

"아무리 그래도 그렇지, 존……"

"정말 괜찮습니다, 경감님. 오늘은 약간 실수가 있었을 뿐입니다. 클락 경장에게도 단단히 주의를 주었고요." 모든 게 공정거래원 여직원 때문이었다고 말할 수도 있었지만 그는 꾹 참았다. 변명은 그를 더 추해 보이게 할 뿐이니까. 이번에는 묵묵히 받아들이는 게 상책이었다. 속히 경감의 사무실에서 벗어날 수만 있다면 리버스는 뭐든 할 각오가 되어 있었다. 위스키 냄새와 남자들의 체취가 그의 속을 울렁거리게 만들었다.

"앨리스터?"

"이 문제에 대해 제가 어떤 입장인지 아시지 않습니까, 경감님."

로더데일이 고개를 끄덕였다. "존," 그가 말했다. "우린 머니백 작전을 위해 치밀하게 준비해왔네. 많은 게 걸려 있는 중요한 작전이야. 하지만 애들이 불쑥 들어와 하마터면 모든 걸 망쳐놓을 뻔하지 않았는가? 이젠 자네도 사안의 우선순위를 다시 생각해볼 필요가 있네. 예를 들어, 자네 책상 옆에 쌓여 있는 파일들. 그건 벌써 5년이나 지난 사건이야. 당분간은 이 작전에만 집중해주게. 무슨 말인지 알아듣겠지?"

"네, 경감님."

"홈스 경사 사건으로 충격을 좀 받았을 거야. 나도 알고 있네. 하지만 머니백 작전을 수행하는 데 있어 조금이라도 지장이 있으면 곤란해."

아, 역시. 리틀 위드가 두 팀을 다 지휘하겠다, 이거지? 두게리를 체포한 공을 혼자 독차지하려고?

"제 걱정은 마십시오, 경감님."

"더 이상 일을 그르치지 말게. 알겠나?"

"알겠습니다, 경감님."

리버스는 미팅을 조금이라도 단축시킬 수만 있다면 무슨 말이든 할 수 있었다. 하지만 플라워에게 이로울 수 있는 말은 한 마디도 하고 싶지 않았다. 로더데일은 속히 현실로 돌아오라고 했지만 리버스의 머리는 어느새 그때 그곳으로 돌아가 있었다.

늦은 오후, 그는 센트럴 호텔 사건에 대해 두 가지 옵션만이 존재한다는 사실을 깨달았다. 이제 그에게 도움을 줄 수 있는 사람은 달랑 두 명뿐이었다. 그는 그중 한 명에게 전화를 걸어 만나줄 것을 요청했다.

"미팅 중 틈틈이 일을 보셔야 할 거예요." 비서가 경고했다. "워낙 바쁘셔서요."

"그런 건 상관없습니다."

20분 후, 그는 잘 관리된 석조 건물의 나무 패널이 둘러진 작은 사무실로 안내되었다. 창문 밖으로 파형 강판과 번쩍이는 강철로 지어진 흉측한 새 건축물이 내다보였다. 파이프에서는 김이 뿜어져 나왔고, 실내에서는 맥주 냄새가 진하게 풍겼다.

문이 열리고 서른 살쯤 되어 보이는 남자가 느릿느릿 걸어 들어왔다.

"리버스 경위님?"

그들은 악수를 했다. "불쑥 찾아와서 죄송합니다."

"경위님의 전화를 받고 호기심이 확 일더군요."

리버스는 앵거스 깁슨이 아직 이십대일지도 모른다고 생각했다. 그만큼 앳돼 보이는 외모였다. 수수한 양복, 안경, 그리고 윤기가 흐르는 짧은 머리 때문에 실제 나이보다 조금 더 들어 보일 뿐이었다. 책상으로 다가간 그가 재킷을 벗어 푹신해 보이는 커다란 의자의 등받이에 걸쳐놓았다. 그런 다음, 자리에 앉아 셔츠 소매를 걷어 올렸다.

"앉으십시오, 경위님. 센트럴 호텔 사건 때문에 오셨다고요?"

리버스의 설명이 이어지는 동안 깁슨은 책상에 널려 있는 온갖 서류를 차례로 훑어보았다. 하지만 리버스는 그가 자신의 말에 집중하고 있다고 확신했다.

"아시다시피 센트럴 호텔은 5년 전 화재로 전소되었습니다. 화재의 원인은 아직도 미스터리로 남아 있고요. 하지만 그것보다도 거슬리는 건 현장에서 발견된 정체 모를 시체입니다. 심장에 총알구멍이 나 있는 시체."

리버스가 잠시 말을 멈추었다. 깁슨은 안경을 벗어 서류 위에 내려놓았다. "센트럴 호텔은 자주 찾았던 곳입니다. 물론 경위님도 이미 알고 계시겠죠. 그래서 이렇게 절 찾아오셨을 테고요."

"과거와 현재의 평판을 다 알고 있습니다."

깁슨은 여전히 무덤덤한 표정이었다. "어릴 적에 좀 난잡하게 놀았습니다. 당시엔 센트럴 호텔만큼 난잡한 곳이 없었죠."

"이십대 초반이었을 텐데 '어릴 적'은 아니죠."

"철이 늦게 드는 사람들은 얼마든지 있습니다."

"매튜 밴더하이드를 그곳에서 왜 만나신 겁니까?"

깁슨이 등받이에 몸을 붙였다. "아, 이제야 경위님이 왜 오셨는지 알겠군요. 매튜 삼촌도 여전히 센트럴 호텔의 지저분한 영광에 젖어 사는 모양입니다. 그도 당시엔 적잖이 난잡했으니."

"혹시 그를 놀라게 하려 그러신 건 아니었나요?"

"세상 누구도 매튜 밴더하이드를 놀라게 할 수 없습니다, 경위님." 그가 미소를 지어 보였다. "하지만 솔직히 그러고 싶은 마음도 조금 있었습니다. 아버지가 그에게 뭘 부탁하셨는지 알고 있었어요. 저를 만나 잘 타일러달라고 하셨겠죠. 그래서 일부러 제가 떠올릴 수 있는 최악의 장소에서 만나기로 한 겁니다."

"제게 물어보셨으면 센트럴 호텔보다 더한 곳을 소개해드렸을 텐데요."

"물론 저도 그런 곳을 좀 알고 있습니다. 하지만 센트럴은…… 뭐 아시다시피 센트럴 아니겠습니까."

"그래서 두 분이 만나 대화를 나누셨군요."

"말은 그가 거의 다 했습니다. 저는 그냥 듣기만 했고요. 하지만 상대가 맹인이다 보니 굳이 가식을 떨 필요가 없었습니다. 일부러 눈을 흐리멍덩하게 뜨고 있을 필요도 없었고요. 저는 그냥 신문을 훑고 있었습니다. 크로스워드 퍼즐도 풀고 간간이 TV를 보기도 했죠. 그도 별로 개의치 않는 분위기였습니다. 아버지가 한 부탁이 아니었으면 그런 자리도 마련되지 않았을 테니까요."

"하지만 그 미팅 직후 당신의 '블랙 앵거스' 시절도 끝나지 않았습니까?"

"그건 사실입니다. 매튜 삼촌의 잔소리가 아주 효과가 없진 않았던 모양입니다."

"미팅 후엔 뭘 하셨습니까?"

"같이 저녁을 먹자는 얘기가 나왔습니다. 물론 센트럴에서 먹을 생각은 아니었고요. 세상에서 가장 지저분한 주방을 자랑하는 곳이라…… 하지만 제가 어떤 여자랑 선약이 있어서 아쉽게도 무산됐습니다. 제 기억으로는 유부녀였던 것 같은데. 가끔 그 시절이 그리울 때가 있습니다. 언론은 제가 완전히 교화됐다고 호들갑입니다만 교화된 삶을 사는 건 생각처럼 쉽지 않습니다."

"센트럴 호텔 고객 명단에 깁슨 씨의 성함이 없더군요."

"실수가 있었나보죠, 뭐."

"왜 자발적으로 나서서 바로잡으려 하지 않으셨습니까?"

"굳이 언론에 먹이를 던져줄 필요가 없었으니까요."

"그들이 나중에 선생께서도 그곳에 계셨다는 걸 알아낸다면요?"

"만약 그런 일이 벌어진다면……" 앵거스 깁슨의 눈이 반짝거렸다. "단순히 언론에 먹이를 던져주는 수준에서 끝나지 않겠죠."

"그날 밤에 대해 제게 들려주실 게 없으신가요?"

"이미 다 알고 계신 것 같은데요. 저는 매튜 밴더하이드와 바에서 대화를 나눴습니다. 그리고 화재가 발생하기 몇 시간 전에 그곳을 나왔죠."

리버스가 고개를 끄덕였다. "호텔 1층에 가보신 적 있습니까?"

"흥미로운 질문이군요. 이미 5년 전 일인데요."

"오래되긴 했죠."

"그 사건 수사가 재개된 겁니까?"

"그렇다고 볼 수 있겠죠. 아직 자세히 설명드릴 단계는 아니고요."

"괜찮습니다. 아버지를 통해 서장님께 여쭤보면 되니까요. 두 분이 꽤 친하시거든요."

리버스는 대꾸하지 않았다. 어차피 다시 들추어질 만한 사건은 아니었다. 그가 어떤 증거를 가져다 바쳐도 상관들은 꿈쩍도 하지 않을 것이다. 오로지 그 혼자서 해결해야 할 문제였다. 그래야 할 타당한 이유도 없었지만. 그때 사무실 문에서 노크 소리가 들렸다. 문이 열리고 나이 든 남자가 성큼 들어왔다. 마른 체격이었지만 얼굴은 앵거스 깁슨과 많이 닮아 있었다. 오랫동안 금욕적인 생활을 해온 듯한 분위기. 브로더릭 깁슨은 절대 넥타이를 느슨하게 내리거나 셔츠의 맨 위 단추를 푸는 법이 없었다. 그는 양복 재킷 안에 모직 브이넥 스웨터를 받쳐 입고 있었다. 꼭 교회 장로를 보는 듯했다. 헌금을 걸을 때만 되면 더 근엄해지는 얼굴들.

"불쑥 쳐들어와 미안하구나." 브로더릭 깁슨이 말했다. "내일 아침까지 검토해야 돼." 그가 가져온 폴더를 책상에 내려놓았다.

"아버지, 이분은 리버스 경위님이세요. 경위님, 이분은 브로더릭 깁슨, 저희 아버지이십니다."

1950년대 뒤뜰 헛간을 양조장으로 개조해 맥주를 만들기 시작했다는 바로 그 깁슨. 리버스는 억센 그의 손을 잡고 악수를 나누었다.

"저희 아이에게 무슨 문제가 있는 건 아니겠죠, 경위님?"

"전혀 그런 게 아닙니다." 리버스가 대답했다.

브로더릭 깁슨이 아들을 돌아보았다. "오늘 밤 SSPCC, 잊지 않았겠지?"

"물론이죠, 아버지. 8시인가요?"

"내가 그걸 어떻게 기억하겠어?"

"8시가 맞는 것 같아요."

"네, 맞습니다." 리버스가 말했다.

"오?" 앵거스 깁슨이 흠칫 놀라며 말했다. "경위님도 오십니까?"

하지만 리버스는 고개를 저었다. "신문에서 봤을 뿐입니다." 사회적 지위를 따져봤을 때 리버스는 그런 자리에 절대 참석할 수 없는 신분이었다. 운 좋게 계급 사다리를 간신히 올라간다 해도 그들은 매정하게 자기들 밑에 있는 가로대를 톱으로 잘라낼 것이다. 리버스는 그저 바닥에서 선망의 눈으로 올려다볼 수밖에 없었다. 하지만 세상 누구도 경찰에 밉보이고 싶어 하지 않았다. 브로더릭 깁슨이 사무실을 나서기 전 리버스의 손을 다시 잡은 것도 바로 그런 이유 때문이었다.

아버지가 나가자 앵거스 깁슨이 긴장을 풀었다. "죄송합니다. 진작 여쭤봤어야 하는데. 차나 커피 한잔하시겠습니까? 근무 중이시니 맥주를 대접해드릴 순 없고."

"사실⋯⋯" 리버스가 벽에 걸린 시계를 올려다보았다. "제 근무는 5분 전에 끝났습니다."

앵거스 깁슨이 웃음을 터뜨리며 한쪽 구석에 세워진 커다란 찬장으로 다가갔다. 그가 찬장 문을 열자 바 펌프 세 개와 온갖 크기의 글라스들이 드러났다. "오늘은 흑맥주가 괜찮습니다." 그가 말했다.

"그럼 흑맥주로 하겠습니다. 딱 반 잔만 주십시오."

"흑맥주 반 잔, 곧 대령하겠습니다."

하지만 리버스는 반 잔을 더 마셔버리고 말았다. 두 번째 잔은 조금 약한 것으로 했다. 맥주 공장의 연철 정문을 나설 때까지 리버스의 입 안에서는 흑맥주 맛이 가시지 않았다. 진한 맥주 맛은 깁슨 부자가 풍기는 분위기와도 크게 다르지 않았다. 그들은 겉만 봐서는 평가하기 힘든 사람들이었다. 바깥세상 사람들의 눈에 앵거스 깁슨은 새사람으로 보일지 모르지만 리버스의 눈에는 여전히 자제력이 부족한 망나니 청년으로만 보일 뿐이었다. 어쩌면 깁슨은 기분을 조절하는 약을 꾸준히 먹어왔는지도 모른다. 한때 그는 민간 요양원에서 지낸 적도 있었다. 말이 좋아 요양원이지, 사실은 정신병원이나 다름없었다. 적어도 리버스가 듣기에는 그랬다. 그는 호기심을 충족하기 위해 좀 더 깊숙이 파헤쳐보고 싶었다. 그는 무엇보다도 앵거스 깁슨이 내뱉은 한마디에 관심이 있었다. 깁슨은 센트럴 호텔의 주방이 지저분하다고 했다. 자신이 직접 보았다는 뜻이다.

존 리버스는 그 점에 큰 흥미를 느꼈다.

그가 세인트 레너즈로 돌아왔을 때 로더데일과 리틀 위드는 보이지 않았다. 홈스를 면회하는 걸 깜빡한 그는 병원에 전화를 걸어보았다. 간호사가 전화기를 홈스의 침대로 배달해주었다.

"브라이언?"

"안녕하세요. 방금 넬이 왔다 갔습니다." 그의 목소리에서 생기가 느껴졌다. 리버스는 그것이 단순한 넬의 동정표가 아니기를 바랐다.

"그녀는 좀 어때?"

"뭐 괜찮습니다. 경위님은 어떠십니까? 진전이 좀 있었습니까?"

리버스 지난 24시간 동안 벌어졌던 일들을 차례로 떠올려보았다. "아니." 그가 말했다. "진전은 없었어." 그는 홈스에게 에디 링건이 실종되었다는 소식을 전하지 않기로 했다. 괜히 걱정거리를 안겨주어 상태를 악화시킬 필요가 없었기 때문이다.

"포기하실 건가요?"

"그것 말고도 할 일이 쌓여 있어, 브라이언. 하지만 포기하진 않을 거야."

"감사합니다."

리버스는 하마터면 불쑥 말할 뻔했다. 이젠 자네만의 문제가 아니야. 내 동생까지 엮여버렸다고. 그는 홈스에게 곧 면회를 가겠다고 약속했다.

"빨리 오시죠. 내일이나 모레쯤 퇴원할 것 같은 분위기라서요."

"다행이군."

"글쎄요…… 이 병원에 간호사가 하나 있는데 말입니다……"

"아, 헛소리 집어치워!" 하지만 리버스는 어느새 자신의 두피를 치료해준 간호사를 떠올리고 있었다. 그가 호감을 갖고 치근덕거렸던 여자. 페이션스와 처음 마찰이 생긴 것도 다 그녀 때문이었다. "조심하라고." 그가 경고한 후 전화를 끊었다.

그는 곧바로 지역 신문사에 전화를 걸었다. 그곳의 누군가와 몇 분간 통화를 한 후에는 고르기 가에 나가 있는 쇼반 클락에게 연락해보았다. 쇼반은 응답하지 않았다. 두게리의 퇴근과 함께 감시팀도 철수한 모양이었다. 리버스 경위도 퇴근해야 할 시간이었다. 그가 사무실을 나서자마자 복도 끝에서 앨리스터 플라워의 요란한 목소리가 들렸다. 리버스는 잽싸게 사무실로 되돌아가 플라워와 그의 부하들이 지나가기를 기다렸다. 놀랍게도 그들은 그에 대한 험담을 늘어놓지 않았다. 그는 비굴하게 몸을 숨긴 자신이 부끄러워졌다. 훌륭한 군인이라면 숨어야 할 때를 정확히 알아야 하는 법인데.

17

그날 저녁, 마이클은 TV 중독자를 열심히 흉내 냈다. 그는 심박 조율기라도 되는 듯 리모컨을 켠 채 화면을 뚫어져라 응시하고 있었다. 리버스는 그가 진정제를 얼마나 먹었는지 궁금했다. 약병을 살펴보니 아직 많은 양이 남아 있었다.

그는 밖에 나가 칩 숍(튀김 음식 전문점)에서 피시 앤 칩스를 사 왔다. 썩 내키지는 않았지만 차를 몰고 멀리 나가는 것보다는 나을 것 같았다. 그는 고향의 칩 숍을 떠올렸다. 그곳 직원은 온도를 가늠한다며 끓는 기름에 침을 뱉곤 했었다. 리버스가 그 얘기를 꺼내자 마이클이 미소를 지었다. 하지만 시선은 끝내 TV에서 떨어지지 않았다. 그가 감자튀김을 입에 쑤셔 넣고 천천히 씹기 시작했다. 생선은 튀김옷부터 꼼꼼히 떼어 먹은 후 통통한 하얀 살을 공략하는 방법을 썼다.

"나쁘지 않은데." 리버스가 아이언 브루를 따르며 말했다. 그는 페이션스의 전화를 기다리고 있었다. 그녀는 만날 장소와 시간을 결정해 알려주기로 했었다. 하지만 전화벨은 야속하게도 학생들을 위해서만 울려댈 뿐이었다.

대여섯 번째 전화가 걸려왔을 때 리버스가 수화기를 들고 말했다. "에든버러 대학 전화 응답 서비스입니다."

"접니다." 쇼반 클락이 말했다.

"오, 안녕."

"별로 반가워하시는 것 같지 않네요."

"무슨 일 있나, 클락?"

"오늘 아침 일을 사과드리려고요."

"자네 잘못만은 아니었잖아."

"애들에게 솔직히 얘기할 걸 그랬어요. 자꾸 그때 생각이 떠올라서 미치겠어요."

"다음부터 조심하면 돼."

"알겠습니다, 경위님." 그녀가 잠시 머뭇거렸다. "오늘 수모를 당하셨다고요?"

"경감에게 말인가?" 리버스가 미소를 지었다. "아주 제대로 당했지. 그건 그렇고, 창문은 어떻게 됐나?"

"일단 판자로 쳐놓았습니다. 아침에 가보면 새 유리가 끼워져 있을 겁니다."

"뭐 흥미로운 일은 없었고?"

"아침에 직접 보신 게 전부입니다. 페트리는 오후에 돌아왔고요."

"오, 그래. 그 친구는 좀 어떻던가?"

"붕대를 칭칭 감은 게 꼭 엘리펀트 맨 같아 보이더군요."

리버스는 오늘 아침 사건에 대해 신나게 떠벌리고 다닌 사람이 바로 페트리였을 거라고 확신했다. 그는 동정 어린 마음이 전혀 들지 않았다. "내일 보자고."

"네, 경감님. 좋은 밤 보내세요."

"무슨 일이야?" 마이클이 물었다.

"아무것도 아니야."

"그렇게 대답할 줄 알았어. 아이언 브루 더 있어?"

리버스가 또 한 병을 동생에게 건넸다.

10시가 넘었는데도 페이션스의 전화가 걸려오지 않자 그는 포기하고 TV에 집중했다. 다음번 전화벨은 10분쯤 후에 울렸다. 수화기 너머로 요란한 소음이 쏟아져 나왔다. 파티를 하고 있거나 펍에 있는 듯했다. 누군가가 가까운 곳에서 형편없는 노래를 형편없는 실력으로 부르는 중이었다.

"소리 좀 줄여봐, 미키." 마이클이 리모컨에서 음소거 버튼을 눌렀다. 뉴스에서는 한 정치인이 나불거리고 있었다. "여보세요?"

"리버스 씨?"

"나야."

"칙 뮤어입니다." 칙은 리버스의 정보원이었다.

"무슨 일이야, 칙?" 마침내 노래가 끝이 나고 박수와 웃음과 휘파람 소리가 일제히 터져 나왔다.

"당신이 보고 싶어 했던 그 남자 있죠? 지금 6미터 떨어진 곳에서 위스키를 마시고 있습니다."

"고마워, 칙. 지금 갈게."

"잠깐만요. 여기가 어딘지도 모르잖아요."

"내가 바보인 줄 알아? 금방 갈 테니 기다려."

리버스는 수화기를 내려놓고 미키를 돌아보았다. 마이클은 잠에 빠져든 것 같았다. 리버스는 TV를 끄고 재킷을 걸쳤다.

칙 뮤어가 있는 곳은 이스터 가 끝에 자리한 보워리라는 싸구려 술집이었다. 1년 전까지만 해도 펍은 피네건스라고 불렸다. 새 주인이 영감을 받아 간판을 바꾸어 달기 전까지.

펍 내부는 많은 학생과 술꾼들로 북적거렸다. 위치가 좋기도 했지만 여느 펍과 달리 늦게까지 영업한다는 점이 손님들로부터 큰 점수를 받았다. 이곳에서는 시끄러운 일이 거의 벌어지지 않았다. 보워리의 술꾼들이 서로를 두려워했기 때문이다. 또한 빅 제르가 관리하는 곳이라는 소문도 한몫했을 것이다.

그곳은 칙 뮤어도 자주 찾는 곳이었다. 하지만 가라오케 근처에는 얼씬도 하지 않았다. 에든버러 최악의 가라오케라는 평판은 거저 얻어진 게 아니었다. 만약 에디 링건이 〈하운드 도그(Hound Dog)〉와 〈무심한 마음(Wooden Heart)〉을 처참히 망쳐놓는 손님들을 본다면 그 자리에서 거품을 물고 쓰러질 것이다. 기본적인 음정도 맞추지 못하는 손님들은 '운다(crying)'라는 단순한 단어마저도 다중 음절의 무의미한 늘임새로 망쳐놓기 일쑤였다. 리버스가 이중문을 열고 펍으로 들어섰을 때도 알아들을 수 없는 가사가 실내에 쩌렁쩌렁 울리고 있었다. 매캐한 담배 연기 속에서 그의 눈이 가늘어졌다.

눈물을 자아내는 〈눈물의 교회당(Crying in the Chapel)〉이 끝나갈 무렵 누군가의 손이 리버스의 팔뚝을 움켜잡았다.

"빨리 왔네요."

"안녕, 칙. 뭐 마시는 중이야?"

"그라우스. 더블로 마시고 있었습니다. 병에 든 게 진짜 그라우스인지는 의심스럽지만." 칙 뮤어가 금니를 드러내며 씩 웃었다. 바글거리는 술꾼들 틈에서 땅딸막한 그는 꼭 숲속에서 길을 잃은 어린아이 같아 보였다.

"뭐 어쩌겠습니까." 그가 말했다. "그냥 그라우스라고 믿고 마셔야죠."

리버스는 사람들을 헤치고 바로 다가가 큰 소리로 술을 주문했다. 누군 가가 무대에 오르자 사방에서 박수가 터져 나왔다. 리버스는 바 끝에 앉 아 있는 딕 토런스를 바라보았다. 그는 그들이 마지막으로 만났을 때만큼 취해 있었다. 리버스가 술값을 지불하고 있을 때 토런스가 그를 발견했다. 토런스는 고개를 끄덕이며 손을 흔들어 보였다. 리버스는 곧 가겠다고 손 짓했고 토런스는 다시 고개를 끄덕였다.

음악이 흐르기 시작했다. 오, 제발, 안 돼. 리버스는 생각했다. 제발 〈리 틀 레드 루스터(Little Red Rooster)〉만큼은 부르지 말아줘. 비디오 화면 에는 달걀을 가져가기 위해 다가온 금발의 농장 소녀를 흥미롭게 쳐다보 는 어린 수탉이 있었다.

"자, 우리 건배하자고, 칙."

"건배." 칙이 술을 한 모금 넘긴 후 고개를 저었다. "아무리 봐도 진짜 그라우스가 아닌 것 같은데요. 그건 그렇고, 바에서 그를 봤습니까?"

"봤어."

"저 친구를 찾고 있었던 게 맞죠?"

리버스는 그에게 10파운드를 건넸고, 칙은 그것을 받아 주머니에 쑤셔 넣었다. "맞아. 저 친구야."

사람들을 헤집고 다가오던 딕 토런스가 갑자기 멈춰 섰다. 그가 또 다 른 술꾼 너머로 몸을 기울이고 리버스의 어깨를 톡톡 두드렸다.

"존, 잠시 다녀와야겠어." 그가 턱으로 무대 옆 화장실을 가리켰다. "딱 1분만 줘." 리버스는 그 의미를 금세 이해했다. 토런스는 계속해서 사람들 을 헤쳐 나갔다. 칙 뮤어는 글라스에 남은 위스키를 단숨에 털어 넣었다.

"난 이만 가볼게요." 그가 말했다.

"나중에 또 보자고, 칙." 칙이 고개를 끄덕이며 글라스를 테이블에 내려놓았다. 그가 밖으로 사라지자 리버스는 〈리틀 레드 루스터〉를 꺼보려고 했다. 하지만 기계를 조작하는 건 생각만큼 쉽지 않았다. 결국 그는 포기하고 화장실로 향하는 토런스를 따라나섰다. 딕은 무대 위에 있는 디제이와 몇 마디 나누고 나서 남자 화장실로 들어갔다. 리버스는 노래에 흠뻑 빠진 중년 남자를 한동안 노려보았다.

소변기 앞에 선 딕은 벽에 붙은 만화를 보며 실실 웃고 있었다. 축구 선수 두 명이 항문 성교를 하는 상황. 그림 위에는 '속이 꽉 찬 잼 타트(잼이 든 작은 파이)'라는 문구가 붙어 있었다. 이런 만화는 이스터 가에서 흔히 볼 수 있었다. 만약 고르기 가 펍에도 같은 만화가 붙어 있다면 보나마나 두 선수는 하이버니언 유니폼 차림일 것이다. 남자 화장실에는 리버스와 토런스뿐이었다. 딕이 어깨 너머로 리버스를 돌아보았다.

"존, 자네였군. 내 물건 구경하러 온 놈인 줄 알았는데."

하지만 리버스의 표정은 진지했다. "필요한 게 있어, 딕."

토런스가 끙 앓는 소리를 냈다.

"뭐든 말만 하면 구할 수 있다고 했지?"

"살담배부터 총까지." 딕이 말했다.

"후자." 리버스가 말했다. 딕 토런스가 대꾸를 위해 입을 열었다가 이내 닫아버렸다. 그에게서 또다시 신음이 흘러나왔다. 그는 바지 지퍼를 올리고 세면기로 다가갔다.

"나중에 골치 아파질 수도 있어."

"알아."

토런스가 지저분한 롤러 타월(긴 타월을 롤러에 감아 돌리면서 쓸 수 있게 만든 것)에 젖은 손을 말렸다. "언제 필요한데?"

"최대한 빨리."

"특별히 원하는 모델은?" 토런스도 한층 진지해진 모습이었다.

"아무거나 상관없어. 얼마나 되지?"

"2백 파운드. 정말 괜찮겠어?"

"괜찮다니까."

"허가증을 받아두는 게 좋을 거야."

"알았어."

"그런데 안 받을 거지?"

"그건 내가 알아서 할게, 딕."

딕이 다시 신음을 뱉었다. 그때 문이 열리고 한 청년이 불쑥 들어왔다. 그의 얼굴에는 미소가 머금어져 있었고, 입에는 담배가 물려 있었다. 그는 두 남자를 무시하고 소변기 앞으로 다가갔다.

"전화번호를 알려줘." 그 말에 청년이 어깨 너머로 그들을 돌아보았다. "넌 앞을 보고!" 토런스가 청년을 향해 으르렁거렸다. "요즘 맹도견 값이 많이 올랐어."

리버스가 수첩을 펼치고 한 장을 북 뜯어냈다. "둘 다 적었어." 그가 말했다. "집, 그리고 사무실."

"연락할게."

리버스가 문을 열었다. "한잔 사줄까?"

토런스가 고개를 저었다. "이만 가봐야지." 그가 잠시 말을 멈추었다. "정말 괜찮겠어?"

존 리버스가 고개를 끄덕였다.

딕이 펍을 떠난 후 리버스는 술을 한 잔 더 주문해 마셨다. 온몸이 덜 덜 떨렸고, 심장은 쿵쾅거렸다. 한 아리따운 여자 손님이 〈밴드 오브 골드(Band of Gold)〉를 부르고 있었다. 꽤 들어줄 만했다. 우레 같은 박수갈채가 사그라지자 디제이가 그녀의 이름을 다시 소개했다. 남자친구가 쪼르르 달려가 무대에서 내려온 그녀를 맞아주었다. 남자의 손에는 금반지가 여럿 끼워져 있었다. 디제이가 다음 손님을 무대로 불러올렸다.

"이분께선 〈킹 오브 더 로드(King of the Road)〉를 선곡하셨습니다. 존 리버스 씨에게 큰 박수 부탁드립니다!"

여기저기서 박수가 터져 나왔다. 그를 아는 사람들은 일제히 글라스를 내려놓고 리버스가 서 있는 바 쪽을 돌아보았다.

"딕, 이 빌어먹을 자식!" 그가 이를 갈며 속삭였다. 디제이가 눈으로 사방을 훑고 있었다.

"존, 아직 여기 계신 거죠?" 술꾼들도 하나둘씩 주위를 살피기 시작했다. 그중 하나가 리버스 쪽을 가리킨 모양이었다. 디제이는 검은색 패딩 재킷 차림으로 바에 서 있는 사람이 바로 존이라고 소개했다. "수줍음이 많으신 것 같은데, 더 큰 박수로 용기를 불어넣어드립시다!"

리버스는 환호하는 사람들 쪽으로 천천히 몸을 틀었다. 딕이 약속한 총이 절실히 필요한 순간이었다. 총알은 딱 한 발이면 될 것이고.

딕 토런스는 내키지 않았지만 꾹 참고 전화를 걸었다. 그는 공터 옆 공중전화 박스에 들어와 있었다. 늦은 시간이었지만 아이들 몇몇이 괴성을 지르며 자전거를 타고 있었다. 그들은 널빤지 두 개와 우유 상자로 만들어놓은 경사로를 박차고 뛰어올랐다가 떨어지기를 반복했다.

"딕 토런스입니다." 상대가 응답하자 그가 말했다. 그는 플라스틱으로 된 차가운 창에 이마를 갖다 대고 기다렸다. 다들 철이 들잖아. 그가 웅얼거렸다. 재미는 없지만 헤어날 수 없는 운명이야. 더 이상 피터팬을 찾지 말라고.

잠시 후, 다른 누군가가 전화를 받았다.

"딕 토런스입니다." 그가 다시 말했다. "전할 소식이 있습니다."

18

수요일 아침, 리버스는 놀라울 만큼 일찍 경찰서에 나갔다. 늘 시간을 엄수하는 CID 동료들은 예상치 못한 상황에 깜짝 놀란 모습이었다. 다들 꿈인지 생시인지 분간이 안 되는 듯했다.

그들은 그에게 접근하려 하지 않았다. 이른 아침의 리버스가 얼마나 예민한지 다들 잘 알고 있기 때문이었다. 컴퓨터로 민감한 내용을 검색해야 하는 그는 지켜보는 눈이 별로 없는 이른 시간을 선택한 것이다.

앵거스 그레이엄 페어마일 깁슨에 대한 정보는 많지 않았다. 대부분 철없던 시절 공공장소 만취 혐의로 체포된 기록들이었다. 한때 깁슨은 친구들을 몰고 다니며 경찰을 괴롭혀대는 것을 낙으로 삼았던 모양이었다. 그는 커브 크롤링(도로변을 따라 천천히 차를 몰며 매춘부를 찾는 범죄 행위)을 하던 중 적발된 적도 있었고, 엉뚱한 집을 친구의 아파트로 착각해 불법 침입한 적도 있었다.

하지만 5년 전, 그는 완전히 다른 사람으로 거듭났다. 그때부터 지금까지 깁슨은 단 한 차례도 법을 어긴 적이 없었다. 주차 위반이나 과속 따위로 문제를 일으킨 적도 없었다. 리버스는 브로더릭 깁슨의 기록도 살펴보았다. 하지만 예상대로 특별히 눈길이 가는 부분은 없었다. 설령 구린 내용이 담긴 파일이 있다 해도 보나마나 그것은 곰팡이 핀 창고 한 구석에 아무렇게나 처박혀 있을 게 뻔했다. 소드 앤 쉴드와 관련된 인물이라면 풍기 문란이나 치안 방해 혐의 따위로 체포된 적이 있을 것이다. 매튜 밴더 하이드처럼 맹인이 아니라면.

그는 전화를 걸어 어제 잡은 미팅 약속에 변동 사항이 없음을 확인한 후 컴퓨터를 끄고 경찰서를 나섰다. 눈을 게슴츠레하게 뜬 왓슨 총경이 막 건물로 들어서고 있었다.

그는 신문사 로비에 앉아 지난주 신문을 훑으며 기다렸다. 이른 시간이 었지만 신문사는 스팟 더 볼(스포츠면 사진에서 삭제된 공을 찾는 게임) 쿠폰 을 챙겨온 사람과 안내 광고 담당자를 찾아온 사람들로 북적거렸다.

"리버스 경위님." 험악한 인상의 경비가 리버스를 지켜보고 있는 메인 데스크 뒤에서 여자의 목소리가 들려왔다. 여자는 레인코트 차림이었다. 그녀가 몇 주 전부터 약속했던 구내 투어는 다음으로 미뤄야 할 것 같았다.

메리 헨더슨은 이십대 초반이었다. 리버스는 그레고르 잭 사건 관련 기 사가 실렸을 때 그녀를 만난 적이 있었다. 리버스는 그 추잡한 사건을 빨 리 잊고 싶었다. 하지만 대학을 갓 졸업한 그녀는 무척 집요했다. 그녀 는 학생 기자 시절부터 여러 일간지와 주간지에 많은 글을 기고했고, 상도 많이 받았다. 하지만 그녀는 여전히 배고파했다. 리버스는 메리의 그런 점 이 마음에 들었다.

"자," 그녀가 말했다. "배고파 죽을 지경이에요. 제가 아침을 살게요."

그래서 그들은 사우스 브리지에 자리한 카페로 향했다. 두 사람은 안으 로 들어서자마자 고민에 빠졌다. 파이와 브라이디를 먹기엔 너무 이른 건 아닐까? 과일 스콘을 먹기에는? 결국 그들은 남들과 마찬가지로 얇게 썬 소시지와 블랙 푸딩(돼지 피와 기름, 곡류를 섞어 만든 소시지의 일종)과 달걀 프라이를 주문했다.

"해기스(양의 내장으로 만든 순대와 비슷한 스코틀랜드 음식)나 덤플링(고기 요리에 넣어 먹는 새알심)은 없나요?" 메리의 간청에 여직원은 주방장에게 물어보겠다며 카운터 뒤편으로 들어갔다. 리버스는 주방 쪽을 바라보며 나중에 팻 컬더에게 전화를 걸어봐야겠다고 생각했다. 잠시 후, 여직원이 돌아와 해기스와 덤플링은 준비가 덜 되었다는 비보를 전했다. 그들은 각자의 쟁반을 들고 계산대로 향했다. 메리는 자신이 사겠다고 고집을 부렸다.

"경위님이 엄청난 특종거리를 주실 테니까 제가 접대해드려야죠."

"글쎄요."

"뭐 언젠가는 주시겠죠."

그들은 부스에 자리를 잡았다. 그녀는 브라운소스(식초와 양념으로 만든 소스)와 케첩을 집으려 손을 뻗었다. "둘 중 뭘 뿌려 먹어야 할지 모르겠어요. 덤플링 튀김은 좀 아쉽게 됐네요. 가장 좋아하는 메뉴인데."

그녀는 165센티미터의 키에 정육점 진열대에 걸린 토끼만큼이나 늘씬한 몸매를 가지고 있었다. 리버스는 기름진 음식이 담긴 자신의 접시를 내려다보았다. 갑자기 입맛이 싹 달아나버렸다. 그는 연하게 탄 커피를 몇 모금 마셨다.

"그런데 무슨 일로 절 보자고 하신 거죠?" 그녀가 음식을 씹으며 물었다.

"당신 먼저 말해봐요."

그녀가 나이프를 살살 흔들어 보였다. "경위님 먼저 말씀해보세요."

"그게 순서가 아니라는 거 알잖아요."

"이번엔 룰을 한번 바꿔보죠." 그녀가 포크로 달걀 흰자위를 떴다. 카페

안은 후끈했지만 그녀는 코트를 벗지 않았다. 리버스는 코트 자락에 덮인 그녀의 다리를 훔쳐보고 싶었다. 그녀의 다리는 꽤 봐줄 만했다. 그가 뜨거운 커피를 후후 불며 또 한 모금 넘겼다. 그녀는 리버스가 먼저 입을 열 때까지 무작정 기다릴 모양이었다.

"센트럴 호텔 화재 사건 기억해요?" 마침내 그가 입을 열었다.

"그때 전 학교에 있었어요."

"당시 현장에서 시체가 한 구 발견됐습니다." 그녀가 의욕을 보이며 고개를 끄덕였다. "그런데 이제야 새로운 증거가 나왔어요. 아니, 새로운 증거는 아니고요. 그 사건과 관련이 있는 일들이 좀 벌어졌습니다."

"공식적으로 수사가 진행되고 있는 건 아니죠?"

"아직은요."

"그럼 기사로 쓸 만한 내용도 없겠네요."

리버스가 고개를 저었다. "그렇죠. 명예훼손 소송에 휘말리고 싶지 않다면."

"스토리만 좋다면야 그런 소송쯤은 얼마든지 감수할 수 있어요."

"아직은 그런 스토리가 없습니다."

그녀가 버터를 바른 세모난 빵으로 접시를 훑기 시작했다. "그러니까 경위님 혼자서 5년 전 화재 사건을 들춰보고 계시다는 거죠?"

보통 화재 사건이 아니었다. 그 사건 이후로 한 명은 알코올 중독자가 되었고, 또 한 명은 독선적으로 바뀌었다. 하지만 리버스는 말없이 고개만 끄덕였다.

"그거랑 깁슨이랑 무슨 상관이죠?"

"그도 그날 밤 현장에 있었습니다. 하지만 호텔 고객 명단에선 이름이 쏙 빠져 있었어요. 물론 이 내용은 비밀입니다."

"그의 아버지가 손을 썼을까요?"

"그랬는지도 모르죠."

"그 자체만으로도 훌륭한 스토리가 되겠는데요."

"그걸 뒷받침할 증거는 아직 없습니다." 그것은 사실이 아니었다. 밴더하이드가 있었으니까. 하지만 그 사실도 아직은 공개할 단계가 아니었다. 그는 그녀가 또 어떤 망상을 품게 될지 두려웠다. 그녀의 눈빛은 어느새 예리하게 변해 있었다.

"아무것도 없어요?"

"아무것도 없어요." 그가 말했다.

"이게 도움이 될지 모르겠어요." 그녀가 코트를 열어 청바지 앞에 꽂아둔 파일을 꺼냈다. 그는 파일을 건네받은 후 카페 안을 슥 둘러보았다. 그들에게 관심을 두는 손님은 없었다.

"꼭 첩보영화의 한 장면 같군요." 그가 말했다. 그녀는 어깨를 으쓱였다.

"제가 그런 영화를 좋아하거든요."

리버스는 파일을 열어보았다. 안에는 앵거스 깁슨과 관련된 기사와 '공개되지 않은' 취재 내용들이 담겨 있었다.

"지난 5년간의 기록이에요. 많진 않아요. 대부분 자선사업과 관련된 내용인데, 맥주 공장의 달라진 이미지와 눈에 띄게 증가한 수익에 대한 것도 조금 있어요."

그는 자료를 빠르게 훑어나갔다. 아무리 봐도 도움이 될 것 같지는 않았다. "난 화재 사건 직후 기록을 원했던 건데요."

메리가 고개를 끄덕였다. "전화로 그렇게 말씀하셨죠. 그래서 뭔가 알고 있을 만한 사람들을 몇몇 만나봤어요. 편집차장을 찾아가 물어보기도 했고요. 그에게 들은 건데요, 깁슨이 정신병원에 입원한 적이 있었다고 하네요. 그는 신경쇠약(nervous breakdown)이라는 단어를 썼어요."

"단어가 아니라, 단어들이죠." 리버스가 바로잡아주었다.

"그건 뭐 어떻게 보느냐에 따라 다르겠죠." 그녀가 퉁명스럽게 받아쳤다. "아무튼 그는 그곳에 3개월간 갇혀 지냈어요. 그 사실이 언론에 공개되지 않은 건 그의 아버지가 미리 손을 써두었기 때문이었고요. 앵거스가 다시 세상에 나타났을 때 그는 완전 딴 사람이 되어 있었어요. 사업에 집중하는 척하면서 공상적 박애주의자(do-gooding) 코스프레도 해댔죠."

"선행(good-doing)이 아니고요?"

그녀가 미소를 지었다. "그것도 어떻게 보느냐에 따라서." 그녀가 말했다. "별 내용 없죠?" 리버스는 고개를 저었다. "그럴 줄 알았어요. 그래도 어쩌겠어요? 찾을 수 있는 건 그게 전부인데."

"편집차장은 어떤가요? 그러면 깁슨이 정확히 언제 그 병원에 들어갔는지 알고 있지 않을까요?"

"글쎄요, 한번 여쭤볼게요. 제가 그래주길 바라시는 거죠?"

"네, 그래요."

"알았어요. 그리고 한 가지만 더 여쭤볼게요."

"네?"

"그거 마저 드실 건가요?"

리버스는 자신의 접시를 그녀 앞으로 밀어냈다. 그리고 남은 음식을 게걸스럽게 먹어치우는 그녀를 묵묵히 지켜보았다.

그는 세인트 레너즈에 돌아오자마자 총경의 호출을 받았다. 왓슨 총경은 당장 자신의 사무실로 달려오라고 했다. 리버스를 기다리는 메시지는 없었다. 그는 고르기 가에 나가 있는 쇼반 클락에게 전화를 걸어 창문에 유리를 끼워놓았는지 물었다.

"딱 맞습니다." 그녀가 말했다. "끈적끈적한 뭔가가 묻어 있습니다. 광택제인가 봐요. 그건 닦지 않고 그냥 놔뒀습니다. 촬영하는 데는 지장이 없어서요. 아마 밖에선 청소가 필요한 창문 정도로만 보일 겁니다."

"그렇군." 리버스가 말했다. 그는 모든 상황을 정확히 파악해두고 싶었다. 왓슨이 어제 일로 그를 갈구려 할지 모르기 때문이었다. 화력으로 치면 총경은 로더데일보다 몇 배 더 강했다.

하지만 리버스의 예상은 보기 좋게 빗나가버렸다.

"대체 어떻게 된 일인가?" 왓슨은 칠리 페퍼를 씹으며 하프 마라톤을 완주한 사람처럼 할딱거리고 있었다. 그의 볼은 선홍색으로 물들어 있었다. 그런 상태로 병원에 들어섰다가는 곧바로 들것에 실려 응급실로 후송될 게 분명했다.

그것도 네 명이 달라붙어서.

"뭘 말씀입니까, 총경님?"

왓슨이 주먹으로 책상을 탁 내리쳤다. 연필 하나가 바닥에 떨어졌다. "전혀 감이 안 오나?"

리버스는 앞으로 다가가 연필을 주웠다.

"그냥 놔두게! 자리에 앉기나 해." 리버스는 의자로 가서 앉았다. "아니, 그냥 서 있는 게 낫겠어." 리버스가 다시 일어났다. "자, 이제 왜 그랬는지 말해보게."

"네, 총경님?"

"말해보라니까."

"죄송하지만 뭘 말씀하시는 겁니까, 총경님?"

왓슨이 어금니를 악문 채 말했다. "왜 브로더릭 깁슨을 성가시게 하는 건지 그 이유를 말해보라고."

"총경님, 대단히 죄송하지만……"

"제발 그 '죄송하지만'이라는 말 좀 하지 말게. 그냥 대답만 하면 돼."

"브로더릭 깁슨을 성가시게 한 적 없습니다."

"그럼 지금 하고 있는 건 뭐지? 구애를 하는 건가? 오늘 아침에 서장이 전화를 걸어왔어. 빌어먹을 뇌졸중으로 쓰러질 것 같은 상태로 말이야."

독실한 기독교도인 왓슨은 좀처럼 욕을 하지 않는 사람이었다. 그의 입에서 '빌어먹을'이 튀어나왔다는 건 상황이 그만큼 좋지 않다는 뜻이었다.

리버스는 어떻게 된 일인지 대충 알 것 같았다. SSPCC 파티. 브로더릭 깁슨은 친구인 서장을 한쪽으로 끌고 가 강력히 항의했을 것이다. 형사 하나가 알짱거리며 성가시게 군다고. 상황 파악이 안 된 서장은 당혹스러워하며 당장 알아보고 처리하겠다고 약속했을 것이다. 그러니 성가시게 한 형사의 이름을 알려달라고……

"저는 그의 아들에게 관심이 있습니다, 총경님."

"그런데 왜 오늘 아침엔 컴퓨터로 그들 부자 모두를 검색해본 건가?"

아, 누군가가 내 작업을 눈여겨본 모양이군. "그건 사실입니다만 정말로 전 앵거스에게만 관심이 있습니다."

"그 이유를 말해보라니까."

"저기, 그게 좀…… 애매해서(nebulous, 성운이라는 의미의 nebulas와 같은 발음) 말입니다."

왓슨이 얼굴을 찌푸렸다. "애매해? 졸업 파티는 언제지?" 리버스는 그것이 무슨 뜻인지 이해하지 못했다. "자넬 보니 꼭……" 왓슨이 설명했다. "천문학 학위를 막 받은 사람 같아서 말이야!" 그가 바닥에 놓인 기계에서 커피를 따라 리버스 앞으로 내밀었다.

"저도 모르게 그 단어가 떠올랐습니다, 총경님." 그가 말했다.

"나도 지금 단어 몇 개를 떠올릴 수 있을 것 같네, 리버스. 하지만 자네 모친께서 별로 듣고 싶어 하지 않으실 거야."

그래, 맞아. 리버스는 생각했다. 하지만 그랬다간 당신 모친도 비누로 아들의 입을 씻어주려고 하실걸.

총경이 후루룩 소리를 내며 커피를 들이켰다. 그가 괜히 '농부'라는 별명으로 불리는 게 아니었다. 그에 대한 거의 모든 것은 오직 '농업적'이라고만 표현될 수 있었다.

"하지만 그것들을 쏟아내기 전에……" 그가 계속 이어나갔다. "자네의 해명부터 들어보고 싶네. 그 정도의 관대함은 있으니까. 최대한 설득력 있게 얘기해봐."

"알겠습니다, 총경님." 리버스가 말했다. 이 얘길 무슨 수로 설득력 있게 풀어놓지? 에라, 모르겠다.

리버스는 그간의 일들을 상세히 들려주었다. 설명이 반쯤 진행되었을 때 왓슨은 그에게 다시 앉으라고 지시했다. 15분 후, 설명을 마친 리버스가 두 손을 펼쳐 앞으로 내보였다. 그게 전부란 말입니다.

왓슨이 커피를 한 잔 더 따라 리버스 앞으로 내밀었다.

"감사합니다, 총경님." 리버스는 블랙커피를 단숨에 비워냈다.

"존, 혹시 자신에게 편집증이 있다고 생각해본 적 없나?"

"늘 그런 생각을 합니다. 악수하는 사람들만 봐도 프리메이슨을 의심할 정도입니다."

왓슨은 미소를 머금으려다 멈칫했다. 이것이 웃어넘길 일이 아니라는 걸 깨달았기 때문이다. "자네 얘길 들어보니 이건…… 그러니까 내가 보기엔……"

"애매하다는 말씀이죠, 총경님?"

"아직까진 호언장담에 불과할 뿐이라는 얘기야." 왓슨이 말했다. "누군가가 5년 전에 죽었어. 그가 중요한 인물이었나? 그건 아니었지. 만약 그랬다면 진작 신원이 확인됐을 거야. 피해자는 세상이 몰랐거나 오히려 죽어줘서 고마운 사람이겠지. 비통해하는 아내도, 아이들도, 가족도 없는 사람."

"그래서 그냥 묻어두자는 말씀입니까? 살인자를 그냥 내버려두자고요?"

왓슨이 갑자기 짜증을 냈다. "우리가 한계점에 다다랐다는 얘기야."

"브라이언은 그저 궁금한 몇 가지를 묻고 다녔을 뿐입니다. 그랬더니 누군가가 달려들어 그 친구를 그 지경으로 만들었습니다. 제가 그 작업을 인계 받았더니 어떤 놈들이 제 아파트로 몰려와 제 동생에게 해코지를 했습니다."

"내 말이 바로 그거야. 너무 개인적인 문제가 돼버렸다고. 그래서 자꾸 일이 터지는 거야. 더군다나 자네는 이미 중책을 맡고 있지 않은가. 머니백 작전. 모르긴 해도 당장 자네가 챙겨야 할 일이 그것 말고도 더 있을 걸세."

"그러니까 이 문제에서 손을 떼라는 말씀입니까? 혹시 누군가로부터 압력이 들어온 겁니까?"

그 말에 왓슨의 얼굴이 붉으락푸르락해졌다. "내가 그런 발언까지 참고 들어줄 거라 생각했나?"

"아뇨, 죄송합니다, 총경님." 하지만 리버스는 속이 후련했다. 똑똑한 군인은 숨어야 할 때를 정확히 안다. 그리고 지금이 바로 그래야 할 때였다.

"진작 그럴 것이지." 왓슨이 앉은 채로 몸을 꿈틀거렸다. 마치 바지 안감이 수세미로 되어 있기라도 한 듯이. "24시간 안에 죽은 피해자의 신원 같은, 확실하고 구체적인 증거를 가져온다면 그 사건을 정식으로 재수사할 수 있게 해주겠네. 하지만 그러지 못한다면 새로운 증거가 알아서 튀어나올 때까지 그 사건에서 손을 떼야 하네. 알겠나?"

"알겠습니다, 총경님." 리버스가 말했다. 굳이 그를 더 자극할 필요는 없었다. 어쩌면 24시간 안에 무언가 쓸 만한 게 나타나줄지도 몰랐다. "커피 잘 마셨습니다. 감사합니다."

리버스는 왓슨이 썰렁한 농작물 조크를 시작하기 전에 잽싸게 총경 사무실을 빠져나왔다.

19

그가 침울하게 책상에 앉아 있을 때 브로턴에서 '신고'가 들어왔다. 동료가 불러준 현장의 주소가 그의 귀에 익었다. 몇 분 후, 그는 차를 몰아 동쪽으로 달렸다. 평소와 마찬가지로 큰 교차로마다 사방에서 몰려든 차들로 꽉 막혀 있었다. 리버스는 신호등을 탓했다. 그냥 다 없애버리면 안 되나? 보행자들이 알아서 피해 다니면 되잖아. 아니, 그건 안 돼. 그랬다가는 길이 더 막혀버릴 거야. 다치거나 죽은 놈들을 실어 나르느라 구급차들이 곳곳에 버티고 서 있을 테니까.

그런데 왜 나는 이토록 서두르는 거지? 그는 현장에서 무엇을 보게 될지 알 것 같았다. 하지만 막상 도착해 보니 아니었다. —일주일 내내 이런 식이었다.— 맥켄지 부인의 2층집 밖에는 순찰차와 구급차가 각각 한 대씩 세워져 있었다. 거리는 호기심에 찬 이웃들로 바글거렸고, 길 건너 아이들마저 현장에 큰 관심을 보이고 있었다. 마침 쉬는 시간인 모양이었다. 아이들 중 몇몇은 울타리의 강철봉 틈으로 얼굴을 내밀고 화려하게 치장된 순찰차를 바라보고 있었다.

리버스는 학교 울타리를 잠시 바라보았다. 아이들을 안에 안전하게 붙잡아둘 수는 있겠지만 바깥 누군가의 침입 시도도 확실히 막아줄 수 있을까?

리버스는 현관을 지키고 있는 순경에게 신분증을 내보인 후 맥켄지 부인의 집으로 들어섰다. 그녀는 요란하게 울부짖고 있었다. 리버스는 살인 사건을 예상했다. 여순경 하나가 그녀를 진정시키는 틈틈이 어깨에 걸린 무전기에 무언가를 속삭였다. 여순경이 리버스를 돌아보았다.

"차를 좀 만들어 와요." 그녀가 말했다.

"미안, 아가씨. 난 CID에서 왔어. 브룩 본드(영국의 홍차 브랜드) 한 잔 만 들어오는 것처럼 중대한 임무는 나보다 높은 사람을 시켜야지." 리버스가 주머니에 손을 넣고 아수라장이 된 집 안을 찬찬히 둘러보기 시작했다. 그는 새장 앞으로 다가가 안을 들여다보았다. 깃털과 곡물 겉껍질과 배설물로 뒤덮인 모래 바닥에는 미라가 된 작은 앵무새가 놓여 있었다.

"죽었군, 죽었어." 그가 중얼거리며 거실을 나왔다. 주방 안에 있는 구급대원들이 그의 눈에 들어왔다. 바닥에는 누군가가 누워 있었다. 남자의 손과 얼굴은 붕대로 칭칭 감겨 있었다. 리놀륨 바닥에는 피가 보이지 않았지만 무언가에 젖어 있어 미끄러웠다. 그는 잠시 휘청거리다가 구식 가스레인지의 가장자리를 붙잡고 간신히 균형을 잡았다. 레인지에는 아직 온기가 남아 있었다. 활짝 열린 뒷문 옆에 순경이 서서 좌우를 살피는 중이었다. 리버스는 구급대원과 환자를 지나 순경에게로 다가갔다.

"죽이는 날이지? 안 그런가?"

"네?"

"화창한 날씨를 만끽하고 있는 것 같아서." 리버스가 다시 신분증을 꺼내 보였다.

"아뇨, 그런 게 아닙니다. 그냥 놈이 달아난 코스를 되짚어보고 있었습니다."

리버스가 고개를 끄덕였다. "설명해봐."

"이웃들 얘기를 들어보니 그가 울타리 세 개를 넘어갔다더군요. 그런

226

다음엔 클로즈(한쪽 끝이 막혀 있는 거리)를 따라 도망쳤답니다." 순경이 그쪽을 가리켰다. "빨랫줄 뒤로 보이는 저 클로즈 말입니다."

"저 빨랫줄 기둥 뒤로?"

"네, 저게 맞을 겁니다. 울타리 세 개…… 하나, 둘, 셋. 저쪽 저 클로즈가 분명합니다."

"잘했어. 큰 도움이 될 것 같네."

순경이 그를 빤히 쳐다보았다. "저희 경위님께선 이런 부분에 꽤 집착하시거든요. 혹시 세인트 레너즈에서 오신 건가요? 관할권도 아닌데 여긴 무슨 일로 오셨습니까?"

"모든 곳이 내 관할권이야. 모든 순경이 내 부하들이고. 자, 여기서 무슨 일이 있었는지 얘기해봐."

"바닥에 쓰러져 있는 저 남자가 습격을 당했습니다. 범인은 도망쳤고요."

리버스가 고개를 끄덕였다. "누가, 어떻게 범행을 저질렀는지는 내가 알려줄 수 있어." 순경은 어리둥절한 표정을 지었다. "범인은 알렉스 맥클레인이라는 남자야. 보나마나 맥페일 씨를 주먹으로 후려쳤거나 머리로 들이받았을걸."

순경이 눈을 깜빡이다가 고개를 저었다. "저기 누워 있는 게 맥클레인입니다." 리버스가 피해자를 내려다보았다. 그제야 그가 맥페일보다 20킬로그램 정도 더 살이 쪄 보인다는 사실을 깨달았다. "주먹이나 머리로 공격했다는 것도 사실이 아닙니다. 끓는 물에 덴 것이죠."

겸연쩍어진 리버스는 순경의 설명을 마저 들었다. 한동안 집을 비웠던 맥페일은 옷과 소지품을 챙기러 잠깐 들르겠다고 전화를 걸어왔다. 맥켄지 부인에게는 슈퍼마켓의 지랄 맞은 근무시간 때문에 그간 외박을 했다고 둘러댔다. 집에 도착한 그는 주방에서 집주인과 잡담을 나누었다. 맥켄지 부인은 달걀을 삶기 위해 물을 끓이는 중이었다. -매주 수요일 점심에는 삶은 달걀, 목요일에는 수란. 맥켄지 부인은 진술을 하며 그 부분을 특히 강조했다.- 하지만 그들은 밖에서 맥클레인이 집을 지켜보고 있다는 사실을 몰랐다. 그는 맥페일이 집으로 들어가는 것을 이미 확인해둔 상태였다. 그는 자물쇠가 걸려 있지 않은 현관문을 열고 들어가 주방으로 달려갔다. "아주 끔찍한 상황이었어요." 맥켄지 부인은 그렇게 말했다. "아마 죽을 때까지 그때 본 걸 잊지 못할 거예요."

맥페일은 본능적으로 냄비를 집어 들고 맥클레인에게 끓는 물을 뿌렸다. 그런 다음, 뒷문을 열고 밖으로 달아났다. 그는 울타리 세 개를 차례로 뛰어넘었고, 클로즈를 유유히 빠져나갔다. 멜로드라마의 끝.

리버스는 번쩍 들려 구급차에 실리는 맥클레인을 지켜보았다. 그도 병원으로 후송될 것이다. 머지않아 에든버러에서 리버스를 아는 모든 이가 차례로 병원 신세를 지게 될 것만 같았다. 맥페일은 운이 좋았다. 만약 그가 현명하다면 리버스의 조언대로 도시를 떠날 것이다. 자신을 쫓고 있는 경찰을 피해서.

리버스는 맥페일에게 그 정도 머리가 있을지 궁금했다. 어린 소녀들을 상대로 못된 짓을 해온 놈에게 그런 현명함을 기대하는 건 무리일 것이다. 리버스는 꽉 막힌 도로를 따라 세인트 레너즈로 돌아가는 중이었다. 그는 살인적인 교통 체증을 피해볼까 하고 일부러 큰 도로를 선택했다. 리스 가, 브리지스, 그리고 니콜슨 가. 한참 후, 그는 로리 킨툴이 카운터 아래 쓰러져 있었던 정육점 앞을 지나게 되었다.

놀랍게도 정육점의 앞창 전체는 커다란 목판으로 덮여 있었다. 그 중앙에는 두꺼운 매직펜으로 '영업합니다'라고 적어놓은 하얀 종이가 붙어 있었다. 흥미롭군. 리버스는 차를 세우며 생각했다. 인도에 뿌려졌던 피는 이미 빗물에 씻겨 내려간 후였다.

정육점 주인 본 씨는 원형 톱날이 달린 수동식 기계로 콘 비프(소금, 향신료 따위를 섞어 절여서 열기로 살균한 쇠고기)를 썰고 있었다. 그는 리버스가 지금껏 보아온 어떤 정육점 주인보다도 작고 말랐다. 돌출된 광대뼈, 이마의 깊은 주름과 숱이 적은 회색 머리. 가게 뒤편에서 누군가의 휘파람 소리가 들려왔다. 본이 손님이 왔음을 알아차렸다.

"오늘은 뭘로 드릴까요?"

리버스는 앞창 안쪽의 텅 빈 진열대를 들여다보았다. 유리 파편이 완전히 제거되지 않은 모양이었다. 그가 턱으로 목판을 가리켰다. "저건 언제 그런 겁니까?"

"어젯밤에요." 본이 잘게 썰린 콘 비프를 가져와 진열대 구석에 내려놓고 가격표가 붙은 꼬챙이를 고기에 꾹 박아 넣었다. 그가 하얀 앞치마에 손을 닦았다. "애들이나 술 취한 놈들이 그랬겠죠."

"뭘로 깼습니까? 벽돌?"

"직접 찾아봐요."

"가게 안에서 아무것도 발견되지 않았다면 아마 큰 망치를 썼을 겁니다. 앞굽이 강철로 된 구두로도 절대 이렇게 만들어놓을 순 없거든요."

본이 그를 유심히 쳐다보았다. 그제야 리버스를 알아본 모양이었다. "그때 로리 문제로 왔던 그……"

"맞습니다, 본 씨. 설마 그도 큰 망치에 두들겨 맞았던 건 아니겠죠?"

"그게 무슨 뜻입니까?"

"비프 링크 450그램."

본이 잠시 머뭇거리다가 리버스가 주문한 소시지를 적당한 길이로 썰었다.

"당신 말이 맞는지도 모릅니다." 리버스가 계속 말을 이어나갔다. "애들이나 술 취한 놈들이 그랬을 수도 있겠죠. 목격자는 없었습니까?"

"글쎄요."

"신고는 안 했습니까?"

"그럴 필요가 없었습니다. 경찰이 새벽 2시에 전화를 걸어와 알려줬으니까요." 그가 불만 가득한 목소리로 말했다.

"경찰 서비스가 정말 대단하지 않습니까, 본 씨?"

"450그램 조금 넘습니다." 본이 저울을 들여다보며 말했다. 그는 소시지를 하얀 종이로 한 번, 갈색 종이로 또 한 번 감싸 포장한 후 연필로 가격을 적었다. 리버스가 5파운드 지폐를 꺼내 내밀었다.

"보험 처리되겠죠, 뭐." 그가 말했다.

"당연히 그래야죠. 새로 갈아 끼우는 게 돈이 얼마나 많이 드는데."

리버스는 거스름돈을 받아들며 본의 눈을 똑바로 쳐다보았다. "난 진짜 보험을 얘기한 겁니다, 본 씨." 그때 나이 든 커플이 가게로 들어섰다.

"무슨 일이 있었나요, 본 씨?" 여자가 물었다. 그녀의 남편은 발을 질질 끌며 들어왔다.

"동네 애들이 그랬을 겁니다, 도위 부인." 본이 나긋나긋한 목소리로 말했다. 리버스를 대할 때 쓴 목소리와는 완전히 달랐다. 그는 리버스를 흘끔 돌아보았고, 리버스는 윙크를 하며 소시지를 챙겨 들었다. 밖으로 나

230

온 그가 차가운 갈색 꾸러미를 내려다보았다. 육식을 줄이기로 했는데. 소시지는 괜찮은 건가? 또 다른 손님이 판자가 쳐진 앞창을 잠시 살펴보다가 가게 안으로 들어갔다. 왠지 오늘 매상이 나쁘지 않을 것 같았다. 모두가 호기심에 몰려들 테니까. 하지만 리버스는 달랐다. 그는 정확히 어떻게 된 일인지 알고 있었다. 물론 그것을 확인하는 건 쉽지 않겠지만. 쇼반 클락은 이미 칼에 찔린 피해자의 입을 여는 데 실패했었다. 하지만 리버스는 그녀를 다시 보내야 할 필요를 느꼈다. 로리 킨툴에게 사촌이 가게에서 겪은 일을 들려주면 그의 반응이 달라질 수도 있었다.

누군가가 그의 차 옆에 랜드로버 스타일의 사륜구동차를 세워놓았다. 차 안에는 커다란 검은 개 한 마리가 갇혀 있었다. 보행자들은 혹시 몰라 그 차를 멀리 돌아 이동했다. 현명한 판단이었다. 개가 후면 유리로 달려들 때마다 차축이 심하게 흔들렸다. 리버스는 사려 깊은 주인이 차창을 조금 내려놓았다는 점에 주목했다. 어쩌면 그것은 멍청한 자동차 절도범을 유인하기 위한 덫인지도 몰랐다.

리버스는 그 차 앞으로 다가가 소시지를 차창 안으로 쑤셔 넣었다. 개는 잠시 냄새를 맡는가 싶더니 이내 소시지를 신나게 씹어대기 시작했다.

덕분에 거리는 조용해졌다. 리버스는 유유히 자신의 차에 올랐다.

"경찰 서비스는 정말 대단한 것 같아." 그가 중얼거렸다.

경찰서로 돌아온 그는 하트브레이크 카페에 전화를 걸어보았다. 급하게 녹음된 듯한 음성 메시지가 '회복 기간' 동안 영업을 중단한다고 알려주었다. 그는 브라이언 홈스의 책상 서랍에서 이름과 전화번호가 적힌 명단을 찾아냈다. 홈스가 자주 연락하는 이들이었다. 출력된 종이 아랫부분에는 그가 파란 볼펜으로 추가해놓은 전화번호 몇 개가 보였다. 그중 하나가 (h)라고 표시된 에디 링건의 연락처였다.

리버스는 자신의 책상으로 돌아와 전화를 걸었다. 세 번의 신호음이 흐른 후 팻 컬더가 응답했다.

"컬더 씨, 리버스 경위입니다."

"오." 컬더의 목소리에서 희망이 걷혔다.

"아직도 소식이 없습니까?"

"없어요."

"좋습니다. 그럼 공식적으로 실종 처리하겠습니다. 지금 사람을 보내……"

"왜 당신이 직접 오면 안 되는 겁니까?"

리버스는 잠시 머리를 굴렸다. "뭐 안 될 건 없죠."

"아무 때나 상관없어요. 오늘은 영업을 안 하거든요."

"그 경이로운 주방장 윌리는 어떻게 됐습니까?"

"어젯밤 평소보다 손님이 몰려 정신이 없었어요."

"과로로 쓰러지기라도 했습니까?"

"갑자기 주방에서 튀어나오더니 다짜고짜 외쳐댔습니다. '내가 주방장입니다! 내가 주방장입니다!' 그뿐 아니라, 어떤 여자 손님의 앙트레(식당이나 만찬에서의 주요리)를 집어 들고 게걸스럽게 먹어치웠습니다. 그릇에 얼굴을 처박고선 말입니다. 아무래도 마약을 한 것 같습니다."

"내가 보기엔 그냥 말년의 엘비스를 연기한 것 같은데요. 30분 안에 가겠습니다."

스톡브리지의 '콜로니'는 원래 빈곤 노동자들에게 거처를 제공하기 위해 지어졌었다. 하지만 지금은 젊은 전문직 종사자들 사이에서 선풍적인 인기를 모으고 있었다. 가파른 돌계단을 오르면 복층 주택 1층의 현관이 나타났다. 리버스의 마치몬트 공동주택과는 전혀 딴판이었다. 이곳에서는 높은 천장도, 엄청나게 큰 방도, 멋들어진 창문도, 고풍스러운 덧문도 볼 수 없었다.

하지만 백 년 전에는 광부와 그들의 가족이 이곳에서 아늑하게 살았을 것이다. 그의 아버지는 파이프의 광부 밀집 지역에서 태어났다. 리버스는 아버지의 고향집이 이곳과 크게 다르지 않았을 거라 생각했다. 적어도 외관만큼은.

팻 컬더는 실내 장식에 무척 공을 들였던 모양이었다. ─리버스는 보나 마나 그가 모든 것을 직접 챙겼을 거라 확신했다.─ 나무와 놋쇠로 된 선박용 트렁크, 검은색 앵글포이즈 램프(각도와 방향을 구부려 사용할 수 있는 관절 구조의 램프), 일본 그림이 담긴 화려한 액자, 유대교의 상징 같은 나뭇가지 모양의 촛대, 그리고 대형 TV/하이파이 센터. 하지만 엘비스 관련 아이템은 하나도 보이지 않았다. 리버스가 검은 가죽 소파에 앉아 턱으로 관 크기만 한 스피커를 가리켰다.

"이웃들이 불평 안 합니까?"

"그야 항상 하죠." 컬더가 솔직히 말했다. "언젠가 네 집이나 떨어진 곳에서 한 남자가 전화를 걸어왔습니다. 음악 소리 때문에 TV 소리를 들을 수 없다나요."

"배려심이 상당하군요."

컬더가 미소를 지었다. "에디는 원래 배려라고는 모르는 사람이었습니다."

"서로 알고 지낸 지 오래됐습니까?"

컬더는 빈백(커다란 부대 같은 천 안에 작은 플라스틱 조각들을 채워 의자처럼 쓰는 것)을 깔고 앉은 채 검은 소브라니 담배를 뻐끔대고 있었다. "2년쯤 된 것 같습니다. 같이 살면서 하트브레이크 창업 계획을 세웠죠."

"그는 어떤 사람입니까? 레스토랑 밖에서 말이죠."

"아주 똑똑한 친구죠. 종종 버릇없는 애처럼 굴어서 문제지만."

"당신이 그렇게 만든 건 아니고요?"

"난 그가 세상에 치이지 않도록 완충제 역할을 하고 있어요. 아니, 한때는 그랬습니다."

"처음 만났을 때 그는 어떤 사람이었습니까?"

"지금보다도 술을 많이 마셨습니다. 믿어집니까?"

"어쩌다 그렇게 됐는지 알려주지 않던가요?" 리버스는 담배를 사양했지만 연기는 자꾸 그를 유혹했다. 그의 마음이 조금씩 흔들리고 있었다.

"다 잊고 싶어서 술을 마신다고 했습니다. 내가 이렇게 대답했으니 당신은 분명 그가 뭘 잊으려 했는지 물어볼 겁니다. 난 그에게 들은 바가 없다고 할 거고요."

"힌트도 안 주던가요?"

"아마 나보다도 브라이언 홈스에게 더 많은 걸 얘기했을 겁니다."

맙소사. 지금 질투를 하고 있는 건가? 리버스는 컬더가 홈스에게 달려드는 모습을 상상해보았다. 에디를 잔인하게 살해하는 모습도.

컬더가 웃음을 터뜨렸다. "난 아닙니다, 경위님. 당신이 무슨 생각을 하고 있는지 알아요."

"속을 많이 썩었을 것 같군요. 그 똑똑한 친구가 술만 퍼마시고 있으니. 그런 사람을 챙기는 건 쉬운 일이 아닐 겁니다."

"맞아요. 그 친구 때문에 속을 많이 썩었죠."

"게다가 늘 인사불성이 되어 있었을 텐데."

컬더가 얼굴을 찡그리고 코에서 뿜어져 나온 연기 너머로 리버스를 응시했다. "인사불성(gassed)?"

"고주망태(drunk)가 됐다는 뜻입니다."

"무슨 뜻인지는 나도 알아요. 그저 에디가 그런 악몽에 시달렸다는 게 문득 떠올라서 하는 말입니다. 자기가 가스에 중독되거나 남을 가스로 죽이는 꿈을 자주 꾸더군요. 왜 있지 않습니까, 강제 수용소에서 그랬던 것처럼."

"그런 꿈을 꾼다고 얘기하던가요?"

"오, 그런 건 아니고요. 자면서 잠꼬대를 심하게 했습니다. 무수히 많은 게이들이 가스실에서 죽어갔죠."

"그게 그런 의미였을까요?"

컬더는 벽난로 옆에 놓인 자기 요강에 담배를 비벼 끄고 힘겹게 몸을 일으켰다. "자, 당신에게 보여줄 게 있습니다."

리버스는 이미 주방과 화장실을 둘러본 상태였다. 컬더는 그를 집의 유일한 침실로 이끌었다. 그는 그곳에서 무엇을 보게 될지 불안해졌다.

"난 당신이 무슨 생각을 해왔는지 알고 있습니다." 컬더가 침실 문을 열며 말했다. "이게 다 에디의 작품입니다."

실로 엄청난 광경이었다. 커다란 더블베드는 얼룩말 가죽 몇 장으로 덮여 있었다. 벽은 모조 다이아몬드 의상을 걸친 엘비스의 그림들로 도배된 상태였다. 엘비스의 얼굴에서는 분홍빛 윤기가 흐르고 있었다. 리버스가 고개를 들어 거울로 뒤덮인 천장을 올려다보았다. 침대에 누우면 어느 쪽을 향해도 하얀 원피스형 의상 차림으로 마이크를 높이 쳐든 엘비스가 눈에 들어올 것 같았다.

"취향도 참……" 그가 말했다.

그는 클락과 페트리를 찾아가 두 시간 정도를 함께 보냈다. 그렇게라도 성의를 보여야 할 것 같았다. 예상대로 자르딘은 매튼이라는 남자로 대체되었다. 매튼은 진공관 라디오 시절 이후 듣기 힘든 말장난을 쉴 새 없이 늘어놓았다.

"이름은 매튼(Madden)입니다." 공정거래원 담당자가 자신을 소개했다. "천성적으로 미친놈(mad 'un)이죠."

이제 보니 스팀 라디오였군. 리버스는 자르딘의 상사에게 전화를 걸어 20분간 욕을 쏟아냈던 자신이 후회되었다.

"여기서 조크는 나만 하는 거야." 그가 경고했다.

리버스는 살아오면서 이보다 훨씬 흥미진진한 오후를 여러 차례 누려보았다. 예를 들면, 아버지와 카우든비스와 던디의 축구 경기를 보러갔을 때 같은…… 따분함을 못 이긴 그가 빵을 사오겠다며 근처 제과점으로 향했다. 사실 감시 임무 수행 중 이런 행동은 절대 금물이었다. 다시 돌아온 그가 커스터드 한 조각을 집어 들고 아이싱(설탕을 주로 쓴 얇은 막 모양의 재료로 과자류에 장식용으로 바르는 것)을 벗겨냈다. 매튼은 그것을 먹어도 되는지 물었고, 리버스는 고개를 끄덕였다.

쇼반 클락의 표정이 심상치 않았다. 그녀는 내색하지 않으려 애쓰는 중이었다. 리버스가 쳐다볼 때마다 그녀는 어색하게 미소를 지어 보였다. 리버스는 대번에 그것이 브라이언 때문이라는 걸 눈치챌 수 있었다. 어쩌면 브라이언과 넬, 모두에 대한 문제인지도 몰랐다. 그는 쇼반에게 본의 정육점에 어떤 일이 벌어졌는지 들려주었다.

"시간을 좀 내봐." 그가 말했다. "킨툴을 다시 만나보라고. 집에서든 병원에서든. 실험실 기사라고 했지?"

"네." 그녀의 표정은 여전히 부자연스러웠다.

리버스는 자신에게 주어진 특권을 써서 그곳을 벗어났다. 세인트 레너즈로 돌아와 보니 사무실로 연락 달라는 메리 헨더슨의 메시지가 남겨져 있었다.

"메리?"

"경위님, 빨리 연락 주셨네요."

"이제 믿을 사람은 당신뿐이거든요."

"누군가가 필요로 하는 사람이라니 기쁘네요." 그녀는 특별히 애쓰지 않고도 빈정대는 톤을 만들어낼 수 있는 능력자였다. "하지만 너무 흥분하실 건 없어요."

"편집차장이 기억나지 않는대요?"

"8월쯤이었던 것 같대요. 센트럴 호텔이 불에 타 없어지고 3개월 후."

"단서가 될 수도 있고 아무것도 아닐 수도 있겠군요."

"전 최선을 다했어요."

"네. 고마워요, 메리."

"잠시만요, 끊지 마세요!" 리버스는 끊으려고 하지 않았었다. "그가 들려준 게 또 있어요. 그걸 용케 기억해내더라고요." 그녀가 잠시 뜸을 들였다.

"서두를 거 없어요, 메리."

"서두르는 거 아니에요, 경위님." 그녀가 다시 머뭇거렸다.

"혹시 지금 담배 피우고 있어요?"

"피우면 안 되나요?"

"담배는 언제부터 피우기 시작했죠?"

"연필을 씹는 것보다 낫잖아요."

"흡연은 성장을 저하시켜요."

"꼭 저희 아빠 같은 말씀을 하시네요."

그 말에 그는 정신이 번쩍 들었다. 내가 지금 뭘 하고 있는 거지? 노닥 거리는 거야? 아니면 수작을 거는 건가? 꿈 깨라고, 존 리버스. 방금 들었 지? 저 여자랑 나이 차가 얼만데.

"듣고 계세요, 경위님?"

"미안해요. 보청기가 빠져서요. 편집차장이 또 뭐라고 하던가요?"

"앵거스 깁슨이 엉뚱한 집에 불법 침입한 적이 있다고 했었죠? 기억하 세요?"

"네."

"그가 들어갔던 아파트의 주인은 모 존슨이라는 여자였어요."

리버스의 얼굴에 미소가 머금어졌다. 하지만 그 미소는 이내 사그라졌 다. "들어본 적 있는 것 같은데요."

"축구 선수 중에 동명이인이 있죠."

"축구 선수 이름이라는 거 알아요. 하지만 당신이 얘기하는 건 여자 모 존슨이잖아요. 그래서 들어본 적 있는 것 같다고 한 거예요." 문제는 기억 이 너무 가물가물하다는 것이었다.

"뭐 기억나는 게 있으면 알려주세요."

"그럴게요. 참, 메리?"

"네?"

"너무 늦게까지 밖으로 쏘다니지 말아요." 리버스는 전화를 끊었다.

모 존슨. '모'는 '모린'의 애칭일 거고. 그 이름을 어디서 들었더라? 물론 경찰답게 찾아볼 방법은 있었다. 하지만 만약 왓슨에게 또다시 들킨다면 리버스는 더 큰 곤경에 처할 수 있었다. 아, 젠장. 될 대로 되라지. 어차피 커피콩의 노예가 되어버렸는걸, 뭐. 리버스는 컴퓨터로 다가가 앵거스 깁슨의 기록을 불러냈다. 방금 들은 내용이 기록으로 남아 있었지만 그는 기소되지 않았다. 여자의 이름과 주소는 보이지 않았다. 하지만 깁슨이 연루된 사건이었으니 보나마나 CID가 수사를 맡았을 것이다. 조용히 덮으려 했을 테니까.

당시 수사를 맡았던 담당 형사는 잭 모튼 경사였다. 리버스는 파일을 닫고 아직 식지 않은 수화기를 집어 들었다.

"운이 좋으시네요. 5분 전 펍에서 돌아오셨습니다."

"꺼져, 이 자식아." 리버스는 수화기에서 흘러나오는 모튼의 목소리에 귀를 기울였다. "여보세요?" 2분 후, 리버스는 잭 모튼의 기억에서 모 존슨의 주소를 짜낼 수 있었다.

대조의 날. 제과점과 주유소, 콜로니와 고르기 가. 그리고 지금은 딘 빌리지의 외곽. 리스 강 익사 사건 이후 처음 와보는 리버스는 그간 이곳이 얼마나 아름다운지 잊고 살았었다. 딘 브리지 주변 가파른 언덕들에 둘러싸인 시골 마을은 무척 평화로워 보였다. 사실 딘 빌리지는 웨스트 엔드와 프린스 가에서 도보로 5분 거리에 자리한 곳이었다.

물론 개발업자들이 그곳의 모든 공지(空地)와 썩어가는 건물들을 가만히 놔둘 리 없었다. 새로 들어선 '아파트들'의 가격은 벨스 브레이 언덕만큼이나 가파르게 치솟았다. 하지만 모 존슨이 살았던 곳은 언덕 밑에 자리한 낡고 오래된 아파트였다. 그곳에서는 리스 강과 딘 브리지가 훤히 내다보였다. 그 집에 살고 있는 사람들은 리버스를 무척 경계했다. 그들은 그녀의 새 주소를 모른다고 했다. 그녀와 자신들 사이에 또 다른 주인이 있었다면서. 그들은 바로 전 주인의 새 주소를 알려주었다. 그마저도 2년 전 것이었다.

존슨 씨가 언제 이곳을 떠났는지 아십니까?

한 4년쯤 됐을 거예요. 아니면 5년.

그 사실은 리버스를 다시 센트럴 호텔 화재 사건으로 되돌려놓았다. 신기하게도 이 일과 관련된 모든 것이 많은 이들의 인생을 바꾸어놓은 5년 전 사건을 되새기게 했다. 그는 차에 앉아 고민에 빠졌다. 이제는 무엇을 해야 하는지…… 그는 그 답을 알고 있었지만 지금껏 주저해왔다. 섬불리 깁슨 가 사람들과 엮여서 좋을 게 없기 때문이었다. 그들을 제외하면 남는 사람은 딱 한 명뿐이었다. 그에게 도움이 되어줄 수도 있는 한 사람. 하지만 떠올리고 싶지 않은 이름.

도움? 웃기는 일이었다. 그럼에도 불구하고 리버스는 그를 만나보고 싶었다. 맙소사. 플라워가 알면 신나게 떠벌리고 다닐 텐데. 아예 텐트를 빌려와서 파티를 열지도 몰라. 음식과 술을 차려놓고 모두를 초대하겠지. 로더데일부터 서장까지. 그들이 얼마나 망나니처럼 나댈지 안 봐도 뻔해.

생각할수록 그것이 옳은 일이라는 확신은 점점 굳어져갔다. 옳은 일?

그게 아니라 마지막 남은 옵션이겠지. 하지만 긍정적인 면이 아주 없는 것은 아니었다. 만에 하나 들킨다 해도 분수에 맞지 않는 축하연을 여느라 리틀 위드의 허리가 휘어버릴 게 분명하니까……

20

그는 먼저 전화부터 걸어보았다. 모리스 캐퍼티는 약속도 없이 불쑥 찾아가 만날 수 있는 상대가 아니었다.

"변호사를 불러야 하나?" 캐퍼티가 으르렁거렸다. "그건 내가 대신 대답할 수 있어, 스트로먼. 변호사 따위 필요 없다고. 내 주머니 안에 변호사보다 나은 게 들어 있거든. 빌어먹을 판사 놈들보다도 낫고, 그뿐 아니라 네 놈의 식도를 갈가리 찢어놓을 개도 있어. 정각 6시에 와." 전화는 뚝 끊어졌다. 리버스의 입 안은 바짝 말라 있었다. 그는 속으로 두렵지 않다는 말을 주문처럼 반복해 읊조렸다.

그보다 두려운 건 로디언과 보더스(스코틀랜드 동남부에 있는 주) 경찰이 캐퍼티의 모든 통화 내용을 도청하고 있을지 모른다는 가능성이었다. 리버스는 마치 모든 문이 굳게 잠긴 복도에 갇혀버린 기분을 느꼈다. 그는 머릿속으로 가스실을 떠올리며 몸을 떨었다.

6시까지는 얼마 남지 않았다. 하다못해 치과 대기실에서도 시간을 죽이라고 잡지를 내주는데.

모리스 제럴드 캐퍼티는 더딩스턴 교외의 호화 저택에 살고 있었다. 더딩스턴은 아서스 시트(Arthur's Seat)와 솔즈베리 크래그(홀리루드하우스 궁전 뒤에 있는 두 개의 바위 언덕으로 에딘버러의 유명 관광지) 덕분에 '교외'라는 지위를 얻게 되었다. 캐퍼티는 더딩스턴에서의 삶을 좋아했다. 자신이 이웃들을 얼마나 짜증나게 만드는지 알고 있기 때문이었다. 더군다나 동네 주민들 대부분은 변호사와 의사와 은행가들이었다. 또 다른 이유는 그의 실제 고향이자 영적 고향이기도 한 크레이그밀라와 가깝기 때문이었다. 크레이그밀라는 에든버러에서 가장 살벌한 동네였다. 캐퍼티는 그곳과 니드리에서 거친 유년기를 보냈다. 그는 자신이 이끄는 크레이그밀라 갱을 몰고 니드리로 쳐들어가 라이벌 갱들을 접수했다. 난간에서 뽑아낸 강철봉을 앞세워서. 경찰에 잡혀온 십대 소년 캐퍼티는 학교에서 '실수로' 급우의 눈구석에 볼펜을 박아 넣었던 문제아였다.

이 바닥에 발을 들일 수밖에 없는 운명이었던 것이다.

리버스가 다가가자 진입로 끝 연철 대문이 스르르 열렸다. 그는 차를 몰아 양옆으로 성목(成木)이 늘어선 길을 달렸다. 리버스는 밖에서는 잘 보이지 않는 이 집을 예전에 와본 적이 있었다. 심문을 위해, 그리고 체포를 위해. 큰 저택 뒤편에는 실내 보도로 연결된 또 한 채의 작은 집이 자리하고 있었다. 오래전 상업지구의 거상이 이곳에 살았을 때 하인들의 숙소로 사용되었을 것이다. 자갈길이 저택의 앞뒤로 갈라졌다. 남자 한 명이 나와 리버스를 뒤편으로 안내했다. 덩치 큰 남자의 귀를 덮는 긴 머리는 앞부분만 짧게 잘라 마치 오토바이 헬멧을 쓴 것 같은 착시 현상을 일으켰다. 대체 캐퍼티는 이런 놈들을 어디서 찾아내는 거지?

남자가 천천히 들어서는 차를 따라 달려왔다. 리버스는 어디에 차를 세워놓아야 하는지 알고 있었다. 저택 뒤편에는 세 대의 차를 세울 수 있는 주차 공간이 마련되어 있었다. 그중 하나에는 볼보 에스테이트가 세워져 있었고, 나머지 둘은 비어 있었다. 캐퍼티의 차는 분명 아니었지만 리버스는 그 볼보가 눈에 익었다. 캐퍼티의 차들은 어마어마하게 큰 차고에 보관되어 있었다. 그는 벤틀리와 63년형 선홍색 T-버드를 소유하고 있었지만 거의 쓰지 않았다. 그는 주로 재규어 XJS-HE를 타고 다녔고, 주말에는 15년 이상 된 롤스로이스를 즐겨 찾았다.

남자가 리버스의 차문을 열어주며 작은 집을 가리켰다. 리버스는 차에서 내렸다.

"비달 사순(영국의 세계적인 헤어 디자이너)은 예약이 꽉 찬 모양이군." 그가 말했다.

"뭐?" 남자가 리버스를 돌아보았다.

"아무것도 아니야." 그가 돌아서려다가 멈칫했다. "혹시 두게리라는 놈이랑 싸워본 적 있나?"

"그런 건 알려고 하지 마."

리버스는 어깨를 으쓱였다. 거구의 남자가 차문을 닫고 멀어져가는 리버스를 지켜보았다. 볼보의 자동차세 납부 증명서는 나중에 살펴봐야 할 것 같았다. 리버스는 차 번호판만 외워두기로 했다.

리버스가 작은 집의 문을 열자 열기와 김이 뿜어져 나왔다. 실내는 수영장과 체육관으로 개조된 상태였다. 수영장은 콩팥 모양이었고, 바로 옆에는 자쿠지(물에서 기포가 생기게 만든 욕조)로 보이는 원형 탕이 자리하고 있었다. 리버스는 콩팥 모양의 수영장을 좋아하지 않았다. 그런 곳에서는 왕복 수영이 불가능하기 때문이었다. 리버스가 특별히 수영에 취미가 있는 건 아니었지만.

"스트로먼! 그렇지 않아도 왜 안 나타나나 했지!"

캐퍼티는 수건 더미에 얼굴을 파묻은 채 마사지 테이블에 엎드려 있었다. 누군가가 그의 등을 신나게 치대고 있었다. 자세히 보니 오르간 연주자였다. 볼보 에스테이트의 주인. 오르간 연주자는 리버스를 보고도 모르는 척했다. 리버스는 캐퍼티의 시선이 돌아가 있을 때 고개를 살짝 끄덕여 보였다.

캐퍼티는 몸을 뒤집은 후 천천히 일어나 앉았다. 그가 등과 어깨를 몇 번 구부렸다 폈다. "정말 기가 막힌 솜씨야." 그가 허리에 둘러진 수건을 풀고 리버스 앞으로 터덕터덕 걸어왔다.

"봐, 스트로먼. 아무것도 안 숨겼다고." 그의 웃음소리는 견습생이 열심히 놀리는 라스프컷 줄(금속 날이 있는 수공구)을 연상시켰다.

리버스가 주위를 둘러보았다. "또 다른 무기가……"

바로 그때 수영장 안에서 커다란 개 한 마리가 튀어나왔다. 캐퍼티가 물 위로 뼈를 던져주었던 모양이었다. 자세히 보니 플라스틱 뼈가 아니었다. 새까만 개는 캐퍼티 앞으로 달려가 뼈를 떨어뜨린 후 리버스의 다리 냄새를 맡기 시작했다.

"잘했어, 카이저." 캐퍼티가 말했다. 밖에서 주차를 도와주었던 남자는 뜨거운 열기에 파묻힌 채 서 있었다. 리버스의 고개가 몇 번 끄덕여졌다.

"건축 허가는 받고 이렇게 개조한 거겠지?"

"스트로먼, 그러지 말고 빨리 옷이나 갈아입으라고."

"무슨 옷?"

캐퍼티가 다시 웃음을 터뜨렸다. "아무 걱정 마. 어차피 저녁 먹기 전에 돌려보내줄 테니까. 난 좀 뛰어야겠어. 내게 할 말이 있다면…… 자네도 같이 뛰라고."

뛰어? 맙소사! 몸을 틀고 구석의 탈의실 쪽으로 걸어가던 캐퍼티가 잠시 멈춰 서서 오르간 연주자의 등을 토닥였다.

245

"오늘 아주 좋았어. 다음 주에도 같은 시간에 올 거지?"

근육질의 캐퍼티는 털북숭이었다. 특히 가슴 근육이 인상적이었다. 물론 군살도 조금 보였다. 빅 제르는 운동을 꾸준히 해온 모양이었다. 그의 등과 허벅지에는 긁은 자국이 남아 있었고, 복부는 탄탄해 보였다. 리버스는 캐퍼티를 마지막으로 보았던 때를 떠올렸다. 아마 법정에서였을 것이다.

리버스는 오르간 연주자와 몇 마디 나누고 싶었지만 고릴라 같은 주차 담당이 바짝 붙어 있어 그럴 수 없었다. 귀가 하나뿐이라고 소리를 못 듣는 건 아닐 테니까.

"여기 옷이 좀 있어. 몸에 잘 맞을걸."

운동복 상의, 반바지, 양말, 운동화…… 헤드밴드. 리버스는 다른 건 몰라도 헤드밴드만큼은 절대 두르지 않을 생각이었다. 좁은 탈의실에서 걸어 나온 캐퍼티는 놀랍게도 머리에 헤드밴드를 두르고 있었다. 그는 하얀 러닝셔츠와 티 하나 없이 깨끗한 하얀 반바지 차림이었다. 그는 준비운동을 시작했고, 리버스는 옷을 갈아입으러 탈의실로 들어갔다.

내가 지금 뭘 하고 있는 거지? 리버스는 생각했다. 오는 길에 떠올려본 수많은 가능성 가운데 이건 포함되지 않았었다. 리버스에게 이것은 끔찍한 고문이나 다름없었다.

"어디로 갈 거지?" 지나치게 더운 체육관을 걸어 나오며 그가 물었다. 황혼에 물든 저녁은 서늘했다. 그는 끝내 헤어밴드를 두르지 않았다. 운동복 상의는 뒤집어 걸친 상태였다. 앞에 적힌 거슬리는 문구 때문이었다. '내가 멈추거든 걸어차주십시오.' 캐퍼티다운 유머감각이었다.

"가끔 더딩스턴 호수까지 뛰곤 해. 기운이 좀 남으면 시트까지 가고. 어디까지 갈까?" 빅 제르는 제자리에서 폴짝폴짝 뛰고 있었다.

"호수."

"좋아." 빅 제르가 말했다. 두 사람은 조깅을 시작했다.

처음 몇 분간 리버스는 오로지 자신의 몸 상태에만 온 신경을 집중시켰다. 그 때문에 적당한 거리를 두고 따라오는 차를 확인하지 못했다. 주차 담당이 재규어를 몰고 그들을 뒤따르는 중이었다.

"마지막으로 내 재판에서 증언했을 때 기억해?" 빅 제르가 말했다. 리버스는 말없이 고개만 끄덕였다. 그들은 나란히 서서 달리고 있었다. 동네는 한산했다. 리버스는 빅 제르를 지켜봐온 형사들이 어딘가에서 이 광경을 촬영하고 있을 가능성을 떠올리며 몸서리쳤다. "글래스고(스코틀랜드 남서부의 항구도시)에서였지, 아마?"

"기억나."

"당연히 무죄였지." 빅 제르가 활짝 웃었다. 자세히 보니 그는 치아까지 꼼꼼히 관리를 받고 있는 듯했다. 한때 그의 치아는 희끄무레한 초록색을 띠었었다. 지금처럼 눈부신 하얀색이 아니라. 그리고 그의 머리…… 더 풍성해진 것 같기도 한데, 헤어피스를 짜 넣기라도 한 건가? "뭐 어쨌든, 그 직후 당신이 런던에 내려갔다고 들었어."

"그랬지."

그들은 다시 입을 닫고 조깅에 집중했다. 적당한 속도였지만 체력 관리가 전혀 되지 않은 리버스에게는 부담스러운 페이스였다. 그의 폐는 이미 뜨겁게 달아오른 상태였다.

"뒤통수에 탈모가 온 것 같군." 캐퍼티가 말했다. "헤어피스를 붙이면 감쪽같을 거야."

이번에는 리버스가 환히 웃을 차례였다. "화상 때문이라는 거 알 텐데."

"그래. 누가 그랬는지도 알고."

역시. 리버스의 짐작대로 풍성해진 머리의 비결은 헤어피스였다.

"사실 난……" 그가 말했다. "또 다른 화재 사건에 관한 얘길 하고 싶었어."

"오, 그래?"

"센트럴 사건."

"센트럴 호텔?" 리버스는 살짝 당황해하는 빅 제르의 반응에 주목했다. "그게 언제 적 일인데."

"당신 생각처럼 오래된 사건은 아니야."

"그 사건이 나랑 무슨 상관이지?"

"그날 밤 당신의 부하 둘이 그곳에서 포커를 쳤어."

캐퍼티가 고개를 저었다. "그럴 리 없어. 난 노름꾼들을 부하로 들이지 않거든. 성서가 금하는 일이니까."

"당신은 눈을 뜨는 순간부터 잠자리에 드는 순간까지 성서가 금하는 일들만 골라서 해대고 있잖아, 캐퍼티."

"부탁이야, 스트로먼. 앞으로는 캐퍼티 씨라고 불러줘."

"내 마음대로 부를 거야."

"그럼 난 계속 스트로먼이라고 불러주지."

거슬리는 이름이었다. 들을 때마다. 글래스고 재판 때 검사가 실수로 리버스를 다른 증인의 이름으로 부른 적이 있었다. 스트로먼이라는 펍 주인.

"자, 스트로먼 경위……" 캐퍼티는 피고석에 앉아 큰 소리로 웃음을 터뜨렸고, 하마터면 법정 모독죄로 구금될 뻔했었다. 그는 리버스를 빤히 응시하며 소리 없이 그 이름을 웅얼거렸다. 스트로먼.

"하지만 사실이야." 리버스가 계속 이어나갔다. "당신의 부하 둘. 에크와 탐 로버트슨."

그들은 쉽스 헤드 펍을 지나고 있었다. 리버스는 당장 방향을 틀어 그 안으로 뛰어 들어가고 싶은 충동에 휩싸였다. 캐퍼티도 그것을 눈치챈 듯했다.

"돌아가면 허브차가 기다리고 있을 거야. 거기 조심해!" 그의 경고 덕분에 리버스는 잘 보이지 않는 개똥을 가까스로 피할 수 있었다.

"고마워." 리버스가 이를 갈며 말했다.

"난 신발을 생각하고 있었어." 캐퍼티가 말했다. "혹시 '에든버러의 꽃'이 뭔지 알아?"

"록 밴드?"

"똥. 옛날엔 다들 창밖으로 내던졌었지. 거리가 똥으로 완전히 뒤덮였었는데 사람들은 그걸 보고 에든버러의 꽃이라고 불렀어. 책에서 그 내용을 읽은 기억이 나."

리버스는 앨리스터 플라워를 떠올리며 미소를 지었다. "이토록 품위 있는 시대에 살고 있으니 얼마나 다행이야. 안 그래?"

"맞아." 캐퍼티가 덤덤하게 말했다. "에크와 탐 로버트슨이라고 했지? 브루-헤드 형제. 그놈들은 내 밑에서 일했었어. 그 사실은 부인할 이유가 없지. 탐은 달랑 몇 주 버티다가 나가버렸고, 에크는 좀 오래 있었어."

"그들이 당신 밑에서 무슨 짓을 했는지는 궁금하지 않아."

캐퍼티가 어깨를 으쓱였다. "그냥 일반 직원들이었어."

"그래. 온갖 악행을 일삼는 일반 직원들이었겠지."

"이봐, 당신이 날 찾아온 건 내가 애원했기 때문이 아니었다고. 일부러 시간 내서 수사에 협조하고 있는데 자꾸 이렇게 나올 거야?"

"그 부분은 고맙게 생각하고 있어, 진심으로. 그러니까 브루-헤드 형제가 그날 밤 센트럴 호텔에 있었다는 걸 몰랐단 말이지?"

"정말 몰랐어."

"그 사건 이후 그들이 어떻게 됐는지는 아나?"

"둘 다 떠나버렸어. 동시에 그런 건 아니고. 아마 탐이 먼저 그만뒀을 거야. 에크는 나중에 따라 나갔고. 탐은 아주 멍청한 놈이었어, 스트로먼. 그런 못난이가 없었지. 도저히 믿고 일을 맡길 수 없었다고. 그 자식을 들인 건 순전히 에크의 부탁 때문이었어. 에크는 꽤 괜찮은 놈이었거든." 그는 잠시 골똘한 생각에 잠겼다. "그놈들을 찾고 있는 거야?"

"바로 그거야."

"미안해. 도움이 돼주지 못해서." 리버스는 자신의 얼굴도 캐퍼티의 볼만큼이나 벌겋게 달아올라 있을지 궁금했다. 그의 옆구리가 결려왔다. 과연 완주가 가능할지 의문이었다. "그들이 그 시체와 관련이 있다고 생각해?"

리버스는 고개를 끄덕였다.

"왜 그렇게 확신하는 거지?"

"나도 모르겠어. 하지만 만약 그들이 연루됐다면 그 배후에 당신이 있었을 게 틀림없어."

"내가?" 캐퍼티가 다시 웃음을 터뜨렸다. 하지만 이번에는 아까처럼 호탕하게 들리지 않았다. "그때 난 친구들과 몰타에서 휴가를 보내고 있었다고."

"꼭 무슨 일만 터지면 친구들과 함께 있었다고 둘러대는군."

"내가 원래 좀 사교적이거든. 다들 좋다면서 몰려드는 걸 난들 어쩌겠나. 스코틀랜드에 대한 이런 기사 읽어봤나? 교황이 이 나라를 '유럽의 똥구멍'이라고 불렀다더군." 캐퍼티가 멈춰 섰다. 그들은 어느새 더딩스턴 호수 근처에 다다라 있었다. 그들 밑으로는 도시가 펼쳐져 있었다. "믿어져? 유럽의 똥구멍이라니. 내 눈엔 그렇게 안 보이는데 말이야."

"오, 난 모르겠어." 리버스가 무릎에 손을 얹고 허리를 숙였다. "여기가 똥구멍이면……" 그가 고개를 들었다. "대체 어디로 관장을 해야 하는 거지?"

캐퍼티가 큰 소리로 웃음을 터뜨렸다. 그의 호흡이 조금씩 가다듬어지고 있었다. 다시 열린 그의 입에서 나지막한 목소리가 흘러나왔다. "우린 아주 잔인한 사람들이잖아, 스트로먼. 우리 모두 다. 당신도 그렇고 나도 그렇고. 우리만큼 엽기적인 사람들이 세상에 또 있을까?" 그가 리버스 앞으로 다가가 허리를 숙였다. 리버스는 발밑의 잔디에만 시선을 고정시켰다. "그들이 도굴꾼 버크를 죽였을 때 어떻게 한 줄 알아? 그의 가죽을 벗겨 기념품을 만들었어. 우리 집에도 하나 있지. 이따 돌아가서 보여줄게." 마치 리버스의 머릿속을 울려대는 목소리 같았다. "우린 보는 걸 좋아해. 그건 사실이라고. 당신도 고통의 맛을 알지, 스트로먼? 몸이 성치 않은데도 나랑 끝까지 뛰었잖아. 포기하지 않았어. 왜 그랬지? 왜냐하면 당신은 고통을 좋아하니까. 바로 그게 당신이 칼뱅파인 이유야."

"바로 그게 당신이 공공의 위협적인 존재인 이유고."

"내가? 난 그저 불황이라는 병폐를 이겨낸 평범한 사업가일 뿐이야."

"아니." 리버스가 허리를 펴며 말했다. "당신이 바로 병폐 그 자체야."

당장 주먹이 날아들어도 이상할 게 없는 상황이었다. 하지만 캐퍼티는 손을 뻗어 리버스의 등을 두드릴 뿐이었다. "자, 이만 돌아가자고."

리버스는 딱 1분만 더 숨을 돌리자고 제안하려다 멈칫했다. 캐퍼티가 뒤따라온 재규어로 다가가는 것을 확인했기 때문이다. "왜 그리 놀래?" 캐퍼티가 말했다. "정말로 내가 돌아갈 때도 뛰어갈 줄 알았나? 자, 빨리 돌아가서 허브차나 한잔하자고."

그의 말대로 저택에서는 허브차가 기다리고 있었다. 리버스는 샤워를 하고 자신의 옷으로 갈아입은 상태였다. 보나마나 그가 자리를 비운 동안 누군가가 그의 지갑과 수첩을 들추어보았을 것이다. 볼 테면 보라지. 어차피 아무것도 못 찾을 텐데. 그는 조깅을 하는 동안 신분증과 신용카드를 반바지 앞주머니에 넣어두었다. 비록 지갑에는 석간신문과 박하사탕을 살 돈밖에 없었지만.

"도움이 못 돼서 미안하군." 리버스가 자리에 앉자 캐퍼티가 말했다.

"정 돕고 싶다면 좀 더 성의를 보여봐." 리버스가 말했다. 오랜만에 운동을 한 탓인지 그의 다리는 후들거리고 있었다.

캐퍼티는 대꾸 없이 어깨만 으쓱였다. 방금 물에서 나온 그는 화려한 색상의 헐렁한 수영복 차림이었다. 그가 수건으로 몸을 말리기 시작했다. 보란 듯이 드러난 그의 엉덩이 골이 공사장 인부를 연상시켰다.

악마 개는 수영장 옆에 앉아 입 주위를 핥아대고 있었다. 주인이 던져준 뼈는 이미 자취를 감춰버린 후였다. 순간 리버스의 뇌리를 스치는 기억이 있었다.

"혹시 사륜구동차를 소유하고 있어?" 캐퍼티가 고개를 끄덕였다. "사우스 클럭 가에 있는 본의 정육점 밖에서 봤어. 저 녀석은 뒷좌석에 갇혀 있었고."

캐퍼티가 어깨를 으쓱였다. "우리 집사람 차야."

"부인께서 종종 개를 데리고 시내에 나가시나?"

"카이저의 뼈를 거기서 사오지. 개를 태우고 다니는 건 도난 경보기를 설치하는 것보다 싸기도 하고." 캐퍼티가 개를 바라보며 흐뭇하게 미소를 지었다. "지금껏 저 녀석이 막지 못한 침입자는 없었어."

"그 침입자가 소시지로 무장한다면 얘기가 달라질 수도 있겠지." 그 농담은 캐퍼티에게 먹히지 않았다. 이제 그에게는 단 하나의 옵션만이 남아 있었다. 그는 스피어민트 껌 맛이 나는 차를 깨끗하게 비운 상태였다. "내 동료 하나가 로버트슨 형제를 추적 중이었어. 그러다가 병원 신세를 지게 됐지."

"정말?" 캐퍼티가 진심으로 놀라는 반응을 보였다. "어떻게 된 일이지?"

"하트브레이크 카페라는 레스토랑 뒤편에서 괴한의 습격을 받았어."

"맙소사. 그 친구가 탐과 에크를 찾아냈나?"

"찾아냈으면 내가 당신을 만나러 올 이유가 없었겠지."

"나랑 옛날 얘기하려고 온 거 아니었나?"

"무슨 옛날 얘기?"

"하긴, 당신 꼴을 보니 그때보다 조금도 나아지지 않았어. 하지만 난 아니야. 이젠 몸 생각을 할 나이가 됐잖아." 그가 보란 듯이 차를 홀짝였다. "난 진작 딴 사람이 됐다고."

리버스는 터져 나오려는 웃음을 간신히 참았다. "법정에서 그런 헛소리를 남발하더니만 설마…… 정말로 그렇게 믿는 건 아니겠지?"

"사실이라고."

"그렇다면 내게 공갈 전문 깡패 놈들을 보낼 이유가 없겠군."

캐퍼티가 고개를 저었다. 그가 웅크려 앉아 개의 머리를 살살 쓰다듬었다. "오, 절대 아니야, 스트로먼. 눈엣가시 같은 놈들을 버려진 집 마룻장에

눕혀놓고 못질을 하던 시절은 이미 지나갔어. 편도선에 점프 리드(자동차 배터리 충전용 케이블)를 박아 넣고 발전기를 돌리는 짓도 그만뒀고." 그의 목소리에 점점 힘이 들어갔다.

리버스는 애써 태연한 척했다. "당연히 나를 포스 철교에 거꾸로 매달 아놓는 장난 같은 건 안 치겠지?" 잠시 어색한 침묵이 흘렀다. 들리는 것 이라고는 자쿠지에서 나는 윙윙거림과 개가 킁킁거리는 소리뿐이었다. 그 때 문이 열리고 한 여자가 고개를 불쑥 내밀었다. 그녀의 얼굴에는 미소가 머금어져 있었다.

"모리스, 10분 후 저녁 식사, 잊지 말아요."

"고마워, 모."

다시 문이 닫혔다. 캐퍼티가 천천히 몸을 일으켰다. 개도 그를 따라 일 어났다. "자, 스트로먼, 오늘 아주 반가웠어. 난 이만 들어갈게. 저녁을 먹기 전에 샤워부터 해야 하거든. 모는 늘 내 몸에서 살균약 냄새가 난다고 난리 야. 난들 염소를 쓰고 싶어 쓰는 줄 아나? 손님들이 자꾸 수영장에서 볼일 을 보니까 그러는 거지. 하지만 저 사람은 애꿎은 카이저 탓만 하더라고."

"방금 그 여자가 당신의…… 저……?"

"내 아내야. 정확히 4년 3개월 됐어."

리버스는 고개를 끄덕였다. 물론 그는 캐퍼티가 결혼을 했다는 사실을 알고 있었다. 그저 운 좋은 신부의 이름을 잊고 있었을 뿐이었다.

"저 사람이 나를 확 바꿔놓은 거야." 캐퍼티가 말했다. "이런저런 책도 읽히고."

나치 당원들도 책은 읽는다고. 리버스는 생각했다. "마지막으로 딱 한 가지만 더 묻지, 캐퍼티."

"캐퍼티 씨라고 부르라니까. 뭐 아무튼, 뭐든 물어봐."

리버스가 마른침을 한 번 삼켰다. "캐퍼티 씨, 부인의 결혼 전 이름이 뭐였습니까?"

"모래그." 캐퍼티가 어리둥절해 하며 말했다. "모래그 존슨." 그는 돌아서서 샤워실 쪽으로 터덕터덕 걸어갔다. 그리고 수영복을 내려 리버스에게 맨 엉덩이를 내보였다.

모래그 존슨. 역시. 이제는 누구도 빅 제르 앞에서 '모 존슨' 조크를 함부로 나불거리지 못할 것이다. 리버스는 그 이름이 왜 귀에 익는지 기억을 더듬어보았다. 앵거스 깁슨이 무단 침입했던 아파트의 주인. 그 해프닝이 일어난 지 얼마 지나지 않아 빅 제르 캐퍼티는 그녀와 결혼을 한 것이었다. 그것은 불법 침입 사건이 발생했던 당시 그들이 한창 연애 중이었다는 뜻이었다.

앵거스 깁슨과 브루-헤드 형제와 빅 제르 사이의 연결고리가 확인된 셈이었다.

이제 리버스가 해야 할 일은 그 의미를 파헤치는 것이었다.

그가 의자에서 일어났다. 악마 개가 작은 소리로 으르렁거렸다. 그는 최대한 천천히 문을 향해 이동했다. 샤워실에서 빅 제르의 지시가 흘러나오면 카이저는 순식간에 리버스에게 달려들 것이다. 그는 빅 제르가 친절하게 묘사해준 처형의 순간을 머릿속에 떠올리며 밖으로 빠져나왔다.

존 리버스는 운이 좋았던 것이다. 만약 몸에 총이라도 지니고 있었다면……

방금 전 미팅에서 거슬리는 부분이 하나 있었다. 리버스가 홈스에 대해 들려주었을 때 빅 제르가 보였던 깜짝 놀라는 반응. 마치 아무것도 몰랐다는 듯이. 그뿐 아니라, 그는 *진심*으로 홈스가 탐과 에크 로버트슨을 찾아냈는지 알고 싶어 했었다.

리버스에게는 기대했던 답보다 질문이 더 많이 남겨졌다. 하지만 한 가지 궁금증은 확실히 풀렸다. 마이클 납치 사건 배후에 캐퍼티가 있었다는 것.

21

"벌써 다 썼어?" 쇼반 클락이 말했다.

"그렇다니까." 피터 페트리가 말했다. 필름이 동나버렸다. 여분의 건전지는 아직 많이 남아 있었지만 필름은 다 써버렸다. 클락은 아침부터 밀려드는 짜증과 싸워야 할 판이었다. "빨리 가서 사와."

"왜 내가 가야 해?"

"내가 아직 아프니까." 그것은 사실이었다. 페트리는 코의 통증 때문에 진통제를 끼고 살았고, 실제로 어제부터는 아프다고 징징거리기만 했었다. 오죽했으면 매든마저 말장난을 포기하고 페트리에게 제발 좀 닥쳐달라고 애원을 했을까. 그 후로 두 사람 사이에는 찬바람만 쌩쌩 불었다. 쇼반은 그들만 남겨두고 자리를 비우는 게 과연 현명한 일인지 궁금했다.

"특수 필름이야." 페트리가 말했다. 그가 카메라 케이스에서 빈 필름 상자를 꺼내 한쪽 덮개를 북 뜯었다. "이걸 보고 똑같은 걸로 사오면 돼."

"젠장." 그녀가 덮개를 받아들며 말했다. "내가 왜 이 짓을 해야 하는지 모르겠네."

"파일스로 가봐요." 매든이 말했다.

그녀가 그를 홱 돌아보았다. "지금 장난해요?"

"모리슨 가에 있는 카메라 가게 이름이에요."

"거기가 얼마나 먼데!"

"차로 가면 되잖아." 페트리가 말했다.

쇼반이 가방을 집어 들었다. "됐어. 그냥 가장 먼저 눈에 들어오는 데서 사올 거야."

하지만 그녀는 무려 10분을 허비한 후에야 고르기 가에서는 특수 고감도 필름에 대한 수요가 높지 않다는 사실을 깨닫게 되었다. 왜 꼭 고감도 필름이어야만 하는지 그녀는 이해할 수 없었다. 하는 수 없이 그녀는 모리슨 가까지 걸어가기로 했다. 돌아올 때는 버스를 탈 작정이었고.

하트브레이크 카페가 눈에 들어오자 쇼반은 가까이서 살펴보기 위해 길을 건넜다. 그녀가 어제 차를 몰고 이곳을 지나쳤을 때는 영업을 하지 않는 것 같아 보였었다. 창문에는 '회복 기간' 동안 영업을 중단한다는 내용의 표지판이 붙어 있었다. 하지만 이상하게도 문이 살짝 열려 있었다. 문틈으로 묘한 냄새가 새어 나왔다. 가스 냄새 같은데? 그녀가 문을 조금 더 열고 안을 살펴보았다.

"아무도 없나요?"

그래, 가스 냄새야. 그런데 안에 아무도 없는데. 마침 레스토랑 앞을 지나던 여자가 걸음을 멈추고 그녀를 쳐다보았다.

"가스 냄새 같은데요."

쇼반이 고개를 끄덕이고 하트브레이크 카페 안으로 조심스레 들어갔다.

불 꺼진 실내는 어둠과 그림자에 파묻혀 있었다. 하지만 섣불리 조명 스위치를 올릴 수는 없었다. 주방 문틈으로 불빛이 새어 나오고 있었다. 그녀는 그쪽으로 다가가보았다. 주방 창문으로 스며든 햇빛인 듯했다. 주방이 가까워질수록 가스 냄새는 점점 진해졌다. 문 뒤편에서 가스 새는 소리가 뚜렷이 들려왔다. 그녀는 꺼내든 손수건으로 코를 막아 쥐고 비상구로 달려갔다. 손잡이 바를 눌러보았지만 문은 꿈쩍도 하지 않았다. 당황한 그녀는 체중을 실어 있는 힘껏 문을 밀어보았다. 살짝 벌어진 문틈으로 살펴보니 쓰레기통 몇 개가 문을 막고 있는 게 보였다. 밖에서 배기가스와 비어 홉스(맥주의 제조 원료로, 홉의 원뿔 모양 암꽃을 말린 것) 냄새가 스며 들어왔다.

가스가 새는 레인지를 찾기 위해 몸을 트는 순간 바닥에 쓰러진 남자가 그녀의 눈에 들어왔다. 그의 머리는 대형 오븐 안에 처박힌 상태였다. 그녀는 그쪽으로 달려가 가스를 끄고 시체를 내려다보았다. 옆으로 누운 남자는 검은색과 하얀색의 체크무늬 바지와 하얀 주방장 재킷 차림이었다. 그녀는 남자의 얼굴을 알아보지 못했다. 하지만 왼쪽 가슴에 붙은 명찰 덕분에 신원을 어렵지 않게 확인할 수 있었다.

에디 링건.

주방은 가스로 가득 차 있었다. 그녀는 다시 비상구로 다가가 문을 힘껏 밀어보았다. 쓰레기통이 쓰러지면서 문이 활짝 열렸다. 그때 호기심에 걸음을 멈추었던 행인이 주방 문을 열고 들어왔다. 행인의 손이 전등 스위치를 찾아 벽을 더듬었다.

"만지지 말아요!"

엄청난 굉음과 함께 불덩이가 솟구쳐 올랐다. 그 충격에 쇼반 클락의 몸이 주차장 쪽으로 떠밀렸다. 순간 공중이 붕 떠올랐던 그녀는 방금 전 뿌려진 쓰레기 더미 위로 툭 떨어졌다. 푸른 불덩이에 밀려 레스토랑에 떨어진 불운한 행인은 가벼운 화상을 입었지만 쇼반은 멀쩡했다. 에디 링건은 켜지지도 않은 오븐 안에서 바짝 구워져 나온 듯해 보였다.

리버스가 욱신거리는 몸을 이끌고 도착했을 때 현장은 대충 정리가 끝난 상태였다. 뒤늦게 도착한 팻 컬더는 파란색 바디 백 안으로 옮겨지는 연인을 지켜보았다. 검시관은 부득이하게 바디 백을 쓸 수밖에 없었다. 숯으로 변한 얼굴이 바닥을 엉망으로 만들 수도 있기 때문이다. 리버스는 에디가 어디로 보내지게 될지 알고 있었다. 만물을 꿰뚫어보는 커트 박사의 메스 밑으로.

"괜찮나, 클락?"

리버스는 경위답게 냉담한 모습을 보이려 애썼다. 그는 두 손을 주머니에 찔러 넣은 채 태연한 표정을 짓고 있었다.

"꼬리뼈가 좀 아픈 것 빼곤 괜찮습니다." 그녀가 환부를 문지르며 대답했다.

"어떻게 된 거지?"

그녀는 필름을 사러 나오게 된 사연부터 하마터면 자신을 죽일 뻔했던 행인까지, 모든 세부 상황을 들려주었다. 행인은 눈썹이 타고 몇 곳에 가벼운 타박상을 입었을 뿐이었다. 머릿속에 당시 상황을 그려보던 리버스의 두피가 따끔거렸다. 주방에서는 가스 냄새가 완전히 가신 상태였다. 하지만 바싹 익은 고기 냄새는 도저히 피할 길이 없었다.

컬더는 바에 앉아 레스토랑 안을 찬찬히 둘러보고 있었다. 부푼 꿈을 안고 에디 링건과 함께 만들어온 세상. 리버스가 다가가 그의 옆에 앉았다.

"그 악몽들……" 컬더가 말했다. "기어이 이렇게 현실에서 이루어지는군요."

"그런 것 같습니다. 그가 왜 자살을 결심했을까요?"

컬더가 덤덤한 표정으로 고개를 저었다. "더 이상 버티기 힘들었나 봐요."

"뭐가요?"

컬더는 계속해서 고개를 저었다. "그야 나도 모르죠."

"그걸 모를 수가 있습니까?" 리버스는 비꼬는 투로 들리지 않게 애썼다. 하지만 노력이 부족했던 모양이었다. 컬더가 갑자기 얼굴을 불쑥 내밀었다.

"이제 그만 좀 하면 안 되겠습니까?" 흐릿했던 그의 눈이 번뜩였다.

"악한 자에겐 휴식이 없는 법입니다, 컬더 씨." 리버스가 말했다. 그가 일어나 주방으로 돌아갔다. 쇼반은 요리책이 빽빽이 꽂힌 책장 옆에 서 있었다.

"대부분 주방장들은," 그녀가 말했다. "자기들이 요리책에 의존한다는 사실을 감추고 싶어 하지 않을까요?"

"그는 평범한 주방장이 아니었어."

"이것 좀 보세요." 2.5센티미터 간격으로 빨간 줄이 그어진 연습장이었다. 양쪽 여백은 낙서와 스케치로 가득 차 있었다. 스케치의 대부분은 음식과 머리 큰 남자들이었다. 연습장에는 크고 반듯한 글씨로 '그의 창조물'이라고 적혀 있었다. 그녀가 마지막 페이지를 펼쳐 들었다. "여기 보세요. 제일하우스 로크포르도 있네요." 그녀가 조리법 끝에 적힌 문구를 읽어주었다. "'아이디어를 제공해주신 존 리버스 경위님께 감사드린다.' 우와." 그녀가 연습장을 제자리에 돌려놓으려 하자 리버스가 그것을 잽싸게 낚아챘다. 그는 낙서로 가득 찬 표지 뒷면을 살펴보았다. 수많은 스케치들 사이에 무언가가 적혀 있었다. 하지만 검은 펜으로 그어놓은 무수한 선 때문에 제대로 읽을 수가 없었다.

"이거 읽을 수 있겠어?"

그들은 연습장을 들고 브라이언 홈스가 습격당했던 주차장으로 나갔다. 쇼반이 걸음을 멈추고 연습장을 유심히 들여다보았다. "첫 단어는 '모든(All)'인 것 같습니다."

"그리고 이건 '턴(turn)' 같아 보이는군." 리버스가 또 다른 단어를 가리키며 말했다. "아니면 '텀(tum)'이거나." 하지만 나머지 단어들은 식별이 불가능했다. 리버스는 연습장을 챙겨 주머니에 집어넣었다.

"다른 일을 해보시게요, 경위님?" 쇼반이 물었다.

리버스는 받아칠 적절한 말을 찾아 머리를 굴려보았다. "닥쳐, 클락." 그가 말했다.

리버스는 연습장을 챙겨 페츠 본부로 향했다. 그곳에는 훼손된 기록물을 분석하는 전문가가 상주하고 있었다. 형사들은 그들을 '펜팔'이라고 불렀다. 난이도 높은 크로스워드 퍼즐을 즐기는 과학자들.

"오래 걸릴 것 같진 않습니다." 그들 중 하나가 리버스에게 말했다. "기계에 넣어보면 답이 나올 거예요."

"잘됐군." 리버스가 말했다. "15분 후에 돌아오지."

"넉넉히 20분만 주십시오."

그는 그 20분을 이용해 질 템플러 경위를 만나보기로 했다.

"안녕, 질." 그녀의 사무실에서는 고급 향수 냄새가 풍겼다. 그는 그녀가 즐겨 쓰던 브랜드가 기억나지 않았다. 샤넬이었나? 그녀가 안경을 벗어 쥐고 눈을 깜빡였다.

"존, 오랜만이에요. 앉아요."

리버스는 고개를 저었다. "곧 가봐야 해요. 실험실에 분석을 맡긴 게 있는데 몇 분이면 끝난답니다. 그냥 잘 지내는지 보러 온 거예요."

그녀가 고개를 끄덕였다. "난 잘 지내요. 당신은요?"

"뭐 그럭저럭."

"의사 선생님은요?"

"그녀도 잘 지내고 있어요." 그는 예상치 못한 어색함에 발로 애꿎은 바닥을 짓이겨댔다.

"당신이 그녀에게 쫓겨났다는 소문이 있던데, 사실이 아니겠죠?"

"그걸 어떻게 알았죠?"

립스틱이 발린 질의 얇은 입술에 미소가 머금어졌다. "여긴 에든버러잖아요, 존. 비밀을 간직하고 싶으면 여길 떠날 수밖에 없어요. 좀 더 큰 도시로요."

"누구에게 들었죠? 대체 몇 명이나 알고 있는 겁니까?"

"페츠까지 소문이 퍼졌으면 세인트 레너즈도 곧 알게 되겠죠."

맙소사. 그렇다면 왓슨과 로더데일도 알고 있다는 뜻이었다. 플라워도 알고 있을 테고. 다들 알면서 모른 척 연기를 해왔다니.

"그냥 일시적인 조치예요." 그가 다시 발을 비벼대며 웅얼거렸다. "페이션스의 조카들이 며칠 머물렀거든요. 그래서 난 아파트로 돌아갔고요. 마침 마이클도 와 있고."

이번에는 질 템플러가 깜짝 놀라는 반응을 보였다. "언제부터요?"

"열흘쯤 됐어요."

"완전히 돌아온 거예요?"

리버스가 어깨를 으쓱였다. "그건 나도 몰라요. 질, 난 내 얘기가 널리 퍼져나가는 걸 원하지……"

"당연하죠! 비밀은 꼭 지킬게요." 그녀가 다시 미소를 지었다. "내가 에든버러 출신이 아니라는 거 잊었어요?"

"그건 나도 마찬가지예요." 리버스가 손목시계를 들여다보며 말했다.

"벌써 가봐야 해요?"

"미안해요."

"미안해할 거 없어요. 어차피 나도 할 일이 산더미처럼 쌓였으니까요."

그가 돌아섰다.

"존? 가끔 놀러와요."

리버스가 고개를 끄덕였다. "메이 웨스트, 맞죠?"

"맞아요."

"안녕, 질."

복도를 걸어 나가던 리버스는 메이 웨스트(Mae West)가 구명조끼를 의미하는 속어이기도 하다는 사실을 떠올렸다. 잠시 머리를 굴리던 그가 고개를 저었다. "굳이 머릿속을 더 복잡하게 만들 필요는 없잖아."

그는 실험실로 돌아갔다.

"일찍 오셨네요." 그들 중 하나가 말했다.

"내가 좀 수사에 열정적이라서."

"여기 이것 좀 보십시오." 리버스는 컴퓨터 콘솔 앞으로 안내되었다. 낙서는 OCR(광학 문자 판독기)을 거쳐 컴퓨터에 입력된 상태였다. 대형 컬러 모니터 화면에는 낙서의 내용이 떠 있었다. 펜으로 그어진 선들을 대부분 지워져 있었다. 펜팔이 책상에서 종이 한 장을 집어 들었다. "지금까지 확인된 겁니다." 그가 종이에 적힌 내용을 읽어나갔다. 리버스는 화면을 뚫어져라 응시했다.

"'Ale I did, tum on the gum', 'Ole I did man, term on the gam……'"

리버스가 그를 돌아보았다. 펜팔의 얼굴에 환한 미소가 머금어졌다. "그게 아니면 이것일 수도 있습니다." 그가 말했다. "'내가 한 일은 가스를 틀어 놓은 것뿐이야(All I did was turn on the gas).'"

"뭐?"

"'내가 한 일은 가스를 틀어놓은 것뿐이야.'"

리버스는 화면 속 메시지를 빤히 들여다보았다. 그래, 나도 보여…… 거의. 펜팔이 계속 말을 이어나갔다.

"그가 가스를 틀어놓고 자살했다고 하셨죠? 덕분에 이 부분은 해독이 됐습니다. '가스'라는 단어가 눈에 확 들어오더군요. 유서였을까요?"

리버스는 못 믿겠다는 표정을 지었다. "그가 낙서장에 유서를 쓰고 펜으로 직직 그어버린 후 다시 책장에 꽂아놓았을 것 같아? 그냥 확인된 그대로만 보자고."

리버스는 에디 링건이 악몽을 꾸며 '가스'라는 단어를 외쳐댔다는 사실을 떠올렸다. 어쩌면 이 낙서는 그 끔찍한 꿈의 기록인지도 모른다. 하지만 왜 펜으로 지워버린 걸까? 리버스는 OCR 기계에서 연습장을 집어 들었다. 표지 안쪽의 낙서들은 오래되어 보였다. 최소한 1년 이상은 된 듯했다. 주변 낙서들은 훼손된 것보다 최근 것들이었다. 한 가지 분명한 건 에디가 어젯밤 적어놓은 게 아니라는 사실이었다. 이 낙서가 그의 자살과 직접적인 연관이 없다는 뜻이기도 했고. 그렇다면…… 우연의 일치? 리버스는 우연을 믿지 않았다. 뜻밖의 행운이라면 몰라도. 그가 펜팔을 돌아보았다. 그는 리버스가 보인 퉁명스러운 반응에 아직도 골이 나 있었다.

"고마워." 그가 말했다.

"별 말씀을요."

두 사람 모두 상대의 말에 진심이 담기지 않았음을 알고 있었다.

세인트 레너즈에서는 브라이언 홈스가 그를 기다리고 있었다.

"여긴 어쩐 일이야?"

"걱정 마세요." 홈스가 말했다. "그냥 잠깐 들른 겁니다. 휴가가 아직 일주일 남았어요."

"몸은 좀 어떤가?" 리버스는 초조한 얼굴로 주위를 살폈다. 그는 홈스가 에디 소식을 들었는지 궁금했다. 부디 아직 모르고 있기를. 하긴, 누군가가 입을 함부로 놀렸다면 브라이언의 기분은 지금처럼 좋지 못했을 것이다.

"두통이 장난 아닙니다. 하지만 그것만 빼면 멀쩡해요." 그가 주머니를 톡톡 두드렸다. "플라워 경위님이 저를 위해 모금을 하셨더라고요. 덕분에 50파운드 가까이 벌었습니다."

"성인이 따로 없군." 리버스가 말했다. "난 선물을 따로 준비했는데."

"뭔가요?"

"테이프. 롤링 스톤스의 《피 홀리게 하라(Let It Bleed)》야."

"감사합니다."

"그동안 주야장천 팻시 클라인만 듣느라 귀가 고생했을 것 같아서."

"그래도 그녀는 노래라도 잘하잖아요."

리버스가 미소를 지었다. "감히 그런 망발을 하다니 자넨 해고야. 그건 그렇고, 지금 숙모님 댁에서 지내고 있나?"

그 질문에 홈스의 입이 딱 다물어졌다. 리버스가 기대했던 반응이었다.

충격적인 소식을 전하기 전에 한껏 들뜬 그에게서 김을 조금 빼놓을 필요
가 있었다. "당분간은 그래야 할 것 같습니다. 넬은…… 아직 마음의 준비
가 안 됐다고 하네요."

리버스는 그의 마음을 십분 이해할 수 있었다. 리버스 자신도 페이
션스가 약속한 '술 한잔 나눌 기회'를 간절히 기다리는 중이었다. "그래
도……" 그가 말했다. "두 사람 관계가 조금씩 회복돼가고 있는 것 같아
다행이야."

"하." 홈스가 상관 맞은편 의자에 앉았다. "그 사람은 저더러 경찰을 그
만두라고 하고 있어요."

"그건 좀 극단적인 조치 아닌가?"

"그렇게 따지면 별거도 극단적인 조치죠."

리버스의 입에서 한숨이 터져 나왔다. "하지만 아무리 그래도 그렇
지…… 대체 어쩔 셈이야?"

"생각을 좀 해보려고요. 어떻게 해야 할지." 그가 다시 일어났다. "이만
가봐야겠습니다. 그냥 뵙고 싶어서 잠깐 들른 것뿐……"

"브라이언, 앉아." 확 바뀐 리버스의 톤에 홈스가 다시 자리에 앉았다.
"에디에 대한 좋지 않은 소식이 있어."

"주방장 에디 말씀입니까?" 리버스가 고개를 끄덕였다. "그가 왜요?"

"사고가 있었어. 글쎄, 그걸 사고로 볼 수 있을지 모르겠지만. 아무튼 그
에게 일이 좀 있었어."

리버스는 지금껏 온갖 사건과 사고를 수사하며 피해자 가족들에게 나
쁜 소식을 전달해왔다. 교통사고, 산재, 살인 사건…… 오랫동안 곁에서 지
켜봐온 홈스는 리버스의 심상치 않은 톤만으로 그 내용을 대충 짐작할 수

있었다.

"죽었나요?" 홈스가 나지막이 물었다. 리버스는 입을 꼭 다문 채 고개를 끄덕였다. "맙소사, 나중에 들르려고 했는데. 어떻게 된 일이죠?"

"아직은 확실히 몰라. 이따 오후에 부검이 있을 거야."

홈스는 바보가 아니었다. 그는 분위기를 읽을 줄 알았다. "사고입니까, 자살입니까, 아니면 살인입니까?"

"마지막 둘 중 하나야."

"경위님은 살인 쪽에 무게를 두고 계시죠?"

"얘기를 들어보면 확실해질 거야."

"커트 박사님 말씀입니까?"

리버스가 고개를 끄덕였다. "결과가 나올 때까진 우리가 할 수 있는 게 없어. 자, 가지. 내가 집까지 태워다줄게."

"아뇨, 괜찮습니다." 그가 뼈의 견고함을 의심하는 듯 천천히 몸을 일으켰다. "정말 괜찮아요. 그저…… 에디가 그렇게 됐다는 게 믿어지지 않아서요. 저랑 무척 친했는데 말입니다."

"나도 알아." 리버스가 말했다.

홈스가 돌아간 후 리버스는 상황이 생각보다 무난히 지나갔음을 다행으로 여겼다. 브라이언은 아직 온전한 상태가 아니었다. 만약 그랬다면 리버스에게 난처한 질문을 여럿 쏟아냈을 것이다. 예를 들면 이런 질문. 나를 거의 죽일 뻔했던 놈이 에디를 그렇게 만들어놓은 겁니까? 사실 리버스도 그게 궁금했다. 어젯밤, 에디는 실종되었고, 리버스는 캐퍼티를 만나러 갔었다. 오늘, 에디는 숨진 채 발견되었다. 센트럴 호텔 화재 사건에 대해 무언가를 알고 있는 이가 한 명 줄어들었다는 뜻이다. 리버스는 아직도 홈스가 습격당한 소식에 당혹스러워하던 캐퍼티의 모습을 잊을 수가 없었다. 대체 어떻게 돌아가고 있는 일이지?

"젠장, 나도 모르겠어." 존 리버스가 웅얼거렸다. 그때 전화벨이 울렸다. 그가 집어든 수화기에서 펍의 소음과 플라워의 목소리가 흘러나왔다.

"도대체 자네 팀은 왜 그 모양이야? 하나는 얼굴이 그 지경이 됐고, 또 하나는 꼬리뼈가 아작이 나버리고." 그리고 전화는 끊겼다.

"너도 엿이나 먹어, 플라워." 리버스가 말했다. 듣는 사람도 없었지만.

22

에든버러의 영안실은 카우게이트에 자리하고 있었다. 시장으로 끌려가는 소 떼가 지나던 곳이라 붙여진 이름이었다. 좁은 협곡을 연상시키는 거리에는 상점이 별로 없었고, 지나는 차도 거의 보이지 않았다. 조금만 더 올라가면 이곳보다 훨씬 북적이는 풍경을 접할 수 있었다. 예를 들면, 사우스 브리지 같은 곳. 그런 곳들에 비하면 카우게이트는 지하에 묻힌 듯한 느낌이었다.

일광을 충분히 쬐지 못해 우둔해진 에든버러 빈민들이 적선을 구걸하러 모여드는 곳. 카우게이트는 재개발이 절실했지만 이곳 거주자들은 대책이 없었다.

커트 박사는 대학 강단에 서지 않을 때는 이곳 영안실에서 대부분의 시간을 보냈다.

"부정적인 면만 보지 마십시오." 그가 리버스에게 말했다. "카우게이트에는 썩 괜찮은 펍이 두어 곳 있습니다."

"부검실 시체를 갖다버릴 만한 펍도 물론 여러 곳 되겠죠?"

커트가 빙그레 웃었다. "상상만으로도 끔찍하군요."

"그건 그렇고, 링건 씨에 대해 알아내신 게 있습니까?"

"아, 오펀(Orphan, 고아) 에디." 커트는 부검실 시체들에게 이름을 붙여주는 걸 즐겼다. 리버스는 그가 과거에도 '오펀'이라는 별명을 즐겨 썼을 거라 믿었다. 에디 링건의 경우, 그 별명은 무척 적절했다. 그에게는 생존해 있는 친척이 없었다. 시체의 신원은 패트릭 컬더와 현장에서 에디를 발견했던 쇼반 클락이 확인해주었다.

"맞아요. 제가 발견한 사람이에요." 그녀는 말했었다.

"그렇습니다. 에드워드 링건이 맞습니다." 팻 컬더는 그렇게 말하고 바텐더 토니와 영안실을 나갔었다.

리버스와 커트는 부검 테이블 옆에 나란히 서 있었다. 커트의 조수는 뒷정리에 한창이었다. 조수는 휘파람으로 〈지나간 시절(Those Were the Days)〉을 흥얼거리며 시체에서 끄집어낸 내장을 모아 양동이에 담고 있었다. 리버스는 커트가 건넨 목록을 세 번에 걸쳐 꼼꼼하게 훑었다. 커트는 담배를 피우고 있었다. 쉰다섯 살의 그는 그 무엇도 자신을 죽이는 데 성공하지 못했다면서 뒤늦게 담배를 시작하게 된 사연을 털어놓았다. 페인트 제거액 같은 플레이어스 담배만 아니었다면 리버스는 그로부터 냉큼 빼앗아 피웠을 것이다. 게다가 담배에는 필터도 달려 있지 않았다.

리버스는 목록에서 무엇이 빠졌는지 대번에 짚어낼 수 있었다. "유서는 끝내 발견되지 않았습니다."

"자살자 모두가 유서를 남겨놓진 않습니다."

"에디라면 분명 남겨뒀을 겁니다. 오븐 옆에는 엘비스의 〈하트브레이크 호텔(Heartbreak Hotel)〉을 크게 틀어놨을 거고요."

"아주 우아한 죽음이 될 뻔했군요." 커트가 말했다.

"자," 리버스가 계속 이어나갔다. "그의 주머니에서 나온 소지품들을 보니 열쇠가 없네요."

"네, 열쇠는 없었습니다." 커트는 모처럼의 휴식 시간을 만끽하는 중이었다. 그는 리버스의 설명이 이어지기를 기다렸다.

"과연······" 리버스가 말했다. "그는 어떻게 안으로 들어갈 수 있었을까요? 만약 열쇠로 열고 들어갔다면 그 열쇠는 대체 어디 있는 걸까요?"

"그러게요." 담배를 바닥에 비벼 끄는 커트를 지켜보며 그의 조수가 얼굴을 찌푸렸다.

무성의한 그들의 반응에 실망한 리버스가 목록을 접어 주머니에 쑤셔넣었다. "그에 대해 어떤 말씀을 해주실 수 있겠습니까?"

"아직 검사를 시작한 게 아니라서요."

"검사 결과가 나오기 전에 알려주실 수 있는 게······"

"몇 가지 흥미로운 점이 있습니다." 커트가 시체 쪽으로 몸을 틀었다. 리버스도 그를 따라 움직였다. 불에 탄 얼굴은 커버로 덮여 있었다. 절개된 가슴과 복부는 굵은 검은 실로 어설프게 봉합된 상태였다. 조수의 작품인 듯했다. 링건은 얼굴에만 화상을 입었을 뿐 나머지 부위는 멀쩡했다. 창백한 피부는 조명을 받아 반짝거렸다.

"자," 커트가 말했다. "화상은 심하지 않습니다. 장기들도 멀쩡했고요. 덕분에 부검이 수월했습니다. 보나마나 북해 해저 천연가스를 마시고 질식사한 걸 겁니다." 그가 리버스를 돌아보았다. "그게 '북해 가스'였다는 건 순전히 제 추측이고요." 그가 입 한쪽이 처지게 미소를 지었다. "알코올을 섭취했습니다. 검사 결과가 나와야 얼마나 마셨는지 알 수 있을 거고요. 모르긴 해도 엄청 퍼마신 것 같더군요."

"간의 상태가 엉망이었을 겁니다. 오랫동안 알코올 의존증을 앓았다고 하니."

커트는 의심에 찬 표정을 지어 보였다. 그가 다른 테이블에서 링건의 간을 가져왔다. "보시다시피 꽤 양호한 상태입니다. 그냥 반주를 즐기는 정도가 아니었을까요?"

리버스는 잽싸게 눈의 초점을 흐려놓았다. 오랜 훈련을 통해 터득한 기술이었다. "하루에 한 병씩 들이부었다고 들었습니다."

"그런데도 간 상태는 정상입니다." 커트가 간을 위로 가볍게 던졌다가 다시 받았다. 간은 찰싹 소리를 내며 그의 손바닥에 떨어졌다. 꼭 우쭐대는 정육점 주인을 보는 것 같았다. "머리에는 혹이 나 있었고, 팔뚝에는 타박상과 가벼운 화상의 흔적이 남아 있었습니다."

"그래요?"

"주방장들에게선 흔히 볼 수 있죠. 뜨거운 기름에 데거나 냄비와 프라이팬에 부딪치는 일이 다반사일 테니까요."

"하긴." 리버스가 말했다.

"자, 이제 해미쉬가 고대했던 프로그램 시간이 돌아왔군요." 커트가 턱으로 조수를 가리켰다. 조수가 기대감에 찬 얼굴로 허리를 폈다. "전 저 친구를 해미쉬라고 부릅니다." 커트가 말했다. "헤브리디스 제도 출신이거든요. 해미쉬는 제가 미처 짚어내지 못한 걸 발견했습니다. 하지만 그가 뇌염에 걸려버릴까 봐 칭찬을 참아왔어요." 그가 리버스를 돌아보았다. "아, 이건 검시관 조크입니다."

"그렇군요." 리버스가 말했다.

"해미쉬는 치아에 특히 관심이 많습니다. 어릴 적 치아 관리를 엉망으로 해서 곤욕을 치른 모양이에요."

해미쉬는 별 반응을 보이지 않았다. 마치 그것이 사실인 것처럼.

"그래서 해미쉬는 늘 상대의 입안을 유심히 관찰합니다. 이번에도 저 친구가 손상된 부분을 먼저 발견했어요."

"손상된 부분이라뇨?"

"인후 조직에 흉터가 나 있었습니다. 최근에 생긴 것으로 보이고요."

"큰 소리로 노래를 불러서 그런 건가요?"

"고래고래 비명을 질러대서 생긴 것일 수도 있겠죠. 하지만 그보다는 무언가를 억지로 삼키려 했을 가능성이 높아 보입니다."

순간 리버스의 머릿속이 복잡해졌다. 커트와 대화를 하다보면 종종 그럴 때가 있었다. 그는 마른침을 한 번 삼켰다. "어떤 걸 삼키려 했을까요?"

커트가 어깨를 으쓱였다. "해미쉬는…… 물론 어디까지나 추측일 뿐이지만…… 해미쉬는 파이프처럼 단단한 물체였던 것 같다고 했습니다. 저는 고무나 플라스틱 튜브일 가능성도 있다고 보고요."

리버스가 헛기침을 했다. "그런 것 말고…… 저기…… 다른 게 쑤셔 넣어졌을 가능성도 있지 않겠습니까?"

"호박 같은 것 말씀입니까? 아니면 바나나?"

"제가 뭘 얘기하는지 아시지 않습니까."

커트가 미소를 지으며 고개를 살짝 숙였다. "물론 알죠. 죄송합니다." 그가 다시 어깨를 으쓱였다. "뭐 그런 의심도 충분히 해볼 수 있겠죠. 하지만 음경을 말씀하시는 거라면 사포 같은 게 씌워져 있었을 겁니다."

그들 뒤에서는 해미쉬가 웃음을 참으려 애쓰고 있었다.

리버스는 팻 컬더에게 전화를 걸어 만나자고 했다. 컬더는 잠시 고민하다가 제안을 받아들였다.

"콜로니에서 볼까요?" 리버스가 물었다.

"그냥 카페에서 만나죠. 어차피 나도 한번 들르려고 했으니까."

리버스가 카페에 도착했을 때 정문에는 새로운 표지판이 붙어 있었다. '주인의 사별로 운영을 중단합니다.' 그 밑에는 팻 컬더의 서명이 되어 있었다.

리버스가 안으로 들어서는 순간 컬더의 고함이 들려왔다. "빨리 꺼지라니까!" 그 고함은 리버스가 아닌, 레인코트 차림의 젊은 여자를 향한 것이었다.

"무슨 문제라도 있습니까, 컬더 씨?" 리버스가 레스토랑을 가로질러 갔다. 컬더는 벽에서 떼어낸 기념품들을 신문지로 포장하는 중이었다. 테이블 사이 바닥에는 차(茶) 상자 세 개가 놓여 있었다.

"저 빌어먹을 기자가 하이에나처럼 날 물어뜯고 있습니다."

"사실입니까?" 리버스가 탐탁지 않은 눈빛으로 메리 헨더슨을 돌아보았다. 딸을 나무라는 아버지의 눈빛으로.

"링건 씨는 이 도시의 유명 인사였잖아요." 그녀가 리버스에게 말했다. "아마 그도 저희 독자들의 알 권리를 존중해줬을……"

컬더가 그녀의 말을 끊었다. "그 친구는 당신 독자들이 이곳에 와서 돈을 펑펑 써주길 바랐을 겁니다. 그냥 그렇게 적어서 인쇄해요!"

"굉장한 비문(碑文)이군요." 메리가 말했다.

컬더는 엘비스의 두 팔이 시곗바늘을 대신하고 있는 꽤 인상적인 시계로 그녀의 머리를 내리치고 싶어 하는 것 같았다. 그는 벽에서 시계 대신 엘비스 거울을 떼어냈다. 설마 그걸로 내리치진 않겠지? 그랬다간 7년 동안 재수가 없을 테니까.

"이만 돌아가는 게 좋겠어요." 리버스가 차분하게 말했다.

"알았어요. 오늘은 그냥 돌아갈게요." 그녀가 가방을 어깨에 걸치고 휙 돌아섰다. 오늘 그녀는 짧은 스커트를 입고 있었다. 하지만 똑똑한 군인은 언제 시선을 정면에 고정해두어야 하는지 아는 법. 그가 비탄에 빠진 팻 컬더를 쳐다보며 미소를 지었다.

"정리가 너무 이른 거 아닌가요?"

"요리할 줄 알아요, 경위님? 에디가 없으면 여긴…… 운영이 안 된다고요."

"이제야 주변 레스토랑들이 한시름 덜게 됐군요."

"그게 무슨 뜻이죠?"

"에디는 누군가가 경고 차원에서 브라이언을 습격한 거라고 믿었습니다."

"그랬죠. 그런데 그게 왜……" 순간 컬더가 바짝 얼어붙었다. "그럼 누군가가? 하지만 이건 명백한 자살이었잖아요. 안 그렇습니까?"

"그렇게 보이긴 합니다."

"아닐 수도 있다는 말인가요?"

"그가 스스로 목숨을 끊을 타입이었습니까?"

컬더의 대답은 냉담했다. "매일 술로 자신을 죽여온 친구입니다. 그러다 결국 한계점에 다다른 것이겠죠. 에디는 브라이언 사건으로 큰 충격을 받았습니다. 어쩌면 그 충격의 정도는 우리가 짐작하는 것보다 훨씬 더 심했는지도 몰라요." 그가 잠시 말을 멈추었다. 그의 두 손에는 아직도 거울이 들려 있었다. "자살이 아니라 살인 사건이었다고 생각하는 겁니까?"

"그렇다고는 얘기하지 않았습니다, 컬더 씨."

"누가 그런 짓을 했을까요?"

"지불금이 늦어졌을 수도 있지 않겠습니까?"

"지불금이라뇨?"

"보호세 말입니다. 설마 몰랐다고는 못 하겠죠?"

컬더는 눈도 깜빡이지 않은 채 그를 응시했다. "재정 책임자는 바로 나였습니다. 우린 그 어떤 지불금도 체납해본 적이 없습니다."

리버스는 그게 정확히 무슨 뜻인지 궁금했다. "에디가 죽기를 바라는 사람이 있었다면 그냥 솔직히 털어봐요. 괜히 무모한 짓 벌이지 말고."

"무모한 짓이라뇨?"

그 왜 있잖아. 총을 구입하거나 뭐 그런 짓들. 리버스는 생각했다. 컬더는 신문지로 거울을 싸기 시작했다. "기자들이 아무리 물어뜯어봤자 그 이상 건질 게 없을 겁니다."

"그녀는 그저 자기가 해야 할 일을 했을 뿐입니다. 누가 압니까? 의외로 좋은 기사가 나올지."

컬더가 미소를 지었다. "그건 기대도 안 합니다."

"이젠 어쩔 겁니까?"

"아직 아무 계획이 없어요. 그냥 여길 뜨고 싶은 마음뿐입니다."

리버스가 턱으로 차 상자들을 가리켰다. "이걸 다 챙겨갈 겁니까?"

"무엇 하나도 버릴 수 없습니다. 내게 남은 건 이게 전부예요."

침실에 가져다놓은 것들은 다 어쩌고? 리버스는 생각했다. 하지만 굳이 말로 하지는 않았다. 그는 멍하니 서서 기념품들을 정성껏 포장하는 팻 컬더를 지켜보았다.

본명이 앨러스데어 맥두걸이라는 해미쉬는 동년배들에게 쫓겨 고향 바라를 떠나야 했었다. 그들 중 하나는 파티가 끝난 후 사우스 유이스트 섬을 떠나온 보트에서 그를 익사시키려 했다. 바라 해협의 얼음장처럼 차가

운 물속에 2분간 잠겨 있었던 그는 하마터면 물고기 밥이 되어버릴 뻔했었다. 하지만 그들은 그를 건져 다시 보트로 올려주었다. 그리고 모든 게 실수였다고 해명했다. 그가 익사했어도 똑같은 핑계를 댔을 놈들이었다.

그는 먼저 오번으로 갔다. 그리고 글래스고로 내려가 잠시 머문 후 동해안으로 오게 되었다. 글래스고도 나쁘지 않았지만 에든버러가 훨씬 좋았다. 그의 부모는 아들이 동성애자라는 사실을 끝내 인정하지 않았다. 그의 아버지는 바르르 떨리는 목소리로 성서 구절을 줄줄 읊으며 그를 설득하려 했었다. 과거에는 들어줄 만했었지만 이제는 터무니없게 들릴 뿐이었다.

"성서에 그런 구절이 있다고 해서……" 그는 아버지에게 말했었다. "그걸 진실로 믿을 순 없어요."

하지만 그의 아버지에게 성서 구절은 문자 그대로의 진실이었다. 막내아들을 작은 농가에서 쫓아낼 때도 아버지의 손에는 성서가 꼭 쥐어져 있었다. "감히 집안의 명예를 더럽히다니!" 그는 빽 소리쳤었다. 그래서 앨러스데어는 '맥두걸' 대신 '두걸'이라는 이름으로 살게 되었다. 글래스고의 게이 커뮤니티에서도, 에든버러로 온 후에도 그는 자신의 이름을 두걸이라고 소개했다. 그는 자신의 삶에 만족했다. ─단 하룻밤도 따뜻하게 보낸 적이 없었다─. 그에게는 클럽과 펍이 있었고, 무수히 많은 친구와 지인들이 있었다. 한때 그는 부모님에게 편지를 띄워볼까 생각했었다. 그들에게 꼭 들려주고 싶은 말이 있었기 때문이다. 우리 보스가 부검을 마치고 나면 천국으로 올려 보낼 게 거의 남지 않더라고요.

그는 또다시 가스를 마시고 죽은 뚱뚱한 남자를 떠올리며 웃음을 터뜨렸다. 그때 진실을 털어놓았어야 했는데. 하지만 그는 꾹 참았었다. 내가 왜 그랬을까? 커밍아웃이 반쯤만 된 상태라서? 그는 그런 자신의 입장 때문에 비난을 받기도 했었다. 특히 옷깃에 핑크 트라이앵글(무지개 깃발과 함께 동성애 사회의 상징으로 쓰이는 표시)을 달지 않겠다고 선언했을 때. 그는 부검실을 찾아온 형사에게 자신이 게이라는 사실을 알리고 싶지 않았다. 커트 박사의 반응도 보고 싶지 않았고. 세상은 온갖 종류의 동성애 혐오자로 득실거렸다. 에이즈와 그것의 감염을 필요 이상으로 두려워하는 사람들도 많았다. 무슨 중세에 살고 있는 것도 아니고. 직장을 때려치우는 건 두렵지 않았다. 그저 지금 하는 일이 너무 좋기 때문에 망설여졌을 뿐이었다. 섬에 살았을 때 그는 무수히 많은 소와 양들이 도살되고, 또 사 등분되는 광경을 지겹도록 보았었다. 이것도 그것과 크게 다르지 않았다.

그래서 그는 자신의 비밀을 꽁꽁 숨기기로 했다. 자신이 에디 렁건과 아는 사이였다는 사실도 절대 털어놓지 않을 것이다. 그는 일주일쯤 전의 일을 생생히 기억하고 있었다. 그들은 두걸의 집에 함께 있었고, 에디는 찬장에서 찾은 재료들만으로 엄청나게 매운 칠리(고기, 콩, 칠리 고추로 만든 멕시코 요리)를 뚝딱 만들어냈다. 하지만 그들은 함께 밤을 보내지 않았다. 그냥 끈끈한 키스를 나누고 헤어졌을 뿐이었다. 다음 밀회를 기약하면서.

그렇다. 그는 에디를 잘 알았다. 그래서 확신할 수 있었다.

부검 테이블에 누워 있는 남자가 두걸의 침대에서 그와 함께 칠리를 나누어 먹었던 에디가 아니라는 것을.

쇼반 클락은 놀라울 만큼 차분한 모습이었다. 그녀에게는 하루 동안의 휴가가 주어졌다. 푹 쉬면서 하트브레이크 카페 사건의 충격을 훌훌 떨쳐내라는 상부의 배려였다. 하지만 오후가 되자 그녀는 좀이 쑤셔 죽을 지경이었다. 무엇이라도 해야만 했다. 그래서 그녀는 무작정 로리 킨틀의 집을 찾아가보았다. 그는 깔끔하고 조용한 동네의 세미(한쪽 벽면이 옆집과 붙어 있는 주택)에 살고 있었다. 앞뜰은 잔 받침만 했지만 위생적으로는 아무 문제가 없어 보였다. 잡초 하나 보이지 않는 완벽한 잔디밭을 뒹굴며 저녁을 먹어도 식중독에 걸릴 염려가 없을 것 같았다. 적어도 경찰서 구내식당보다는 몇 배 더 청결해 보였다. 그녀는 좁은 길을 따라 들어가 짙은 청색으로 칠해진 킨틀의 집 현관문 앞에 섰다. 동네를 둘러보니 커스터드 같은 노란색이나 전함 같은 회색으로 칠해진 문들도 드문드문 보였다. 자갈 섞은 시멘트, 그리고 타맥(도로를 포장할 때 쓰이는 재료)과 묘하게 어울리는 색이었다. 골목에서는 아이들 몇 명이 땅에 복잡한 사방치기 판을 그려놓고 신나게 노는 중이었다. 그녀가 흐뭇하게 바라보며 미소를 지었지만 그들 중 누구도 눈길을 주지 않았다. 옆집 뒤뜰에서는 개 짖는 소리가 들려왔다.

그녀는 초인종을 누르고 기다렸다. 집에는 아무도 없는 듯했다. 그녀는 앞창으로 다가가 안을 들여다보았다. 거실은 집 뒤편까지 길게 이어져 있었다. 개 짖는 소리가 점점 커졌다. 집 안 한쪽 구석에서 형체 하나가 움직이는 게 보였다. 그녀는 정원 문을 열고 들어가 킨틀의 집과 이웃집 사이로 난 좁은 클로즈를 내달리기 시작했다. 뒤뜰로 들어서니 주방 뒷문이 활짝 열려 있는 게 보였다. 소리가 나지 않도록 킨틀이 열어놓은 모양이었다. 울타리에 올라선 그는 줄에 묶인 옆집 잡종견을 진정시키느라 진땀을 빼고 있었다.

"킨틀 씨!" 쇼반이 큰 소리로 외쳤다. 그가 고개를 들자 그녀는 손을 흔들어 보였다. "거긴 왜 올라가셨습니까? 저랑 같이 안에 들어가서 얘기 좀 하시죠."

그녀는 그에게 필요 이상의 창피를 주고 싶지 않았다. 울타리를 내려온 남자는 어깨를 축 늘어뜨린 채 뒤뜰을 가로질러 돌아왔다. 그녀의 입가에는 환한 미소가 머금어졌다. "경찰을 보고 달아나시다니, 대체 무슨 중죄를 지으신 겁니까?"

"난 아무 죄 없어요."

"조심하셔야죠." 그녀가 경고했다. "함부로 움직이시면 간신히 꿰매놓은 옆구리 상처가 뜯어질 수도 있어요."

"그렇게 큰 소리로 광고할 필요 없어요. 빨리 들어갑시다." 그가 그녀를 주방 문 안쪽으로 떠밀었다. 쇼반이 원했던 초대의 제스처였다.

리버스는 6시 15분에 연락을 받고 10시에 만나기로 한 약속을 잡았다. 8시, 마침 페이션스가 전화를 걸어왔다. 그는 통화에 집중하는 척하면서 그녀의 말이 끊어지지 않도록 유도했다. 10시까지 하릴없이 기다리고 싶지 않았기 때문이다. 그러지 않으면 또 그 생각을 하게 될 것 같았다. 그 때문에 마음이 바뀔 수도 있었고.

한참 후, 화젯거리가 떨어져버리자 그는 하는 수 없이 마이클의 소식을 들려주었다. ─마이클은 골방에서 곤히 자고 있었다.─ 예상대로 페이션스는 그 일에 깊은 관심을 보였다. 그녀는 전문가 상담이 필요할 거라면서 그런 제안을 꺼내지 않은 병원의 조치를 어이없어 했다. 그녀는 좋은 사람이 있는지 알아보고 연락을 주겠다고 했다. 또한 마이클이 임상 우울증에 빠지지 않도록 곁에서 잘 챙기라는 당부도 잊지 않았다. 병원에서 처방해 준 약은 환자의 두려움은 물론 감정까지도 죽일 수 있다면서.

"내 집에 불쑥 나타났을 땐 활기에 넘친 모습이었는데." 리버스가 말했다. "학생들도 궁금해하고 있어요. 그에게 무슨 일이 있었는지. 다들 나만큼이나 걱정하고 있더라고요."

마이클의 자칭 '여자친구'는 그를 펍이나 클럽으로 데려가보려고 무던히 애를 썼었다. 하지만 마이클은 완강히 저항했고, 삐친 그녀는 더 이상 코빼기도 보이지 않았다. 언젠가 한 남학생이 주방에 앉아 있는 리버스에게 조심스레 다가와 위로의 말을 전했었다. 그는 마리화나가 미키의 기분 전환에 도움이 될 수 있을지 물었고, 리버스는 고개를 저었었다. 왠지 나쁘지 않은 아이디어인 것 같았지만.

하지만 페이션스는 반대 의견을 분명히 밝혔다. "현재 복용하고 있는 약과 마리화나가 섞이면 어떤 반응이 일어날지 몰라요. 피해망상에 시달릴 수도 있고, 지금보다 몇 배 더 우울해질 수도 있어요."

그녀는 의사들의 안이한 타개책인 무분별한 약 처방에 늘 불만을 가져왔다. 바륨이나 모가돈(신경안정제), 뭐 그런 것들. 스코틀랜드의 많은 환자들이 그런 정제들을 마치 영양분이라도 되는 듯이 먹어치우고 있었다. 그 점을 지적하면 의사들은 예외 없이 과중한 업무량을 탓했다. 자신들도 어쩔 수 없다면서.

"지금 갈까요?" 그녀가 물었다. 큰 발전이었다. 제발 빨리 와줘요. 리버스는 그렇게 말하고 싶었다. 하지만 시간은 벌써 9시를 향해 달려가는 중이었다.

"아뇨. 그냥 말만으로도 고마워요."

"그를 혼자 남겨두는 시간이 길어지면 좋지 않아요. 그는 맞서고 싶지 않은 문제가 있어서 잠이 든 것뿐이니까요."

"잘 자요, 페이션스." 리버스는 수화기를 내려놓고 아파트를 나설 채비를 했다.

왜 하필 노스 퀸스페리 부둣가를 미팅 장소로 잡았을까? 그야 당연한 거 아니야? 그는 그들이 마이클을 데려갔던 막사 근처에 서서 몸을 떨고 있었다. 딕은 약속 시간을 지키는 법이 없었다. 하지만 리버스는 그걸 알면서도 일찍 나오고 싶었다. 그는 철교를 바라보며 그곳에 거꾸로 매달려 있는 기분이 어떨지 상상해보았다. 그것도 한밤중에. 얼굴에서 포대가 벗겨지고 나서도 비명은 지를 수가 없다. 입에 단단히 물린 재갈 때문에. 그 저 까마득한 강물만 내려다볼 뿐이다. 지금 리버스가 서서 먼 산을 바라보고 있는 곳.

"춥지?" 딕 토런스가 두 손을 비비고 있었다.

"저번에 술집에서 고마웠어. 그런 장난을 치다니."

"'뱃사람을 사든지 빌리든지.'"

"아, 그거." 토런스가 씩 웃었다. "〈킹 오브 더 로드〉 말이지? 그런데 가사가 틀렸어."

"가져왔어?"

딕이 자신의 코트 주머니를 톡톡 두드렸다. 그의 얼굴에는 초조해하는 기색이 역력했다. 충분히 그럴 만한 상황이었다. 경찰에게 불법 총기를 파는 건 흔한 일이 아니었으니까.

"어디 좀 볼까?"

"뭐? 여기서?"

리버스가 주위를 돌아보았다. "아무도 없잖아."

딕이 아랫입술을 살짝 깨물고 주머니에서 권총 하나를 꺼내 리버스에게 건넸다.

생기 없는 묵직함이 느껴졌지만 손에 감기는 느낌은 나쁘지 않았다. 리버스는 권총을 자신의 널찍한 주머니에 조심스레 집어넣었다. "탄약은?"

딕이 작은 탄약 상자를 꺼내 아기 딸랑이처럼 살랑살랑 흔들었다. 리버스는 그것도 받아 넣었다. 그런 다음, 바지 주머니에서 돈을 꺼냈다.

"세어봐."

딕이 고개를 저은 후 길 건너를 가리켰다. "가자고. 내가 한잔 살 테니까."

마침 리버스도 술 생각이 간절하던 차였다. "일단 이것부터 숨겨놓고." 그가 차 문을 열고 운전석 밑에 권총과 탄약 상자를 밀어 넣었다. 다시 허리를 편 그는 덜덜 떨고 있었다. 살짝 어지럽기까지 했다. 아무래도 빨리 한잔 걸쳐야 할 것 같았다. 배도 고팠지만 음식 생각을 하니 속이 울렁거렸다. 그의 시선이 다시 철교 쪽으로 돌아갔다. "자, 가지." 그가 딕 토런스에게 말했다.

총을 처분하고 돈을 챙긴 토런스는 한층 긴장이 풀린 모습이었다. 말도 확실히 많아졌고. 그들은 호스 인에 들어가 술을 주문했다. 토런스는 자리에 앉기가 무섭게 불법 총기가 이 땅으로 들어오는 경로를 설명해주었다.

"프랑스에선 총기 구입이 아주 수월해. 아예 밴에 싣고 다니면서 팔기도 하지. 문틈으로 카탈로그를 불쑥 내밀면 그걸 보고 원하는 모델을 고르는 거야. 마침 잘 알고 지내는 프랑스 놈이 있거든. 일 때문에 영국 해협을 밥 먹듯 드나드는 친구인데 그에게 부탁하면 총기는 얼마든지 구할 수 있어. 철퇴 같은 것도 당연히 구할 수 있고. 그러니까 뭐든 필요하면 말만 하라고."

"그걸 왜 이제야 얘기해?" 리버스가 자신의 술잔에 대고 웅얼거렸다. "진작 알았으면 총을 주문하지 않았을 텐데."

"뭐?" 그것이 농담임을 뒤늦게 깨달은 딕이 웃음을 터뜨렸다.

"대체 내게 뭘 넘긴 거지?" 리버스가 물었다. "너무 어두워서 못 봤어."

"복제품이야. 안심하라고. 식별자는 내가 직접 줄로 지워버렸어. 정확한 모델명은 콜트 45야. 한 번 장전에 열 발을 쏠 수 있고."

"8밀리미터?"

딕이 고개를 끄덕였다. "탄약 상자엔 스무 개가 들어 있어. 아주 강력한 총은 아니야. 원한다면 우지 기관단총도 구해다 줄 수 있어."

"맙소사." 리버스는 남은 맥주를 단숨에 비워냈다. 갑자기 밖으로 나가고 싶어졌다.

"먹고살려면 나도 어쩔 수 없어." 딕 토런스가 말했다.

"그래. 먹고살려면 그래야겠지." 리버스가 자리에서 일어서며 말했다.

23

다음 날, 리버스는 평소처럼 아침을 시작해보려 애썼다. 간밤에 앤드류 맥페일 관련 소식이 들어왔는지 확인해보았지만 예상대로 아무것도 없었다. 끓는 물을 맞은 맥클레인은 생각보다 양호한 상태였다. 본능적으로 두 팔을 들어 뿌려지는 물을 막아낸 덕분이었다. 그 누구도 맥페일을 위험한 범죄자로 여기지 않고 있었다. 경찰은 버스 터미널과 기차역, 고속도로 휴게소에 지명수배 포스터만 붙여놓았을 뿐 별다른 조치를 취하지 않았다. 리버스는 짐작하고 있는 곳이 있었다. 문제는 수색에 동원할 인력이 없다는 사실이었다.

그의 책상 위로 누군가의 그림자가 드리워졌다. 리틀 위드였다.

"쯧쯧." 플라워가 혀를 찼다. "경사는 머리를 얻어맞았고, 경장은 가스 폭발로 날아가버렸고, 앙코르로 또 뭐가 기다리고 있을지 궁금하군."

그들을 지켜보는 눈이 적지 않았다. 모두들 두 경위의 피 터지는 싸움을 기대하고 있었다. 리버스의 책상 옆 서류 캐비닛에도 평소보다 많은 형사들이 모여 있었다.

"물구나무를 서면 훨씬 쉬워." 리버스가 말했다.

"뭐가?"

"똥구멍으로 말하는 거."

서류 캐비닛 쪽에서 웃음을 참는 듯한 기침이 터져 나왔다. "나한테 목

캔디가 있으니까 누구든 필요하면 말만 하라고." 리버스가 캐비닛 쪽에 대고 소리쳤다. 그제야 캐비닛 문이 닫히고 형사 몇 명이 제자리로 돌아갔다.

"자기가 무슨 대단한 사람이라도 되는 줄 아나 보지?" 플라워가 말했다. "신의 아들이라도 돼?"

"뭐 남들보다 못할 건 없지."

"내가 보기엔 훨씬 못한데."

리버스가 전날 밤의 체포 기록을 집어 들고 빠르게 훑어나가기 시작했다. "또 할 말 없지?"

플라워가 미소를 지었다. "리버스, 자네 같은 부류는 공룡과 함께 멸종됐어야 해."

"*자네는 공룡들에게조차 외면받았잖아.*"

두 경위의 대결은 2대 0으로 끝이 났다. 앨리스터 플라워는 조용히 물러갔지만 리버스는 조만간 있을 리턴매치에 대비해야 했다. 끝도 없이 이어질 두 사람의 불화에.

그는 다시 체포 기록을 훑었다. 눈에 확 들어오는 이름이 하나 있었다. 그는 긴 한숨을 내쉬며 유치장으로 내려갔다. 첫 번째 감방 밖에는 젊은 순경 몇 명이 서성이고 있었다. 그들은 차례로 문에 난 감시창을 들여다보는 중이었다.

"문신 있는 그 친구입니다." 그들 중 하나가 리버스에게 설명했다.

"바늘꽂이?"

순경이 고개를 끄덕였다. 바늘꽂이는 머리부터 발끝까지 문신으로 뒤덮여 있었다. "심문을 위해 잡아뒀습니다."

리버스가 고개를 끄덕였다. 바늘꽂이가 잡혀 들어왔다니. 이번에도 그

흉측한 알몸을 보게 되는 건가?

"별명을 꽤 잘 지은 것 같습니다. 안 그렇습니까, 경위님?"

"뭐? 바늘꽂이? 적어도 내가 지어 붙여준 것보단 훨씬 나아."

"어떤 별명을 붙여주셨는데요?"

"흔해 빠진 얼간이(Just another prick, 'prick'은 '따끔함'이라는 의미로
도 쓰임)." 리버스는 두 번째 감방 문을 열고 안으로 들어갔다. 텁수룩하게
수염을 기르고 구슬픈 눈을 한 청년이 침대에 앉아 있었다.

"어떻게 된 거지?"

앤디 스틸이 그를 잠깐 올려다보았다가 이내 시선을 돌려버렸다. 에든
버러가 그를 다정히 맞아주지 않았던 모양이다. 그가 손으로 헝클어진 머
리를 매만졌다.

"에나 숙모님은 만나봤어요?" 그가 물었다.

리버스가 고개를 끄덕였다. "자네 부모님은 뵙지 못했어."

"그래도 소기의 목적은 달성했으니 다행이네요. 당신이 숙모님을 뵙고
왔다면."

"그간 무슨 일이 있었지?"

앤디 스틸의 머리에서 떨어진 비듬이 그의 바지에 쌓여가는 중이었다.
"관광을 좀 했어요."

"요즘 경찰은 관광 좀 했다고 마구 잡아들이지 않아."

스틸이 한숨을 내쉬며 분주히 놀리던 손을 멈추었다. "그건 내가 어딜
둘러봤는지에 따라 다르겠죠. 펍에서 어떤 남자에게 사립 탐정이라고 소
개했더니 대번에 의뢰할 사건이 있다고 했어요."

"오, 그래?" 리버스의 시선이 감방 벽에 조잡하게 그려진 3목두기(두 사람

이 아홉 개의 칸 속에 번갈아가며 O나 X를 그려나가는 게임) 쪽으로 돌아갔다.

"아내가 바람을 피우고 있다나요. 그는 어디 가면 그녀를 찾을 수 있는지 알려줬어요. 그녀의 인상착의도 상세히 들려줬고요. 수수료라면서 10파운드를 쥐어주더군요. 일을 마치면 추가로 수고비를 주겠다고 했어요."

"계속 해봐."

앤디 스틸이 천장을 올려다보았다. 자신이 생각해도 어이가 없고 한심한 모양이었다. "1층 아파트였어요. 밤새도록 눈에 불을 켜고 감시했죠. 그랬더니 여자가 나타나더군요. 하지만 남자는 보이지 않았어요. 좀 더 잘 보이는 곳으로 이동했더니만 누군가가 수상하다면서 날 경찰에 신고했어요."

"체포되고 나서 그렇게 진술했고?"

스틸이 고개를 끄덕였다. "그들이 날 술집으로 데려갔어요. 사건을 의뢰한 남자는 사라져버린 후였고요. 그를 기억하는 사람은 없었어요. 난 그의 이름도 몰랐고요."

"그 여자의 인상착의는 그가 말해준 것과 일치했어?"

"네."

"보나마나 전처이거나 옛 애인이었을 거야. 그들에게 겁을 주려고 기꺼이 10파운드를 써버린 거지."

"그런데 그 여자가 날 고발했어요. 탐정으로 나선 지 얼마나 됐다고 벌써 이런 일에 휘말려버렸네요."

"출발이 썩 좋지 않군." 리버스가 말했다. "사립 탐정은 모르겠지만 관음증 환자로서는 역할을 톡톡히 한 것 같은데." 리버스가 도탄에 빠진 스틸을 쳐다보며 윙크를 했다. "기운 내. 올라가서 손을 한번 써볼 테니까."

하지만 그가 손을 써볼 틈도 없이 고르기 가에서 쇼반 클락의 전화가 걸려왔다. 그녀는 로리 킨툴을 만나보고 온 일을 들려주었다.

"사촌의 도박 중독에 대해 알고 있는지 물어봤습니다. 몰랐다고는 하는데 워낙 긴밀한 관계라 믿음이 안 가네요. 거실에는 사진 수백 장이 붙어 있었습니다. 숙모와 삼촌들, 남녀 형제들, 조카들, 사촌들, 조부모들……"

"무슨 얘긴지 알았어. 그에게 산산조각 난 유리창 얘기를 들려줬나?"

"오, 물론이죠. 지대한 관심을 보이던데요. 의자에서 튀어나오지 않으려고 무던히 애쓰는 모습이었습니다. 하지만 말은 별로 없었어요. 정육점 얘길 듣고 나더니 보나마나 술 취한 사람이 지나다가 충동에 휩쓸려 그랬을 거랍니다."

"자신을 칼로 찔렀던 바로 그 술꾼?"

"뭐 그렇게까지는 물어보지 않았습니다. 하지만 자신이 한때 사촌을 대신해 정육점 밴을 몰았던 적이 있었다고는 하더군요. 이번 사건과 관련이 있는지는 모르겠습니다만."

"정말? 풀타임으로?"

"네, 1년쯤 전에 그랬답니다."

"본에게 밴이 있다는 건 처음 알았군. 아무래도 그 부분을 살펴봐야 할 것 같아."

"네, 경위님?"

"밴 말이야. 그걸 몰고 가게 앞창으로 돌진했던 건지도 모르잖아. 그거로도 안 됐다면 밴에 불을 질렀을 거고."

"보호세 문제로 말씀인가요?"

"보호세 문제였을 수도 있고, 도박 빚 때문이었을 수도 있고. 자네 생각은 어떤가?"

"그 가능성도 킨툴에게 언급했습니다."

"그랬더니?"

"그냥 웃던데요."

"그로부터 뽑아낼 수 있는 최대한의 반응이었을 거야."

"맞아요. 전혀 감정적인 타입이 아니더군요."

"도박 빚은 아닌 것 같군. 머리를 더 굴려봐야겠는데."

"인터뷰가 한창 진행되고 있을 때 그의 아들이 들어왔습니다."

"그 아들 얘기 좀 해봐."

"나이는 열일곱 살이고, 백수랍니다. 이름은 제이슨이고요. 킨툴이 저를
CID라고 소개했더니 아들이 바짝 긴장하더군요."

"실업수당을 받는 십대 아이가 그런 반응을 보이는 게 당연하잖아. 우
릴 강제 징집대 정도로만 생각할 테니."

"뭔가 켕기는 데가 있는 것 같아 보였습니다."

"얼마나 수상했는데?"

"글쎄요. 뭐 마약이나 갱, 그런 거 아니겠습니까."

"전과가 있는지 알아보자고. 머니백은 어떻게 되고 있지?"

"솔직히 말씀드리면, 여기서 이러고 있을 바엔 차라리 메일백(mailbag,
우편 가방)이나 깁는 게 낫겠어요."

리버스가 미소를 지었다. "억울하면 진급해, 클락." 그가 말했다. 그리고
대꾸도 듣지 않은 채 수화기를 내려놓았다.

어제 그는 깜빡 잊고 팻 컬더에게 요리책 속에 적혀 있던 메시지에 대
해 물어보지 못했다. 그만큼 정신이 없었다. 순간적으로 메리의 늘씬한 다

리나 엘비스 기념품들에 홀렸을 수도 있고. 리버스는 경찰서를 나서기 전 제이슨 킨툴의 전과를 살펴보았다. 어느 파일에서도 그의 이름은 언급되지 않았다. 운전석 밑에 숨겨둔 총이 리버스로 하여금 정신을 번쩍 차리게 했다. 그는 차를 몰고 콜로니로 향했다.

그를 본 팻 컬더가 흠칫 놀랐다.

"안녕하세요." 리버스가 말했다. "집에 있을 것 같았는데, 역시."

"들어와요."

리버스는 안으로 들어갔다. 거실은 저번보다 어수선한 분위기였다. 그는 커플 중 누가 깔끔한 쪽이었는지 궁금해졌다. 에디 링건은 게으름뱅이 같아 보였지만 실제로 어땠는지는 알 길이 없었다.

"집이 좀 어수선합니다. 미안해요."

"상황이 상황이다 보니 그렇겠죠." 실내는 답답했다. 남학생들이 모여 사는 아파트나 체육관 탈의실을 연상시키는 퀴퀴한 냄새가 진동했다. 남자 혼자서는 절대 풍길 수 없는 냄새. 순간 리버스의 머릿속에 컬더가 영안실로 데려왔던 젊고 호리호리한 바텐더가 떠올랐다.

"장례식 준비를 하고 있었어요." 팻 컬더가 말했다. "월요일입니다. 장례식장에서 가족과 친구들만 참석하는지 묻더군요. 그래서 에디에게는 가족이 없다고 했습니다."

"그래도 좋은 친구들이 있지 않습니까."

컬더가 미소를 지었다. "고마워요, 경위님. 진심입니다. 그건 그렇고, 오늘은 무슨 일로……"

"현장에서 뭔가가 발견됐습니다."

"오?"

"메시지 같은 건데요. 이렇게 적혀 있었습니다. '내가 한 일은 가스를 틀어놓은 것뿐이야.'"

컬더가 움찔했다. "맙소사. 자살이었군요, 그렇죠?"

리버스는 어깨를 으쓱였다. "유서 같진 않았습니다. 연습장 안에서 찾았거든요."

"에디의 요리책 말인가요?"

"네."

"그것도 모르고 찾아 헤맸네요."

"메시지를 지우려 했는지 그 위에 줄을 직직 그어놓았더군요. 그걸 가져가서 분석해봤습니다."

"그가 꾼 악몽과 관련이 있을지도 모르겠네요."

"나도 그렇게 생각했습니다. 하지만 그건 그가 정확히 무슨 꿈을 꾸었는지에 달려 있겠죠. 그가 두려워했거나 과거에 저지른 일들에 대한 꿈이었는지도 모르지 않겠습니까."

"난 심리학자가 아닙니다."

"그건 나도 마찬가지입니다." 리버스가 말했다. "에디가 레스토랑 열쇠를 가지고 있었겠죠?"

"네."

"사망했을 당시 그는 열쇠를 지니고 있지 않았습니다. 혹시 정리하면서 못 봤나요?"

"못 본 것 같은데요. 열쇠 없이 어떻게 들어갈 수 있었을까요?"

"당신이 CID보다 낫군요, 컬더 씨. 나도 그게 궁금했습니다." 리버스가 소파에서 일어났다. "연락도 없이 불쑥 찾아와서 미안했어요."

"오, 괜찮아요. 브라이언에게 장례식에 참석해달라고 전해주겠어요? 워리스턴 묘지입니다. 2시."

"월요일 2시. 그렇게 전하죠. 오, 마지막으로 한 가지만 더. 혹시 예약 기록을 보관해왔습니까?"

컬더가 어리둥절한 표정을 지었다. "물론이죠."

"그걸 좀 봤으면 하는데요. 눈에 익은 이름이 있는지 확인해보려고요."

컬더가 고개를 끄덕였다. "당신이 무슨 생각을 하고 있는지 짐작이 갑니다. 찾아서 경찰서로 가져갈게요. 마침 점심 때 하트브레이크에 나가볼 일도 있고."

"아직도 정리가 안 끝났어요?"

"그게 아니라 카페를 사겠다고 나선 사람이 있어서요. 피자 레스토랑이라는데 사업을 확장하려는 모양이에요."

팻 컬더는 분명 무언가를 감추고 있었다. 하지만 리버스는 섣불리 달려들어 파헤치고 싶지 않았다. 그게 아니라도 당장 신경 써야 할 일이 한둘이 아니었다. 우선 총. 어젯밤 그는 차 안에 앉아 그것을 만지작거리며 시간을 보냈었다. 군 시절 교관은 총을 손에 확실하게 쥐되 힘을 너무 주면 안 된다고 했었다. 간신히 발기된 물건을 다루듯이. 최대한 오래 유지시킬 수 있게.

또한 그는 선과 악에 대해서도 많은 생각을 했었다. 잔인함이나 욕정 같은 나쁜 생각이 사람을 악하게 만드는 게 아니었다. 하지만 머릿속이 교화된 사상들로 가득 차 있다면, 그리고 그런 상태로 하루 종일 고문자의 역할을 충실히 수행한다면…… 결국에는 사회에서 행해진 행위로만 심판을 받게 될 것이다. 머릿속에 어떤 생각을 품고 있는지는 전혀 헤아릴 필요가 없다. 리버스도 끊임없이 샘솟는 암울한 핏빛 상상들에 대해 죄책감을 느낄 이유가 없었다. 그 상상을 행동으로 옮기지만 않는다면. 하지만 행동으로 그 상상을 넘어설 수만 있다면 기분은 무척 좋아질 것이다. 옳은 일을 한 셈이니까.

그는 가장 먼저 눈에 들어오는 성당 앞에 차를 세웠다. 무려 수개월 동안 온갖 핑계를 대며 교회를 피해 다녔던 그였다. 매주 그의 일요일 아침을 특별하게 만들어준 페이션스의 탓이기도 했고.

누군가가 매직펜으로 성당 경내 나무 간판에 낙서를 해놓은 게 보였다. '영원한 도움의 성모(Our Lady of Perpetual Help)'는 이제 '영원한 지옥의 성모(Our Lady of Perpetual Hell)'로 바뀌어버렸다. 특별한 징조로 여겨지지는 않았지만 리버스는 안으로 들어가보았다. 성당 안은 썰렁했다. 그는 신도석에 앉아 기도서의 검은 표지를 물끄러미 내려다보았다. 그리고 무엇이 자신의 마음을 그토록 꺼림칙하게 만드는지 의아해했다. 그때 고해실을 나온 한 여자가 머리 스카프를 꺼내 썼다. 리버스는 자리에서 일어나 작은 방안으로 들어갔다. 그는 정적에 파묻힌 채 앉아 무슨 말을 꺼내야 할지 고민에 빠졌다.

"큰 죄를 지으려 합니다. 사하여 주십시오."

"그 죄가 뭔지 들어봅시다." 칸막이 너머에서 걸걸한 목소리가 흘러나왔다. 아일랜드 말씨였다. 사제의 자신감에 찬 목소리가 리버스를 미소 짓게 만들었다.

그가 말했다. "사실 저는 가톨릭 신자도 아닙니다."

"그럼 기독교인인가요?"

"그런 것 같습니다. 한때 교회에 다닌 적이 있습니다."

"믿음이 있습니까?"

"믿지 않으면 안 될 것 같습니다." 그는 자신이 그 믿음을 지키기 위해 얼마나 애써왔는지는 굳이 덧붙여 말하지 않았다.

"무엇이 문제인지 말해봐요."

"누군가가 저를 협박해왔습니다. 제 친구와 가족을요."

"경찰에 신고는 했습니까?"

"제가 경찰입니다."

"아, 그러니까 직접 사적 제재를 가하시겠다? 그 왜 영화에서 하듯이 말이죠?"

"그걸 어떻게 아셨습니까?"

"이 고해실을 찾은 경찰이 당신 한 사람뿐인 줄 알아요? 경찰에 가톨릭 신자가 한둘도 아니고." 리버스는 다시 미소를 지었다. "그래서 대체 어쩌겠다는 겁니까?"

"총을 구했습니다."

그 말에 사제의 호흡이 일시적으로 멎었다. "문제가 심각하군요. 보통 심각한 게 아니에요. 그 총을 쓰는 순간 당신은 자신이 그토록 경멸하는 괴물이 돼버리는 겁니다. 그들과 똑같아지는 거라고요." 사제가 나지막이 말했다.

"그게 어때서요?" 리버스가 물었다.

"스스로에게 한 번 물어봐요. 평생 그 끔찍한 기억과 죄책감에 시달릴 텐데 그래도 괜찮겠는지." 그가 잠시 말을 멈추었다. "당신 같은 칼뱅파들이 무슨 생각을 하는지 알아요. 태어날 때부터 저주를 받았다고 생각하죠? 그래서 자포자기하려는 거고요. 하지만 난 지금 이승을 얘기하고 있는 겁니다. 저승이 아니라. 죽기도 전에 연옥에서 살고 싶습니까?"

"아뇨."

"바보가 아니라면 당연히 그렇게 대답해야죠. 그 총은 돌덩이에 꽁꽁 묶어 포스 강에 던져버려요. 그게 있어야 할 곳은 바로 거깁니다."

"감사합니다, 신부님."

"감사는 무슨. 참, 형사 양반?"

"네, 신부님?"

"나중에 날 찾아와요. 요즘 신교도들이 무슨 생각에 사로잡혀 사는지 알고 싶으니까. TV 보는 게 따분해지면 찬찬히 곱씹어보려고요."

리버스는 고르기 가에 오래 머물지 않았다. 감시 업무는 여전히 제자리 걸음이었다. 지금껏 촬영된 사진들은 전부 현상을 마쳐놓은 상태였다. 신원이 확인된 이들은 전부 삼류 건달들이었다. 나이 든 전과자들. 이 바닥 유망주들. 그들은 고기 잔챙이 정도도 못 되었다. 기껏해야 연못 구석에 달라붙은 물고기 알 덩어리 정도나 될까. 플라워 쪽도 성과가 없기는 마찬가지였다. 리버스는 리틀 위드가 상환을 청구하는 모습을 떠올려보았다. 거기서 술을 엄청 퍼마셨을 텐데……

사제와의 짧은 대화가 그에게 활기를 되찾아주었다. 그는 사제의 이름을 알아오지 못한 게 후회되었다. 하지만 원래 죄인들끼리는 익명으로 남아야 하는 법이었다. 그는 나중에 한 번 더 성당을 찾아가볼 생각이었다. 사제가 요청한 대로. 그리고 오늘 밤에는 해안으로 나가 총을 버릴 것이다. 그는 광기에 사로잡혀 지냈었다. 총을 구입한 것만으로도 충분했는데.

어차피 쏘지도 않을 것을.

그는 세인트 레너즈에 차를 세우고 안으로 들어갔다. 프론트 데스크에는 그를 위한 패키지가 보관되어 있었다. 하트브레이크 카페의 예약 기록부. 노트에는 컬더가 쓴 메모가 붙어 있었다.

"엘비스도 피자를 먹었겠죠? 안 그렇습니까?" 결국 하트브레이크가 이탈리아 레스토랑으로 바뀌는 모양이었다.

그가 메모를 훑는 동안 내근 경사는 위층의 누군가에게 슬그머니 전화를 걸었다.

"무슨 일이야?" 리버스가 자신이 도착했음을 상관에게 나지막이 보고한 내근 경사에게 물었다.

"아무것도 아닙니다, 경위님." 내근 경사가 말했다. 리버스는 잠시 그를 노려보다가 홱 돌아섰다. 그때 안쪽 문이 열리면서 로더데일과 플라워가 걸어 나왔다.

"자네 차 열쇠 좀 줘보게." 로더데일이 말했다.

"무슨 일이십니까?" 리버스가 플라워를 돌아보았다. 그는 화형식을 지켜보는 전도사 같아 보였다.

"차 열쇠 말이야." 로더데일이 한 손을 내밀었다. 리버스는 그 손이 알아서 거두어지지 않을 거라는 걸 알고 있었다. 그는 열쇠를 꺼내 상관에게 넘겼다.

"완전 똥차입니다. 정확한 부분을 제대로 걷어차야 간신히 시동을 걸 수 있죠." 그는 두 남자를 따라 주차장으로 나갔다.

"자네 차를 몰려는 게 아니야." 로더데일이 말했다. 협박조로 들렸지만 리버스는 플라워의 침묵이 더 불안했다. 순간 그에게 깨달음이 찾아들었다. 총! 그들이 총에 대해 알고 있다. 총은 여전히 운전석 밑에 숨겨져 있었다. 차가 아니면 숨길 곳이 없었다. 아파트에? 마이클의 눈에 띄기라도 하면 어쩌려고. 바지 속에? 사람들의 시선만 더 끌 뿐이지. 그래서 그는 계속 차 안에 놔두었었다.

로더데일이 차 문을 열고 나서 리버스를 돌아보았다. 그의 손이 다시 앞으로 내밀어졌다. "총, 리버스 경위." 리버스는 꿈쩍도 하지 않았다. "총 내놓으라고."

24

그가 총을 들고 방아쇠를 당겼다. 한 발, 두 발, 세 발. 총은 다시 내려졌다.

그들 모두 귀마개를 끼고 있었다. 과학수사대 남자는 평범한 나무 상자에 대고 총을 몇 번 발사했다. 발사된 총알들은 연구소에서 꼼꼼히 분석될 것이다. 폴리에틸렌 장갑을 낀 남자가 권총을 증거용 봉지에 담았다.

"결과는 나오는 대로 알려드리겠습니다." 그가 왓슨 총경에게 말했다. 총경은 고개를 끄덕여 그를 연구소로 돌려보냈다. 왓슨이 로더데일을 돌아보았다.

"다시 얘기해보게, 프랭크."

로더데일이 심호흡을 한 번 했다. 이번이 벌써 세 번째 보고였다. 하지만 그는 개의치 않았다. 전혀. "오늘 아침 플라워 경위가 정보를 입수했다면서 제게……"

"무슨 정보?"

"전화로 제보를 받았답니다."

"익명의 전화?"

"네." 로더데일이 또 한 번 깊은 숨을 들이쉬었다. "제보자는 5년 전 센트럴 호텔 살인 사건에 쓰인 총이 리버스 경위의 수중에 들어왔다고 했습니다. 그 말만 하고 끊어버리더군요."

"그래서 리버스가 5년 전 그 친구를 쏴 죽였단 말이야?"

로더데일은 이 질문에 관한 답을 알지 못했다. "제가 아는 건 리버스의 차에서 총이 발견됐다는 사실뿐입니다. 그도 총에 자기 지문이 잔뜩 묻어 있을 거라고 했고요. 그게 같은 총인지 아닌지는 오늘 중에 확인될 겁니다."

"뭐가 그리 신이 나지? 보나마나 그에게 누명을 씌우려는 계략일 텐데."

"그게 말입니다, 총경님……" 로더데일이 말했다. "리버스 경위는 혼자서 센트럴 호텔 사건을 들춰봐왔습니다. 아예 책상 옆에 파일을 수북이 쌓아놓았더군요. 그가 왜 그러는지 아는 사람이 없답니다."

"그가 뭔가를 찾아낸 모양이군. 그게 누군가를 불안하게 만든 거고. 그래서 그에게 누명을 씌우려고 총을……"

"죄송하지만, 총경님." 로더데일이 잠시 머뭇거렸다. "누가 몰래 총을 놓아둔 게 아닙니다. 리버스가 '지인'으로부터 총을 구입했다고 이미 시인했습니다. 자신이 그 지인에게 총을 구해달라고 요청을 했답니다."

"총은 왜?"

"누군가에게 협박을 받고 있다더군요. 물론 거짓말일 수도 있고요."

"그게 무슨 소린가?"

"어쩌면 총은 그가 찾은 단서인지도 모릅니다. 센트럴 호텔 파일을 본격적으로 뒤지기 시작한 계기가 됐는지도 모르고 말입니다. 증거 은닉 혐의를 벗기 위해 거짓말을 했을 가능성도 배제할 수 없습니다."

왓슨이 잠시 머리를 굴렸다. "자네 생각은 어떤가?"

"편견 없이 말씀드린다면……"

"프랭크, 자네가 리버스를 얼마나 싫어하는지 잘 아네. 자네와 플라워가 들이닥쳤을 때 그 친구는 린치 당할 걱정이 앞섰을 거야."

로더데일이 어색하게 웃음을 지었다. "리버스 경위가 아주 심각한 상황에 처해 있는 것 같습니다. 있는 그대로의 *사실*만 놓고 보면 말이죠. 설령 그가 총을 구입한 게 맞더라도 그 사실이 달라지진 않습니다."

"그렇지 않아도 골치가 아플 텐데." 왓슨이 중얼거렸다. "얼마 전엔 여자친구에게 쫓겨나기까지 했다지? 나름 큰 기대를 품고 지켜봐왔는데."

"네?"

"그녀 덕분에 리버스의 몰골이 그나마 나아졌잖아. 진급시켜도 될 정도로."

로더데일은 하마터면 혀를 삼켜버릴 뻔했다.

"한심한 놈." 왓슨이 계속 이어나갔다. 로더데일은 그것이 리버스를 향해 내뱉어진 말이기를 바랐다. "아무래도 그 친구를 한번 만나봐야겠어."

"그럼 저도 같이?"

"자네는 여기 남아서 분석 결과를 기다리게. 플라워는 어디 있지?"

"근무 중입니다, 총경님."

"펍으로 돌아갔단 말인가? 그 친구도 한번 불러들여야겠어. 내부고발자가 하필이면 세인트 레너즈에서 자네만큼이나 리버스를 싫어하는 사람에게 그런 제보를 했다니, 웃기지 않나?"

"제가 그를 싫어한다고요, 총경님?"

"아차, 싫어하는 게 아니라 혐오하는 거였지."

리버스는 제보 전화를 받은 사람이 플라워가 아니었다는 걸 알고 있었다. 문제의 제보는 존 리버스 경위와 플라워 사이에 풀리지 않은 앙금이 남아 있다는 사실을 잘 아는 경장에게 들어온 것이었다. 경장은 펍에 나가 있는 플라워에게 전화를 걸어 그 내용을 전달했고, 플라워는 로더데일에게 보고하기 위해 재키 스튜어트(스코틀랜드의 전설적인 카레이서)처럼 차를 몰아 세인트 레너즈로 돌아왔다.

리버스가 그 사실을 알게 된 건 마침 모두가 페츠 본부 과학수사 연구소에 나가 있을 때 홀로 세인트 레너즈에서 시간을 죽이고 있었기 때문이었다. 그는 최대한 서둘러야만 했다. 왓슨이 돌아오자마자 정직 처분이 떨어질 게 뻔했으니까. 그는 쇼핑백을 찾아 센트럴 호텔 파일과 하트브레이크 카페 예약 기록부를 담았다. 그런 다음, 그것들을 자신의 차 트렁크 안에 실어놓았다. 왓슨이 가장 먼저 뒤져보고 싶어 할 곳에.

빌어먹을. 총은 오늘 밤에 갖다버리려고 했었는데.

로더데일은 그 총이 센트럴 호텔 살인 사건의 '범인'이 사용한 무기였을 거라 짐작하고 있었다. 사실 그것은 증명하기도, 반증하기도 쉬운 문제였다. 이미 경찰에게는 피해자의 몸에서 뽑아낸 총알이 있었으니. 리버스는 기회가 있을 때 총을 좀 더 유심히 살펴보지 못한 것을 후회했다. 총은 충분히 새것 같아 보였다. 하지만 어떤 이의 눈에는 5년 전 운명의 날에 딱 한 번 사용되었던 무기로 비쳐질 수도 있었다.

그는 그것이 문제의 총이라는 것에 의심을 품지 않았다. 그저 그들이 어떻게 자신에게 누명을 씌우는 데 성공했는지가 궁금할 뿐이었다. 그 답을 찾으려면 모든 것을 차례로 되짚어볼 수밖에 없었다. 딕이 그에게 총을 건네주었다. 그들이 딕을 매수했다는 뜻이었다. 딕 토런스를 찾는다고 여기저기 떠벌리고 다녔던 건 리버스 자신이었고, 어쩌면 그렇게 소문이 퍼졌던 것일지도 몰랐다. 누군가가 그 소식을 전해 듣고 딕을 찾아 나선 게 분명했다. 그들은 그와 존 리버스가 어떤 관계인지 파악해두었을 것이다. 딕은 리버스로부터 총을 구해달라는 요청을 받자마자 그들에게 쪼르르 달려가 그 사실을 흘렸을 것이고.

오, 그래. 그렇게 된 걸 거야. 리버스는 친구에게 총을 주문하는 것으로 스스로를 함정에 빠뜨렸던 것이다. 하지만 총을 그렇게 이용해먹으려 하다니. *너무 명백해서 오히려 의심만 살 텐데.* 문제는 경찰의 조사와 그의 정직 상태가 몇 달간 이어질 수 있다는 사실이었다. 어쨌든 그들은 심하게 거슬리는 눈엣가시를 일시적으로나마 제거하는 데 성공한 셈이었다.

리버스는 혼자 씩 웃었다. 그는 아직도 진실로부터 알래스카만큼이나 멀리 떨어져 있었다. *혹시…… 내가 뭔가를 파헤쳐낸 게 아닐까? 나도 모르는 새?* 어쨌든 그는 마지막 사소한 것 하나까지 샅샅이 뒤져봐야만 했다. 적지 않은 시간이 소요되겠지만 상관없었다. 어차피 왓슨이 부지불식간에 충분한 시간을 내줄 테니까.

그는 총경 사무실로 불쑥 들어갔다. 예고도 없이 나타난 리버스를 보고 왓슨이 흠칫 놀랐다.

"존," 왓슨이 앉으라고 손짓하며 말했다. "자넨 왜 항상 곤란한 상황에 빠지는 건가?"

"주문을 외워대서 그런 것 같습니다, 총경님." 리버스가 말했다.

"그게 무슨 주문인데?"

리버스는 어떻게 그것을 모를 수가 있느냐는 듯 깜짝 놀라는 표정을 지어 보였다. "아브라카다브라."

"존," 왓슨이 말했다. "자넨 오늘부터 정직이야."

"감사합니다, 총경님." 리버스가 말했다.

그날 저녁, 그는 본격적으로 딕 토런스를 찾아 나섰다. 혹시나 하는 마음에 사우스 퀸스페리까지 차를 몰고 가보았다. 황량한 밤의 헛된 희망. 어쩌면 딕은 이미 도시를 떠났는지도 모른다. 아예 서반구를 떠났을 수도 있었다. 물론 그들이 더 확실하고 영구적인 방법으로 그를 처리했을 가능성도 배제할 수 없었다.

"너 같은 친구를 두다니, 나도 참." 리버스가 웅얼거렸다. 그곳에서 허탕을 친 그는 기분 전환을 위해 즐겨 찾는 안마 시술소로 향했다. 여느 때처럼 이번에도 손님은 리버스 한 명뿐이었다. 한때 그는 오르간 연주자가 어떻게 돈을 버는지 궁금했었다. 하지만 지금은 그 답을 알고 있었다. 오르간 연주자는 부잣집만 골라 출장 서비스를 해온 것이었다.

"거긴 언제부터 들락거린 겁니까?" 리버스가 물었다. 테이블에 엎드린 그는 오르간 연주자가 마음만 먹으면 너무나도 손쉽게 자신의 목이나 척추를 부러뜨릴 수 있다는 걸 잘 알았다. 하지만 왠지 그러지는 않을 것 같았다. 그는 자신의 본능을 믿어보기로 했다.

"두어 달 됐어요. 헬스클럽에서 누군가가 그의 아내에게 내 이야기를 한 모양입니다."

"그녀를 알아요?"

"잘 아는 건 아니고요. 그녀는 내 손이 너무 거칠다고 했어요."

"빅 제르 캐퍼티의 아내의 입에서 그런 말이 나오다니, 웃긴데요."

"그가 보통 악당이 아닌 모양이군요."

"왜 그렇게 생각하죠?"

"내가 여기 온 지 얼마 되지 않았다는 거 잊었어요?"

하긴. 리버스는 오르간 연주자가 런던 북부 출신이라는 사실을 깜빡하고 말았다. 기분이 좋을 때면 그는 런던에 대해 신나게 주절대곤 했다.

"그에 대해 뭐 아는 거 있어요?" 리버스가 슬쩍 물었다. 안마사의 두툼한 손이 그의 목을 치대는 중이었다.

"알아도 얘기 안 할래요." 오르간 연주자가 말했다. "침묵은 금이거든요, 경위님."

"그의 집에서 누구누구를 봤죠?"

"그의 아내와 운전사만 봤어요."

"운전사? 왼쪽 귀 연골이 옹이처럼 변한 그 덩치 큰 남자 말입니까?"

"그래서 머리를 그렇게 깎은 거였군요." 오르간 연주자가 말했다.

"그게 아니면 그런 스타일을 무모하게 시도할 리 없었겠죠." 리버스가 말했다.

안마를 받고 나온 리버스는 아파트로 돌아갔다. 마이클은 심야 영화를 보고 있었다. 그의 넋 나간 얼굴은 TV 불빛을 받아 반짝거렸다. 리버스는 TV 앞으로 다가가 전원을 껐다. 마이클의 시선은 여전히 화면에 머물러 있었다. 눈도 깜빡이지 않은 채. 그의 손에는 차갑게 식은 차가 쥐어져 있었다. 리버스는 동생의 손에서 컵을 조심스레 떼어냈다.

"미키," 그가 말했다. "내겐 대화 상대가 필요해."

마이클이 눈을 깜빡이며 형을 올려다보았다. "대화 상대? 내가 있는데 뭐가 걱정이야?" 그가 말했다. "형도 알면서."

"그래, 알지." 리버스가 말했다. "이제 우리에겐 또 다른 공통점이 생겼어."

"그게 뭔데?"

리버스가 소파에 앉았다. "넌 다리에 매달렸었고(suspended), 난 오늘 정직 당했어(suspended)."

25

왓슨 총경은 토요일 아침이 두려웠다. 특히 아내가 함께 쇼핑을 가자고 조를 때. 그는 백화점과 옷 가게에서 따분한 시간을 보내는 게 가장 싫었다. 새로 나온 전자레인지용 말레이시아 음식이나 무례하게 생기고 발음하기도 힘든 과일을 억지로 시식해야 하는 슈퍼마켓 쇼핑도 나을 게 없었다. 자신과 같은 곤경에 빠진 다른 집 남자들을 지켜보는 것도 고역이기는 마찬가지였다. 왜 아무도 불평을 하지 않는지 그는 궁금했다. 누구라도 미친 척하고 나서서 남자가 맹렬하고 위풍당당한 사냥꾼임을 여자들에게 상기시켜도 모자랄 판에.

하지만 오늘 아침, 그는 일 핑계를 대고 아내의 올가미를 벗어날 수 있었다. 그는 주말마다 세인트 레너즈에 나와야 할 이유를 만들거나 산더미처럼 쌓인 일을 집으로 가져갔다. 그는 서재에 앉아 라디오를 들으며 신문을 훑는 중이었다. 집은 정적에 휩싸여 있었다. 갑자기 전화벨이 울리자 그가 움찔했다. 그는 짜증을 내고 싶었지만 자신이 기다렸던 전화이기에 그럴 수 없었다. 페츠 본부 과학수사 연구소. 짧게 통화를 마친 그가 리버스의 전화번호를 찾아 전화를 했다.

"월요일 아침에 내 사무실로 오게." 그가 리버스에게 말했다. "자네에게 물어볼 게 좀 있어."

"제 차에서 나온 그 총 때문입니까?" 리버스가 말했다. "분석 결과가 나온 모양이군요."

"그래."

"총알이 매치되던가요?"

"응."

"그럴 거라고 짐작하셨죠?" 리버스가 말했다. "사실 저도 그랬습니다."

"이게 좀 곤란해졌어, 존."

"그게 정상 아닙니까?"

"자네에게도 그렇지만 나도 마찬가지야."

"저야 그렇다 쳐도 총경님은 왜 곤란해신 건지……"

그날 아침, 잠에서 깬 쇼반 클락은 시간을 확인하자마자 침대를 내려왔다. 맙소사. 벌써 9시라니! 그녀는 황급히 화장실로 들어가 욕조에 목욕물을 받고 갈아입을 속옷을 찾아보았다. 바로 그때 깨달음이 찾아들었다. 주말이잖아! 서두를 이유가 하나도 없었다. 마음껏 늦장을 부려도 되는 날이었다. 첫 주말은 다른 팀이 그들을 대신해 머니백 작전을 이어나가기로 되어 있었다. 공정거래원에 의하면, 두게리의 주말은 신성불가침이었다. 그는 고르기가 근처에는 얼씬도 하지 않았다. 하지만 그렇다고 대책 없이 감시팀을 철수시킬 수는 없었다. 그래서 경찰은 대체 인력을 머니백 작전에 투입하기로 했다. 만약 아무 일도 벌어지지 않으면 이후 주말 감시 작전을 완전히 접는다는 계획이었다. 두게리는 틀에 박힌 일상에 집착했다. 덕분에 그녀도 5시 30분 정각에 퇴근을 할 수 있었다. 가끔 그 전에 업무가 끝날 때도 있었다. 쇼반은 몇 시간 여유가 생길 때마다 던디에 다녀오곤 했다.

그녀는 오늘 아침에도 다녀올 참이었다. 에든버러를 출발하기까지는 한 시간 남짓 남아 있었다. 무슨 일이 있어도 하이버니언 경기가 시작되기 전까지는 돌아와야만 했다.

그녀는 남는 시간을 이용해 커피를 내렸다. 거실은 엉망이었지만 그녀는 신경 쓰지 않았다. 원래 청소는 일요일 아침에 할 일이었으니까. 혼자 살아서 좋은 점 중 하나였다. 아무리 지저분하게 살아도 누가 뭐라 하지 않는다는 것. 감자칩 봉지, 피자 상자, 3분의 1쯤 남은 와인 병, 오래된 신문과 잡지, CD 케이스, 옷가지, 뜯었거나 뜯지 않은 우편물, 접시와 날붙이, 그리고 그녀가 소유한 모든 머그잔들, 그 모든 것이 자그마한 그녀의 거실을 가득 메우고 있었다. 쓰레기 더미 밑 어딘가에는 푸톤(매트리스처럼 생긴 일본식 이부자리)과 무선 전화기가 숨겨져 있을 것이다.

전화벨이 울리고 있었다. 그녀는 피자 상자 밑에서 수화기를 찾아 들고 안테나를 쑥 뽑았다.

"자넨가, 클락?"

"네, 경위님." 존 리버스에게서 전화가 걸려오다니…… 그녀는 수화기를 귀에 갖다 붙인 채 화장실로 걸어 들어갔다.

"내가 곤란할 때 전화한 건가?" 리버스가 말했다.

"욕조에 물을 틀어놔서요."

"맙소사. 목욕 중이었군."

"아닙니다. 무선 전화기로 받고 있어요."

"난 무선 전화기가 싫어. 달랑 5분 통화하는데도 상대방이 변기 물 내리는 소리까지 들어야 하고. 아무튼 미안해. 지금…… 몇 시나 됐지?"

"벌써 9시네요."

"정말?" 그의 목소리에서는 피로가 묻어나왔다.

"경위님, 정직 처분 받으셨다는 소식 들었습니다."

"그럴 줄 알았어."

"제가 참견할 일은 아니지만, 도대체 총은 왜 지니고 계셨던 겁니까?"

"심령 보호를 위해서."

"네?"

"내 동생은 그렇게 부르더군. 한때 최면술사였거든."

"경위님, 정말 괜찮으신 겁니까?"

"괜찮아. 오늘은 경기 보러 안 가나?"

"제게 특별히 시킬 일 없으시면 다녀오려고요."

"저기…… 자네 아직도 캐퍼티 파일을 가지고 있나?"

그녀는 다시 거실로 나왔다. 리버스가 찾고 있는 파일들은 탁자와 책상과 주방 카운터에 산만하게 널려 있었다.

"네, 있습니다."

"미안하지만 그것 좀 내 아파트로 가져와주겠나? 센트럴 호텔 파일밖에 없어서 말이야. 왠지 내가 놓친 단서가 거기 있을 것 같아."

"캐퍼티 파일과 상호 참조를 해보시려고요? 시간이 꽤 걸릴 텐데요."

"두 사람이 같이 하면 금방 끝날 거야."

"몇 시에 가져가면 되겠습니까?"

브라이언 홈스는 숙모의 반턴 집에서 일요일 같은 토요일을 보내고 있었다. 진짜 일요일이었다면 그는 동네 장로교회에 함께 나가자는 숙모의 강압적인 제안에 오전 내내 시달려야 했을 것이다. 하트브레이크 카페라는 좋은 은신처가 사라졌다는 건 그에게 매우 슬픈 일이었다. 그는 '엘비스'가 죽었다는 사실을 덤덤히 받아들이려 애썼다. 하지만 그건 쉽지 않았다. 킹 슈림프 크리올이나 블루 스웨이드 슈나 인 더 가토 같은 메뉴는 두 번 다시 누리지 못할 것이다. 블루 하와이 칵테일은 말할 것도 없고. 더 이상 밤늦게 찾아가 호세 쿠에르보 골드를 넣은 테킬라 슬래머(테킬라와 레모네이드를 섞은 칵테일)나 짐 빔—에디가 가장 좋아했던 버번위스키—을 홀짝이다 올 수도 없게 되었다.

"'빔은 무조건 계속.' 말버릇처럼 그가 늘 그랬었는데."

"자, 자." 오, 이런. 또 혼잣말을 웅얼대는 걸 들켜버렸군. 그의 숙모가 오발틴(우유 음료를 만들기 위한 분유 또는 향이 가미된 몰트와 분유의 상표) 한 컵을 들고 다가왔다.

"그건 자기 전에나 마시는 거잖아요." 그가 숙모에게 말했다. "아직 정오도 안 됐는데."

"곤두선 신경을 진정시켜줄 거야, 브라이언."

그가 조심스레 한 모금 넘겨보았다. 맛은 생각처럼 나쁘지 않았다. 그는 자신을 찾아왔던 팻을 떠올렸다. 그는 월요일에 운구를 도와달라고 부탁했었다.

"오히려 영광입니다." 홈스는 그렇게 말했었다. 그것은 진심이었다. 팻은 그의 눈을 애써 피했었다. 어쩌면 그도 카페 문을 닫은 후 바에 모여앉아 심하게 꼬인 혀로 수다를 떨어댔던 많은 밤들을 추억하고 있는지도 몰랐다. 언젠가 그들이 스코틀랜드에서 벌어진 여러 대참사에 대해 얘기를 나누었을 때 에디는 뜬금없이 자신도 센트럴 호텔 화재 사건 당시 그곳에 있었다는 고백을 했었다.

"아는 친구를 대신해 일을 해주러 갔었죠. 일당도 현금으로 준다고 했고, 골치 아픈 질문도 안 한다고 해서. 이리에서 주간 근무를 마친 후라 진이 다 빠져 있었죠."

"이리에서도 일했어요? 그건 몰랐는데."

"주방장 보조였어요. 만약 올해도 미슐랭 가이드에 오르지 못하면 아마 그도 포기해버릴걸요."

"그날 센트럴에선 대체 무슨 일이 있었던 겁니까?" 홈스는 완전한 고주망태 상태가 아니었었다.

"1층의 어떤 방에서 포커 게임이 벌어졌어요." 그가 쏟아지는 졸음과 사투를 벌이며 말했다. "탐과 에크가 같이 놀 사람들을 찾고 있었는데……"

"탐과 에크?"

"탐과 에크 로버트슨……"

"그래서 어떻게 됐죠?"

"더 듣기는 그른 것 같아요, 브라이언." 팻 컬더가 말했다. "이 친구 상태를 좀 봐요."

에디는 눈을 뜨고 있었지만 그의 머리는 이미 떨구어져 팔뚝을 짓이겨대고 있었다. 어느새 잠에 빠져든 것이었다.

"내 사촌 하나는 아이브록스 경기장이 무너졌을 때 그 자리에 있었어요." 팻이 맥주잔을 닦으며 말했다.

"조크 스테인(멕시코 월드컵 유럽 예선 도중 심장마비로 사망한 스코틀랜드 국가대표팀 감독)이 죽었을 때 당신이 어디 있었는지 기억해요?" 홈스가 물었다. 에디가 잠든 후에도 두 사람은 계속 그런 얘기를 이어나갔다.

이제 에디는 영원한 잠에 빠져 있었다. 그리고 홈스는 네 번째 운구인으로 선택되었다. 그는 팻에게 몇 가지 궁금한 것들을 물어보았었다.

"우연인가요?" 팻은 말했었다. "당신 상관 리버스도 같은 걸 물었었는데."

그 말에 브라이언은 마음을 놓았다. 사건을 믿을 만한 사람이 관리하고 있으니.

리버스는 차를 몰고 점심때의 거리를 달렸다. 토요일의 프린스 가는 한산했다. 도시 전체가 긴장을 푼 듯 보였다. 하지만 2시 30분이 되면 도시의 동부와 서부, 둘 중 한 곳은—어느 팀이 홈경기를 치르는지에 따라서— 쏟아져 나온 극성 축구 팬들로 아수라장이 될 것이다. 더비매치(같은 도시나 지역을 연고로 하는 두 팀 간의 라이벌 경기)가 벌어지는 날에는 외출을 삼가는 게 현명한 일이었다. 하지만 오늘 경기는 더비매치가 아니었다. 게다가 하이버니언의 홈경기라 도시는 썰렁했다.

"그건 저번에도 물어보지 않았습니까." 바텐더가 리버스에게 말했다.

"지금 또 묻고 있는 겁니다."

그는 또다시 딕 토런스를 찾아 나섰다. 이번에는 탐지 및 파괴 작전이었다. 딕이 아직 이곳에 남아 있을 가능성은 희박했다. 하지만 돈과 술은 사람의 자신감을 진작시키고 그들로 하여금 경계를 늦추게 하는 묘한 능력이 있었다. 리버스는 딕이 총을 팔아 손에 넣은 돈으로 이 도시 어딘가에서 신나게 놀고 있기를 바랐다. 희망이 절망으로 변해가고 있을 때 그는 우연히 리스의 한 술집에서 칙 뮤어와 마주치게 되었다. 리버스는 그에게 그간의 소식을 들려주었다.

"그것참, 안됐군요." 칙이 그를 위로했다. "나도 눈에 불을 켜고 찾아볼

게요."

하지만 리버스는 불안감을 떨쳐낼 수가 없었다. 칙은 수완 좋은 정보원이었지만 그와 동시에 굉장히 입이 싼 친구이기도 했다.

1시 30분. 그는 우중충한 마권 판매소를 나섰다. 그에게서는 이미 희망과 미소가 완전히 증발해버린 상태였다. 오히려 호스피스 병동의 분위기가 그보다 훨씬 밝을 것 같았다. 10분 후, 그는 서덜랜드 바에 앉아 전자레인지에 데운 해기스와 순무와 감자로 배를 채웠다. 누군가가 의자에 놓아두고 간 신문이 보였다. 그는 그것을 집어 들고 찬찬히 훑어나가기 시작했다. 운 좋게도 메리 헨더슨의 기사가 눈에 확 들어왔다.

"늦었네요." 메리가 자리에 앉자 그가 말했다. 그녀는 버럭 화를 내며 다시 일어나려 했다.

"30분 전에 이미 와 있었다고요! 1시 15분에 만나기로 했었잖아요. 전 30분까지 기다렸어요."

"30분에 만나기로 한 줄 알았는데." 그가 환히 웃으며 말했다.

"경위님은 30분에도 여기 안 계셨어요. 제가 다시 돌아온 걸 행운으로 아시라고요."

"그런데 왜 돌아온 거죠?"

그녀가 그의 손에서 신문을 낚아채 들었다. "신문을 놓고 가서요."

"뭐 읽을 것도 없던데." 그가 해기스를 떠 입으로 쑤셔 넣었다.

"점심을 사준다고 하셨잖아요."

리버스가 턱으로 카운터 쪽을 가리켰다. "아무거나 시켜 먹어요. 내 계산서에 더해질 거예요."

애써 분노를 삭인 그녀는 한참을 고민한 끝에 키시(달걀과 우유에 고기,

314

야채, 치즈 등을 섞어 만든 파이의 일종)와 콩 샐러드를 사 들고 돌아왔다. 그녀가 지갑을 집어 들며 말했다. "여긴 계산서가 없대요!" 리버스가 웃으며 윙크했다.

"그냥 장난친 거였어요." 그가 돈을 꺼내 내밀었다. 하지만 그녀는 못 본 척 홱 돌아섰다. 그의 시선이 그녀의 굽 낮은 닥터마틴 쪽으로 향했다. 그리고 검은 타이츠. 리버스는 입 안에 담긴 음식을 혀로 살살 돌려나갔다. 다시 돌아온 그녀가 자리에 앉아 코트를 벗었다. 그녀는 한동안 몸을 꿈틀대며 가장 편안한 자세를 찾았다.

"뭐 안 마셔요?" 리버스가 물었다.

"그건 제가 살 차례인가 보죠?" 그녀가 퉁명스럽게 말했다.

그가 고개를 저었다. 그녀는 진 앤 오렌지를 마시겠다고 했고, 리버스는 기네스를 주문했다. 왠지 방금 먹은 음식보다 기네스 반 잔에 더 많은 영양가가 담겨 있을 것 같았다.

"그러니까," 메리가 말했다. "그 엄청난 비밀이라는 게 대체 뭐죠?"

리버스는 새끼손가락으로 글라스 맨 윗부분에 자신의 이니셜을 그려 놓았다. 왠지 술을 깨끗이 비운 후에도 그것은 지워지지 않고 같은 자리에 남아 있을 것 같았다. "레드카드를 받았어요."

그 말에 그녀가 고개를 들었다. "네? 정직을 당하셨다고요?" 그녀에게서 분노가 순식간에 증발해버렸다. 그녀는 기자였다. 스토리 냄새를 기가 막히게 맡는. 그가 고개를 끄덕였다. "어떻게 된 일이죠?" 그녀가 강낭콩과 병아리콩을 입에 넣고 천천히 씹어나갔다. 리버스는 함께 사는 학생들로부터 단단히 교육을 받은 상태였다. 이제는 붉은 강낭콩과 병아리콩은 물론, 볼로티콩과 얼룩무늬콩도 척척 구분해낼 수 있었다. 그것도 멀리

50미터 밖에서.

"어쩌다 보니 권총을 손에 넣게 됐어요. 콜트 45. 복제품일 수도 있고 아닐 수도 있어요."

"그런데요?" 그녀의 입에서 페이스트리 조각이 튀어나왔다.

"센트럴 호텔 사건에 쓰인 총이에요."

"뭐라고요?" 그녀의 입에서 급작스럽게 터져 나온 고성에 술꾼들이 잠시 움찔했다. 하지만 그들은 이내 평온한 상태로 되돌아갔다. 서덜랜드는 그런 곳이었다. 밖에서 폭동이 벌어져도 안에서는 누구 하나 꿈쩍하지 않을 것이다. 리버스는 그새 메리의 눈빛이 달라졌다는 걸 알아챘다.

"요즘도 일요일 판 기사를 쓰나요?" 그가 물었다. 그녀는 순식간에 복잡해진 머릿속을 황급히 정리하며 고개를 끄덕였다. "그럼 내 부탁 하나만 들어줘요. 신문 1면에 실리는 게 소원이었는데……"

물론 그는 1면에 자신의 이름이 실리는 걸 원하는 게 아니었다. 그들은 신문사 사무실에 앉아 구체적인 작전을 짰다. 리버스가 고대했던 신문사 투어는 조금 실망스러웠다. 건물은 오픈 플랜식(건물 내부를 벽이나 칸막이로 구분하지 않은 방식) 사무실과 온갖 곳으로 통하는 계단들로만 이루어진 것 같았다. 게다가 그의 예상과 달리 활기도 느껴지지 않았다. 메리의 책상에 떡하니 놓인 최신형 워드프로세서만이 그의 시선을 잡아끌 뿐이었다.

그들은 일요일 판 편집장도 작전에 끌어들였다. 가짜 뉴스를 만들려면 어쩔 수 없었다. 스코틀랜드 법원은 확인되지 않은 증거를 인정하지 않았다. 언론도 같은 입장이었다. 하지만 리버스에게는 든든한 아군이 있었다. 문제의 기사에 당당히 자신의 이름을 적어 넣어줄 여자. 그들은 신문사 법

무팀과도 전화 회의를 했다. 변호사의 동의를 확인하자마자 메리는 키보드를 신나게 두드려대기 시작했다.

"1면까지는 약속할 수 없습니다." 편집장이 경고했다. "언제 속보가 들어올지 모르니까요. 이 기사 때문에 세 명이 부상당한 교통사고 기사가 뒤로 밀려버렸어요."

리버스는 모든 과정을 묵묵히 지켜보았다. 메리의 컴퓨터는 건물 어딘가에 자리한 조판으로 쉴 새 없이 글자를 전송했다. 한참 후, 레이저 프린터에서 1면 초고가 출력되었다. 리버스는 맨 아래에 적힌 표제를 읽어보았다. 5년 전(FIVE-YEAR-OLD) 살인 사건에 쓰인 총 발견.

"그건 좀 수정돼서 나갈 거예요." 메리가 말했다. "편집차장이 기사를 보고 나서 자기 마음대로 고쳐버릴 거거든요."

"왜죠?"

"살인 사건 피해자가 다섯 살배기(a five-year-old)인 것 같아 보이잖아요."

리버스가 보기에도 그랬다. 메리가 그를 빤히 쳐다보았다.

"이것 때문에 더 곤란해지지 않겠어요?"

"내가 당신에게 제보했다는 걸 누가 알겠어요?"

그녀가 미소를 지었다. "에든버러의 모든 경찰이 알걸요."

리버스도 그녀를 따라 미소를 지었다. 그는 아침에 카페인제 몇 알을 챙겨 나왔었다. 확실히 약효가 있는 듯했다. "누군가가 물어보면……" 그가 말했다. "그냥 진실을 들려줄 겁니다."

"그게 뭔데요?"

"내가 아니었다고."

26

리버스는 학생들에게 또다시 돈을 쥐어주며 자정까지 자리를 피해줄 것을 부탁했다. 그는 집주인이 세입자들에게 돈을 내는 것이 스코틀랜드 사회사에 있어 아주 독특한 경우인지 궁금했다. 집에 남은 학생은 두 명뿐 이었다. 나머지 둘은 –리버스는 아직도 자신과 함께 지내는 네 명의 장기 세입자들 이름을 외우지 못하고 있었다– 부모의 과잉보호를 받으러 집으로 떠난 후였다.

마이클은 아파트에 남아 있겠지만 리버스가 일하는 데 거치적거리지는 않을 것이다. 어차피 골방에 들어가서 자거나 조용히 TV만 볼 테니까. TV 볼륨을 꺼놓아도 반발을 사는 일은 없을 것이다. 어차피 그에게 중요한 건 화면이었다.

리버스는 밖에 나가 먹을 것을 조금 사 왔다. 진짜 커피, 우유, 맥주, 청 량음료, 그리고 약간의 간식거리. 하지만 쇼반이 채식주의자라는 사실을 기억해내고는 베이컨 맛 감자칩을 골라온 자신을 질책했다. 보나마나 인 공 향료를 썼을 텐데, 그럼 괜찮겠지? 그녀는 5시 30분 정각에 도착했다.

"들어와, 들어와." 리버스는 그녀를 긴 복도 끝 거실로 안내했다. "이쪽 은 내 동생 마이클이야."

"안녕하세요, 마이클."

"미키, 이쪽은 쇼반 클락 경장이야." 마이클이 눈을 천천히 깜빡이며 고개를 끄덕였다. "자, 재킷은 이리 줘. 오늘 경기는 어땠지?"

"양 팀 모두 득점이 없었습니다." 쇼반이 가져온 쇼핑백 두 개를 바닥에 내려놓고 검은 가죽 재킷을 벗었다. 리버스는 재킷을 현관으로 가져가 옷걸이에 걸어놓았다. 그가 다시 거실로 돌아왔을 때 그녀는 미심쩍은 표정으로 거실 구석구석을 살피고 있었다.

"쓰레기장 같지?" 그가 말했다. 사실 그는 그녀가 오기 전, 무려 15분 동안 필사적으로 거실을 정리했었다.

"그래도 생각보다 엄청 크네요." 그녀는 아수라장이라는 사실은 끝내 부정하지 않았다. 커다란 내리닫이창은 때가 많이 껴 밖이 내다보이지도 않았다. 카펫은 털갈이한 물소의 등에서 뜯어낸 것 같았다. 그리고 벽지는…… 학생들이 거실을 K. D. 랭과 지저스 앤 메리 체인의 포스터들로 도배해놓은 데에는 그럴 만한 이유가 있었다.

"뭐 마시겠어?"

그녀는 고개를 저었다. "당장 시작하죠." 이것은 그녀가 상상했던 분위기가 아니었다. 좀비 동생도 그렇고. 하지만 그가 특별히 방해 요소로 여겨질 것 같지는 않았다. 그들은 곧바로 작업에 들어갔다.

한 시간 후, 거실 바닥은 수많은 파일들로 뒤덮여버렸다. 쇼반은 한쪽 팔을 베고 옆으로 누워 있었다. 그녀 앞에는 두 캔째 마신 콜라와 파일이 놓여 있었다. 리버스는 근처 소파에 앉아 무릎에 펼쳐놓은 파일을 훑는 중이었다. 그의 옆자리에는 아직 보지 못한 파일들이 수북이 쌓여 있었다. 한쪽 귀 뒤에 펜을 끼워놓은 모습이 정육점 주인이나 사설 마권 영업자를 연상시켰다. 쇼반은 펜을 입에 물고 이로 딱딱 소리를 내고 있었다. 소리를 죽인 TV에서는 따분해 보이는 퀴즈 쇼가 방영되고 있었다. 화면을 응시한 마이클의 얼굴에는 군사재판을 지켜보는 듯한 엄숙한 표정이 떠올라 있었다.

그가 갑자기 자리를 털고 일어났다. "들어가서 좀 잘게요." 그가 그들에게 말했다. 그가 침실이 아닌 골방 문을 열고 들어가자 쇼반이 흠칫 놀랐다.

"내가 원하는 건 딱 두 가지야." 리버스가 말했다. "살인 사건 피해자의 신원을 확인하는 것."

"그리고 킬러의 신원을 확인하는 것?" 쇼반이 말했다.

하지만 리버스는 고개를 저었다. "빅 제르를 사건 현장에 끼워 넣는 것."

"그가 현장에 있었다는 증거가 없지 않습니까."

"어쩌면 그 증거는 영영 나오지 않을 수도 있어. 하지만 그렇다고 해서…… 우린 아직도 포커 판에 누가 있었는지 모르잖아. 브루-헤드 형제만 있었다고 믿기는 힘들고."

"그날 밤 호텔에 있었던 고객들을 차례로 만나봐야겠군요."

"그래, 그것도 한 방법이지." 하지만 리버스의 목소리에서는 의욕이 느껴지지 않았다.

"아니면, 그 형제를 찾아봐야 할 거고요. 아직 살아 있다면 만나서 직접 물어보는 게 가장 확실하지 않겠습니까."

"그들 사촌이 그들의 행방을 알고 있을지 몰라."

"누구 말씀이죠? 라디에이터 맥컬럼?"

리버스가 고개를 끄덕였다. "하지만 우린 그 친구의 행방도 모르고 있잖아. 에디 링건은 그곳에 있었지만 공식 명단에는 빠져 있었고, 블랙 앵거스와 브루-헤드 형제 모두 명단에 이름을 올리지 않았어. 우리가 이름을 몇 개 건진 건 기적이나 다름없다고."

"아주 오래전 사건이지 않습니까." 쇼반이 말했다. 마이클이 없어서인지 그녀는 긴장이 많이 풀린 듯 보였다.

"기억도 그만큼 오래됐지. 블랙 앵거스를 다시 만나봐야 하나?"

"그게 수사에 도움이 될 거라고 확신하신다면야, 뭐." 쇼반은 던디에 다녀온 이야기를 꺼내지 않았다. 아직 확인 작업이 남아 있었기 때문이다. 그녀는 월요일쯤 깜짝 선물로 그간의 성과를 내놓을 참이었다.

전화벨이 울렸다. 리버스가 수화기를 집어 들었다.

"존? 페이션스예요."

"오, 안녕."

"당신도 안녕하죠? 전에 얘기한 데이트 약속을 잡으려고 전화했어요."

"오, 맞아. 만나서 한잔하기로 했었죠?"

"설마 깜빡한 건 아니겠죠? 아니, 뭔지 알겠어요. 일부러 무심한 척하면서 내 애를 태우려는 전략인 거죠? 사실이라면 적당히 해요, 리버스."

"그런 게 아니에요, 정말로. 그냥 요즘 너무 바빠서 그래요." 눈치 빠른 쇼반이 몸을 일으키고 주방에서 커피를 만들어오겠다는 제스처를 해보였다. 리버스가 고개를 끄덕였다.

"일하는데 방해해서 미안해요. 무슨 일이 그리도 바쁜 건지 모르겠지만……"

"오해하지 말아요, 페이션스. 골치 아픈 일이 좀 생겼을 뿐이에요."

"나 때문이에요?"

리버스는 치밀어 오른 화를 삭이며 한숨을 내쉬었다. 주방에서 요란한 재채기 소리가 들려왔다.

"존," 페이션스가 말했다. "지금 아파트에 여자랑 같이 있어요?"

"네." 그가 말했다.

"학생?"

그는 거짓말을 하고 싶지 않았다. "아뇨, 동료예요. 함께 사건 기록을 뒤지고 있어요."

"그렇군요."

맙소사. 이럴 줄 알았으면 거짓말로 둘러대는 건데. 페이션스를 상대하기에는 그의 머릿속이 너무 복잡했다. 빌어먹을 센트럴 호텔 때문에. "페이션스," 그가 말했다. "원하는 시간과 장소를 알려줘요."

하지만 페이션스는 이미 전화를 끊어버린 후였다. 리버스는 손에 쥔 수화기를 한동안 노려보다가 어깨를 으쓱했다. 그는 더 이상 누구의 방해도 받고 싶지 않았다. 그가 수화기를 카펫에 내려놓았다.

"커피 다 됐어요." 쇼반이 말했다.

"고마워."

"저 때문에 곤란해지신 건가요?"

"응? 아니, 아니야. 그냥…… 아무것도 아니야."

하지만 약삭빠른 쇼반을 속일 수는 없었다. "제가 재채기하는 소리를 듣고 오해하신 모양이네요. 경위님이 다른 여자랑 같이 계시다고."

"다른 여자랑 같이 있는 건 사실이잖아. 그냥 좀…… 그녀는 더 이상 날 믿지 못하는 것 같아."

"꼭 그렇게 신뢰가 필요하세요?"

리버스가 긴 한숨을 내쉬었다. "다시 로버트슨 형제 얘기로 돌아가자고."

쇼반이 바닥에 앉아 파일을 펼쳤다. 리버스는 소파에서 그녀를 내려다보았다. 그녀의 정수리, 목덜미, 깃 안에 감춰진 옅은 색 머리. 그리고 피어

싱을 한 귀……

"형제 간에 사이는 좋았던 것 같아요. 단칸방에서 애들 여섯 명이 뒹굴고 자랐다니 그럴 수밖에 없었겠죠."

"나머지 형제와 누이들은 어떻게 됐지?"

"누이 넷은……" 쇼반이 파일을 읽어나갔다. "법을 준수하고 사는 아내와 어머니들이 됐습니다. 그 여섯 명 중에서 문제아는 달랑 그 둘뿐이었네요. 두 사람 모두 도박을 좋아한답니다. 특히 카드와 경마. 탐은 포커를 잘 쳤고, 에크는 경마에서 두각을 보였다는군요. 6년쯤 된 기록이고, 죄다 전해들은 내용을 정리해둔 거라 얼마나 도움이 될지 모르겠네요."

리버스는 고개를 끄덕였다. 그는 로크갤리의 펍에서 본 노인을 떠올렸다. 도장공과 실내 장식가들에게 술을 얻어먹던 사람. 그는 그림 하나가 눈에 익다고 했었다. 그러자 한 도장공은 그의 말을 끊고 그가 사람보다 말을 더 정확히 알아볼 거라고 했었다. 노인은 경마에 빠져 사는 타입인 듯했다. 에크와 탐처럼.

"어쩌면 그는 마권 판매소에서 그들을 봤던 걸지도 몰라." 리버스가 중얼거렸다.

"네?"

리버스는 자신의 짐작을 들려주었다.

"한번 알아보는 것도 나쁘지 않겠죠." 그녀가 말했다. "다른 단서는 없고요?"

리버스는 던퍼믈린 CID에 아는 형사가 하나 있었다. 헨드리 경사. 항간에는 헨드리가 너무 유능해 진급이 안 되고 있다는 소문이 돌고 있었다. 오직 무능한 이들만 진급이 되고 있다고. 어차피 수사에 도움이 되지 않으니 아예 그렇게 걸러내는 것이라나? 경위 자리에 올라 있는 리버스는 그런 주장에 전적으로 동의하지는 않았다. 하지만 한 가지는 분명했다. 정상이라면 헨드리가 이미 경위 자리에 올랐어야 한다는 것. 리버스는 누가, 또는 무엇이 그의 갈 길을 가로막고 있는 것인지 궁금했다. 헨드리는 리버스가 아는 이들 중 가장 차분하고 사려 깊은 사람이었다. 들새를 관찰하는 게 유일한 취미일 정도로 형사 특유의 거친 태도와는 거리가 멀었다. 그들은 언젠가 합동수사를 벌인 적이 있었다. 그러면서 친해졌고, 서로 전화번호까지 교환했었다. 그래, 밑져야 본전이니 한번 연락해봐야겠어.

"안녕, 헨드리." 그가 말했다. "나, 리버스야."

"리버스, 모처럼 쉬고 있었는데 자네가 방해를 하는군."

"또 새를 보고 있나?"

"오늘 아침에 오색딱따구리를 봤어."

"난 언젠가 오색 물건을 본 적 있는데."

"아, 난 자네처럼 세속적이지 못해서 말이야. 그래, 용건이 뭐지?"

"그 동네 전화번호부 좀 들춰봐주겠어? 마권 판매소를 찾고 있거든."

"특별히 점찍어둔 데는 있고?"

"아니, 난 자네가 생각하는 것처럼 까다롭지 않아. 그 동네 모든 판매소의 상호와 전화번호가 필요해."

"그 동네라면 구체적으로 어딜 얘기하는 거지?"

리버스는 잠시 머리를 굴렸다. "던퍼믈린, 카우든비스, 로크갤리, 카르덴던, 켈티, 벌링그리. 우선 이곳들부터 살펴봐줘."

"시간이 좀 걸리겠는데. 나중에 정리해서 알려줘도 되지?"

"물론이지. 그리고 두 놈을 찾고 있는데 혹시 거기 없는지 알아봐줘. 탐과 에크 로버트슨. 형제야."

"그러지. 자네가 아든 가에서 지내고 있다고 들었어."

"뭐?"

"의사 친구에게 쫓겨났다며? 침대 매너가 문제였나?"

"누구에게 들었지?"

"소문으로 들은 거야. 아무튼, 그게 사실인가?"

"전혀 사실무근이야. 동생이 불쑥 나타나서…… 아, 그만두자고."

"나중에 얘기해."

리버스는 수화기를 내려놓았다. "이게 믿겨? 이 땅의 모든 놈들이 페이션스와 내 얘기를 알고 있는 것 같아. 혹시 나도 모르는 새 신문에 공고문이 실렸었나?"

쇼반이 미소를 지었다. "이젠 어쩌실 거죠?"

"헨드리가 알아보고 연락을 주기로 했어. 그때까지 우린 나가서 카레나먹고 올까?"

"집을 비웠을 때 연락이 오면요?"

"그럼 나중에 또 연락할 거야."

"여긴 자동응답기도 없나요?"

"있었는데 사용법을 도통 모르겠더군. 그래서 그냥 갖다 버렸어. 파이프에는 마권 판매소가 엄청 많을 거야. 최소한 몇 시간은 걸릴 거라고."

쇼반은 바람을 쐬고 싶어 했다. 그래서 그들은 톨크로스까지 걷기로 했다.

"바람은 경기장에서 충분히 쐬지 않았어?"

"농담하세요? 거기 공기가 얼마나 나쁜데. 담배 냄새, 김빠진 맥주 냄새, 파이 기름 냄새……"

"그만해. 카레 맛 떨어질 것 같으니까."

"왠지 경위님도 빈달루(매운 맛의 카레) 타입이실 것 같은데."

"난 마드라스(보통 고기가 들어가는 인도 음식) 쪽이야." 리버스가 말했다.

리버스는 식사를 마치자마자 쇼반을 집으로 돌려보내려 했다. 마권 판매소 목록을 살피는 건 그가 혼자서도 충분히 할 수 있을 테니까. 게다가 내일은 판매소들이 쉬는 날이었다. 하지만 쇼반은 헨드리가 전화를 걸어올 때까지만 같이 있겠다며 고집을 부렸다.

"아직 파일도 다 못 봤잖아요." 그녀가 말했다.

"그건 그래." 리버스가 말했다. 쇼반이 커피를 마시는 동안 리버스는 마이클이 먹을 테이크아웃 메뉴를 주문했다.

"동생분은 괜찮으신 거죠?" 쇼반이 말했다.

"조금씩 나아지고 있어." 리버스가 말했다. "처방받은 약도 거의 다 먹었고, 그게 바닥나면 원상태로 돌아가 있을 거야."

그들이 아파트로 돌아왔을 때 마이클은 주방에 나와 우유를 탄 뜨거운 물에 티백을 담가놓고 있었다. 방금 샤워를 하고 나온 듯했다. 면도도 깔끔히 되어 있었다.

"카레를 사 왔어." 리버스가 말했다.

"독심술사가 다 됐군." 마이클이 갈색 종이봉투로 코를 가져가 킁킁거렸다. "로간조쉬(양고기나 다른 육류에 토마토소스를 넣은 인도식 카레)야?"

리버스는 고개를 끄덕인 후 쇼반을 돌아보았다. "마이클은 로간조쉬 전문가야."

"아까 형을 찾는 전화가 왔었어." 마이클이 봉투에서 판지로 만들어진 포장 용기를 꺼냈다.

"헨드리?"

"맞아, 그 사람."

"메시지는 남겨놨고?"

마이클이 고기와 밥이 든 용기를 차례로 열었다. "펜과 종이를 준비해 놓으래. 종이는 넉넉히 준비하라고 했고."

리버스가 쇼반을 쳐다보며 미소를 지었다. "자," 그가 말했다. "헨드리의 전화 요금을 덜어줘야겠어."

"아, 마침 전화가 왔군." 응답하자마자 헨드리가 말했다. "30분 후에 실내 볼링 토너먼트가 있어서 서둘러야 해. 목록이 엄청 길어서 말이야."

"하나씩 불러줘." 리버스가 말했다.

"경찰서 팩스로 보내줄까?"

"아니. 정직 상태라 그건 곤란해."

"그 소문은 못 들었는데."

"재밌군. 내 애정 생활에 대해선 훤히 알면서 이건 몰랐단 말이야? 자, 그럼 시작해봐."

헨드리는 이름과 주소와 전화번호를 차례로 불러주었고, 리버스는 그것을 속기에 능한 쇼반에게 고스란히 전달했다. 하지만 10분 후, 그들은 역할을 바꾸어야 했다. 그녀가 손의 통증을 호소했기 때문이었다. 목록의 최종 분량은 무려 A4 용지 세 면에 달했다. 헨드리는 따로 입수한 정보까지 덧붙여 불러주었다. 주류 판매 허가 관련 갈등, 장물 취급 의혹, 그리고 수상한 인물들의 출몰 장소. 모두 리버스에게 도움이 될 만한 정보였다.

"정말 엄청나게 많군." 쇼반에게 돌려받은 수화기에 대고 그가 말했다.

"그렇지?" 헨드리가 말했다. "자, 난 이만 가볼게."

"그래. 오늘 수고 많았어."

"부디 이 문제 잘 처리해서 조속히 복귀하길 바라. 그렇지 않아도 인력난 때문에 미치겠는데. 자네가 불러준 그 이름들은 확인이 안 됐어. 참, 리버스?"

"응?"

"자네 부하 말이야, 목소리가 죽이는데."

헨드리는 리버스의 대꾸를 듣지도 않고 전화를 끊어버렸다. 그는 소문을 좇는 수다쟁이였다. 리버스는 앞으로 자신에 대한 또 어떤 황당한 뒷말이 돌게 될지 걱정이었다.

"뭐라고 하세요?" 쇼반이 물었다.

"아무것도 아니야."

그녀가 목록을 빠르게 훑어나갔다. "눈에 확 들어오는 이름이 없네요." 그녀가 리버스에게 목록을 넘기며 말했다.

"정말 그렇군."

"파이프에 가보실 건가요?"

"그래야지. 월요일쯤 가볼까 해." 하지만 월요일에는 왓슨 총경도 찾아가야 했고, 에디 링건의 장례식도 참석해야 했다. "자네는……" 그가 말했다. "다시 머니백 작전으로 돌아가야지?"

"장례식에 참석할까 했어요. 그 핑계로 두 시간쯤 뺄 수 있을 테니까. 경위님과 파이프에 다녀오려고요."

리버스가 고개를 저었다. "생각은 고맙지만 이런 발품 파는 일은 정직먹은 내가 처리하는 게 옳아. 자네는 주어진 임무에만 충실하면 돼." 그녀는 이내 부루퉁해졌다. "이건 명령이야." 리버스가 말했다.

"알겠습니다, 경위님." 쇼반이 말했다.

27

따분한 일요일을 보낼 생각에 우울해진 리버스는 미사가 끝나자마자 포스 로드 철교를 건너 파이프로 돌아갔다.

그는 영원한 지옥의 성모 성당 신도식 맨 뒤에 앉아 미사를 집전하는 사제가 그날 고해실의 사제가 맞는지 궁금해했었다. 스코틀랜드계 아일랜드 말씨. 긴가민가했다. 그의 사제는 목소리가 나지막했었지만 미사 집전 사제는 목소리가 우렁찼다. 신도들 중 청각 장애자가 몇몇 섞여 있기라도 한 듯이. 흥미롭게도 젊은 신도가 많이 보였고, 미사 중 영성체를 받지 않은 이는 리버스가 유일했다.

파이프 서중앙부도 성찬식이 절실해 보였다. 보나마나 포도주는 마셔버리고, 성배는 전당포에 잡혀놓겠지만. 그는 던퍼믈린을 마지막 방문지로 남겨두기로 했다. 면적이 큰 만큼 일일이 들러야 할 판매소가 너무 많기 때문이었다. 그래서 그는 작은 곳들부터 둘러볼 생각이었다. 고속도로를 타고 가다가 킨로스에서 빠지면 벌링그리가 나오던가? 기억은 나지 않았지만 그쪽 코스가 그림처럼 아름답다는 사실만큼은 분명히 알고 있었다. 그는 어린 시절 축구를 하러 자주 찾았던 리벤 호에 잠깐 들러볼까도 생각했다. 마이클에게 걷어차였던 그의 무릎에는 아직도 혹이 나 있었다. 좁고 구불구불한 도로는 일요일을 맞아 쏟아져 나온 운전자들로 북적거렸다. 대부분 차들은 메달처럼 광이 났다. 왠지 리벤 호 조류 보호지에 가면 헨드리를 만날 수도 있을 것 같았지만 리버스는 차를 멈추지 않았다. 몇 분 후, 그는 음침한 분위기가 감도는 벌링그리에 도착했다.

그는 과연 이곳에서 자신이 무엇을 성취할 수 있을지 궁금했다. 모든 마권 판매소가 문을 닫았을 텐데. 운이 좋으면 특정 마권업자들에 대한 솔 깃한 정보를 들을 수 있을지 모른다. 하지만 그가 굳이 이곳을 찾은 이유 는 따로 있었다. 시간을 죽이기 위해서. 무언가 건설적인 일을 하고 있는 척하기 위해서. 그래서 그는 문 닫은 판매소 앞에 차를 세워놓고 세 쪽짜 리 목록에서 해당 상호를 찾아 건설적으로 체크 표시를 해두었다.

물론 평소보다 일찍 일어나 집을 나선 이유는 이것 말고도 또 있었다. 차 안에는 일요일 자 신문이 놓여 있었다. 1면에는 센트럴 호텔 기사가 '센트럴 호텔 살인/화재 사건: 살인 무기 발견'이라는 표제와 함께 큼지막 하게 실려 있었다. 당황한 왓슨과 그의 패거리는 존 리버스를 찾느라 혈안 이 되어 있을 것이다. 아파트로 걸려오는 전화는 학생들이 받든지 말든지 알아서 할 것이고, 그는 이미 두 번이나 기사를 꼼꼼히 읽어본 상태였다. 얼마나 집중해서 읽었던지 아직까지도 단어 하나 빠뜨리지 않고 술술 읊 어댈 수 있을 정도였다. 그는 어딘가에서 누군가가 같은 기사를 읽고 패닉 에 빠졌기를 바랐다.

다음 목적지. 로크오르, 로크갤리, 카르덴던. 리버스는 카르덴던에서 태어나고 자랐다. 엄밀히 말하면 보우힐이었다. 당시 그곳은 네 개의 행 정 교구로 나뉘어졌었다. 옥터데란(Auchterderran), 보우힐(Bowhill), 카 르덴던(Cardenden), 그리고 던도널드(Dundonald). 사람들은 그 지역을 ABCD라고 불렀었다. 하지만 어떤 이유에서인지 체신부는 그곳들을 통합 시켜 카르덴던이라는 하나의 도시로 만들었다. 리버스는 오랜만에 찾아온 고향이 예전과 크게 달라지지 않았다는 사실에 조금 놀랐다. 그는 아버지와 어머니가 묻혀 있는 묘지에서 몇 분 간 머물렀다. 사십 대로 보이는 여자가 근처 묘비에 꽃다발을 세워놓고 돌아섰다. 그녀는 미소를 지으며 리버스를 지나쳐 갔다. 잠시 후, 리버스가 묘지 정문으로 나왔을 때 그녀는 그곳에서 기다리고 있었다.

"자니 리버스?"

예기치 못한 상황에 그가 씩 웃음을 지었다. 환한 미소가 그의 얼굴에서 주름을 조금 지워주었다.

"너랑 같이 학교에 다녔어." 여자가 말했다. '헤더 크랜스턴.'

"헤더?" 그는 그녀의 얼굴을 빤히 쳐다보았다. "크래니?"

그녀가 한 손을 올려 터져 나오려는 웃음을 간신히 막아냈다. "20년 만에 들어보는 별명이야."

그도 그녀를 기억하고 있었다. 학창 시절에도 그녀는 툭하면 지금처럼 손으로 웃음을 막곤 했었다. 자신의 웃음소리에 콤플렉스가 있기라도 한 듯이. 그녀가 턱으로 묘지 쪽을 가리켰다.

"매주 너희 어머니와 아버지를 지나쳐 걸어."

"아들인 나보다 낫네."

"그렇지? 하지만 넌 에든버러에 살잖아."

"맞아."

"부모님을 뵈러 온 거야?"

"그냥 지나다가 들렀어." 그들은 비탈을 걸어 보우힐 쪽으로 향했다. 그들은 리버스의 차를 지나쳤지만 그는 친구와의 오붓한 대화를 계속 이어나가고 싶었다.

"다들 지나쳐 가기만 할 뿐 오래 머무르는 사람은 없더라고. 한때 이곳 사람들을 다 알고 지냈지만 이젠 아니야." 그녀가 말했다.

그녀의 억센 말씨와 방언이 리버스로 하여금 흘러간 세월을 그리워하게 했다.

"가서 차 한잔할까?" 그녀가 말했다. 그는 반지를 찾아 그녀의 손을 흘끔 내려다보았다. 나름 매력이 있는 여자였다. 자그맣고 수줍음 많던 학창 시절과는 딴판이었지만. 어쩌면 리버스의 기억이 틀린 것인지도 몰랐다. 그녀의 볼에서는 윤기가 돌았고, 눈에는 마스카라가 짙게 발려 있었다. 발에는 4센티미터 굽이 붙은 검은 구두가 신겨져 있었고, 근육이 적당히 붙은 다리는 홍차색 스타킹으로 덮여 있었다. 아침과 점심을 모두 거른 리버스는 보나마나 케이크와 비스킷으로 가득 차 있을 그녀의 집 식료품 저장실을 상상해보았다.

"그럴까?" 그가 말했다.

그녀는 크레이그사이드 가에 살고 있었다. 그들은 마권 판매소 한 곳을 지나쳐 걸어갔다. 거리 전체가 그렇듯 판매소 역시 쥐 죽은 듯 조용하기는 마찬가지였다.

"옛날에 살던 집도 둘러볼 거야?" 그녀가 말했다. 그는 어깨를 으쓱이며 그녀가 현관문을 여는 모습을 지켜보았다. 집 안으로 들어간 그녀가 갑자기 위층에 대고 소리쳤다. "셔그! 위에 있어?" 하지만 위에서는 아무 소리도 들려오지 않았다. "기적이군." 그녀가 말했다. "4시 전에 일어나다니. 잠깐 어디 나간 모양이야." 그녀가 리버스의 표정을 흘끔 살폈다. 그녀의 손이 다시 입으로 올라갔다. "걱정 마. 남편이나 남자친구는 아니니까. 셔그는 내 아들이야."

"그래?"

그녀가 코트를 벗었다. "들어가." 그녀가 거실 문을 열어주었다. 작은방은 쓰리 피스 소파 세트(보통 소파 하나에 안락의자 두 개로 이루어짐), 식탁과 의자, 붙박이장, 그리고 TV로 꽉 채워져 있었다. 중앙난방 장치를 설치했는지 굴뚝은 막아놓은 상태였다.

리버스가 벽난로 앞 의자로 다가가 앉았다. "아들은 있는데 결혼은 안했어?"

그녀는 벗어 쥔 코트를 계단 난간에 걸쳐놓았다. "꼭 해야 할 필요를 못느꼈어." 그녀가 거실로 들어서며 말했다. 그녀는 라디에이터가 작동 중인지 확인한 후 벽난로 위 선반에서 담배와 라이터를 집어 들었다. 그녀가 한 개비를 꺼내 리버스 앞으로 내밀었다.

"끊었어." 그가 말했다. "의사 명령이라 거역할 수가 없어." 엄밀히 따지면 그것은 사실이었다.

"한두 번 끊어봤는데 그럴 때마다 살이 너무 찌더라고." 그녀가 담배를 길게 한 번 빨았다.

"그럼 휴의 아버지는?"

그녀가 코로 연기를 뿜어냈다. "사실 나도 잘 몰라." 그녀가 리버스의 표정을 유심히 살폈다. "충격 받은 거야, 자니?"

"조금. 크래니, 어릴 적 넌…… 그러니까……"

"조용했다고? 그게 언제 적인데. 뭐 마실래? 커피? 차? 아니면 나?" 그녀가 담배를 쥔 손으로 입을 막고 웃었다.

"커피." 존 리버스가 앉은 채로 몸을 꿈틀대며 말했다.

그녀가 인스턴트 커피를 만들어 가지고 나왔다. "비스킷은 다 떨어졌어. 미안." 그녀가 그에게 머그잔을 건넸다. "설탕을 탔는데, 괜찮지?"

"괜찮아." 커피에 절대 설탕을 넣지 않는 리버스가 말했다. 머그잔은 블랙풀에서 기념품으로 사 온 듯했다. 그들은 학창 시절 함께 알았던 친구들에 대해 수다를 떨었다. 리버스 맞은편에 앉은 그녀는 한쪽 다리를 살짝 들어 다른 쪽에 얹어놓으려 했지만 스커트가 너무 꽉 끼어 실패하고 말았다.

"여긴 무슨 일로 온 거야? 그냥 지나다가 들렀다고 했었지, 아까?"

"마권 판매소를 좀 살펴보려고."

"아까 오면서 지나쳤잖아."

"내가 찾고 있는 건 생긴 지 5년 안팎 된 곳이야. 그 기간 동안 주인이 바뀌었거나."

"허치스를 얘기하는 것 같은데." 그녀가 담배를 빨아대며 무심하게 말했다.

"허치스? 거긴 우리가 어렸을 때도 있었잖아."

그녀가 고개를 끄덕였다. "조 허친슨이 자기 이름을 따서 만들었잖아. 그런데 죽고 나서 그의 아들 하위가 물려받았어. 아예 상호까지 바꾸려했는데 사람들이 계속 허치스라고 부르는 바람에 포기했다지, 아마? 아무튼 5년 전쯤 거길 팔고 스페인으로 가버렸어. 우리랑 동갑인데 그 친구는 벌써 돈을 왕창 벌었더라고. 이 나이에 벌써 은퇴라니. 우린 여기서 청승맞게 토스터만 쬐고 있는데."

"그래서 지금은 주인이 누구야?"

그녀가 잠시 기억을 더듬었다. "그린우드. 아마 그런 이름일 거야. 하지만 여전히 허치스를 상호로 쓰고 있어. 아직도 그 간판이 붙어 있더라고. 아, 기억났다. 토미 그린우드."

"토미? 확실해? 톰이나 탐이 아니고?"

그녀가 파마한 머리를 가로저었다. 부팡 스타일(둥글게 부풀린 머리 모양)의 머리는 최근에 염색을 한 듯했다. 벌써 흰머리가 났나? 리버스는 궁금했다.

"토미 그린우드." 그녀가 말했다. "내 친구가 한때 그랑 사귀었었어."

"허치스를 인수하기 전부터 카르덴던에 살았었나?"

"전혀. 어느 날 갑자기 불쑥 튀어나온 사람이야. 허치스를 인수하고 나서는 강변에 있는 그 노의사 집도 샀어. 듣기로는, 여행 가방에 현금을 가득 담아와 하위에게 건넸다나 봐. 은행에 계좌가 없다는 소문도 들었어."

"그럼 그 많은 돈이 다 어디서 나온 거지?"

"좋은 질문이야." 그녀가 천천히 고개를 끄덕였다. "너 말고도 그걸 궁금해하는 사람이 또 있을 것 같은데."

그는 그린우드에 대해 몇 가지 질문을 더 던져보았다. 하지만 그녀도 아는 게 별로 없었다. 그린우드라는 사람은 남들과 잘 어울리지 않았다. 오로지 집과 판매소만을 오가며 살았을 뿐이다. 좋은 차를 몰지도 않았고, 아내와 자식도 없었다. 사교 생활과 술도 멀리했다.

"누가 될지 몰라도 그를 낚는 여자는 로또에 당첨된 거나 다름없을 거야." 그녀가 노련한 낚시꾼처럼 말했다. "완전 월척을 낚는 거라고."

20분 후, 리버스는 그녀의 집을 나섰다. 두 사람은 주소와 전화번호를 교환했고, 종종 연락하며 지내기로 약속했다. 그는 허치스를 지나 천천히 비탈을 올라갔다. 정적에 싸인 마권 판매소는 언뜻 보기에도 허름했다. 작은 이중문은 페인트가 벗겨진 상태였고, 창문은 뿌연 먼지로 뒤덮여 있었다. 그가 묘지 앞에 도착했을 때 또 다른 차 한 대가 그의 차 바로 옆에 세워져 있는 게 보였다. 선홍색 르노 5. 그가 르노로 다가가 차창을 톡톡 두드렸다. 쇼반 클락이 훑고 있던 신문을 한쪽으로 치우고 창문을 내렸다.

"여긴 무슨 일이야?" 리버스가 물었다.

"예감을 따라왔어요."

"날 따라온 거겠지."

"경위님을 찾는 게 쉽지 않았어요. 벌링그리부터 시작하신 건가요?" 그가 고개를 끄덕였다. "어쩐지. 저는 켈티에서 고속도로를 빠져나왔어요."

"그들이 출몰할 법한 곳을 찾았어." 리버스가 말했다.

그녀는 상관의 말에 별 관심이 없는 듯했다. "오늘 아침 신문 보셨어요?"

"오, 그거? 자네에게 미리 귀띔해주려고 했었는데."

"아뇨, 1면 기사 말고요, 안쪽에 실린 내용."

"안쪽?"

그녀가 표제를 손으로 톡톡 두드린 후 그의 앞으로 신문을 내밀었다. M8 사고로 세 명 부상. 토요일 아침, 글래스고로 향하던 BMW가 고속도로를 벗어나 들판에 처박혔다는 내용이었다. 차에 타고 있던 일가족은 병원으로 후송된 상태였다. 아내, 십대 아들, 그리고 '에든버러 사업가 데이비드 두게리, 41세.'

"맙소사." 리버스의 숨이 턱 막혔다. "내 기사 때문에 이게 뒤로 밀려버린 거였군."

"그래서 못 보신 거군요. 이제 우리 작전은 어떻게 되는 거죠?"

리버스는 문제의 기사를 다시 찬찬히 읽어보았다. "글쎄. 고르기 가 작전은 여기서 접어야 하지 않을까? 위에서 결정을 내리면 우린 거기에 따라야겠지."

"'우리'라고요? 경위님은 정직 당하셨잖아요."

"두게리가 회복될 때까지 캐퍼티가 빈자리에 새 얼굴을 박아놓을 것 같은데."

"이렇게 촉박하게요?"

"시간이 없으니 자신이 나서서 대체자를 뽑겠지."

"그 자신이 직접 두게리의 빈자리를 메우려 하진 않을까요?"

"설마." 리버스가 말했다. "하지만 만약 그렇게 된다면 일이 재밌어질 거야. 물론 감시팀도 계속 그 자리를 지켜야 할 테고."

"그러는 동안에는요?"

"그러는 동안에는 계속해서 목록에 적힌 마권 판매소들을 살펴봐야 지." 리버스가 몸을 틀고 보우힐 쪽을 바라보며 미소를 지었다. "이곳에 수상한 양키가 나타났다고 들었어."

"양키라고요?" 쇼반이 물었다. 리버스는 문을 열고 자신의 차에 올랐다.

그들은 던퍼믈린에 들러 간단히 식사를 하고 차를 마셨다. 리버스는 허치스 마권 판매소와 커다란 현금 가방을 지니고 다닌다는 남자에 대해 들려주었다. 그녀의 미간이 살짝 찌푸려졌다. 차가 너무 뜨겁거나 달걀 마요네즈 샌드위치가 상하기라도 한 것처럼.

"그 사람 이름이 뭐라고 하셨죠?" 그녀가 물었다.

"토미 그린우드."

"캐퍼티 파일에서 본 기억이 있어요."

"뭐라고?" 이번에는 리버스의 미간이 찌푸려졌다.

"토미 그린우드. 분명히 봤어요. 그는…… 몇 년 전까지 캐퍼티의 동료 였어요. 그러다 어느 날 갑자기 사라져버렸죠. 다른 많은 사람들처럼. 아마

지분을 놓고 다툼이 있었을 거예요."

"돌을 매달아 다리 밑으로 던져버렸나?"

"원래 아주 다이내믹한 직업이잖아요."

"강바닥까지 꿀럭, 꿀럭, 꿀럭."

쇼반이 미소를 지었다. "진짜 토미 그린우드일까요, 아니면 가짜 토미 그린우드일까요?"

리버스가 어깨를 으쓱였다. "그놈이 성형수술을 받았는지도 모르지. 그렇다고 확인할 방법이 없는 건 아니지만." 그가 고개를 끄덕였다. "그래, 방법은 있어."

다정한 세무서 직원을 동원하는 방법……

일요일 자 신문 1면 기사를 확인한 많은 사람들이 비탄, 두려움, 죄책감, 그리고 격노에 휩싸였다. 하루 종일 전화통에 불이 났고, 소문은 총알 같은 속도로 퍼져나갔다. 하지만 일요일에 그들이 할 수 있는 것이라고는 기도뿐이었다. 주류 판매점들이 문을 열었거나 슈퍼마켓과 식료품점들이 술을 취급했다면 그들은 비애와 분노를 어렵지 않게 누그러뜨릴 수 있었을 것이다. 해소하지 못한 분노와 고뇌는 점점 쌓여만 갈 뿐이었다. 한 덩어리씩 차례로…… 문제는 그것들을 눌러줄 지붕이 없다는 사실이었다.

그리고 그 모든 것은 존 리버스의 책임이었다. 누구도 부인할 수 없다. 존 리버스는 공성퇴(과거 성문이나 성벽을 두들겨 부수는 데 쓰던 나무 기둥같이 생긴 무기)로 사방을 두들겨대는 중이었고, 여러 사람들이 그를 위해 문을 열어주고 있었다. 그들은 리버스를 자신들의 소굴로 들일 것이다. 그가 들어서면 곧바로 그 문을 닫아버릴 것이고.

28

왓슨 총경과의 미팅은 아침 9시, 그의 사무실에서 갖기로 되어 있었다. 보나마나 그들은 그로기 상태의 리버스를 보고 싶었을 것이다. 지쳐 쓰러지기 직전의 그를 상대로 총공격을 쏟아붓고 싶었을 것이다. 아침에는 요란하게 으르렁거리지만 오후가 되어야만 본격적으로 물어뜯는 그의 패턴을 알기에. 왓슨부터 구내식당 직원들까지, 그가 억울하게 누명을 썼다는 걸 모르는 이는 없었다. 하지만 그렇다고 상황의 어색함은 달라지지 않았다. 우선, 센트럴 호텔 살인 사건 수사는 공식적으로 진행된 것이 아니었다. 왓슨은 아직도 수사 승인에 부정적인 입장을 취하고 있었다. 그래서 리버스는 독자적으로 나서게 되었다. 하지만 농부는 언제나 자신의 팀을 확실히 챙길 줄 아는 리더였다. 그는 리버스를 따로 불러 근무 시간 외에 계속 수사를 이어나갈 수 있도록 허락해주었다.

"나중에라도 새로운 증거가 확보되면 수사를 공식적으로 재개하기로 한다." 농부가 말했다. 머리를 섬뜩한 색으로 염색한 그의 맵시 좋은 비서가 그 말을 꼼꼼히 받아 적었다. "그리고 날짜는 2주 전으로 해둬."

"알겠습니다, 총경님."

그녀가 사무실을 나가자 리버스가 입을 열었다. "감사합니다, 총경님." 그는 비서가 자리를 비켜줄 때까지 한쪽 구석에 서 있어야 했었다. 총경 사무실에는 의자가 달랑 하나뿐이었다. 그가 수북이 쌓인 파일들을 조심스레 넘어가 그녀가 따뜻하게 데워놓은 의자에 앉았다.

"자칫하면 내 모가지까지 날아가게 될 거야, 존. 자네가 잘리는 것으로만 끝나지 않을 거라고. 이 일은 절대 발설해선 안 되네. 알아듣겠나?"

"물론입니다, 총경님. 하지만 플라워 경위가 눈치를 채면 어쩌죠? 최소한 로더데일 경감님께는 항의를 할 텐데 말입니다."

"뭐 둘이 그러든지 말든지. 자네가 한 가지 알아둬야 할 게 있네, 존." 왓슨이 두 손을 모아 책상에 내려놓았다. 크고 둥근 어깨 사이에서 그의 고개가 툭 떨어졌다. 그가 나지막한 목소리로 말했다. "난 로더데일이 내 자리를 노리고 있다는 걸 알아. 아주 교활한 친구라고." 그가 잠시 말을 멈추었다. "자네도 내 자리를 원하나, 경위?"

"죽어도 싫습니다, 총경님."

왓슨이 고개를 끄덕였다. "그게 바로 내 말이야. 난 자네가 앞으로 수수방관만 하지 않을 거라는 걸 알아. 그러니까 내 충고를 마음에 새기도록 하게. 법이라는 걸 자네의 고물차처럼 함부로 다뤘다간 큰 곤란에 빠질 수도 있네. 뭘 하든 생각 없이 달려들지 말란 말이야. 그리고 한 가지 더. 또다시 이번처럼 불법으로 총기를 구했다간 영영 옷을 벗게 될 거야."

"하지만 그건 불법으로 구입한 게 아닙니다, 총경님." 리버스가 말했다. 그리고 총경과 함께 지어낸 이야기를 술술 읊어나갔다. "그냥 잠재적 증거로 제 손에 들어온 겁니다."

왓슨이 고개를 끄덕였다. "외우느라 고생했네. 그게 자네를 곤경에서 구해줄 걸세(it might just save your bacon)."

"저는 채식주의자입니다, 총경님." 리버스가 말했다. 그 말에 왓슨이 큰 소리로 웃음을 터뜨렸다.

그들은 고르기 가에서 무슨 일이 벌어지고 있는지 궁금했다. 첫 뉴스 보도를 보니 조짐이 좋지 않았다. 아무도 사무실을 찾지 않았다. 단 한 사람도. 추가로 투입된 감시 인력은 두게리가 입원해 있는 병원을 지키고 있었다. 고르기 가의 상황에 아무 변화가 없으면 그들도 두게리를 감시하러 병원으로 자리를 옮겨야 했다. 그가 병실에 누워 어떤 일을 꾸밀지 모르니. 당분간은 모든 가능성을 열어둘 필요가 있었다.

하지만 11시 30분, 광이 나는 재규어 한 대가 콜택시 회사로 들어서는 게 포착되었다. 운전석에서 머리가 긴 거구의 남자가 내렸다. 그가 뒷문을 열자 모리스 제럴드 캐퍼티가 모습을 드러냈다.

"잡았다, 이 새끼." 페트리 경장이 흥분된 얼굴로 신나게 셔터를 눌러댔다. 쇼반은 황급히 수화기를 들고 세인트 레너즈로 연락했다. 로더데일 경감에게 보고를 마친 후에는 곧장 아든 가로 전화를 걸었다. 두 번의 연결음 만에 리버스가 응답했다.

"빙고." 그녀가 말했다. "드디어 캐퍼티가 나타났습니다."

"사진에 날짜와 시간이 찍히도록 해."

"알겠습니다, 경위님. 그건 그렇고, 미팅은 어떻게 됐습니까?"

"농부가 날 짝사랑하고 있는 것 같아."

"두 사람 다 안으로 들어가고 있어." 페트리가 셔터에서 손가락을 떼며 말했다. 그제야 카메라 셔터 소리가 멎었다. 창가로 다가간 매든이 그들이 누구냐고 물었다.

그와 동시에 리버스도 비슷한 질문을 던졌다. "빅 제르가 누굴 데려왔지?"

"운전사만 따라왔네요."

"큰 덩치에 긴 머리?"

"네, 그 사람입니다."

"데이비 두게리에게 귀를 물어뜯긴 놈이야."

"두 사람 사이가 좋을 리 없을 텐데요."

"그런데도 그 덩치가 산만 한 놈은 빅 제르 밑에서 일하고 있잖아." 그는 잠시 생각에 잠겼다. "빅 제르라면 두게리를 열 받게 하려고 일부러 그를 고용했을 수도 있어."

"일부러요?"

"그에게는 재밌는 장난에 지나지 않겠지. 그들이 나오면 또 알려줘."

"알겠습니다."

30분 후, 그녀는 다시 상관에게 전화를 걸었다. "캐퍼티가 나왔습니다."

"오래 걸리지 않았군."

"그런데 운전사는 두고 나왔네요."

"뭐?"

"캐퍼티 혼자 차를 몰고 떠났습니다."

"맙소사. 그놈을 두게리의 자리에 꽂아둔 모양이군!"

"그를 신뢰하는 모양이네요."

"그런 것 같아. 그래도 그런 놈이 과연 회계를 알까? 그냥 덩치 큰 경비견에 지나지 않는데."

"그게 무슨 뜻이죠?"

"무슨 뜻이긴. 빅 제르가 계속 곁에 붙어서 챙겨야 한다는 뜻이지. 빅 제르가 거의 매일 사무실에 나와서 지켜봐야 한다는 뜻이고. 이건 기적이야!"

"아무래도 필름을 더 사다놔야겠는데요."

"그래. 멍청한 페트리를 보내진 말고. 그 친구 얼굴은 좀 어때?"

"가렵답니다. 하지만 긁을 때마다 아프대요." 페트리가 그녀를 흘끔 돌아보았다. 그녀가 말했다. "리버스 경위님께서 너에 대해 물으셨어."

"그가 발끈하나?" 리버스가 말했다. "부디 그 친구 코가 툭 떨어져 보온병에 빠져버렸으면 좋겠군."

"그렇게 말씀하셨다고 전하겠습니다, 경위님." 쇼반이 말했다.

"그래." 리버스가 말했다. "주눅 들지 말고 당당하게 말하라고. 난 이만 장례식장에 가봐야겠어."

"브라이언과 통화했었어요. 운구인으로 뽑혔다더군요."

"잘됐군." 리버스가 말했다. "기대어 울 수 있는 어깨가 생겼으니까."

워리스턴 묘지에는 수많은 무덤들이 질서 없이 사방에 널려 있었다. 심하게 훼손된 무덤도 적지 않았다. 대부분 묘비에 새겨진 메시지들은 비바람에 침식되어 잘 보이지 않았다. 낮에는 썩 괜찮은 교육의 현장이었지만 밤만 되면 지역 폭주족 멤버들의 광란의 파티장으로 돌변했다. 아무튼 묘지는 스코틀랜드 민속 행사보다는 뉴올리언스의 부두교 파티에 더 어울리는 분위기였다.

리버스는 에디가 이곳을 마음에 들어 할 거라 믿었다. 장례 의식은 간소하면서도 품위가 느껴졌다. 전자 기타 모양의 화환, 그리고 그가 엘비스 LP 커버와 함께 묻혔다는 사실은 조금 지나치다는 생각이 들었지만.

리버스는 먼발치에서 장례식을 지켜보았다. 모든 의식이 끝나자 팻 컬더가 다가와 식사를 하러 오라고 초대했다. 텅 빈 하트브레이크 카페가 아닌 근처 모텔의 펍으로. 깁슨스가 제공될 거라는 말에 리버스는 잠시 혹했지만 이내 유감스럽다는 표정을 지으며 고개를 저었다.

가엾은 에디. 비록 뜨거운 애피타이저로 그의 머릿가죽을 벗기려들기는 했지만 리버스는 주방장이 마음에 들었다. 세상에는 그처럼 무한한 잠재력을 갖추고도 결국 몰락의 길을 선택하는 사람들이 적지 않았다. 인생의 패배자들.

그나마 나는 살아 있으니 다행이야. 그는 생각했다. 정말로 신이 있다면 그 누구도 나를 죽이려들지 않을 거야. 그것도 강제로 술을 퍼마시게 하고 가스를 틀어놓는 미개한 방법으로. 그런데 깔때기는 왜 필요했던 거지? 그냥 에디를 아무 술집에나 데려다놓으면 자기가 기꺼이 알아서 의식을 잃을 때까지 테킬라와 버번위스키를 퍼마셨을 텐데. 군이 강제로 먹일 필요가 없었는데. 커트 박사는 그의 간을 조몰락거리며 상태가 매우 양호하다고 했었다. 도저히 받아들일 수 없는 결과였다. 리버스 자신도 두 눈으로 똑똑히 확인했지만.

아니, 똑똑히 확인한 게 맞기는 한가?

그는 멀리서 1번 밧줄의 인장 강도를 시험해보고 있는 팻 컬더를 바라보았다. 4번 밧줄을 맡은 브라이언은 컬더 반대편, 리버스가 모르는 두 남자 사이에 샌드위치처럼 끼어 있었다. 바텐더 토니는 6번이었다. 리버스의 시선은 컬더에게만 고정되어 있었다. 오, 맙소사. 이 개자식. 그는 생각했다. 설마. 네가? 아니지? 아무래도 너인 것 같은데.

그가 갑자기 돌아서서 묘지 밖 길가에 세워둔 자신의 차를 향해 내달리기 시작했다. 그의 목적지는 아든 가였다.

하트브레이크 카페 예약 기록부가 기다리고 있는 아든 가.

리버스에게는 두 가지 옵션이 있었다. 문을 발로 부수고 들어가든지, 조

345

용히 들어가든지. 플라스틱으로 만들어진 자물쇠는 쉽게 부술 수 있을 것 같았다. 문 안쪽의 장붓구멍형 데드볼트도 풀려 있을 가능성이 컸다. 그는 확인을 위해 문을 살짝 밀었다가 당겨보았다. 예상대로 데드볼트는 풀려 있었다. 문과 문설주 사이의 틈은 긴 장식용 나무로 덮여 있었다. 전문 빈 집 털이범이라면 금속 지렛대로 우악스럽게 뜯어버릴 수 있을 것이다.

하지만 리버스에게는 지렛대가 없었다.

노커로 두드려보면? 안에서 응답이 있을까? 그는 어깨나 발로 문을 부수고 싶지는 않았다. 아무리 자물쇠가 약하다 해도. 그래서 그는 몸을 숙이고 한 손으로 우편물 출입구를 열어보았다. 그런 다음, 그 틈으로 실내를 살피며 또 다른 손으로 문에 달린 검은 강철 고리를 움켜잡고 다섯 번 힘껏 내리쳤다. '면도와 이발(shave and a haircut)'이라 불리는 코믹한 리듬으로. 친구가 왔음을 알리는 신호. 적어도 리버스는 안에서 그렇게 여겨주기를 바랐다. 복층 주택 안에서는 아무런 소리나 움직임이 없었다. 콜로니는 쥐 죽은 듯 조용했다. 금속 지렛대로 문을 부수고 들어간다 해도 아무도 알아차리지 못할 것 같았다. 하지만 그는 다시 노커로 문을 두드려보았다. 문에는 스파이 홀이 설치되어 있었다. 그는 누구라도 소리 없이 다가와 그것으로 밖을 살펴봐주기를 바랐다.

그때 움직임이 포착되었다. 거실 쪽에서 모습을 드러낸 그림자가 현관으로 다가오고 있었다. 아주 천천히. 잠시 후, 현관문이 열리고 그 틈으로 누군가 머리 하나를 슬그머니 내밀었다. 리버스의 예상대로였다.

"안녕, 에디." 그가 말했다. "여기 당신의 화환을 가져왔어요."

에디 링건이 그를 들여보내주었다.

그는 기모노 스타일의 빨간 실크 가운 차림이었다. 가운의 등에는 험악해 보이는 용 한 마리가 꿈틀대고 있었다. 양쪽 소매에는 알 수 없는 심벌이 그려져 있었지만 리버스는 그 의미가 궁금하지 않았다. 에디가 소파에 풀썩 주저앉았다. 리버스는 그냥 서 있기로 했다.

"화환 얘기는 거짓말이었어요." 그가 말했다.

"중요한 건 마음이죠, 뭐. 양복이 근사한데요."

"넥타이는 빌린 겁니다." 리버스가 말했다.

"검은 넥타이는 특히 근사한 것 같아요." 에디의 얼굴은 아픈 사람처럼 창백했다. 그의 충혈된 눈가에는 다크서클이 둘러져 있었다. 오랫동안 햇볕을 쬐지 못한 재소자를 보는 듯했다. 그의 잿빛 피부에서는 희망이 묻어나지 않았다. 그가 한쪽 겨드랑이를 살살 긁었다. "어떻게 됐습니까?"

"당신의 관이 내려가는 걸 보다가 왔어요."

"지금 다들 펍에 모여 있겠군요. 가서 직접 뭐라도 만들어 먹이고 싶은데. 안타깝습니다."

리버스가 고개를 끄덕였다. "시체로 지내는 게 쉽지 않죠?"

"남들은 잘만 하던데 말입니다."

"라디에이터 맥컬럼과 로버트슨 형제처럼 말이죠?"

에디의 굳은 표정에 미소가 살짝 머금어졌다. "그들 중 하나는 그랬죠."

"이렇게 죽은 척을 해야 할 만큼 절박했습니까?"

"난 아무 말도 하지 않을 겁니다."

"상관없어요." 두 사람은 한동안 침묵을 지켰다. 한참 후, 에디가 입을 열었다.

"대체 어떻게 알아낸 겁니까?"

리버스는 벽난로 위 선반에서 담배를 한 개비 뽑아 들었다. "팻 덕분에 알아차렸습니다. 그가 불필요하게 과장된 이야기를 꾸며냈거든요."

"팻, 그 친구는 말릴 수가 없어요. 그런 아마추어 연기 실력으로 뭘 하겠다고."

"그는 윌리가 어떤 고객의 접시에 얼굴을 처박고 있다가 레스토랑을 나가버렸다고 했어요. 그래서 그날 밤 그 자리에 있었던 손님 두어 명을 찾아 연락해봤습니다. 뭐 어렵지 않았습니다. 전화 한 통으로 다 해결됐으니까요. 아무튼, 그들에게 물어봤더니 팻이 주장한 그런 일은 없었다더군요. 그뿐 아니라 시체의 간도 단서가 돼주었습니다. 상태가 아주 좋았어요. 절대 당신의 간이라고는 믿어지지 않았습니다."

"하긴."

리버스가 담배에 불을 붙이려다 말고 입에서 뽑아 선반에 내려놓았다.

"그래서 실종자를 살펴보기 시작했죠. 그때 사라진 윌리는 며칠 동안 셋방으로 돌아오지 않았더군요. 모든 게 너무 서툴렀어요, 에디. 그 자식 얼굴이 폭발에 날아가지만 않았어도 우린 그게 당신의 시체가 아니라는 걸 대번에 알아차렸을 겁니다."

"정말요? 사실 우린 브라이언도 빠졌고, 헤이마켓이 당신 관할구도 아니라서 마음을 놓았습니다. 다들 속아 넘어갈 줄 알았죠."

리버스가 고개를 저었다. "현장 사진을 찍어뒀으니 언젠가는 내 눈에도 띄었을 겁니다." 그가 잠시 뜸을 들였다. "대체 그를 왜 죽인 겁니까?"

"그건 사고였어요."

"이렇게 된 거 아니었습니까? 당신은 술을 진탕 마시고 레스토랑으로 돌아왔습니다. 그리고 윌리와 싸움이 벌어졌죠. 그 과정에서 그의 머리가 박살났고 당신에겐 기발한 아이디어가 떠올랐습니다."

"그랬는지도 모르죠."

"한 가지 찝찝한 게 있습니다." 리버스가 말했다. 에디가 소파에 앉은 채 몸을 꿈틀거렸다. 기모노 차림으로 팔짱을 낀 그는 무척 우스꽝스러워 보였다. 그의 시선은 벽난로 쪽으로 돌아가 있었다. 리버스와 눈을 마주치는 게 부담스러운 모양이었다.

"그게 뭡니까?"

"팻은 윌리가 화요일 밤에 카페를 나갔다고 했습니다. 그의 시체는 목요일 아침이 돼서야 발견됐고요. 만약 그가 화요일에 싸우다 죽었다면 검시관은 납빛으로 변한 피부와 사후경직 상태를 통해 정확한 사망 시간을 알 수 있었을 겁니다. 하지만 시체는 오래된 게 아니었습니다. 그건 당신이 목요일 이른 아침에야 그에게 술을 먹이고 가스를 틀어 죽였다는 뜻입니다. 당신이 그를 수요일까지 살려두었다는 뜻. 이미 그때부터 그를 어떻게 처리할지 생각해두었겠죠?"

"난 아무 말도 안 할 겁니다."

"그래서 내가 지금 대신하고 있지 않습니까. 중병에는 극약처방이 필요한 법이에요, 에디. 자, 일어나요."

"네?"

"나랑 같이 갑시다."

"어디로요?"

"경찰서. 빨리 옷 갈아입고 와요." 리버스는 그가 천천히 일어서는 걸 지켜보았다. 그의 다리는 아주 힘겹게 펴졌다. 그래, 살인을 하면 그렇게 돼. 사후경직의 반대지. 액화. 젤리 효과. 그는 아주 굼뜨게 옷을 챙겨 입었다. 리버스는 그런 그에게서 시선을 떼지 않았다. 어느새 에디의 눈가가

349

촉촉이 젖어 있었다. 그의 입술은 침으로 번들거렸다.

리버스가 고개를 끄덕였다. "갑시다." 그가 말했다. 그는 에디를 세인트 레너즈로 데려갈 참이었다.

하지만 먼 길로 돌아서.

"지금 어디로 가는 겁니까?"

"드라이브하는 거예요. 날이 하도 좋아서."

에디는 앞 유리창 밖을 멍하니 바라보았다. 건물들부터 하늘까지, 눈에 들어오는 모든 것이 제복 같은 회색을 띠고 있었다. 바람은 점점 거세어졌고, 당장이라도 비를 흩뿌릴 것 같았다. 홀리루드 파크 가로 들어선 차는 아서스 시트를 향해 달렸다. 한참 후, 리버스가 홀리루드를 빠져나와 더딩스턴 쪽으로 방향을 틀자 에디의 표정이 어두워졌다.

"우리가 어디로 가고 있는지 알겠어요?" 리버스가 물었다.

"아뇨."

"모르겠다면야 뭐."

그는 계속 차를 몰아나갔다. 얼마나 달렸을까. 도로변에 큰 저택이 나타났다. 리버스는 깜빡이를 켜고 정문 쪽으로 차를 돌렸다.

"맙소사, 안 돼!" 에디가 꽥 소리를 질렀다. 그는 계기판에 닿아 있던 무릎을 와락 끌어안았다. 마치 충돌의 순간이 다가오고 있다는 듯이. 리버스는 차도 가장자리에 차를 멈춰 세웠다. 차창 밖으로 캐퍼티의 저택이 눈에 들어왔다. 보나마나 저택 안에서도 그들을 내다보고 있을 것이다.

"안 돼, 안 돼." 에디는 흐느끼고 있었다.

"여기가 어딘지 아는 모양이군요." 리버스가 말했다. "그럼 빅 제르도 누군지 알겠네요?" 그는 에디가 고개를 끄덕일 때까지 묵묵히 기다렸다. 주방장은 마치 태아 같은 자세를 유지했다. 그의 발은 좌석 밑에 숨겨져 있었고, 머리는 두 무릎 사이에 파묻혀 있었다. "그가 두렵습니까?" 에디가 다시 고개를 끄덕였다. "이유가 뭡니까?" 에디가 천천히 고개를 저었다. "혹시 센트럴 호텔 사건 때문에?"

"내가 왜 브라이언에게 그 얘길 한 거지?" 그가 큰 소리로 외쳤다. "왜 그런 미련한 짓을 한 거지?"

"그들이 총을 찾았어요."

"총에 대해선 아는 게 없어요."

"총을 본 적이 없어요?"

에디가 고개를 저었다. 젠장. 내가 기대한 답은 이게 아니었는데. 리버스는 생각했다. "그럼 본 게 뭡니까?"

"그때 난 주방에 있었어요."

"그런데요?"

"어떤 남자가 뛰어 들어와 가스를 켜놓으라고 소리쳤어요. 얼굴엔 피가 묻어 있었고, 제정신이 아닌 것 같아 보였죠." 에디는 조금씩 마음의 평정을 찾아가고 있었다. "그가 가스 가열판들을 차례로 켰습니다. 불은 붙이지 않았고요. 미친 사람 같았습니다. 난 그를 도왔어요. 그가 시키는 대로 나머지 가스를 다 켜놓았죠."

"그러고 나서는?"

"거길 빠져나왔죠. 그놈이랑 같이 남아 있을 이유가 없었으니까. 모두가 짐작한 대로 나 역시 보험금을 노린 사기극일 거라 생각했습니다. 경찰이 시체를 발견했을 때까지는요. 그리고 일주일 후, 빅 제르가 날 찾아왔습니다. 그의 메시지는 아주 간단했어요. 누구에게도 절대 발설하지 말라더군요. 무슨 일이 있었는지."

"그날 밤, 빅 제르가 그곳에 있었다고요?"

에디가 어깨를 으쓱였다. 빌어먹을! "난 주방에 있었어요. 내가 본 건 그 미치광이뿐이었다고요."

리버스는 그게 누구인지 알고 있었다. 센트럴 호텔 주방의 상황을 보았던 사람. "블랙 앵거스?" 그가 물었다.

에디는 몇 분간 침묵을 지켰다. 그는 게슴츠레한 눈으로 앞 유리창 밖을 내다보고 있었다. 잠시 후, 그가 입을 열었다. "빅 제르는 결국 내가 발설했다는 걸 알게 될 겁니다. 이따금 경고를 보내오곤 했거든요. 완력을 쓴 적은 없었습니다. 적어도…… 내게 직접적으로 물리적 압력을 가하진 않았어요. 우리의 약속을 기억하고 있다는 걸 살짝 확인시켜주는 정도였죠. 그는 날 죽이고 말 겁니다." 그가 리버스를 돌아보았다. "날 죽일 거라고요. 내가 한 건 가스를 틀어놓은 것뿐이었는데."

"피를 묻히고 들어왔다는 그 남자, 앵거스 깁슨이었죠? 아닙니까?"

에디는 천천히 고개를 끄덕였다. 질끈 감긴 그의 눈에서 눈물이 흘러나왔다. 리버스는 다시 차를 몰아 도로로 올라왔다. 반대편 차선에서 사륜구동차 한 대가 달려오고 있었다. 그 차는 신호를 넣고 저택 정문 쪽으로 방향을 틀었다. 기다렸다는 듯 정문이 스르르 열리기 시작했다. 운전자는 리버스의 눈에 익지 않는 깡패였고, 뒷좌석에는 모 캐퍼티가 앉아 있었다.

그 광경은 세인트 레너즈로 돌아가는 짧은 시간 내내 리버스를 거슬리게 했다. 에디는 조수석에 웅크려 앉아 쉴 새 없이 흐느꼈다. 리버스는 궁금했다. 모 캐퍼티는 운전을 할 줄 모르나? 그 부분은 DVLC(운전면허청)에

요청하면 쉽게 확인할 수 있었다. 만약 그녀가 운전을 할 줄 모른다면 외출 때마다 운전사를 대동해야 할 것이다. 그렇다면 그날 본의 정육점 밖에 세워져 있었던 사륜구동차는 누가 몰고 왔던 걸까? 그리고 그건 우연의 일치라기엔 너무하지 않은가? 존 리버스는 우연을 믿지 않았다.

"하트브레이크 카페는 본(Bone, 뼈)의 고기를 쓰지 않았죠?" 그가 에디에게 물었다. 에디는 질문을 이해하지 못한 듯했다. "본의 정육점 얘깁니다." 리버스가 설명했다. 하지만 에디는 말없이 고개만 저어댔다. "괜히 물었군요." 리버스가 말했다.

세인트 레너즈로 돌아와 보니 그가 보고 싶었던 사람이 기다리고 있었다.

"고르기 가엔 왜 안 가 있지?" 그가 물었다.

"정직 상태인데 왜 나오신 거죠?" 쇼반 클락이 받아쳤다.

"자네, 비겁하군. 그리고 내가 먼저 물어봤잖아."

"이걸 챙기러 왔어요." 그녀가 손에 쥔 커다란 갈색 봉투를 살랑 흔들어 보였다.

"마침 잘됐군. 자네에게 시킬 일이 있었는데. 사실 몇 가지가 있어. 우선, 무덤에서 에디 링건의 관을 꺼내야 해."

"네?"

"안에 갇힌 시신은 에디가 아니야. 그 친구는 지금 유치장에 들어가 있어. 자네가 가서 인터뷰를 해봐. 어떻게 된 일인지 다 들려줄 테니까."

"받아 적어야 할 것 같은데요."

"자네는 남다른 기억력의 소유자 아닌가."

"지금 제 머리가 쇼크 상태에 빠져 있어서요. 그럼 오븐 속 남자가 에디가 아니었다는 말씀인가요?"

"바로 그 얘길 하고 있는 거야. 자, 그 다음엔 모 캐퍼티에게 운전면허가 있는지 알아봐줘."

"그건 왜요?"

"그냥 시키는 대로 해. 참, 저번에 본이 자신의 사업 지분을 걸고 내기를 했다고 했지? 그래서 메르세데스를 땄고? 자네가 분명히 그랬었잖아. 그가 자신의 지분을 걸었다고."

"기억나요. 그의 아내로부터 들은 겁니다."

리버스가 고개를 끄덕였다. "누가 나머지 지분을 가지고 있는지 알아봐야겠어."

"그게 다입니까, 경위님?"

리버스는 잠시 생각에 잠겼다. "아니, 아직 많이 남았어. 본의 메르세데스도 살펴봐줘. 전 주인을 알아야 본이 누구로부터 그걸 땄는지 알 수 있을 테니까." 그녀는 눈도 깜빡이지 않은 채 그를 응시하고 있었다. "최대한 빨리 부탁해. 알았지?"

"최대한 빨리 해보겠습니다, 경위님. 자, 이 봉투에 뭐가 들어 있는지 궁금하지 않으십니까? 모든 걸 다 가진 남자에 대한 겁니다."

"어디 날 한번 놀래켜봐."

그녀는 그 지시에 성실히 따랐다.

리버스는 어쩌나 놀랐던지 구내식당으로 내려가 그녀에게 커피와 도넛을 사주었다. 그들이 앉은 테이블에는 엑스선 사진이 놓여 있었다.

"믿을 수가 없군." 그가 반복해서 말했다. "정말 믿어지지가 않아. 진즉부터 이걸 내놓으라고 그렇게 닦달을 해댔었는데."

"나인웰스 기록 보관소에 가보니 있던데요."

"나도 거기에 요청했었다고!"

"다정다감하게 부탁하셨어야죠."

쇼반은 그동안 던디를 몇 번 드나들며 최근 재조직되어 여전히 혼란 상태에 빠져 있는 기록국 직원들을 구워삶아왔다고 설명했다. 그녀의 예상대로 오래된 기록들은 구석에 아무렇게나 방치되어 있었다. 그녀는 고생 끝에 문제의 기록을 찾아낸 젊은 남자 직원에게 사례로 데이트를 약속했다.

리버스가 엑스레이 사진 하나를 다시 집어 들고 불빛에 비추어 보았다.

"부러진 오른팔." 쇼반이 말했다. "12년 전, 그가 던디에서 살았을 때 그렇게 된 겁니다."

"탐 로버트슨." 리버스가 말했다. 역시 그였어. 죽은 놈. 심장에 총알이 박혀 있는 시체. 리버스의 콜트 45에 맞아 숨진 피해자. 그가 바로 탐 로버트슨이었다.

"법정에서 인정해줄지 모르겠네요." 쇼반이 말했다. 배심원단에게 소문과 엑스레이 사진만으로 신원을 증명해 보이는 건 쉽지 않은 일이었다.

"그래도 방법을 찾아봐야지." 리버스가 말했다. "시체의 신원이 밝혀졌으니 다시 한 번 치과 기록을 찾아보자고. 그걸로 합성을 해보면 더 명확해질 거야. 난 이 정도 성과만으로도 충분히 만족스러워." 그가 고개를 끄덕였다. "아주 잘했어, 클락." 그가 자리에서 일어났다.

"경위님?"

"응?"

그녀는 미소를 흘리고 있었다. "메리 크리스마스."

29

그는 깁슨의 맥주 공장에 전화를 걸어보았다. 비서는 앵거스가 에일 경연 대회 참석차 뉴캐슬에 가 있으며 밤이 되어서야 돌아올 것 같다고 답했다. 리버스는 국세청에 전화를 걸어 자신의 케이스를 담당하는 조사관과 긴 통화를 했다. 토미 그린우드에 맞서려면 최대한 많은 무기를 갖춰놓아야만 했다. 적절한 비유는 아니지만 사실이었다. 그는 세인트 레너즈 주차장에 차를 세워놓고 머리를 식히기 위해 산책에 나섰다. 이제야 모든 게이치에 닿는 것 같았다. 탐 로버트슨과 포커를 치고, 그를 총으로 쏜 사람은 바로 앵거스였다. 그는 자신의 범행을 감추기 위해 호텔에 불을 지르기까지 했다. 그렇게 깔끔히 정리되어야 할 사건이었지만 어떻게 된 일인지리버스의 머릿속은 더 복잡해졌다. 앵거스가 망나니처럼 살았을 때 총을소지하고 다녔었나? 그럼 에크는 왜 형에 대한 복수를 하지 않았을까? 앵거스는 어떻게 그의 입을 막아버렸을까? 달랑 그들 세 사람만 포커를 쳤을 가능성은? 그리고 딕 토런스에게 그 총을 건넨 사람은 누구였을까? 아직 풀어야 할 문제가 산더미처럼 쌓여 있었다.

그가 사우스 클럭 가로 들어섰을 때 본의 가게 밖에 세워진 밴 한 대가눈에 들어왔다. 가게에서는 새로운 판유리를 끼우는 작업이 한창이었다.밴의 뒷문은 활짝 열려 있었다. 리버스는 그쪽으로 다가가 밴 안을 들여다보았다. 한때 고기 배달 차량으로 쓰였던 모양이었다. 밴 뒤편에 카운터와 찬장과 작은 냉동고 겸 냉장고가 갖춰져 있었다. 보나마나 주인은 밴을 몰고 공동 주택 단지들을 찾아다니며 정육점까지 걸음하기 귀찮아하는 주부와 은퇴자들에게 고기를 팔아왔을 것이다. 본의 정육점에서 하얀 앞치마를 두른 남자가 커다란 돼지고기 한 덩어리를 어깨에 지고 나왔다.

"실례합니다." 그가 고기를 밴에 실으며 말했다.

"배달 차량인가요?" 리버스가 물었다.

남자가 고개를 끄덕였다. "거래하는 레스토랑들로 배달을 합니다."

"정육점 밴들이 동네를 누비고 다니던 때도 있었는데." 리버스가 회상에 잠긴 듯 말했다.

"그럴 때가 있었죠. 하지만 경제적이지 않아서 더 이상은 힘듭니다."

"세월이 가면 모든 게 변하기 마련이죠." 리버스가 말했다. 남자가 동의한다는 듯 고개를 끄덕였다. 리버스는 다시 밴 안을 흘끔 들여다보았다. 카운터 뒤로 들어가려면 밴에 올라 경첩이 달린 부분을 위로 젖혀 올린 후 작은 문을 열어야 했다. 그는 마이클이 밴에 대해 묘사했던 내용을 떠올려보았다. 좁은 공간과 냄새. 남자는 발로 밀짚 조각을 털어내며 밴을 내려왔다. 정육점 밴에 밀짚이? 여기 실리는 짐승들은 오랫동안 밀짚 구경을 못 했을 텐데.

리버스는 정육점 안을 들여다보았다. 젊은 조수 하나가 판유리가 끼워지는 걸 지켜보고 있었다.

"영업합니다, 손님." 그가 밝은 목소리로 리버스를 맞았다.

"본 씨를 만나러 왔는데요."

"오후엔 안 나오실 거예요."

리버스가 턱으로 밴을 가리켰다. "요즘도 돌아다니면서 고기를 팝니까?"

"네? 집집마다 돌면서요?" 청년이 고개를 저었다. "그냥 배달만 하고 있습니다. 대량 주문이 들어오면요."

그래, 그렇겠지. 리버스는 생각했다.

걸어서 다시 세인트 레너즈로 돌아온 그가 쇼반에게 말했다. "한 가지 깜빡 잊은 게 있는데……"

"더 시키실 게 남았어요?"

"뭐 많이 남진 않았어. 팻 컬더. 그를 데려와줘. 심문을 해야 하니까. 지금쯤 집에 있을 것 같은데. 아마 에디가 어디로 사라졌는지 무척 궁금해하고 있을 거야. 미안하지만 난 여기서 그 친구를 맞을 생각이 없어. 재회는 법정에서 해도 괜찮으니까……"

많은 일을 처리했지만 아직 6시도 되지 않았다. 아파트로 돌아오니 학생들이 렌틸콩을 넣은 카레를 만들고 있었다. 마이클은 거실에 앉아 최면 요법에 관한 또 다른 책을 읽는 중이었다. 아파트는 꽤 안정적인 분위기에 잠겨 있었다. 이건 매우…… 뭐랄까, 아늑하다고나 할까. 십대 학생들과 형사와 전과자가 모여 사는 공간을 묘사하는데 그런 단어를 쓴다는 게 좀 어색하지만. 하지만 그건 사실이었다.

처방약을 다 먹어치운 마이클은 약효 덕분인지 한결 나아진 것 같아 보였다. 검진을 받으러 가야 했지만 리버스는 그들이 또 처방전만 줘어주고 마이클을 돌려보낼 거라 확신했다. 상처는 시간이 알아서 치유해줄 것이다. 자연스럽게. 그는 식욕을 되찾았는지 카레를 두 그릇이나 뚝딱 해치웠다.

식사 후 그들은 거실에 둘러앉았다. 학생들은 와인을 마셨고, 리버스는 맥주 캔을 땄다. 마이클에게도 술을 권했지만 그는 사양했다. 스피커에서는 음악이 흘러나오고 있었다. 뻔한 레퍼토리. 도어스, 재니스 조플린, 그리고 초창기 핑크 플로이드. 특별할 것 없는 저녁이었다. 리버스는 기진맥진한 상태였다. 그간 꼬박꼬박 챙겨 먹어온 카페인제 때문인 듯했다. 마이클이 수면제에 중독될까 봐 걱정하는 동안 정작 자신은 카페인제에 중독되어가는 중이었다. 잠을 덜 자고 생각을 많이 해야 하는 주말에 효과를 톡톡히 보았지만 언제까지나 약에 의존할 수는 없었다. 음악과 맥주와 여유로운 대화가 그를 나른하게 만들고 있었다. 이러다가는 소파에서 잠에 빠져들지도……

"방금 뭐였지?"

"누군가가 빈 병을 깨는 소리 같은데."

학생들이 우르르 일어나 창가로 달려갔다. "아무것도 안 보여."

"저기, 도로에 유리 파편이 널려 있잖아." 그들이 리버스를 돌아보았다. "누군가가 형사님 차 앞 유리를 깨뜨렸는데요."

리버스는 황급히 아래층으로 내려가 차의 상태를 살폈다. 이웃들은 현관문과 창문 밖으로 고개를 내민 채 현장을 지켜보고 있었다. 리버스가 나타나자 그들은 하나둘씩 자취를 감추었다. 보석 같은 유리 파편이 깔린 조수석에는 돌덩이가 하나가 놓여 있었다. 근처 주차 공간에 세워져 있던 차한 대가 스르르 움직이기 시작했다. 도로로 빠져나온 차가 그의 옆에 멈춰 섰다. 조수석 창문이 천천히 내려졌다.

"어떻게 된 거죠?"

"아무것도 아닙니다. 누가 앞 유리에 돌덩이를 던졌어요."

"네?" 조수석 남자가 운전자를 돌아보았다. "잠깐 기다려." 그가 차에서 내려 산산조각난 앞 유리를 잠시 살펴보았다. "누가 이런 짓을 했을까요?"

"의심 가는 놈이 한둘이 아닙니다." 리버스가 차 안으로 손을 뻗어 돌덩이를 꺼냈다. 바로 그때 무언가가 그의 뒤통수를 강타했다. 그는 영문도 모른 채 쓰러져 도로로 질질 끌려갔다. 차가 후진했다가 멈춰 서는 소리가 들렸다. 그는 타맥으로 포장된 도로를 손톱으로 할퀴며 필사적으로 저항했다. 빌어먹을! 의식을 잃을 것 같아. 그의 머릿속 채널이 하나씩 꺼지고 있었다. 심장이 뛸 때마다 머릿속에서 강렬한 통증이 느껴졌다. 누군가가 창문을 열고 고함을 쳤다. 경고인지 불평인지는 알 수 없었지만. 그는 도로 한복판에 홀로 쓰러져 있었다. 남자는 다시 차에 올라 문을 거칠게 닫았다. 리버스는 힘겹게 몸을 일으켜보았다. 걸음마를 배우던 중 고꾸라져버린 아기가 된 기분이었다. 그는 흐릿해진 눈을 몇 번 깜빡여보았다. 헤드라이트 불빛이 눈에 들어왔다. 그는 그들이 무엇을 하려는지 깨달았다.

그들은 차로 그를 들이받으려 하고 있었다.

불시의 타격. 그는 함정에 빠진 것이었다. 도움을 주겠다고 나서는 낯선 이들을 늘 경계해야 하는 법. 이건 아서스 시트보다도 오래된 수법인데. 차 엔진 소리가 요란하게 들려왔다. 타이어가 미끄러지면서 차가 출발했다. 리버스는 과연 죽기 전에 놈들의 번호판을 확인할 수 있을지 궁금했다.

그때 누군가의 손이 그의 셔츠 깃을 움켜잡고 힘껏 잡아끌었다. 리버스는 그렇게 도로변으로 끌려 나왔다. 맹렬히 달려온 차가 그의 다리를 치고 지나갔다. 그의 한쪽 발에서 튕겨져 나간 구두가 공중으로 붕 떠올랐다. 차는 멈추지 않았다. 속도를 줄이지도 않았다. 놈들은 경사진 도로를 총알처럼 달리다가 오른쪽 샛길로 사라져버렸다.

"괜찮아, 존?"

마이클이었다. "네가 내 목숨을 구해줬어, 미키." 리버스의 몸 안에서 아드레날린과 통증이 요동치고 있었다. 그는 소화가 덜 된 렌틸콩 카레를 인도 위에 게워냈다.

"일어날 수 있겠어?" 마이클이 말했다. 리버스는 혼자서 시도해보았지만 실패하고 말았다.

"다리가 아파." 그가 말했다. "맙소사, 다리가 어떻게 됐나 봐!"

엑스레이 검사 결과, 부러지거나 금이 간 곳은 없었다. 뼛조각이 떨어져 나가지도 않았다. "그냥 타박상을 좀 심하게 입었을 뿐입니다, 경위님." 병원의 여의사가 말했다. "아주 운이 좋으셨어요. 정말 큰일 치르실 뻔했습니다."

리버스가 고개를 끄덕였다. "정말 그런 것 같네요." 그가 말했다. "하지만 언젠가 이럴 날이 올 줄 알았습니다. 그동안은 방문자 입장으로만 들락거렸었는데."

"뭣 좀 가져올게요." 의사가 말했다.

"잠깐만요, 선생님. 혹시 오늘 저녁까지 이 병원 실험실이 문을 여나요?"

그녀가 고개를 저었다. "그건 왜 물으시죠?"

"아무것도 아니에요."

그녀가 병실을 나서자 마이클이 바짝 다가왔다. "기분이 좀 어때?"

"머리랑 왼쪽 다리 중에 어디가 더 아픈지 모르겠어."

"어차피 축구 선수가 되려고 한 것도 아니잖아."

리버스가 미소를 지으려 할수록 인상은 더 심하게 구겨졌다. 자그마한 얼굴 근육 하나를 움직여도 머릿속에서 감전된 듯이 찌릿한 통증이 느껴졌다. 잠시 후, 의사가 병실로 돌아왔다. "자, 받아요." 그녀가 말했다. "이게 도움이 돼줄 거예요."

리버스는 진통제를 기대했지만 정작 건네진 건 지팡이였다.

알루미늄 지팡이는 속이 비어 가벼웠다. 손잡이는 고무로 처리되어 있었고, 샤프트에는 높이 조절용 구멍이 여러 개 나 있었다. 요상하게 생긴 관악기를 보는 듯했다. 리버스는 지팡이를 짚고 병원을 나섰다.

아파트로 돌아오니 마음씨 착한 학생 하나가 더 좋은 게 있다면서 자신의 침실에서 검은색 나무 지팡이를 가져왔다. 손잡이는 은과 뼈로 처리되어 있었다. 높이도 리버스에게 딱 맞았다.

"고물상에서 사 왔어요." 학생이 말했다. "이유는 묻지 마시고."

"왠지 안에 칼이 숨겨져 있을 것 같은데." 리버스가 말했다. 그는 손잡이를 좌우로 비틀어보았지만 아무 일도 벌어지지 않았다. "내 기대가 너무 컸군."

병원에서 리버스를 챙겼던 순경이 학생들에게 미리 귀띔을 해준 모양이었다.

"그 순경이 말이죠……" 지팡이 주인인 에드가 말했다. "우릴 무슨 불법 거주자 보듯 하더라고요. 여기서 리버스 경위님과 같이 사느냐고도 묻던데요. 우린 그렇다고 대답해줬어요. 그랬더니 그 순경은 더 혼란스러워하는 표정을 짓더군요." 그가 웃음을 터뜨렸다. 마이클도 따라 웃었다. 또 다른 학생이 허브차를 끓여 왔다.

멋지군. 리버스는 생각했다. 이 소문도 벌써 쫙 퍼졌겠지? 리버스가 자신의 아파트에서 학생들과 부대끼며 살고 있다는 소문. 매일 저녁마다 와인과 맥주를 들이켜며 그들과 시시덕거린다는 소문. 병원에서 순경은 리버스에게 범인들의 얼굴을 알아볼 수 있는지 물었다. 그는 모르는 사람들이었다고 대답했다. 다행히 이웃 중 한 명이 범인의 차 번호를 외워놓았다. 조회해보니 로디언 가 쉐라톤 호텔 인근 주차장에서 도난당한 포드 에스코트였다. 리버스는 범인들이 마치몬트에서 얼마 떨어지지 않은 곳에 그 차를 버려두고 달아났을 거라 믿었다. 보나마나 지문은 검출되지 않을 것이고.

"미친놈들이야." 형과 함께 순찰차를 타고 돌아오는 길에 마이클이 말했다. "미치지 않고서야 누가 이런 무모한 짓을 벌이겠어?"

"누군가가 필사적으로 발악하고 있는 거야, 마이클. 어제 신문에 실린 기사가 그들을 불안하게 만든 거지." 바로 내가 바랐던 반응이야. 리버스는 생각했다.

그는 아파트에서 자동차 앞 유리 수리 전문 업체에 전화를 걸었다. 엄청난 비용이 들겠지만 날이 밝자마자 차가 필요하기에 그는 주저하지 않았다. 그는 오로지 다친 다리가 기능을 멈추지 않기를 바랄 뿐이었다.

　새벽 5시에 잠에서 깬 그는 거실을 빙빙 돌며 관절과 힘줄을 충분히 풀어놓았다. 그는 자신의 다리를 내려다보았다. 종아리에서 시작된 피로 채워진 커다란 멍이 다리 전체를 감싼 상태였다. 만약 살집이 있는 종아리가 아니라 뼈만 있는 정강이를 받혔더라면 그의 다리는 완전히 두 동강 나버렸을 것이다. 그는 의사가 처방해준 진통제 파라세타몰 두 알을 목으로 넘기고 날이 완전히 밝기를 기다렸다. 간밤에 잠을 설쳤지만 어쩔 수 없었다. 오늘만큼은 맑은 정신으로 임해야 했다. 부디 현재의 맑은 정신이 졸음에 흐려지지 않기를 바랄 뿐이었다.

　6시 30분. 그는 절뚝거리며 계단을 내려가 자신의 차로 향했다. 엄청난 돈을 들여 끼운 앞 유리가 번들거렸다. 이른 시간답게 시내로 들어오는 차량은 많지 않았다. 시내를 빠져나가는 차량도 거의 없었고, 덕분에 드라이브는 생각보다 훨씬 짧아질 것 같았다. 클러치를 밟을 때마다 다리는 물론 사타구니까지 통증이 전해져왔다. 그는 해안도로를 따라 노스 버릭을 향해 내달렸다. 그는 기어를 자주 바꾸기보다는 엔진에 무리가 가도록 내버려두었다. 잠시 후, 그가 찾던 집이 모습을 드러냈다. 단지였지만 주택 개발 단지는 아니었다. 40에이커 정도 되어 보이는 단지 너머로 포스 강의 어귀와 배스록 섬이 펼쳐져 있었다. 건축에 조예가 깊지 않은 리버스도 이곳 집들이 조지 왕조풍으로 지어졌음을 알 수 있었다. 에든버러 뉴타운의 집들은 출입구 양쪽에 세로로 홈이 새겨진 석주를 하나씩 세워놓는 스타일을 선호하는 듯했다. 창문은 죄다 내리닫이창이었고, 짝마다 아홉 개의 창유리가 끼워져 있었다.

한때 뒤뜰 헛간에서 맥주를 양조해 팔던 브로더릭 깁슨이 크게 성공을 거둔 후 이사를 온 곳이었다. 리버스는 집 앞에 차를 세워놓고 현관으로 올라가 초인종을 눌렀다. 문이 열리고 깁슨 부인이 나왔다. 리버스는 자신을 소개했다.

"무슨 일로 이렇게 일찍 오셨나요, 경위님?"

"아드님을 만나러 왔습니다."

"아침을 먹고 있어요. 거실에서 기다리시면 제가 가서……"

"괜찮아요, 어머니." 앵거스 깁슨이 무언가를 우적우적 씹으며 말했다. 그는 식당 입구에 서서 냅킨으로 입가를 닦고 있었다. "들어오시죠, 경위님."

리버스가 깁슨 부인에게 미소를 지어 보이며 안으로 들어갔다.

"다리는 왜 그렇게 되신 겁니까?" 깁슨이 물었다.

"당신이 더 잘 알 텐데요."

"오? 제가 그걸 어떻게 알겠습니까?" 앵거스는 테이블로 돌아가 앉았다. 리버스는 실버 서비스(격식을 차린 만찬에서 은으로 된 포크와 스푼으로 음식을 서빙하는 것)를 상상했었다. 커다란 수프 그릇과 열판, 케저리(쌀, 생선, 달걀을 넣어 만든 음식)나 훈제 청어, 웨지우드 접시, 그리고 하인이 직접 따라주는 차. 하지만 그의 눈에 보이는 것이라고는 기름투성이 소시지와 달걀이 담긴 하얀 접시뿐이었다. 그 옆에는 버터 바른 토스트와 커피잔이 놓여 있었다. 앵거스는 식사를 하며 두 종류의 신문을 훑고 있었던 모양이었다. 메리의 신문과 *파이낸셜 타임스*. 테이블 곳곳에 빵 부스러기가 떨어져 있는 것으로 보아 앵거스의 어머니와 아버지는 이미 식사를 마치고 일어난 후인 듯했다.

깁슨 부인이 문틈으로 머리를 불쑥 내밀었다. "커피 한잔하시겠어요, 경위님?"

"아뇨. 괜찮습니다, 깁슨 부인." 그녀가 미소를 지으며 사라졌다.

"난……" 리버스가 앵거스에게 말했다. "당신이 꾸민 일이라고 생각했는데요."

"이해가 안 되는군요."

"내가 센트럴 호텔 사건을 계속 파헤치지 못하게 하려고 말입니다."

"또 그 말씀입니까?" 앵거스가 토스트를 한 입 베어 물었다.

"네, 또 그 얘기예요." 리버스가 테이블에 앉아 왼쪽 다리를 앞으로 길게 뻗었다. "난 당신이 그날 밤 그곳에 있었다는 걸 알고 있어요. 밴더하이드 씨와 헤어지고 나서도 그곳에 오래 남아 있었죠? 당신은 탐과 에크 로버트슨이라는 두 악당과 함께 포커를 쳤습니다. 그리고 그 자리에서 누군가가 탐을 총으로 쏴 죽였어요. 당신은 온몸에 피를 뒤집어쓴 채 주방으로 달려가 가스를 틀어놓으라고 소리쳤습니다. 거기까진 분명히 알겠어요, 깁슨 씨."

깁슨은 토스트를 힘겹게 넘기고 나서 커피를 마저 비운 후 다시 입가를 훔쳤다.

"경위님." 그가 말했다. "거기까지 분명히 알고 계시다면 뭐 별로 아시는 게 없군요."

"나머지는 당신에게 들어도 되겠습니까?"

두 사람은 잠시 침묵을 지켰다. 앵거스는 빈 커피 잔을 만지작거렸다.

리버스는 그의 입이 먼저 열리기를 기다렸다. 그때 식당 문이 벌컥 열렸다.

"이만 나가주시오!" 브로더릭 깁슨이 버럭 소리쳤다. 그는 바지에 깃을 풀어놓은 셔츠 차림이었다. 그가 팔을 흔들 때마다 커프스의 단추가 풀린 소맷자락이 펄럭거렸다. 옷을 입던 중 아내가 전한 소식을 듣고 황급히 달려온 모양이었다. "경찰을 불러 당신을 체포하게 할 수도 있소!" 그가 말했다. "정직 당한 사람이 여긴 왜 들이닥쳐서는! 당신 서장에게 다 들었단 말이오."

리버스가 일부러 아픈 척하며 천천히 일어났다. 브로더릭 깁슨은 그를 전혀 딱하게 여기지 않는 것 같았다.

"두 번 다시 권한도 없이 우릴 찾아오지 마시오! 이따 변호사와 이 문제에 대해 의논할 테니 그렇게 아시오."

리버스는 현관으로 나왔다. 그리고 잠시 멈춰 서서 브로더릭 깁슨의 눈을 똑바로 쳐다보았다. "꼭 그렇게 하십시오. 센트럴 호텔이 불에 타 주저앉았을 때 선생님께서 어디 계셨는지도 빼놓지 말고 알려주시고요."

"꺼지라니까." 깁슨이 이를 갈며 말했다.

"제 다리에 대해선 안 물어보시는군요."

"뭐요?"

"아무것도 아닙니다. 그냥 혼잣말이었습니다."

그림과 나뭇가지 모양 전등과 곡선형 계단으로 우아하게 꾸며진 현관에서는 냉기가 느껴졌다. 오래된 집이기 때문도, 타일 깔린 바닥 때문도 아니었다. 이 음산한 기운은 집 안 깊숙한 곳으로부터 새어 나오는 것이었다.

그가 고르기 가에 도착했을 때 쇼반은 디카페인 커피를 컵에 따르는 중이었다. 오늘의 첫 잔.

"다리는 왜 그렇게 된 거죠?" 그녀가 물었다.

리버스가 지팡이로 카메라 뒤에 앉아 있는 남자를 가리켰다.

"여기서 뭐하는 거야?"

"페트리 대신 투입됐습니다." 브라이언 홈스가 말했다.

"사실 저는 우리 모두가 여기서 뭘 하고 있는지 모르겠어요." 쇼반이 말했다. 하지만 리버스는 못 들은 척했다.

"자넨 병가 중이잖아."

"너무 따분해서요. 그래서 일찍 복귀했습니다. 총경님께는 어제 말씀드렸습니다. 허락받고 온 거니까 걱정 마십시오." 홈스는 멀쩡해 보였지만 목소리에서는 기운이 느껴지지 않았다. "물론 다른 속셈도 있었습니다." 그가 말했다. "쇼반으로부터 에디와 팻에 대해 듣고 싶었어요. 모든 게 너무…… 너무 황당해서 도무지 믿기지 않을 정도입니다. 저는 그가 집에 멀쩡히 살아 있다는 것도 모르고 어제 묘지에서 펑펑 울기까지 했습니다."

"곧 감방 신세를 지게 될 거야." 리버스가 말했다. 그리고 쇼반을 돌아보았다. "나도 한 모금 줘." 그는 뜨거운 커피를 건네받아 두 모금 넘기고 나서 컵을 돌려주었다. "고마워. 진전이 좀 있었나?"

"아직 아무도 도착하지 않았습니다. 우리의 공정거래원 파트너도 무소식이고요."

"난 그걸 물어본 게 아니야."

"다리는 어쩌다가 다치신 겁니까?" 홈스가 물었다. 그래서 리버스는 어떻게 된 일인지 속속들이 들려주었다.

"다 제 잘못입니다." 홈스가 말했다. "제가 경위님을 이 사건에 끌어들이지만 않았어도……"

"맞아. 다 자네 잘못이야." 리버스가 말했다. "그러니까 속죄하는 마음으로 저 창문 밖을 잘 감시해." 그가 다시 쇼반을 돌아보았다. "어떻게 됐지?"

그녀가 깊은 숨을 한 번 들이쉬었다. "어제 오후에 링건과 컬더를 심문했습니다. 둘 다 기소됐고요. 캐퍼티 부인에게 운전면허가 없다는 사실도 확인했습니다. 결혼 전 이름으로도 찾을 수가 없더군요. 본의 메르세데스는 원래 주인이……"

"빅 제르 캐퍼티."

"알고 계셨어요?"

"그냥 짐작이었어." 리버스가 말했다. "본의 사업에서 나머지 지분은?"

"제로니모 홀딩스라는 회사가 소유하고 있습니다."

"물론 그 회사도 빅 제르의 소유이겠지?"

"그렇습니다. 제로니모(Geronimo)라는 단어에는 그와 그의 아내의 이름이 모두 들어 있습니다. 경위님은 어떻게 생각하세요?"

"제르가 본과 내기를 해서 절반의 지분을 딴 모양이군."

"그랬거나……" 홈스가 끼어들었다. "아니면 본이 제때 내지 못한 보호세를 대신해 챙긴 것일 수도 있겠죠."

"그랬는지도 모르지." 리버스가 말했다. "하지만 내기에서 땄을 가능성이 더 높아."

"그러고 보니," 쇼반이 말했다. "본도 내기에서 캐퍼티의 차를 땄잖아요. 두 사람은 과거에도 그런 도박을 자주 했던 것 같습니다."

리버스가 고개를 끄덕였다. "어쨌든 두 사람 사이는 무척 가까웠던 것 같아. 나도 뭔가 짚이는 게 있긴 한데 아직 확인을 못했어."

"잠깐만요." 쇼반이 말했다. "만약 칼부림 사건과 깨진 유리창이 보호세, 그리고 도박과 연관이 있다면 캐퍼티와는 자연스럽게 엮이게 되는 거군요. 캐퍼티가 절반의 지분을 갖고 있으니 그가 *자신의* 유리창을 부순 거나 다름없네요."

리버스는 고개를 저었다. "난 그게 보호세나 도박과 연관이 있다고 말하지 않았어."

"그럼 그 사촌이라는 사람은 어떻게 끼워 맞춰야 할까요?" 홈스가 다시 끼어들었다.

"맙소사." 리버스가 말했다. "자네, 정식 복귀를 무척이나 바라고 있는 것 같군. 킨툴을 어떻게 끼워 맞춰야 하는지는 나도 모르겠어. 하지만 아이디어가 아주 없는 건 아니야."

"잠깐만요." 홈스가 말했다. "누가 나타났습니다."

그들의 시선이 일제히 콜택시 회사 주차장으로 들어서는 낡은 자주색 미니 쪽으로 돌아갔다. 운전석 문이 열리고 덩치가 산만 한 남자가 힘겹게 빠져나왔다.

"꼭 튜브에서 치약이 짜내지는 것 같군." 리버스가 말했다.

"맙소사." 홈스가 말했다. "앞좌석을 아예 뜯어낸 것 같은데요."

"오늘은 혼자 왔네요." 쇼반이 말했다.

"캐퍼티도 가끔 들를걸." 리버스가 말했다. "이것저것 체크하려고 말이야. 과거에 믿는 놈에게 뒤통수를 크게 맞은 적이 있거든."

"뒤통수를 크게 맞았다고요?" 쇼반이 말했다. "그걸 어떻게 아시죠?"

리버스가 그녀를 돌아보며 살짝 윙크했다. "그냥 이길 확률 높은 베팅이라고 해두자고." 그가 말했다.

그는 점심시간이 지나서야 원하던 정보를 손에 넣을 수 있었다. 그들은 리버스의 요청에 따라 한 지역 신문 가게의 팩스로 문제의 문서를 보내주었다. 그는 고르기 가에 머물면서 이번 케이스에 대한 홈스와 쇼반의 의견을 경청했다. 그들은 한두 가지 부분에 대해 의견 일치를 보았다. 그 누구도 법정에서 캐퍼티에게 불리한 증언을 하지 않을 거라는 것. 그리고 어쩌면 캐퍼티는 이 케이스와 아무 상관도 없을지 모른다는 것.

"오늘 오후면 다 확인될 거야." 리버스는 팩스로 전송된 문서를 집으러 천천히 걸어갔다.

어느새 그는 지팡이를 짚고 걷는 데 익숙해져 있었다. 다리가 뻣뻣해지는 걸 막으려면 계속 움직이는 수밖에 없었다. 하지만 카르덴던까지의 긴 드라이브는 다리에 적지 않은 부담을 줄 게 뻔했다. 기차를 타고 갈까도 생각해보았지만 그 옵션 역시 문제가 있기는 마찬가지였다. 스코트레일 시간표에 따르면 그가 파이프를 신속히 벗어날 방법은 없었다.

그는 2시 30분이 넘어서야 비로소 허치스 마권 판매소에 도착할 수 있었다. 실내는 환기가 되지 않아 답답했다. 사방이 오랫동안 털어내지 못한 먼지로 뒤덮여 있었다. 바닥에 널린 담배꽁초들은 일주일 전 것인 듯했다. 2시 35분 레이스에 돈을 건 손님들은 벽을 따라 늘어서서 중계가 시작되기를 기다리고 있었다. 리버스는 판매소의 우중충한 분위기에 특별히 신경 쓰지 않았다. 세상에는 플러시 천으로 장식된 화사한 판매소 따위는 없었다. 마권업자들은 자신들이 돈을 잘 번다는 인상을 주지 않으려 무던히 애쓰는 사람들이었다. 이런 싸구려 티가 나고 지저분한 환경은 심리학적 전략을 통해 연출된 것이었다. 돈을 잃었다고요? 마권업자는 그렇게 말한다. 하지만 날 봐요. 내 처지라고 더 나을 게 없다고요.

물론 그것은 새빨간 거짓말이었다.

리버스는 눈에 익은 듯한 얼굴 하나가 벽에 붙은 신문을 훑고 있는 모습을 지켜보았다. 그는 유리 칸막이 앞으로 다가가보았다. "그린우드 씨를 만나러 왔습니다."

"약속은 잡고 오셨습니까?"

하지만 리버스의 시선은 어느새 여직원 뒤편으로 향해 있었다. 책상에 앉은 남자가 고개를 들고 그를 내다보았다. "그린우드 씨, 경찰입니다. 잠깐 얘기 좀 할까요?"

그린우드는 잠시 뜸을 들이다가 천천히 일어나 부스 문을 열고 나왔다. "저쪽으로 갑시다." 그가 리버스를 이끌고 판매소 뒤편으로 향했다. 그는 또 다른 문의 자물쇠를 열고 훨씬 아늑해 보이는 개인 사무실로 들어갔다.

"무슨 문제라도 있습니까?" 그가 책상 뒤로 돌아가 앉으며 물었다. 그는 서랍을 열고 위스키 병을 꺼냈다.

"내 문제는 아닙니다." 리버스가 말했다. 그는 그린우드 맞은편에 앉아 마권업자를 빤히 쳐다보았다. 맙소사. 이제야 찾았군. 미지 맥네어가 그려준 초상화는 실물과 크게 다르지 않았다. 마침내 체스가 시작되었고, 리버스는 첫수부터 퀸을 희생시키기로 했다. "에크," 그가 말했다. "그간 어떻게 지냈습니까?"

그린우드가 주위를 쓱 둘러보았다. "지금 내게 얘기하는 겁니까?"

"당연하죠. 내 이름이 에크는 아니니까. 계속 게임을 하고 싶어요? 좋습니다. 그럼 계속 게임을 하죠." 그린우드가 커다란 글라스에 위스키를 따랐다. "당신 이름은 에크 로버트슨입니다. 빅 제르의 돈을 훔쳐 캐퍼티 갱에서 도망친 바로 그 에크 로버트슨. 당신은 다른 사람의 신원을 훔쳤습니다. 그리고 지금껏 토머스 그린우드라는 이름으로 살아왔어요. 하지만 당신에게 이름을 빼앗긴 토미는 불평 한마디 하지 않았습니다. 죽었으니까. 물론 그건 빅 제르를 탓할 일이지만 말입니다. 아무튼 당신은 그의 이름과 신원을 훔쳐 썼고, 파이프 변두리에서 새 삶을 시작했습니다. 여행 가방에 가득 담긴 현금을 야금야금 꺼내 써오다가 마권 판매소를 차리게 됐죠." 리버스가 잠시 말을 멈추었다. "지금까지 내 얘기가 어떻습니까?"

그린우드, 아니, 에크 로버트슨은 위스키를 단숨에 비우고 또다시 글라스를 가득 채웠다.

"그린우드의 신원을 너무 많이 가져다 쓴 게 문제였습니다. 이 사업을 시작하고 국세청으로부터 미납된 소득세 관련해서 연락을 받은 적이 있죠? 당신은 그들에게 답장을 썼고, 결국 청구된 액수를 납부할 수밖에 없었습니다." 리버스가 주머니에서 팩스로 받은 문서를 꺼냈다. "바로 이게 당신이 그들에게 써서 보낸 편지입니다. *진짜* 토머스 그린우드가 과거에 보냈던 편지도 입수했어요. 두 필적이 일치하는지는 나중에 법정에서 전문가가 확인해줄 겁니다. 그들이 배심원단을 어떻게 구워삶는지 본 적 있습니까? 꼭 페리 메이슨(얼 스탠리 가드너의 추리소설 속 주인공 변호사)을 보는 것 같다니까요. 내가 봐도 두 서명이 확실히 다르다는 걸 대번에 확인할 수 있는데, 어쩝니까?"

"필적을 바꾼 겁니다."

리버스가 미소를 지었다. "얼굴도 바꾸지 않았습니까. 머리를 염색도 하고, 기르던 콧수염도 밀어버리고, 색깔이 들어간 콘택트렌즈도 끼고. 원래 당신 눈은 담갈색이었죠? 안 그렇습니까, 에크?"

"계속 얘기하지만 내 이름은……"

리버스가 자리에서 일어났다. "당신이 그렇다면야 뭐. 하지만 그런다고 빅 제르가 당신을 못 알아볼 것 같습니까?"

"잠깐. 다시 앉아봐요." 리버스는 다시 의자에 앉아 기다렸다. 에크 로버트슨은 애써 미소를 머금었다. 그가 라디오를 켜고 잠시 레이스 중계를 듣다가 다시 꺼버렸다. 6대 1의 승리 배당률이 책정된 말이 가장 먼저 결승선에 들어온 모양이었다.

"마권업자들이 또 이겼군요." 리버스가 말했다. "당신은 원래 말을 좋아했죠? 탐만큼 좋아한 건 아니겠지만. 탐은 그저 말에 돈을 거는 걸 좋아했을 뿐입니다. 그가 당신을 꼬드기지 않았습니까? 빅 제르 몰래 그의 돈을 뽑아먹을 수 있는 방법을 안다면서 말이죠. 티 나지 않게 조금씩 야금야금 횡령해 큰돈을 만들려고 했던 거 아닙니까? 자, 봐요." 리버스가 탐 로버트슨의 초상화를 책상 위로 획 던졌다. "빅 제르에게 덜미를 잡히지 않았다면 지금쯤 탐은 이렇게 생겼을 겁니다."

에크 로버트슨이 손가락으로 그림을 어루만졌다.

"빅 제르에게 붙잡히기 전에 달아나야 했죠? 그래서 돈을 챙긴 게 아닙니까? 그리고 나서는 라디에이터도 도망쳤어요. 당신 형제를 조직에 소개한 장본인이었으니. 계속 남아 있었다면 보나마나 험한 꼴을 당했겠죠." 리버스가 잠시 말을 멈추었다. "아니, 결국 빅 제르에게 덜미가 잡혀버린 건가요?"

로버트슨은 그림에서 눈을 떼지 않은 채 어깨를 으쓱였다.

"뭐 아무튼." 리버스가 말했다. "나도 그 위스키 한 잔 마십시다." 그의 다리에서 통증이 전해져왔다. 지팡이를 쥔 그의 손은 얼마나 힘이 들어가 있는지 하얗게 질려 있었다. 이제 로버트슨은 위스키를 따르는 것조차 버거워하는 모습이었다. "자," 리버스가 말했다. "여기서 더 덧붙일 내용 없습니까?"

"나에 대해 어떻게 알아낸 겁니까?"

"누군가가 당신을 알아봤어요."

로버트슨이 고개를 끄덕였다. "주방장. 그 친구 이름이 뭐죠? 링건? 카우든비스의 한 펍에서 그를 본 적이 있습니다. 진탕 술을 마시고 있더군요. 난 황급히 그곳을 빠져나왔습니다. 그가 날 보지 못했다고 생각했는데. 설령 봤다 해도 날 알아보지 못했을 거고요. 내가 틀린 겁니까?"

"당신이 틀린 겁니다." 리버스가 약이라도 되는 듯 위스키를 홀짝였다.

"앵거스 깁슨이었어요." 로버트슨이 불쑥 말했다. "앵거스 깁슨에게 총이 있었어요."

그리고 나머지 이야기를 술술 털어놓았다. 포커 판에서 탐이 속임수를 썼고, 그걸 알아차린 앵거스가 총을 뽑아 들었다는 것이다. 탐은 그 총에 맞아 숨졌고.

"우리는 잽싸게 현장을 떠났어요."

"뭐라고요?" 리버스는 자신의 귀를 의심했다. "복수할 생각도 안 하고요? 그 젊은 술꾼이 당신 형을 그렇게 죽였는데도?"

"누가 감히 블랙 앵거스를 건드리겠습니까? 빅 제르의 친구인데. 그들은 모의 아파트 불법 침입 사건 이후 오해를 풀고 아주 가까워졌습니다. 빅 제르는 그와 함께할 야심찬 계획도 갖고 있었어요."

"그게 무슨 계획인데요?"

로버트슨이 어깨를 으쓱였다. "그냥 이런저런 계획들. 돈에 대해선 당신 말이 맞았어요. 늦기 전에 그걸 챙겨 달아나야 했었죠."

"왜 하필 이곳이었습니까?"

로버트슨이 눈을 몇 번 깜빡였다. "여기가 종점이기 때문이죠. 빅 제르는 파이프에 별 관심이 없었어요. 이탈리아 놈들과 오렌지 당원(북아일랜드가 영국에 계속 통합되어 있어야 한다고 주장하는 신교도 정당 당원)들이 득실대는 곳이라서요. 괜히 건드려 벌집을 만들어놓을 필요는 없지 않겠습니까."

리버스는 잽싸게 머리를 굴려보았다. "앵거스가 탐을 쏴 죽였을 때 빅 제르는 어떻게 반응했습니까?"

"그게 무슨 뜻이죠?"

"에크, 난 빅 제르가 포커 판에 당신들과 같이 있었다는 걸 알고 있어요. 그런 일이 벌어지고 나서 그가 뭘 했느냔 말입니다."

"그도 우리랑 같이 도망쳤어요."

빅 제르가 현장에 있기는 했군! 로버트슨의 시선이 다시 형의 초상화 쪽으로 돌아갔다. 리버스는 앵거스를 위한 캐퍼티의 '계획'이 무엇이었는지 대충 짐작이 갔다. 깁슨 맥주 공장 후계자의 약점을 제대로 잡고 있었으니……

"그 총은 누가 처리했습니까, 에크?"

에크는 다시 어깨를 으쓱였다. 짜증이 난 리버스가 지팡이로 책상 가장자리를 탁탁 두드렸다. "당신은 그 일로 고생을 많이 했어요, 에크. 에디 링건이 무척 고마워했겠죠. 그는 당신으로부터 영원히 사라지는 방법을 배웠어요. 빅 제르의 손아귀에서 벗어날 수 있는 아주 유용한 방법. 그는 사람들을 사라지게 하는 용한 재주가 있습니다. 안 그렇습니까? 바다에 그렇게 던져버리니 당연히 발견이 안 되죠. 그게 그의 방식 아닙니까?"

"한동안은 그랬죠."

그 말에 리버스의 미간이 찌푸려졌다. 하지만 곧바로 에크 로버트슨의 입에서 튀어나온 한마디는 그를 움찔하게 만들었다.

"누구도 정육점 밴을 수상히 여기지 않죠."

리버스는 고개를 끄덕였다. 그의 얼굴에 미소가 떠올랐다. "그건 그렇죠." 그가 혀로 입술을 한 번 적셨다. "에크, 법정에서 그에게 불리한 증언을 해줄 의향이 있습니까? 비공개 법정에서 말입니다. 물론 당신의 새로운 신원도 비밀에 붙여질 거고요. 어떻습니까?"

하지만 에크 로버트슨은 고개를 저었다. 사무실 문이 벌컥 열렸을 때도 그는 계속해서 고개만 젓고 있었다. 아, 밖에서 경마 신문을 훑던 바로 그 눈에 익은 얼굴. 미든에서 당구를 쳤던 바로 그 청년이었다.

"아무 일 없어요, 토미?"

"난 괜찮아, 샤키. 정말로." 하지만 '토미 그린우드'는 전혀 괜찮아 보이지 않았다.

"나가봐." 리버스가 말했다. "그린우드 씨와 난 할 얘기가 남았어."

샤키는 못 들은 척했다. "이 친구를 쫓아낼까요, 토미?"

토미 그린우드는 대답할 겨를이 없었다. 리버스가 지팡이 손잡이로 샤키의 코와 무릎을 차례로 후려쳤기 때문이다. 청년이 한쪽으로 고꾸라졌다. 리버스는 자리에서 일어났다. "이게 있으니 편하군요." 그가 말했다. 그가 지팡이로 에크 로버트슨을 가리켰다. "이 그림은 기념품으로 간직해요, 에크. 나중에 또 오겠습니다. 난 당신이 법정에서 캐퍼티에게 불리한 증언을 해주기를 바랍니다. 물론 지금 당장 그러라는 건 아닙니다. 내가 그 친구 덜미를 제대로 잡았을 때 해달라는 말입니다. 그때도 거부하면 에크 로버트슨을 부활시켜 만천하에 공개할 겁니다. 잘 생각해요. 어느 길로 가든 빅 제르의 레이더에서 벗어날 방법은 없어요."

그가 포스 로드 철교를 건너고 있을 때 라디오에서 뉴스가 흘러나왔다.

"빌어먹을." 그가 액셀러레이터를 힘껏 밟으며 말했다.

31

리버스는 신분증을 내보이고 맥주 공장으로 들어갔다. 현장에는 순찰차 한 대만이 달랑 세워져 있을 뿐 구급차는 보이지 않았다. 삼삼오오 모인 직원들은 담배를 뻐끔대며 수군거리고 있었다.

리버스는 경사를 알고 있었다. 에든버러 웨스트 소속 로버트 번스. 번스는 빨강 머리에 키와 덩치가 컸고, 얼굴은 주근깨로 넘쳐났다. 일요일 오후, 마운드 발치에 나가보면 산책하는 이교도들에게 괜히 시비를 거는 그를 볼 수 있었다. 리버스는 번스가 반가웠다. 불같은 성격이라 다루기가 까다로웠지만 장황하기만 하고 알맹이는 없는 타입보다는 훨씬 나았다.

번스가 커다란 알루미늄 탱크를 가리켰다. "그가 저 위로 기어 올라갔습니다." 리버스의 시선이 탱크 위로 통하는 금속 계단과 탱크 표면을 둥글게 감싼 통로를 빠르게 훑었다. "저 위에 올라가서 뛰어내린 겁니다. 많은 직원들이 그 광경을 목격했습니다. 다들 같은 말을 하더군요. 덤덤하게 올라가서 주저 없이 뛰어내렸다고 말입니다. 두 팔을 이렇게 펼친 채로요. 한 목격자는 그 어떤 올림픽 다이빙 선수보다 훌륭한 폼이었다고 평가하기도 했습니다."

"그렇게 굉장했대?" 탱크를 바라보고 있는 건 그들뿐만이 아니었다. 몇몇 직원들도 앵거스 깁슨이 차분하게 올랐던 계단을 눈으로 더듬는 중이었다. 타맥 바닥에 떨어진 그의 몸은 콘서티나(작은 아코디언같이 생긴 악기)처럼 구겨졌을 것이다. 그가 떨어진 자리는 마치 커다란 바위가 치워진 듯이 옴폭 들어가 있었다.

"그의 아버지가 쫓아 나와 말렸다더군요." 번스가 말했다. "하지만 멀리 가진 못했답니다. 아무래도 나이가 있으니까요. 심장마비로 쓰러지지 않은 게 기적이라고들 합니다. 직원들이 우르르 몰려가 그를 부축해 내려왔다고 하네요."

리버스는 긴 통로가 탱크를 몇 번이나 휘감았는지 찬찬히 세어보았다. "단테의 지옥이 생각나는군. 안 그런가?" 그가 번스를 돌아보며 윙크했다.

"그의 아버지는 그냥 사고일 뿐이라고 했습니다."

"당연히 그랬겠지."

"하지만 분명 아니었습니다."

"당연히 아니지."

"열 명도 넘는 목격자가 자살이었다고 증언하고 있습니다."

"그 열 명은……" 리버스가 바로잡아주었다. "자기들이 해고당할 위기에 처하면 전혀 다른 증언을 할 거야."

"하긴, 그렇겠네요."

리버스는 깊은 숨을 한 번 들이쉬었다. 그는 맥주 냄새를 좋아했지만 앞으로는 그 냄새가 다르게 와닿을 것 같았다. 매번 맥주를 마실 때마다 지금 이 순간이 떠오를지도 모른다.

"주신 자도 여호와시오, 취하신 자도 여호와시오니." 번스가 말했다. "다리는 왜 그렇게 되셨습니까?"

"내향성발톱(발톱이 주변의 살로 파고 들어가 염증과 통증을 일으키는 질환)이야." 리버스가 말했다. "주신 자는 여호와이신데, 취하신 건 병원이었어."

번스는 너무나도 자연스럽게 튀어나온 신성모독적 발언에 고개를 저었다. 그때 그들이 등지고 선 건물에서 창문 하나가 벌컥 열렸다.

"당신!" 브로더릭 깁슨이 빽 소리쳤다. "당신이 내 아들을 죽였어! 당신이 이런 거라고!" 그의 구부러진 손가락이 리버스를 가리키고 있었다. 그의 눈은 젖은 유리창을 보는 듯했다. 그는 호흡조차 버거운 모습이었다. 누군가가 나타나 그를 살살 달래며 사무실로 데려갔다. "가만두지 않을 거야!" 그가 리버스에게 소리쳤다. "내 말 명심해. 내가 당신을 가만두지 않을 거라고!"

노인이 사라지고 창문이 닫혔다. 직원들의 시선이 일제히 두 형사에게로 쏠렸다.

"자네 동료가 들어가 있나 보군." 자신의 차로 향하며 리버스가 말했다.

결국 그렇게 된 것이었다. 앵거스 깁슨은 탐 로버트슨을 총으로 쏴 죽였다. 그리고 이제 앵거스도 죽었다. 끝. 리버스는 앵거스의 유족이 아님에도 오늘 소식에 큰 충격을 받을 한 사람을 알고 있었다. 빅 제르 캐퍼티. 캐퍼티는 블랙 앵거스를 보호해왔다. 어쩌면 보호가 아닌, 협박을 해왔는지도 몰랐다. 청년이 맥주 공장을 물려받을 때를 기다리면서. 이제 앵거스가 죽었으니 회사는 크게 휘청댈 수밖에 없었다. 물론 그것은 빅 제르에게는 희소식이었다.

캐퍼티는 그 문제로 곤란을 겪어본 적이 없었다.

아파트로 돌아온 그에게 마이클이 몇 가지 소식을 전했다.

"의사가 형에게 할 말이 있대."

"의사라니? 날 아는 의사가 한둘도 아니고."

"페이션스 에이트킨 박사. 형이 일부러 자기를 피해 다니고 있는 것 같

381

다나. 정말 그런 거라면 형의 계략이 제대로 먹혔다고 봐야 하나?"

"이건 계략이 아니야. 처리해야 할 일들이 산더미처럼 쌓여 있기 때문이라고."

"버스가 떠나고 나서 후회하지 말고 잘 좀 해봐." 마이클이 미소를 지었다. "그건 그렇고, 목소리가 끝내주던데."

"원래 사람 자체가 끝내줘. 내가 못나서 그렇지."

"당장 가서 만나."

리버스가 소파에 풀썩 주저앉았다. "그럴까? 넌 지금 뭐 읽고 있어?" 마이클이 형에게 표지를 보여주었다. "또 최면요법 책이군. 이제 그 분야는 좀 지겹지 않아?"

"그냥 수박 겉핥기식으로 보는 거야." 마이클이 잠시 머뭇거렸다. "제대로 공부를 해볼까 해."

"응?"

"최면 치료사가 되고 싶어. 최면 거는 거야 내가 이미 할 줄 아는 거고."

"상대로 하여금 바지를 내리고 개처럼 짖게 만드는 기술 말이지?"

"바로 그거야. 이젠 그 기술을 좋은 일에 써보고 싶어."

"웃음이 최고의 약이라는 말이 있지."

"닥쳐, 존. 난 진지하다고. 크리시와 아이들에게 돌아가기로 했어."

"그래?"

"아내와 얘기를 해봤어. 다시 합치자는 데 동의했다고."

"아주 로맨틱하게 들리는데."

"형이 그러질 못하니까 나라도 그래야지." 마이클이 수화기를 집어 들고 리버스에게 내밀었다. "박사님께 전화드려."

"그렇게 하겠습니다, 아우님." 리버스가 말했다.

브로더릭 깁슨은 영향력이 큰 인물이었다. 그 점은 누구도 부인할 수 없었다. 수요일 아침, 지역 신문들은 일제히 에든버러 파운틴브리지 근처 깁슨 맥주 공장에서 발생한 '비극적인 사고'를 대대적으로 보도했다. 앵거스의 사진들도 큼지막하게 실렸다. 블랙 앵거스 시절 사진들도 있었지만 대부분은 최근 자선 행사에 촬영된 것들이었다. 누구도 자살 가능성을 언급하지 않았다. 불리한 진실을 구미에 맞게 왜곡시키는 건 앵거스의 아버지가 가진 특기였다.

10시 15분, 리버스는 왓슨 총경의 연락을 받았다.

"자네를 만나러 온 사람이 있네." 그가 말했다. "정직 상태라고 알려줬는데도 고집이 여간 센 게 아니야."

"그게 누구죠?" 리버스가 물었다.

"밴더하이드라고 하는 맹인."

밴더하이드는 리버스가 경찰서에 도착할 때까지 자리를 뜨지 않았다. 그는 편한 자세로 앉아 주위 소음에 귀를 기울이고 있었다. 수다와 통화와 키보드 소리. 그는 리버스의 책상 앞 의자에 앉아 있었다. 리버스는 발끝으로 조심조심 걸어 들어가 책상 뒤에 앉았다. 그리고 몇 분간 매튜 밴더하이드를 지켜보았다. 그는 검은 양복에 하얀 셔츠와 검은 넥타이 차림이었다. 상복. 그의 허벅지에는 파란색 종이 폴더가 놓여 있었다. 그의 지팡이는 그가 앉은 의자 옆에 기대어 세워져 있었다.

"경위." 밴더하이드가 갑자기 입을 열었다. "충분히 봤소?"

리버스가 쓴웃음을 지었다. "안녕하세요, 밴더하이드 씨. 이번엔 어떻게 아신 겁니까?"

"지팡이를 짚고 왔죠? 그게 책상에 닿는 소리를 들었습니다."

리버스가 고개를 끄덕였다. "애도의 뜻을 표합니다."

"애도의 뜻이야 그의 부모에게 표해야 하지 않겠소. 앵거스를 정상 궤도로 되돌려놓으려고 얼마나 애를 썼는데. 걘 다루기가 까다로운 아이였소. 아주 악마 같았지. 그토록 고생한 보람이 있는가 싶었는데……" 밴더하이드가 의자에서 몸을 앞으로 기울였다. 눈이 멀지 않았다면 그는 리버스를 똑바로 응시했을 것이다. 밴더하이드의 거울 같은 안경 렌즈에는 리버스의 모습이 담겨 있었다. "그가 죽어 마땅하다고 생각하오, 경위?"

"그에겐 다른 선택지가 있었습니다."

"그래요?"

리버스는 사제가 들려준 말을 떠올렸다. *스스로에게 한번 물어봐요. 평생 그 끔찍한 기억과 죄책감에 시달릴 텐데 그래도 괜찮겠는지.* 리버스가 대답하지 않자 밴더하이드가 천천히 고개를 끄덕이며 다시 등받이에 몸을 기대었다.

"선생님께서도 그날 밤 그곳에 계셨죠?" 리버스가 물었다.

"어디 말이오?"

"포커 판."

"눈이 먼 사람들은 카드를 못합니다, 경위."

"눈 뜬 사람이 도와주면 얼마든지 할 수 있겠죠." 리버스는 잠시 기다렸다. 밴더하이드는 빅토리아시대 밀랍 인형처럼 바짝 얼어붙어 있었다. "브로더릭 깁슨 같은 사람이 말입니다."

밴더하이드가 파란 폴더를 집어 들고 책상 앞으로 밀어냈다.

"브로더릭이 이걸 경위에게 전해달라고 했소."

"이게 뭡니까?"

"뭔지는 나도 모르오. 당신에게 쓸모가 있었으면 좋겠다고만 하던데. 하지만 그 자신도 회의적인 것 같았소." 밴더하이드가 잠시 말을 멈추었다. "물론 호기심에 못 이겨 내 나름의 방법으로 살펴보긴 했소만. 무슨 책 같던데, 맞소?" 리버스가 묵직한 폴더를 건네받자 밴더하이드는 옆에 세워둔 지팡이에 한 손을 얹어놓았다. "앵거스에게서 열쇠가 몇 개 나왔다고 합디다. 하지만 그것들이 무슨 열쇠인지 모르더군요. 어젯밤 브로더릭이 입출금 내역서를 하나 찾았답니다. 거기엔 매달 한 주택 단지 사무실로 돈이 빠져나간 내역이 고스란히 기록돼 있었다고 하고요. 마침 그는 그곳 책임자를 잘 알고 있었습니다. 그래서 곧장 전화를 걸어봤다더군요. 알아보니 앵거스는 블레어 가의 한 아파트를 임차해 쓰고 있었답니다."

리버스도 그곳을 알고 있었다. 하이 가와 카우게이트 사이에 낀 좁은 골목. 중산층과 빈민들이 묘한 조화를 이루며 살아가는 동네. "그 사실을 아는 사람은 없겠죠?"

밴더하이드가 고개를 저었다. "자신만의 작은 은신처였던 모양입니다. 브로더릭이 가서 봤는데 쓰레기장을 방불케 했다더군요. 썩은 음식하며, 빈 술병들, 포르노 비디오……"

"원래 독신자 아파트는 다 그렇지 않습니까."

밴더하이드는 그의 경박함을 애써 무시했다. "이 책은 그곳에서 발견된 겁니다."

리버스는 이미 폴더를 열어본 상태였다. 그 안에는 커다란 노트가 담겨 있었다. 제목은 보이지 않았고, 간격이 좁은 선마다 무언가가 빽빽이 기록

되어 있었다. 리버스는 눈에 들어온 문장 몇 개만으로 노트의 정체를 알아차릴 수 있었다. 앵거스 깁슨의 일기.

32

리버스는 책상에 앉아 노트를 빠르게 훑어나갔다. 아무도 정직된 경위를 저지하려들지 않았다. 하루 종일 해가 나지 않았다. 그 때문인지 형사들은 퇴근을 서두르지 않는 분위기였다. 동료들의 따가운 시선에 리버스는 독방에 감금된 듯한 기분을 느꼈다. 그는 전화선을 뽑아놓고 일기장에만 온 신경을 집중시켰다. 그는 두 손으로 노트를 최대한 가려놓았다. 누구에게도 방해받고 싶지 않다는 명확한 신호였다.

그는 금세 일기장을 독파했다. 특별히 관심 가는 부분은 많지 않았다. 초반부는 시골의 대저택에서 이름만 들어도 알 만한 유부녀들과 광란의 섹스 파티를 즐긴 내용으로 대부분이 채워져 있었다. 종종 그들의 딸들과도 성관계를 가졌다는 충격적인 내용도 보였다. 그리고 돈 문제로 부모님과 언쟁을 벌였다는 기록들. 돈. 초반부에는 돈 얘기가 꽤 자주 등장했다. 여행 경비, 그리고 차와 샴페인과 옷을 사기 위해 뿌리고 다닌 돈들. 하지만 일기장의 시작은 매우 기이했다.

주로 혼자 있을 때, 그리고 가끔 사람들과 같이 있을 때, 나는 곁눈으로 누군가를 언뜻 보곤 한다. 내 상상일 수도 있겠지만. 눈을 제대로 뜨고 그쪽을 쳐다보면 아무도 보이지 않는다. 어쩌면 열린 문틈 안이나 그 너머 창틀 속에는 사람의 형체가 갇혀 꿈틀대고 있는지도 모른다. 내가 특별히 문틈과 창틀을 언급한 이유는 가장 최근에 그것들 안에서 누군가를 보았기 때문이다.

누군가를 보았다는 확신은 점점 굳어져만 간다. 그리고 내가 보는, 아니, 엄밀히 말해서 내게 보이는 그것은 바로 내 모습이다. 나의 또 다른 일부. 어릴 적 나는 성당에 다녔다. 그리고 유령의 존재를 믿었다. 나는 아직도 유령이 있다고 믿는다……

리버스는 다음 페이지로 넘어갔다.

내 일기는 내가 죽고 나서 읽히게 될 것이다. 누가 먼저 발견해 읽게 될지는 모르지만. 이곳에 일기장이 보관되어 있다는 건 아무도 모른다. 비밀을 나눌 친구도 없으니 누군가가 몰래 훔쳐볼 걱정은 없다. 빈집 털이범이 가져가면 모를까. 일기장은 이 아파트에서 가장 가치 없는 물건이다. 기록이 늘어갈수록 그 가치는 점점 높아지겠지만……

한동안 일기를 쓰지 않은 기간도 여러 날 있었다. 한 해 동안 고작 대여섯 번의 기록만을 남겨놓았을 때도 있었다. 블랙 앵거스는 적어도 일기를 쓰는 데 있어서만큼은 성실한 타입이 아니었던 듯했다. 하지만 5년 전, 갑자기 기록이 확 늘어났던 시기가 있었다. 모 존슨의 아파트에 실수로 침입했을 때. 그 해프닝으로 앵거스는 모와 친해졌고, 모는 그를 모리스 캐퍼티에게 소개해주었다. 두 사람은 펍과 클럽에서 광란의 파티를 즐기며 급속도로 가까워졌고, 어느 순간부터 앵거스는 캐퍼티를 '빅 제르'라는 별명으로 부르게 되었다.

가장 많은 내용이 기록된 날은 우연하게도 리버스가 가장 관심을 갖고 있는 날이기도 했다.

생각보다 나쁜 곳은 아니다. 간호사들 모두 이해심이 많고 농담도 아주 잘한다. 그들은 밖에서 어슬렁거리던 나를 조심스레 부축해 내 방으로 데려다주었다. 복도는 길고 미로처럼 비비 꼬여 있다. 어떤 복도에서는 나무를 본 것 같기도 했다. 하지만 나중에 알고 보니 창문에 그려진 그림일 뿐이었다. 간호사가 내 손을 쥐고 차가운 유리창에 갖다 댔다. 내 의심을 완전히 잠재워버리기 위해.

다른 간호사들과 마찬가지로 그녀도 보드카를 몰래 들여와달라는 내 부탁을 단호히 거절했다.

내 방 창문 밖으로 빨간 다람쥐 한 마리가 보인다. 녀석은 나뭇가지들을 신나게 넘어 다니다가 듬성듬성 녹음으로 덮인 언덕 너머로 사라져버린다.

하지만 내가 보고 있는 건 그런 목가적인 풍경이 아니다. 나는 이 병원을 떠난 후로도 오랫동안 머무르게 될 방 안을 응시하고 있었다.

왜 나는 아버지를 포커 판으로 끌어들이려 했던 걸까? 이제야 그 답을 알 것만 같다. 왜냐하면 캐퍼티가 그걸 원했으니까. 아버지도 충분히 그러고 싶어 하셨고. 아버지의 가슴 속에는 아직도 불꽃이 튀고 있는 듯하다. 내가 고스란히 물려받은 방탕함의 불꽃. 하지만 아버지는 끝내 오지 못하셨다. 만약 오셨다면 그날의 결과도 달라지지 않았을까?

매튜 삼촌과는 바에서 만났다. 그는 말이 너무 많아 탈이다. 말로 사람을 따분하게 만드는 재능이 있다. 민족주의의 악령과 도깨비들을 조금 겪어봤다고 자기가 무슨 세계적인 거물이 된 줄 안다. 진짜 거물은 캐퍼티 같은 사람들이라고 쏘아붙이려다가 꾹 참았다. 그들은 뒤에 조용히 숨어 세상을 주무르는 유력자들이다. 해결사들. 그들 선에서 해결되지 않는 문제는 없다. 실로 끝내주는 사람들이다!

탐 로버트슨이 위층 포커 판으로 나를 끌어들였다. 적은 판돈으로도 즐길 수 있다는 점이 마음에 들었다. 더 필요해지면 언제든지 블레어 가에서 가져오면 될 테고. 물론 악명 높은 탐 로버트슨에 대해서는 잘 알고 있었다. 그는 이상한 방법으로 패를 돌렸다. 팔꿈치를 높이 치켜든 기이한 자세로. 그가 패를 돌리면서 카드 밑면을 본다고 의심하는 사람들도 있었다. 그게 어떻게 가능한지는 모르겠지만. 그의 동생, 에크는 탐이 오래전 팔이 부러진 적이 있었다고 해명했다. 비록 포커 판 사기꾼은 아니지만 나는 누구라도 속임수를 쓰려 하면 대번에 잡아낼 수 있다고 장담한다.

함께 포커를 칠 나머지 두 명도 속속 도착했다. 속임수에 당할 걱정은 없었다. 그중 한 명은 캐퍼티였다. 그는 지미 본이라는 정육점 주인을 데려왔다. 남자는 한눈에 봐도 정육점 주인 같았다. 통통한 얼굴, 불그레한 볼, 그리고 소시지처럼 두꺼운 손가락들. 그는 방금 씻고 나온 듯 보였다. 정육점 주인이나 외과 전문의나 도축장 노동자들이 그래 보이는 것처럼. 그런 사람들은 최대한 청결해 보이려 무던히 애를 쓴다는 공통점이 있다.

지금 와서 생각해보면 캐퍼티도 그와 비슷하게 보였던 것 같다. 에크도 마찬가지고, 그리고 탐도…… 탐은 손바닥을 비벼대는 버릇이 있었다. 그가 손을 비빌 때마다 레몬 비누 향기가 났다. 손을 비벼대지 않을 때는 손톱 상태를 열심히 살폈다. 옷을 보면 전혀 그래 보이지 않지만 사실 그는 병적으로 위생에 집착했다. 이제 와서 깨달은 사실이지만 로버트슨 형제는 캐퍼티를 탐탁지 않게 여겼다. 그를 따라온 정육점 주인도 어딘지 불편해하는 눈치였다.

정육점 주인은 아주 형편없는 도박꾼이었다. 패가 좋지 않을 때는 낙담하는 티를 너무 뚜렷하게 냈다. 하지만 패가 좋을 때는 몸을 꼼지락거리거나 발을 질질 끌면서 티를 냈다. 게임은 계속 이어졌고, 캐퍼티와 로버트슨 형제 사이에 묘한 기운이 감지되었다. 캐퍼티는 연신 사업 얘기를 늘어놓으며 툴툴거렸다. 불황이 어쩌고, 예전 같지 않은 재미가 저쩌고. 그러다 갑자기 나를 돌아보며 내 손등을 탁 내리쳤다.

"지금까지 죽은 사람을 몇 명이나 봤나?"

캐퍼티와 함께 있어서 그랬는지 나도 모르게 허세를 부리고 말았다. 그것도 초자연적으로 보일 만큼.

"많이는 못 봤습니다." 나는 대답했다. —퉁명스럽게 그와 비슷한 답을 늘어놓았던 것 같다—.

"솔직히 한 명도 못 봤지?" 그가 다시 물었다. 하지만 그는 내 대답을 기다리지 않았다. "난 수십 명을 봐왔어. 그래, 수십 명. 그들 대부분은 내 손에 죽은 놈들이었지. 내 말을 믿을 수 있겠나, 블랙 앵거스?"

그는 내 손등에서 자신의 손을 거두었다. 그리고 말없이 의자 등받이에 몸을 기대었다. 어색한 침묵 속에서 다음 패가 돌려졌다. 나는 갑자기 모가 보고 싶어졌다. 그녀라면 나를 차분히 진정시킬 수 있을 테니까. 그는 병째로 위스키를 들이켰다. 취하지 않았을 때는 그저 예측이 불가능할 뿐이지만 취했을 때는 누구보다도 위험한 사람이었다. 그것은 내가 그를 좋아하는 이유이기도 하다. 어떻게 들릴지 모르지만 나는 그를 존경하기까지 한다. 그는 원하는 게 있으면 반드시 손에 넣고야 만다. 모든 수단과 방법을 총동원해서. 그의 독특한 정신세계는 묘한 매력이 있다. 그와 함께 있으면 나 또한 존중을 받게 된다. 나를 거만한 속물이나 인간쓰레기라고 폄하하던 사람들마저 이제는 나를 존중해준다. 언젠가 캐퍼티는 나를 그렇게 부른 사람을 직접 찾아가 호되게 책임을 묻기도 했다.

대체 그는 왜 나랑 어울리려 하는 것일까? 그날 밤 전까지 우리는 서로의 눈에서 맹렬히 타오르는 불꽃을 보았다. 하지만 지금은 분위기가 달라졌다. 그가 나랑 어울리는 이유는 딱 하나뿐이다. 나를 자신의 목적을 이루기 위한 수단으로 쓰기 위해서.

나는 보드카를 마셨다. 처음에는 오렌지 주스를 조금 탔고, 그 후에는 얼음만 넣어 마셨다. 로버트슨 형제는 맥주를 마셨다. 그들 사이에는 맥주 한 상자가 놓여 있었다. 정육점 주인은 캐퍼티가 이따금 따라주는 위스키만 홀짝일 뿐이었다. 나는 포커 판이 벌어지기가 무섭게 20파운드를 잃었다. 그리고 15분 만에 60파운드를 더 잃었다. 캐퍼티가 다시 내 손등에 자신의 손을 얹었다.

"내가 지켜보고 있지 않았으면……" 그가 말했다. "지금쯤 저놈들이 자넬 골로 보내버렸을 거야."

"난 속임수를 쓰지 않았습니다." 탐 로버트슨이 말했다. 캐퍼티는 그 말이 튀어나올 줄 예상한 모양이었다. 분위기를 파악했는지 로버트슨이 아랫입술을 살짝 깨물었다.

캐퍼티는 정말로 속임수를 쓰지 않았는지 물었다. 로버트슨은 대답이 없었다. 그의 동생은 다시 게임에만 집중하자는 말로 심상치 않은 분위기를 잠재우려 했다. 하지만 캐퍼티는 못 들은 척 씩 웃으며 탐 로버트슨의 패를 집어 들었다. 잠시 후, 그가 다시 입을 열었다.

"난 살아오면서 많은 사람을 죽였어." 그가 나를 돌아보며 말했다. 하지만 그 말은 로버트슨 형제에게 들려주는 것이었다. "하지만 다들 죽어 마땅한 놈들이었지. 내게 빚을 진 놈들, 내게 치명적인 실수를 한 놈들, 나를 등쳐먹은 놈들. 내게 요상한 짓을 하려거든 죽을 각오부터 해야 한다고."

나는 말없이 고개를 끄덕였다.

"수습하지 못할 일은 아예 벌이지 않는 게 좋아, 그렇지?" 나는 다시 고개를 끄덕였다. "블랙 앵거스," 그가 말했다. "혹시 누굴 죽여보고 싶다는 *생각*해본 적 없나?"

"많이 있었죠."

그것은 사실이었다. 하지만 그것은 경솔한 대답이었다. 나는 나보다 돈이 많고, 잘생긴 놈들을 죽이고 싶었다. 나의 구애를 무시하고 다른 남자에게 가버린 여자들도. 내가 만취했다고 술을 더 내놓지 않은 놈들, 내 미소에 같은 미소로 화답하지 않은 놈들, 호텔에서 왕처럼 사는 놈들, 할리우드에서 영화를 만드는 놈들, 목장과 성과 사병을 소유한 놈들도 마찬가지였다. 내 대답은 솔직한 것이었다.

"아주 많이."

캐퍼티가 고개를 끄덕였다. 그는 위스키를 거의 비운 상태였다. 당장이라도 큰일이 벌어질 것만 같은 불안감이 느껴졌다. 나는 마음의 준비를 단단히 했다. 로버트슨 형제도 바짝 긴장한 상태였다. 탐은 두 손으로 테이블 끝을 붙잡고 있었다. 벌떡 일어나 달려들 준비를 하고 있는 듯했다. 바로 그때 문이 벌컥 열렸다. 주방 직원 하나가 우리가 주문한 샌드위치를 들고 나타난 것이다. 훈제 연어와 로스트비프. 남자는 계산을 하기 위해 기다렸다.

"어서 내, 탐." 캐퍼티가 나지막이 말했다. "오늘 밤엔 자네가 많이 땄잖아. 자네가 계산해."

탐이 마지못해 지폐 몇 장을 남자에게 건넸다.

"그리고 팁도." 캐퍼티가 말했다. 탐이 지폐 한 장을 더 쥐어주었다. 웨이터는 돈을 받고 사라졌다. "마음이 뿌듯하지?" 캐퍼티가 말했다. 이번에는 그가 패를 돌릴 차례였다. "지금까지 얼마나 잃었지, 블랙 앵거스?"

"뭐 아직 괜찮습니다." 나는 말했다.

"얼마를 잃었는지 물었잖아."

"40파운드쯤." 한때 백 파운드까지 잃기도 했지만 두 차례 좋은 패를 받아 일부를 회수할 수 있었다. 최고의 도박꾼이라 자부하는 로버트슨 형제도 더 이상 게임에 집중하지 못하는 모습이었다. 방 안은 덥지 않았지만 에크의 구레나룻에는 땀방울이 맺혀 있었다. 그는 연신 손으로 땀을 훔쳐냈다.

"40파운드나 잃었으면서 저들에게 계속 당하기만 할 거야?" 캐퍼티가 말했다.

탐 로버트슨이 자리에서 벌떡 일어났다. 그의 뒤로 기울어진 의자가 나뒹굴었다.

"더는 못 참겠어!"

에크가 재빨리 의자를 세워놓고 형을 자리에 앉혔다. 캐퍼티는 패를 돌리고 나서 자신의 패를 유심히 관찰했다. 방금 눈앞에서 펼쳐진 광경에 전혀 동요되지 않은 듯했다. 정육점 주인이 갑자기 일어나 속이 좋지 않다면서 방을 나가버렸다.

"저 친구는 돌아오지 않을 거야." 캐퍼티가 말했다.

그 틈을 타서 나도 일찍 빠지고 싶다는 입장을 피력했다. 아주 어정쩡한 탈출 시도였다. 캐퍼티가 나를 돌아보며 지금껏 들어본 적 없는 섬뜩한 목소리로 말했다.

"그런 개소리는 함부로 지껄이는 게 아니야." 그는 테이블에 깔린 카드를 챙겨 모아 다시 패를 돌리기 시작했다. 급변한 그의 목소리 톤이 내 볼을 따끔거리게 만들었다. 나는 그가 많이 취했기 때문이라고 생각했다. 원래 누구나 술이 많이 들어가면 입이 거칠어지기 마련이니까. 나 또한 그런 적이 많았었고, 적어도 나 같은 사람이 문제 삼을 일이 아니었다.

그가 패를 돌리고 먼저 돈을 건 후 자신의 패를 테이블에 엎어놓았다. 그런 다음, 한 손을 바지의 허리밴드 안으로 가져갔다. 그는 늘 맵시 있는 양복 차림을 고집했다. 옷차림에 신경 쓰면 경찰도 함부로 건드릴 수 없다나.

"좋은 옷을 함부로 더럽히는 건 그들도 원치 않거든." 그가 내게 말했다. 아무튼 그는 허리밴드에서 권총을 뽑아 들었다. 그걸 본 로버트슨 형제는 강하게 항의했고, 나는 멍하니 권총만 응시했다. 총이야 예전에도 본 적이 있었다. 하지만 이렇게 가까이서, 그것도 이런 상황에서 보는 건 처음이었다. 순간 내 배 속에서 보드카가 출렁거리며 역류하기 시작했다. 구토가 치밀었지만 애써 꾹 참았다. 이러다가는 의식을 잃고 쓰러질 것만 같았다. 캐퍼티는 나지막한 목소리로 탐이 자신에게 어떤 속임수를 썼는지 조목조목 짚어 설명해주었다.

"자네는 나뿐만 아니라 블랙 앵거스에게도 수작을 부렸어." 그가 말했다. 나는 그렇지 않다고 말하고 싶었지만 입을 여는 순간 토사물이 쏟아질까 봐 아무 말도 하지 않았다. 그냥 입을 꾹 닫은 채 고개만 저어댔다. 그 때문에 머릿속은 더 어지러워졌다. 당시 상황을 솔직히, 그리고 최대한 정확하게 기록하고 있는 지금도 내 마음은 편치 않다. 그 사건이 발생한 지 14주가 지났지만 나는 아직도 거의 매일같이 악몽에 시달린다. 깨어 있을 때는 물론이고, 잠이 들어서도 당시 목격한 충격적인 이미지에서 벗어날 수가 없다. 이곳에서는 내게 많은 약을 가져와 먹인다. 술은 한 방울도 허용되지 않는다. 낮에는 밖에 나가 산책을 할 수 있다. '대면 집단 프로그램'이라는 것도 있는데 그 자리에서는 각자의 문제를 솔직히 털어놓고 그것을 어떻게 고칠 수 있는지 해답을 내놓아야 한다. 맙소사. 그게 말처럼 쉬웠으면 누가 여기로 끌려오겠어? 아버지가 가장 먼저 하신 일은 자신의 앞길에서 나를 치워버린 것이었다. 아버지는 내게 휴가를 주는 것으로 문제를 단번에 해결해버리셨다. 어머니는 나를 뉴잉글랜드로 데려가셨다. 바 하버의 외숙모 댁으로. 나는 어머니에게 그날 일에 대해 말씀드리려 했다. 하지만 아무리 애를 써도 이치에 닿는 스토리가 만들어지지 않았다. 어머니는 그냥 바보처럼 동정적인 미소만 흘릴 뿐이었다.

얘기가 샛길로 빠져버렸군. 뭐 그런다고 문제 될 건 없지만. 다시 포커 게임으로 돌아가볼까? 누구든 그 후에 무슨 일이 벌어졌는지 쉽게 짐작할 수 있을 것이다. 캐퍼티가 내 손을 끌어다가 자신의 권총을 쥐어주었다. 아직도 차고 딱딱한 금속의 감촉을 잊을 수가 없다. 내 일부는 그 총이 가짜일 거라 생각했다. 그가 로버트슨 형제를 겁주기 위해 가짜 총을 가져왔을 거라고. 하지만 나머지 일부는 그것이 진짜 총임을 알고 있었다. 하지만 그가 정말로 총을 쏠 거라고는 상상하지 못했다.

그가 내 손가락을 방아쇠에 걸어놓았다. 그리고 자신의 두 손으로 내 손을 감싸 쥔 후 방아쇠에 걸어둔 내 손가락을 꾹 눌렀다. 요란한 폭발음과 함께 매캐한 연기가 뿜어졌다. 사방으로 튄 피가 우리 모두를 뒤덮어버렸다. 따뜻하던 피는 내 피부에서 빠르게 식어갔다. 에크는 형을 끌어안고 어쩔 줄 몰라 했다. 권총은 테이블 위에 툭 떨어졌다. 캐퍼티는 가져온 비닐봉지에 내 지문이 선명하게 묻은 권총을 집어넣었다.

순간 나는 패닉에 빠져버렸다. 발작을 일으킨 나와 다르게 캐퍼티는 차분한 모습으로 자리에 앉아 있었다. 그의 그런 모습이 나를 더 불안하게 만들었다. 나는 보드카 병을 집어 들고 벽에 냅다 던져버렸다. 병이 산산조각 나버리면서 벽지와 커튼에 알코올이 뿌려졌다. 순간 어떤 생각이 뇌리를 스치고 지나갔다. 나는 테이블에서 라이터를 집어 들고 흩뿌려진 보드카에 불을 붙였다. 그제야 캐퍼티가 벌떡 일어났다. 그는 내게 욕설을 퍼부으며 불을 끄기 시작했다. 하지만 불길은 이미 커튼과 천장 벽지까지 옮아 붙은 상태였다. 불은 그보다 훨씬 빠르게 움직였다. 에크는 이미 형을 버리고 달아난 후였다. 나도 황급히 그곳을 나와버렸다. 미친 듯이 계단을 내려와서는 주방으로 뛰어 들어가 가스를 틀어놓으라고 외쳐댔다. 그때 나는 센트럴 호텔을 전소시켜 모든 증거를 없애야 한다는 생각뿐이었다.

주방장은 미치광이 같은 내가 시키는 대로 했다. 그는 우리에게 샌드위치를 가져다준 바로 그 웨이터인 듯했다. 재킷은 달라져 있었지만. 밤늦은 시간이었고, 그는 홀로 주방을 지키며 노트에 무언가를 적어 내려가던 중이었다. 나는 그에게 나가라고 소리쳤다. 그는 뒷문으로 빠져나갔고, 나도 그를 뒤따라 블레어 가로 빠져나갔다.

그게 전부였다. 당시 상황을 기록하는 지금도 마음이 편치 않다. 어떻게 해야 머릿속에서 이 기분 나쁜 기억을 지워버릴 수 있을까? 어쩌면 평생 이 기억을 안고 살아가야 할지도 모른다. 그들이 시체를 찾아냈다고 한다. 누가 총을 쐈는지도 알고 있단다. 대체 그걸 어떻게 알아냈을까? 어쩌면 누군가가 밀고했을지도 모른다. 에크 로버트슨이라면 충분히 그러고도 남았을 것이다. 경찰에 밀고할 만한 사람은 그 친구뿐이다. 모든 게 내 잘못이다. 그때 캐퍼티가 내게 화를 냈던 건 내가 방에 불을 지르는 것으로 그의 계획을 망쳐놓았기 때문이다. 만약 내가 그러지 않았다면 그는 보나마나 자신의 단골 수법으로 탐 로버트슨의 시체를 처리해버렸을 것이다. 그렇게 그날의 진실은 영영 묻혀버렸을 것이고, 우리는 살인을 저지르고도 무사할 수 있었을 것이다.

하지만 과연 우리가 영원히 무사할 수 있었을까? 시체는 계속해서 나를 괴롭힌다. 어젯밤 나는 새까맣게 탄 시체가 내게 달려드는 꿈을 꾸었다. 시체는 손가락으로 총 모양을 만들어 내게 쏘는 시늉을 했다. 오, 너무나 고통스럽다. 사람들은 내가 알코올 중독 치료를 위해 이곳에 들어와 있다고 생각한다. 나는 아직까지도 아버지에게 모든 진실을 털어놓지 않고 있다. 물론 아버지는 알고 계신다. 그날 밤 내가 그곳에 있었다는 것을. 하지만 아버지는 아무 말씀도 안 하신다. 가끔 어릴 적 나를 좀 더 엄하게 훈육하지 않은 아버지가 원망스러울 때가 있다. 흠씬 두

들겨 맞고 컸다면 내가 이렇게 되지는 않았을 텐데. 아버지는 오히려 내가 비행을 저지르고 다니는 걸 좋게 보셨다. "그래야 진정한 남자가 된다고." 아버지는 늘 그렇게 말씀하셨다. 아버지, 보세요. 그토록 원하시던 진정한 남자가 됐다고요!

그렇게 된 일이었다. 리버스는 등받이에 몸을 기대어 앉아 천장을 물끄러미 올려다보았다. 에디 링건은 그날의 진실을 전부 털어놓지 않았다. 포커 판이 벌어졌던 날, 그는 현장을 똑똑히 목격했었다. 캐퍼티가 그곳에 있었다는 사실도 분명 알 테고. 그가 겁을 집어먹고 안절부절못했던 이유였다. 당시 캐퍼티는 그에게 별 관심을 두지 않았을 것이다. 그가 정식 직원이 아니었다는 사실도 몰랐을 것이고.

리버스는 잠시 눈을 비빈 후 다시 일기장을 들여다봤다. 휴가와 병원 생활 관련 기록이 조금 남아 있었고, 그로부터 몇 달 지난 후의 내용도 보였다.

오늘―일요일― 캐퍼티를 만났다. 뜻밖의 조우였다. 그가 나를 미행했던 모양이었다. 그가 나를 불러 세운 건 블랙포드 힐에서였다. 나는 막 은신처를 나와 가파른 언덕을 오르려던 참이었다. 그는 내가 달아나려 한다고 생각한 듯했다. 그가 내 팔을 우악스럽게 잡아끌었다. 나는 그의 갑작스러운 돌출 행동에 깜짝 놀랐다.

그는 이제부터 경거망동하지 말라고 경고했다. 당분간 병원에 들어가 지내는 것이 좋겠다는 제안도 했다. 그는 내가 무슨 꿍꿍이인지 간파한 듯했다. 하지만 나 역시 그의 꿍꿍이속을 알고 있다. 그는 기회를 엿보는 중이다. 내가 아버지로부터 사업을 물려받을 때까지 묵묵히 기다리겠다는 것이다. 그는 내 모든 것을 원하는 것 같다. 내 몸과 영혼까지. 그래, 몸과 영혼.

그 외에 다른 기록도 많았다. 일기의 변화된 스타일과 내용을 보면 앵거스가 새사람으로 거듭나기 위해 얼마나 애를 썼을지 짐작이 되었다. 그는 모든 것을 버거워했다. 거친 과거를 감추기 위해 회사의 공식적인 얼굴로 살아가는 것. 마음에도 없는 자선 행사에 열의를 다하는 것. 리버스는 날짜가 적혀 있지 않은 마지막 일기를 읽어보았다.

나는 그 총의 촉감이 좋았다. 그리고 캐퍼티가 내 손가락을 방아쇠에 걸어주었을 때…… 그날 방아쇠를 당긴 건 바로 그였다. 그것만큼은 확실하다. 하지만 만약 그가 당기지 않았다면? 내가 알아서 방아쇠를 당겼을까? 지금껏 온갖 악몽과 식은땀과 격한 흥분에 시달려왔는데 이제 와서 누군가 그 일을 다시 들춰보기 시작했다. 너무 걱정이 돼서 캐퍼티를 찾아가보았지만 그는 아무 걱정 하지 말라며 태연한 모습만 보였다. 나는 그냥 맥주 공장 일에만 전념하면 된다면서. 그는 나보다도 우리 가족의 재정 상태를 더 잘 아는 듯했다. 아버지는 내년에 은퇴하시겠다고 한다. 이제 곧 이 사업은 나와 캐퍼티의 차지가 될 것이다. 그는 자선 행사에 자주 모습을 드러냈다. 공적인 자리에는 늘 모를 데려왔다. 우리는 마주칠 때마다 많은 대화를 나누었다. 하지만 예전과 같은 끈끈함은 더 이상 느껴지지 않았다. 그날 밤, 나는 쓸모를 잃어버렸다. 보드카 병을 부숴버리는 것으로 내 약점을 드러내고야 말았다. 혹시 그것도 그가 치밀하게 짜놓은 시나리오였을까? 그는 내 속내를 꿰뚫어 볼 때마다 내게 윙크를 해 보인다. 거의 모든 이에게 윙크를 남발하지만 내게 하는 윙크는 확실히 느낌이 다르다. 마치 그의 조준기 속에 갇혀버린 기분이랄까. 맙소사. 그 안에 영원히 갇혀 살아야 하는 건가? 내게 용기가 있다면 경찰이 나를 찾아낼 수 있게 해달라고 기도를 할 것이다. 하지만 캐퍼티는 가만히 두고 보지만은 않을 것이다. 절대 그런 일이 없도록 모든 수단과 방법을 총동원할 것이다.

리버스는 일기장을 덮었다. 그의 심장이 빠르게 뛰고 있었고, 두 손은 덜덜 떨렸다. 앵거스, 이 불쌍한 녀석. 우리가 권총을 손에 넣었다는 기사를 보고 깜짝 놀랐나? 우리가 총에 남겨진 지문으로 범인의 신원을 확인했을 거라고 지레 겁을 먹은 거야?

하지만 캐퍼티는 리버스에게 누명을 씌우려다가 자신의 으뜸패를 날려버리고 말았다. 아이러니하게도 그렇게 지문이 뒤섞이는 바람에 블랙 앵거스는 살인 혐의를 완전히 벗을 수 있었다.

물론 많은 부분이 입증되지 않은 상태였다. 로열 마일 법원에 알코올 중독자의 일기장만 불쑥 들이밀었다가는 변호인단에게 엄청난 반격을 받게 될 것이다. 에든버러 법원은 만만치 않기로 악명이 높았다. 더군다나 캐퍼티가 돈으로 살 수 있는 변호사는 결코 호락호락한 상대가 아니었다.

그렇다고 가만히 있을 리버스가 아니었다. 캐퍼티가 유유히 법망을 빠져나가도록 내버려둘 수는 없었다. 그는 반드시 단죄되어야만 했다. 누구든 예외 없이 뿌린 대로 거둔다는 진리를 가르쳐줘야만 했다. 하지만 리버스는 이내 고개를 저었다. 내겐 더 이상 총이 없잖아.

리버스는 집으로 가고 싶지 않았다. 그는 텅 빈 사무실을 빠져나와 주차장으로 향했다. 차에 올라서는 한동안 멍하니 앉아만 있었다. 열쇠는 점화장치에 꽂혀 있었지만 그의 두 손은 핸들에서 떨어지지 않았다. 한 시간쯤 지났을 때 그가 차에 시동을 걸었다. 온몸에 스며드는 냉기를 더 이상 견딜 수 없었기 때문이다. 그는 머릿속을 가득 채운 수많은 생각들을 차례로 들추어보았다. 잠시 후, 그의 뇌리를 스치는 아이디어가 하나 있었다. 범행에 걸맞은 처벌. 그래. 하지만 처벌할 대상은 캐퍼티가 아니야. 그가 아니라고.

앤드류 맥페일이지.

33

리버스는 이틀간 세인트 레너즈 근처를 얼씬도 하지 않았다. 농부 왓슨은 브로더릭 깁슨이 그를 상대로 소송을 제기할 거라고 귀띔해주었다. 리버스가 자신의 아들을 괴롭혀 죽음으로 내몰았다나.

"그를 끈질기게 괴롭혀온 건 바로 그 자신이었습니다." 리버스는 덤덤하게 대꾸했다.

앤디 스틸이 유치장에서 풀려났을 때 리버스는 차에서 그를 기다리고 있었다. 어부 출신 사립 탐정은 화창한 하늘을 올려다보며 눈을 깜빡였다. 리버스가 경적을 울리자 스틸이 조심스레 다가왔다. 리버스가 운전석 창문을 내렸다.

"오, 당신이었군요." 스틸이 말했다. 그의 목소리에서 실망이 묻어나왔다. 리버스는 수감된 청년에게 힘을 한번 써보겠다고 약속한 사실을 떠올렸다. 스틸은 약속을 어긴 그에게 단단히 화가 나 있었다.

"어떻게 나온 거야?" 리버스가 물었다.

"보석으로 풀려났습니다."

"누군가가 자넬 위해 돈을 내줬다는 뜻이야."

스틸이 고개를 끄덕이다가 움찔했다. "혹시 당신이?"

"내가 그랬지." 리버스가 말했다. "자, 타라고. 자네에게 맡길 일이 생겼어."

"무슨 일인데요?"

"차에 타면 가르쳐주지."

스틸은 한결 가벼워진 걸음으로 차를 돌아와 조수석 문을 열었다.

"사립 탐정이 되고 싶다고 했지?" 리버스가 말했다. "좋아. 내가 탐정으로 만들어주지."

스틸은 어리둥절한 표정으로 고개를 세차게 흔든 후 두 손으로 머리를 북북 문질렀다.

"좋습니다." 그가 말했다. "불법행위만 아니면 됩니다."

"아, 그건 걱정 마. 불법은 전혀 아니니까. 자네는 그저 사람 몇 명 만나 메시지를 전해주기만 하면 돼. 다들 좋은 경청자들이니 아무 문제없을 거야."

"무슨 메시지를 전하는 건데요?"

리버스가 차에 시동을 걸었다. "어떤 특정 인물의 목에 현상금이 걸렸다는 메시지."

"현상금?"

"앤디, 자네도 영화에서 많이 봤지? 그게 무슨 뜻인지 짐작이 될 텐데."

"현상금." 앤디 스틸이 웅얼거렸다. 리버스는 차를 몰아 주차장을 빠져나갔다.

앤드류 맥페일의 흔적은 아직도 찾을 수 없었다. 알렉스 맥클레인은 퇴원했지만 아직 직장으로 복귀하지는 못했다. 리버스가 맥켄지 부인을 찾아갔을 때, 그녀는 손에 붕대를 감고 얼굴이 축 늘어진 남자를 보지 못했다고 했다. 하지만 그런 사람을 보았다는 이웃이 한 명 있었다. 뭐 크게 문제 될 건 없었다. 어차피 맥페일은 이곳에 두 번 다시 얼씬하지 않을 테니까. 보나마나 그는 집주인에게 편지나 전화로 새 주소를 알려줄 것이다.

자신의 짐을 그곳으로 보내달라면서. 리버스는 자신의 차로 돌아가며 길 건너 학교를 바라보았다. 아이들이 신나게 뛰어놀고 있었다. 울타리 안에 서 안전하게.

그는 차를 몰고 다니며 여러 학교와 놀이터를 차례로 둘러보았다. 거처 가 없는 맥페일은 아무데서나 노숙을 하고 있을 게 틀림없었다. 어쩌면 이 미 에든버러를 벗어나 있는지도 몰랐다. 리버스는 석탄이 실린 화물열차 에 기어오르는 맥페일의 모습을 상상해보았다. 누군가의 손이 내려져 맥 페일을 끌어올려주었다. 딕 토런스였다. 그리고 오프닝 크레딧이 흐르기 시작했다……

끝내 맥페일을 찾지 못한다 해도 상관없었다. 오히려 그것이 더 매끈한 마무리가 될 수도 있었다. 조금 잔인하기는 하지만.

에든버러를 서쪽으로 멀리 우회하면 간신히 볼 수 있는 웨스터 헤일즈 는 길을 잃기 쉬운 곳이었다. 도시는 잊고 싶은 사람들을 이곳에 모아놓고 살게 했다. 생기가 느껴지지 않는 건물들의 외벽은 축축이 젖어 있었고, 금도 많이 가 있었다.

웨스터 헤일즈는 얽히고설킨 도로들과 공업단지, 그리고 텅 빈 녹지 공 간들로 에워싸인 곳이었다. 리버스는 지금껏 이곳이 은신처로 적합하다는 생각을 해본 적이 없었다. 심하게 튀지만 않는다면 누구든 안전하게 킹스 노위 골프장이나 사이트힐 인근 도로를 마음껏 활보할 수 있었다. 남들 눈 에 띄지 않고 푹 쉴 수 있는 곳도 많았다. 취향이 그런 쪽이라면 학교와 조 용한 놀이터 몇 곳이 갖춰져 있다는 사실에 흥분할 것이다.

그는 이틀 만에 바로 이곳에서 앤드류 맥페일을 찾아냈다. 버스 터미널 과 기차역들은 굳이 살펴볼 필요가 없었다. 리버스는 이미 어느 곳을 살

샅이 뒤져야 하는지 알고 있었으니까. 그는 45분 동안 맥페일을 미행했다. 처음에는 차로, 그리고 맥페일이 지름길로 들어섰을 때는 걸어서 뒤를 쫓았다. 맥페일은 빠른 걸음으로 부지런히 움직였다. 텁수룩한 수염에 허름한 옷차림. 누가 보더라도 산책하러 나온 실업자의 모습이었다.

그럼에도 맥페일은 주목을 끌지 않으려 애썼다. 걸음을 멈추고 아이들을 음흉하게 쳐다보거나 하지는 않았다. 그저 온화한 미소를 흘리며 아이들을 지나쳐 갈 뿐이었다. 충분히 볼 만큼 보았다고 판단한 리버스가 그의 뒤로 바짝 다가가 그의 어깨를 톡톡 두드렸다. 전류가 흐르는 소몰이 막대가 절실했지만 급한 대로 손을 이용할 수밖에 없었다.

"맙소사, 당신!" 맥페일의 두 손이 그의 가슴으로 올라갔다. "심장마비 걸릴 뻔했어요."

"그렇게 알아서 죽어줬으면 지금껏 칼을 갈아온 알렉스 맥클레인만 허무해졌겠지."

"그 친구 상태는 어떻습니까?"

"가벼운 화상만 입었을 뿐입니다. 퇴원한 후에 당신에게 복수하겠다고 잔뜩 벼르고 있어요."

"맙소사! 대체 언제까지 내 과거에 대해 얘기할 겁니까?"

"똑같은 일이 반복될 수도 있으니까요."

"절대 그럴 일은 없습니다!"

"초등학교 건너편에 방을 얻은 것도 우연이었나요?"

"우연이었어요."

"학교나 놀이터 근처에서 당신을 찾게 될 거라는 내 짐작도 틀린 거고?"

맥페일이 대꾸를 위해 입을 열었다가 이내 닫아버렸다. 그가 고개를 저었다. "아뇨. 틀리지 않았습니다. 난 아직도 아이들을 좋아해요. 하지만 난 절대…… 난 결코 아이들에게 이상한 짓을 하지 않습니다. 요즘엔 말도 걸지 않는다고요." 그가 고개를 들고 리버스를 쳐다보았다. "난 정말 그러지 않으려고 노력하고 있어요."

모두가 또 한 번의 기회를 바라고 있었다. 마이클, 맥페일, 그리고 블랙 앵거스마저도. 가끔 리버스가 도움이 되어줄 수도 있었다. 바로 지금처럼. "내 말 잘 들어요." 그가 말했다. "성범죄자들을 위한 프로그램이 있습니다. 거기 한번 등록해봐요. 단, 에든버러 말고 다른 곳에서. 국가보조금도 신청하고, 일자리도 알아볼 수 있잖아요." 맥페일은 무언가 할 말이 있어 보였다. "자립을 위해선 돈이 조금 필요하다는 거 압니다. 그건 내가 도와줄 수 있어요."

깜빡이던 맥페일의 눈이 가늘어졌다. "왜 날 돕겠다는 거죠?"

"돕고 싶으니까요. 자립이 가능해질 때까지만. 당신이 어디 은신해 있는지, 당신에게 무슨 일이 있었는지는 철저히 비밀에 붙여줄게요. 그렇게 하겠습니까?"

맥페일은 잠시 고민에 빠졌다. "좋습니다." 그가 말했다.

"잘 생각했습니다." 리버스가 다시 맥페일의 어깨에 손을 얹었다. "그 전에 당신에게 부탁할 게 하나 있습니다. 뭐 어려운 일은 아니고요……"

술집은 조용했다. 칙 뮤어가 일어서려는 순간 바에 있던 한 청년이 술을 사겠다며 접근했다. 칙은 기꺼이 제안을 받아들였다.

"혼자 마시는 걸 좋아하지 않거든요." 청년이 이유를 설명했다.

"이해합니다." 칙이 바텐더에게 빈 글라스를 넘기며 말했다. "이 지역

사람이 아닌 것 같은데."

"애버딘." 청년이 말했다.

"멀리서도 왔군. 거긴 아직도 댈러스 같습니까?"

칙은 '오일 붐'을 이야기하고 있는 것이었다. 시작되자마자 물거품처럼 사라져버렸던…… 하지만 애버딘에 살지 않은 이들에게는 아직도 신화로 남아 있었다.

"그런 것 같습니다." 청년이 말했다. "하지만 오일 붐이 내 해고까지 막아주진 못했죠."

"저런, 참 안됐군요." 칙이 진심을 담아 말했다. 그는 청년이 석유 회사 직원이기를 바랐다. 그래야 자신에게 돈을 펑펑 쓸 수 있을 테니까. 그는 청년을 잘 구워삶으면 최소한 10파운드는 뽑아먹을 수 있을 거라 생각했다. 하지만 사연을 듣고 나서는 계획을 접어버렸다.

"난 앤디 스틸입니다."

"칙 뮤어입니다." 칙이 담배를 입에 물고 앤디 스틸의 손을 잡았다. 청년의 손은 쓰레기 분쇄기처럼 억셌다.

"돈이 좀 들어오긴 했지만 애버딘은 조금도 나아지지 않았습니다." 스틸이 추억에 잠긴 표정으로 말했다. "이젠 사기꾼과 깡패들만 설치고 다닙니다."

"안 봐도 훤하네요." 뮤어는 어느새 술잔을 반이나 비운 상태였다. 청년이 한 잔 더 사겠다고 나섰을 때 그는 맥주 대신 위스키를 주문하지 않은 자신을 질책했다. 잘 마시던 맥주를 갑자기 위스키로 바꿔 주문하는 건 너무 속 보이는 일이었으니까.

"그래서 이곳으로 온 겁니다." 스틸이 말했다.

"네? 깡패들 때문에요?" 뮤어가 흥미롭다는 듯 말했다.

"뭐 그런 것도 있고, 여기에 친구가 살아요. 친구도 보고, 돈도 좀 벌어 볼까 해서."

"돈이라고요?" 칙이 그 말에 호기심을 보였다.

스틸이 목소리를 낮추었다. 그들밖에 없는 술집에서 굳이 그럴 필요까지는 없었지만. "애버딘에 소문이 돌고 있습니다. 에든버러 누군가의 목에 현상금이 걸려 있다고."

바텐더가 바 뒤편에서 카세트 플레이어를 틀었다. 천장이 낮은 실내는 이내 민속음악으로 채워졌다. 지난주 술집에서 듀엣이 공연했을 때 바텐더가 녹음해둔 것이었다. 음질은 그야말로 최악이었다.

"빌어먹을, 그것 좀 꺼요!" 칙의 목소리는 크지 않았지만 무척 권위적으로 들렸다. 바텐더가 볼륨을 조금 줄이자 칙은 다시 그를 노려보았다. 결국 바텐더는 음악이 들릴락 말락 하게 소리를 줄여버렸다. "방금 뭐라고 했죠?" 칙이 앤디 스틸에게 물었다. 스틸은 술잔을 내려놓고 진지한 목소리로 준비해온 이야기를 늘어놓았다. 그렇게 임무를 완수한 스틸은 칙에게 술을 한 잔 더 사주고 나서 술집을 나섰다.

칙 뮤어는 앞에 놓인 술잔에 눈길도 주지 않았다. 그는 글라스 너머로 거울에 비친 자신의 모습을 빤히 응시할 뿐이었다. 그가 갑자기 바텐더에게 음악을 완전히 꺼버리라고 소리쳤다. 그런 다음, 황급히 몇 명에게 전화를 걸었다. 그는 세인트 레너즈로도 전화를 걸어보았다. 하지만 응답한 이는 리버스 경위가 정직 상태라는 놀라운 소식을 다소 쾌활한 톤으로 전해주었다. 그는 리버스의 아파트로 전화를 걸었다. 그곳에서도 리버스를 찾지 못했다. 아, 젠장. 어쩔 수 없지. 빅맨에게 보고가 됐으니 상관없어.

이젠 빅맨이 무일푼의 칙 뮤어에게 빚을 진 거라고.

앤디 스틸은 어스레한 조명의 펍과 마권 판매소에서도 같은 연기를 반복했다. 리버스가 들려준 인상착의를 속으로 되뇌고 다니던 그는 결국 그레이하운드 경주가 열리는 파우더홀에서 문제의 인물을 찾아내는 데 성공했다. 남자는 창가 자리에 앉아 감자칩으로 배를 채우고 있었다.

"혹시 셔그 올리펀트 아닌가요?" 그가 물었다.

"맞는데요." 거구의 삼십대 남자가 대답했다. 그의 손은 소금을 찾아 감자칩 봉지 안을 뒤적이고 있었다.

"누군가가 그러더군요. 내가 가진 정보를 당신이 관심 있어 할 거라고."

올리펀트는 아직도 그에게 시선을 주지 않고 있었다. 그가 빈 봉지를 길고 납작하게 접어 매듭을 지어놓았다. 테이블에는 그런 매듭이 네 개나 더 놓여 있었다. "내가 돈을 챙기기 전까지 한 푼도 못 줍니다." 올리펀트가 기름으로 덮인 손가락을 쪽쪽 빨아대며 말했다.

앤디 스틸은 그의 맞은편에 앉았다. "그건 아무래도 상관없어요." 그가 말했다.

일요일 아침, 리버스는 바람이 거센 칼튼 힐 정상에 올랐다. 그는 산책하러 나온 다른 이들처럼 관측소를 슬슬 둘러보았다. 그의 다리 상태는 많이 나아져 있었다. 사람들은 멀리 내려다보이는 랜드마크들을 손으로 가리켰고, 조각구름들은 담청색 하늘을 빠르게 가로지르는 중이었다. 세상 어디에도 언덕과 골짜기와 노두(광맥이나 암석 등의 노출부)들이 이토록 조화롭게 모여 있는 곳은 없을 거야. 그는 생각했다. 모든 것은 에든버러 성

밑에 깔린 화산전(火山栓) 덕분이었다. 요새를 짓지 않고서는 도저히 못 배기는 완벽한 지형. 에든버러는 그렇게 생겨난 도시였다. 그리고 이제는 웨스터 헤일즈 너머까지 면적을 넓혀가는 중이었다.

관측소는 기이하게 생긴 건물이었다. 그렇다고 실용성이 없어 보이지는 않았다. 그 옆에 자리한 장식용 건물은 기어오르거나 스프레이식 페인트로 이름을 적어놓는 데만 유용하게 쓰일 뿐이었다. 한쪽만 완성된 그 건물은 언뜻 보면 그리스 신전을 닮은 것 같기도 했다. ―그래서 에든버러를 '북쪽의 아테네'라고 부르는 건가?― 누가 지었는지는 몰라도 나머지 면까지 완성시킬 돈이 부족했던 모양이었다. 주추 위에 늘어선 기둥들은 아이들이 오르기에는 다소 높았다. 굳이 오르겠다면 서로의 어깨를 밟고 올라서는 수밖에 없었다.

리버스의 시선이 주추에 앉아 다리를 흔들어대고 있는 여자에게로 돌아갔다. 쇼반 클락이었다. 그는 그녀에게 다가갔다.

"얼마나 기다렸어?" 그가 물었다.

"방금 왔어요. 지팡이는 안 보이네요."

"이젠 지팡이 없이도 걸을 수 있어." 그것은 사실이었다. 적당한 속도로 절뚝거리는 것도 '걸음'으로 칠 수 있다면. "어제는 하이버니언이 이겼던데."

"모처럼 이겼더군요."

"그 친구는 아직 안 왔고?"

쇼반이 주차장 쪽을 가리켰다. "저기 오시네요."

언덕 정상에 도착한 미니 메트로가 번쩍거리는 두 대의 대형 차량 사이로 쏙 들어가버렸다. "절 좀 내려주세요." 쇼반이 말했다.

"다리가 이 모양인데 괜찮을지 모르겠군." 리버스가 툴툴거렸다. 하지만 그의 걱정과는 달리 번쩍 안은 그녀는 꽤 가벼웠다.

"감사합니다." 그녀가 말했다. 두 사람의 공연을 지켜본 브라이언 홈스가 차문을 걸고 그들에게로 다가왔다.

"바리시니코프(구소련 출신의 미국의 무용가)보다 낫던데요." 그가 말했다.

"후한 평가 고마워." 리버스가 말했다.

"무슨 일로 저희를 부르신 겁니까, 경위님?" 쇼반이 물었다. "그것도 이렇게 은밀하게?"

"은밀하게 부른 건 아니야." 리버스가 걸음을 옮기며 말했다. "아끼는 부하들과 오붓한 시간을 보내고 싶었을 뿐이라고. 그게 뭐 문제인가?"

쇼반이 홈스를 흘끔 쳐다보았다. 홈스는 고개를 저었다. 보나마나 우리에게 뭔가 원하시는 게 있을 거야. 물론 그녀도 이미 간파한 사실이었다.

그들은 난간에 몸을 기댄 채 경치를 즐겼다. 말은 주로 리버스가 했고, 쇼반과 홈스는 가끔 수사적 질문을 던졌다.

"저희더러 자진해서 나서라는 말씀인 거죠?"

"그래." 리버스가 말했다. "자네들은 진취성을 적당히 겸비한 열정적인 형사들이지 않은가." 이번에는 그가 질문을 던졌다. "조명도 괜찮겠지?"

홈스가 어깨를 으쓱였다. "그건 지미 허튼에게 물어보겠습니다. 전문 사진사이거든요. 주로 달력 같은 걸 작업합니다."

"이건 새끼 고양이들이나 하일랜드 협곡 따위를 찍는 게 아니야." 리버스가 말했다.

"알고 있습니다, 경위님." 홈스가 말했다.

"정말 계획대로 일이 풀릴까요?" 쇼반이 물었다.

리버스가 어깨를 으쓱였다. "그야 두고 보면 알겠지."

"저희는 하겠다고 말씀드린 적이 없습니다, 경위님."

"알아." 리버스가 돌아서며 말했다. "하지만 어차피 거절하지도 않을 거잖아."

34

월요일 저녁, 홈스와 쇼반은 머니백 작전 수행을 위해 난방도 되지 않는 추운 방에 웅크려 앉아 있었다. 축축하고 어두운 방은 쥐들만이 반길 만했다. 홈스는 달력 사진 전문가의 조언에 따라 카메라를 세팅해놓은 상태였다. 그는 이번 작업을 위해 특수 렌즈까지 빌려왔다. 망원 사진 렌즈와 야간 조준 렌즈. 하지만 워크맨과 팻시 클라인 테이프는 챙겨오지 않았다. 쇼반과 수다를 떠는 것만으로도 충분할 테니까. 하지만 어쩐 일인지 쇼반은 평소와 달리 말이 없었다. 그녀는 애꿎은 입술만 물어뜯다가 이따금 일어나 스트레칭을 할 뿐이었다.

"같은 자세로 오래 앉아 있으면 몸이 뻣뻣해지지 않나요?" 그녀가 물었다.

"아니." 홈스가 나지막이 대답했다. "하루 종일 소파에 늘어져 TV도 보는데 뭐."

"평소에 운동을 열심히 하시는 줄 알았는데요."

그는 몸을 앞으로 숙인 채 자신의 한쪽 다리를 붙잡고 있는 그녀를 지켜보았다. "뼈가 없는 사람 같군."

"그 정도까진 아니고요. 십대 시절엔 정말 끝내줬었는데." 창문으로 스며들어온 주황색 불빛이 미소를 머금은 홈스의 얼굴을 은은하게 비추었다. "쉿, 조용히 해보세요." 쇼반이 말했다. 천장에서 후드득 소리가 들려왔다.

"쥐야." 홈스가 말했다. "쥐를 구석에 몰아본 적 있나?" 그녀가 고개를 저었다. "터멜 강 연어보다도 높이 뛰어오르더군."

"어릴 때 부모님을 따라서 수력발전 댐에 가본 적 있어요."

"피틀로크리 말이야?" 그녀가 고개를 끄덕였다. "그럼 거기서 연어가 뛰는 걸 봤겠군." 그녀가 다시 고개를 끄덕였다. "자," 홈스가 말했다. "털이 수북이 덮이고 뾰족한 송곳니와 길고 두꺼운 꼬리를 가진 녀석이 그렇게 뛰어오르는 광경을 상상해봐."

"안 할래요." 그녀가 창밖을 내다보았다. "그가 나타날까요?"

"글쎄…… 존 리버스의 예감은 대개 들어맞잖아."

"그래서 모두가 경위님을 싫어하는 건가요?"

홈스는 흠칫 놀랐다. "누가 그를 싫어해?"

그녀가 어깨를 으쓱였다. "세인트 레너즈도 그렇고…… 다른 데서도 그런 말을 좀 들었어요. 다들 그를 신뢰하지 않는다나요."

"뭐 워낙 독불장군 같으시니."

"왜 그러신 거죠?"

"원래 괴팍한 분이셔." 그는 리버스와 함께 처리했던 첫 번째 사건을 떠올렸다. 그는 벌어지지도 않을 투견 현장을 확인하기 위해 추위와 싸워가며 긴 밤을 보내야 했었다. 그는 오늘 밤만큼은 결과가 다르기를 바랐다.

쥐가 다시 움직이기 시작했다. 이번에는 방 뒤편으로 이동했다가 문 쪽으로 방향을 꺾었다.

"그가 나타나겠죠?" 쇼반이 다시 물었다.

"나타날 거야, 아가씨." 그때 형체 하나가 문간으로 불쑥 들어왔다. 리버스였다. "자네들," 그가 말했다. "신나게 수다를 떨고 있었구먼. 내가 더 요란하게 올라왔어도 못 들었을 것 같은데." 그가 창가로 다가갔다. "아직 이야?"

"아직입니다."

리버스는 손목시계를 불빛에 비추어보았다. "내 시계는 5분 전인데."

쇼반의 디지털 손목시계는 후면 발광식이었다. "10분 전입니다, 경위님."

"이 고물 시계." 리버스가 웅얼거렸다. "이제 얼마 남지 않았어. 정시에 나타날 거야. 애버딘에서 온 그 바보 같은 자식이 일 처리를 제대로 했다면."

하지만 '애버딘에서 온 바보 같은 자식'은 진짜 바보가 아닌 듯했다. 빅제르 캐퍼티가 돈을 주고 그의 정보를 사들인 걸 보면. 그는 이미 알고 있는 정보마저도 굳이 돈을 내고 사는 경향이 있었다. 앞으로도 계속 모든 정보가 자신에게 쏠릴 수 있도록. 그는 두 명의 정보원으로부터 하일랜드 놈들이 쳐들어올 거라는 소식을 전해 들었음에도 기어이 셔그 올리펀트에게 수고했다며 약간의 돈을 쥐어주었다. 올리펀트도 정보원 관리 차원에서 앤디 스틸에게 10파운드를 건넸다. 올리펀트가 빅 제르에게 사례로 받은 돈의 5분의 2에 해당하는 액수였다.

"자, 받아요." 그가 말했다.

"우와." 앤디 스틸이 환히 웃으며 말했다.

"뭐 보고 싶은 거 찾았어요?"

올리펀트는 비디오테이프를 얘기하는 것이었다. 그는 자그마한 비디오 가게를 운영하고 있었다. 폭 좁은 카운터 너머 공간은 무척 협소했다. 올리펀트가 움직일 때마다 선반에서 비디오가 몇 개씩 우수수 떨어져 내렸다. 성인 한 명이 몸을 숙이기도 힘들 정도였다.

"카운터 밑에 보면 더 있어요." 그가 말했다. "원한다면."

"비디오는 됐습니다."

올리펀트가 유쾌함과 거리가 먼 미소를 지어 보였다. "그는 당신이 들려준 얘기를 곧이곧대로 믿는 것 같진 않았어요." 올리펀트가 앤디에게 말했다. "하지만 비슷한 소문이 계속 들려오는 걸 보면 아주 근거가 없진 않은 것 같습니다."

"당연히 근거 있는 정보입니다." 앤디 스틸이 말했다. 과연 리버스의 말대로였다. 그는 월요일에 귀머거리를 만나 무언가를 들려주면 화요일 석간신문에 그 내용이 고스란히 실릴 거라고 했었다. "그들이 고르기 가 사무실을 포함한 그의 모든 은신처를 감시하고 있답니다."

올리펀트가 갑자기 수상쩍어 하는 표정을 지었다. "그걸 당신이 어떻게 알죠?"

"운이 좋았습니다. 그들 중 한 놈과 우연히 마주쳤거든요. 애버딘에서 알고 지낸 사이였습니다. 그가 골치 아픈 일에 휘말리고 싶지 않으면 당장 떠나라고 충고했어요."

"그런데도 당신은 떠나지 않았군요."

"내일 아침 기차로 떠날 겁니다."

"그럼 오늘 밤 무슨 일이 있을 거라는 얘기군요." 올리펀트는 여전히 회의적인 반응이었다.

스틸이 어깨를 으쓱였다. "내가 아는 건 그들이 감시를 하고 있다는 사실뿐입니다. 어쩌면 그냥 대화를 원하는 것일 수도 있고요."

올리펀트는 손끝으로 비디오 케이스들을 훑어나가며 골똘한 생각에 잠겼다. "어젯밤 술집 두 곳의 창문이 깨졌습니다." 스틸은 눈을 깜빡이지 않왔다. "두 곳 다 그의 단골집이었습니다. 뭔가 연결고리가 있었을까요?"

스틸이 어깨를 으쓱였다. "그랬는지도 모르죠." 사실 그는 진실을 알고 있었다. 어젯밤 그곳들의 창문을 박살낸 건 바로 리버스였다. 스틸 자신은 도주 차량 운전자 노릇을 충실히 수행했었고, 봉변을 당한 두 술집은 톨크로스의 퍼스와 이스터 가 끝자락의 보워리였다.

하지만 그는 모른 척 시치미를 뗐다. "맥페일이라는 얼간이가 고르기 가를 감시하고 있답니다. 그가 감시팀 책임자래요."

올리펀트가 고개를 끄덕였다. "이젠 나랑 일하는 방식을 알겠죠? 이틀 쯤 후에 날 찾아와요. 그가 내 정보를 사주면 당신에게도 사례가 돌아갈 테니까."

하지만 스틸은 고개를 저었다. "난 애버딘으로 돌아갈 겁니다."

"정말 떠날 모양이군요." 올리펀트가 말했다. "그럼 이렇게 합시다." 그 가 수첩 한쪽을 북 뜯어냈다. "주소를 알려주면 현금을 부쳐줄게요."

앤디 스틸은 즉석에서 떠올린 가짜 주소를 신나게 불러주었다.

메시지를 전달받았을 때 캐퍼티는 스누커(흰색 큐볼 하나로 빨간색 공 열 다섯 개나 다른 색깔의 공 여섯 개를 일정한 순서대로 쳐서 포켓에 넣는 당구의 일종)를 치고 있었다. 그는 리스의 고급 스누커 홀과 위락 시설의 지분 일 부를 소유하고 있었다. 원래 여피족과 노동자 계급 모두를 겨냥해 문을 연 곳들이었다. 하지만 여피족은 연기처럼 사라져버렸다. 이제 그곳들은 오 로지 저소득층만을 위한 공간으로 전락해버렸다. 비디오 빙고 게임, 해피 아워, 전자오락기로 가득 찬 아케이드, 그리고 곧 들어설 볼링장. 십대들의 주머니는 늘 두둑했다. 그들은 거의 쓰이지 않는 체육관을 볼링장으로 개조할 계획이었다. 그리고 그 옆에는 레스토랑을, 그 뒤에는 에어로빅 룸을 각각 갖추어놓을 참이었다.

사업 유지에는 융통성이 필수였다. 그리고 변화의 바람이 불어오면 저항하지 말고 그것에 올라타야만 했다. 캐퍼티는 소울 음악 클럽과 1940년 대 스타일 무도회장도 진지하게 고려하고 있었다. 무도회장에서는 티 댄스를 즐길 수 있을 것이고 칠흑 같은 어둠 속에서 아무나 만지고 주물러댈 수 있는 '블랙아웃 나이트'도 종종 가질 계획이었다.

그는 스누커에 별 소질이 없었지만 게임 자체를 무척 즐겼다. 이론은 완벽히 꿰고 있었다. 연습 부족이 문제였을 뿐. 그에게 가장 절실한 것은 레슨이었다. 하지만 자존심은 그것을 허락하지 않았다. 인내심이 부족한 것도 그의 실력이 늘지 않는 결정적인 이유 중 하나였다. 그는 모의 제안에 따라 몇 가지 운동에 손을 대보았었다. 테니스, 스쿼시, 그리고 스키. 그나마 골프가 가장 그의 적성에 맞았다. 사방으로 신나게 공을 날려버릴 때마다 찾아드는 쾌감은 꽤 중독성이 있었다. 문제는 힘 조절이었다. 그는 늘 필요 이상으로 멀리 공을 날려 낭패를 보았다. 9번 홀에 이를 때까지 최소한 공 두어 개를 쪼개놓지 않으면 그는 직성이 풀리지 않았다.

모든 면에서 스누커는 그에게 딱 맞는 운동이었다. 전략, 담배, 술, 그리고 내기. 그래서 그는 오늘도 홀에 나와 스누커에 빠져 있었다. 초록색 테이블 위로 뿌려지는 은은한 불빛과 정적, 그리고 공 부딪치는 경쾌한 소리가 그의 긴장을 풀어주었다. 가끔 들려오는 농담과 큐로 바닥을 찍는 소리도 전혀 거슬리지 않았다. 한쪽에서 지미 디 이어(Jimmy the Ear)가 다가왔다.

"집에서 전화가 왔었습니다." 그가 캐퍼티에게 말했다. 그리고 올리펀트의 메시지를 고스란히 전달했다.

앤드류 맥페일은 강풍에 던져진 각목만큼이나 리버스를 신뢰하지 않았
다. 어디에 떨어질지 모르는 각목을 피해 몸을 숨기고 싶을 뿐이었다. 리버
스는 맥페일과 맥클레인의 대질심문을 준비하고 있는 듯했다. 맥페일은 이
미 마음의 준비를 단단히 해둔 상태였다. 어쩌면 그에게는 또 다른 계략이
있는지도 몰랐다. 맥페일을 흠씬 두들겨 팬 후 에든버러에서 쫓아내는 것.
어쩌면 그가 괜한 오해를 하고 있는 것인지도 몰랐다. 리버스는 맥페일
에게 편지 한 통을 배달해달라고 부탁했다. 캐퍼티라는 사람에게 전하는
메시지라면서. 그는 캐퍼티가 10시쯤 고르기 가 콜택시 회사 사무실을 나
설 것이라고 알려주었다.

"무슨 메시지인데요?"

"그건 당신이 알 거 없어요." 리버스는 말했었다.

"왜 하필 나죠?"

"내가 직접 전달할 수 없으니까요. 더 알려고 하지 말아요. 당신은 그에
게 그 봉투를 건네기만 하면 됩니다."

"그래도 불안해서 말이죠."

"복잡할 거 없어요. 이 일만 잘 처리해주면 당신 앞날이 순탄해질 겁니
다. 게다가 공은 이미 날아갔어요."

"젠장." 맥페일이 말했다. "난 골대가 어디 있는지도 모른다고요."

지금 그는 고르기 가를 따라 걸어가고 있었다. 당장이라도 비가 뿌려질
것 같은 우중충한 날이었다. 오늘 오후, 리버스는 그를 세인트 레너즈 경
찰서로 데려가 모처럼 샤워와 면도를 할 수 있게 해주었다. 그뿐 아니라

맥켄지 부인의 집에서 챙겨온 깨끗한 옷도 내주었다.

"거지꼴을 해서 배달할 순 없지 않겠습니까." 그는 말했었다. 아, 편지…… 이른 저녁, 그는 호기심을 주체하지 못하고 봉투를 뜯어보았다. 봉투 안에는 또 다른 작은 갈색 봉투가 들어 있었고, 그 앞면에는 이런 메시지가 적혀 있었다. 허튼수작 말아요, 맥페일!

그는 경고를 무시하고 나머지 봉투마저 뜯어볼까 생각했었다. 하지만 왠지 그러고 싶지 않았다. 안에 담긴 메시지는 그의 예상과 달리 별 내용이 아닐 수도 있었다. 또한 리버스가 약속한 솔깃한 조건을 이깟 일로 날려버리고 싶지도 않았다. 한 가닥 희망이 그의 마음을 다잡아준 것이다.

그는 시계가 없었다. 하지만 시간을 가늠하는 것은 어려운 일이 아니었다. 그는 대충 10시에 맞춰 콜택시 회사 앞에서 걸음을 멈추었다. 사무실에는 불이 켜져 있었고, 줄지어 선 택시들은 밖에서 대기 중이었다. 슬슬 그들이 맹활약할 시간이 다가오고 있었다. 밤공기 냄새도 그에게 10시가 다 되었음을 알려주었다. 철도 선로에서 풍겨오는 디젤 냄새와 한층 진해진 비 냄새. 앤드류 맥페일은 묵묵히 기다렸다.

잠시 후, 도로 끝에서 헤드라이트를 켠 재규어 한 대가 나타났다. 바짝 다가온 차는 갑자기 방향을 꺾어 인도로 올라왔다. 그는 순간적으로 음주운전자일 거라 짐작했다. 하지만 차는 서서히 속도를 줄여 그의 옆에 멈춰섰다. 그는 졸지에 차와 철조망 울타리 사이에 갇혀버리고 말았다. 운전자가 차에서 내렸다. 덩치가 산만 한 남자였다. 거센 바람에 그의 긴 머리가 나부꼈다. 맥페일은 그의 한쪽 귀가 뜯겨져나갔음을 알아차렸다.

"당신이 맥페일이오?" 그가 물었다. 재규어의 뒷문이 천천히 열리고 또 다른 남자가 차에서 내렸다. 운전자만큼 거구는 아니었지만 왠지 더 커 보이는 느낌이었다. 그의 얼굴에는 기분 나쁜 미소가 머금어져 있었다.

편지는 맥페일의 주머니에 들어 있었다. "캐퍼티?" 그가 용기를 내어 물었다.

미소 짓는 남자가 눈을 천천히 깜빡였다. 맥페일의 또 다른 주머니에는 깨진 병목이 숨겨져 있었다. 오는 길에 빈병 회수 용기에서 찾아낸 것이었다. 형편없는 무기였지만 빈손보다는 훨씬 나았다. 소변으로 가득 찬 그의 방광에 통증이 느껴졌다. 그는 애써 태연한 표정을 지으며 편지가 든 주머니에 손을 찔러 넣었다.

순간 운전자가 무서운 속도로 달려들어 그의 팔뚝을 우악스럽게 움켜잡았다. 남자는 맥페일을 캐퍼티 앞으로 끌고 갔다. 캐퍼티는 지체없이 그의 사타구니를 힘껏 걷어찼다. 캐퍼티의 소매 안에서 3단짜리 스누커 큐가 스르르 미끄러져 나왔다. 그는 손에 쥔 큐로 몸을 웅크린 맥페일의 턱을 냅다 후려쳤다. 엄청난 충격에 뼈가 부서지고 이가 뽑혀 나왔다. 맥페일이 앞으로 고꾸라지자 큐가 그의 목덜미를 사정없이 내리쳤다. 그의 온몸은 마비 상태에 빠져들었다. 운전자가 다가와 그의 머리채를 휘어잡고 고개를 들게 했다. 캐퍼티는 큐 끝으로 그의 입을 열어놓고 혀를 지나 목구멍을 찌를 때까지 큐를 힘껏 밀어 넣었다.

"꼼짝 마!" 한쪽에서 두 사람이 달려오고 있었다. 남자와 여자. 그들의 손에는 신분증이 들려 있었다. "경찰이다!"

캐퍼티가 두 손을 천천히 들었다. 큐는 여전히 맥페일의 입에 물려져 있었다. 운전자도 그에게서 손을 뗐다. 앤드류 맥페일이 덜덜 떨리는 손으로 목구멍에 박힌 큐를 뽑아냈다. 어딘가에서 사이렌이 아득하게 들려오고 있었다.

"아무것도 아닙니다, 형사 나리들." 캐퍼티가 말했다. "그냥 좀 오해가 있었습니다."

"내 눈엔 전혀 그래 보이지 않는데요." 남자 형사가 말했다. 그의 파트너가 맥페일의 주머니에 손을 넣었다. 그녀의 손끝에 깨진 위스키 병이 닿았다. 다른 쪽 주머니였군. 그녀는 반대쪽 주머니에서 구겨진 편지를 꺼내 들었다. 그리고 그것을 캐퍼티 앞으로 내밀었다.

"열어보시죠." 그녀가 말했다.

캐퍼티가 봉투를 물끄러미 내려다보았다. "보나마나 함정이겠지?" 하지만 그는 대담하게 봉투를 받아 안에 든 종잇조각을 꺼냈다. 메시지에는 서명이 되어 있지 않았다. 하지만 그는 누가 보낸 것인지 대번에 알 수 있었다. "리버스!" 그가 이를 갈며 소리쳤다. "리버스, 이 개자식!"

몇 분 후, 캐퍼티와 운전자는 경찰서로 호송되었다. 앤드류 맥페일을 싣고 갈 구급차도 곧 도착했다. 쇼반은 캐퍼티가 떨어뜨리고 간 종잇조각을 집어 들고 메시지를 확인했다. "그들이 네 놈 피부를 뜯어 기념품으로 팔아치우길 바래." 그녀가 미간을 찌푸리며 길 건너 건물을 올려다보았다. 감시팀 아지트의 창문. 그녀가 기대했던 사람은 보이지 않았다.

만약 그가 있었다면 보나마나 손으로 만든 총으로 캐퍼티를 겨누고 가상의 방아쇠를 유유히 당겼을 것이다.

탕!

35

세인트 레너즈의 누구도 홈스와 쇼반이 임무 수행을 위해 그곳에 나가 있었다고 믿지 않았다. 모두들 두 사람이 은밀히 만나 뜨거운 시간을 갖던 중 우연히 현장을 발견하게 된 것이라고 생각했다. 하지만 감시 카메라는 거짓말을 하지 않았다. 장전된 필름에는 그날 밤 포착한 결정적인 이미지들이 생생히 담겨 있었다.

캐퍼티가 감금되자 경찰은 우선 암호화된 일기장을 포함한 그의 소지품부터 챙겼다. 왓슨과 로더데일이 복사된 일기를 훑고 있을 때 누군가가 총경 사무실 문에 노크했다.

"들어와!" 왓슨이 말했다.

안으로 들어온 존 리버스는 갑자기 늘어난 바닥 면적에 흠칫 놀랐다. "이제야 캐비닛이 도착했군요, 총경님."

로더데일이 구부정하던 허리를 곧게 폈다. "여긴 무슨 일인가? 자넨 아직 정직 상태인데."

"괜찮아, 프랭크." 왓슨이 말했다. "리버스 경위는 내가 불러서 온 거야." 그가 복사된 일기를 리버스 앞으로 내밀었다. "이것 좀 보게."

내용을 해독하는 데는 오래 걸리지 않았다. 패턴 몇 개만 짚어낼 수 있다면 쉽게 풀리는 퍼즐이었다. 어느새 리버스는 이 분야의 전문가가 다 되어 있었다. 그가 일기의 한 부분을 가리켰다. "여기 보십시오." 그가 말했다. "3TUB SCS."

"그게 무슨 뜻이지?"

"사우스 클럭 가(South Clerk Street)의 정육점 주인이 3천 파운드를 빚졌다는 뜻입니다. 정육점 주인(butcher)을 거꾸로 적어놓은 것이죠. 그 것도 줄여서."

로더데일이 못 미덥다는 표정을 지어 보였다. "확실한가?"

리버스는 어깨를 으쓱였다. "페츠 본부의 전문가들에게 보내보시죠. 그들이라면 체납자 정보를 더 찾아낼 수 있을 겁니다."

"수고했네, 존." 왓슨이 말했다. 리버스는 홱 돌아서서 사무실을 나갔다. 로더데일이 상관을 빤히 응시했다.

"그간 제가 모르는 일들이 있었던 것 같습니다." 그가 말했다.

"말해보게, 프랭크." 왓슨이 말했다. "왜 오늘이라고 평소와 달라져야 하지?"

던져진 질문에 대답이라도 하듯 로더데일 경감은 평소처럼 들릴락 말락 한 소리로 방귀를 뿜어냈다.

이번 사건에서 가장 중요한 정보를 제공한 이는 바로 쇼반 클락이었다.

리버스는 자신의 지휘 없이 돌아가는 기계에 별 마음을 두지 않았다. 홈스와 클락은 매일 그에게 수사 진행 상황을 보고했다. 암호 해독자들은 밤낮으로 일기장에 매달렸고 그 덕분에 경찰은 캐퍼티의 검은 수첩 피해 자들을 속속 만나볼 수 있었다. 그들 중 한두 명만 증인으로 세울 수 있다면 캐퍼티를 감옥으로 보낼 수 있을 것이다. 문제는 피해자들 중 누구도 입을 열려고 하지 않는다는 사실이었다. 리버스는 끈질기게 설득하면 입을 열어줄지 모를 한 사람을 알고 있었다.

쇼반은 캐퍼티의 회사 제로니모 홀딩스가 보더스 남서부의 대형 농장의 지분 79퍼센트를 소유하고 있다고 알려주었다. 최근 의문의 시체들이 속속 발견된 해안에서 얼마 떨어지지 않은 곳이었다. 경찰은 즉시 농장으로 수색 인력을 보냈다. 그들은 현장에서 찾아낸 수많은 증거들을 과학수사 연구소로 보냈다. 가장 많은 증거가 발견된 곳은 돼지우리였다. 우리 자체는 깨끗했지만 그 위의 밀폐된 저장 공간은 그렇지 못했다. 최첨단 장비를 갖춘 신식 농장에서 돼지우리만이 시대에 뒤떨어진 모습을 하고 있다는 점은 의심을 살 수밖에 없었다. 경찰도 바로 그 점에 주목했다. 돼지우리 위에는 밀짚이 깔린, 어둡고 퀴퀴한 공간이 마련되어 있었다. 그 안에서는 왠지 인체에 유해할 것 같은 악취가 풍겼다. 한쪽에서는 갈가리 찢긴 천 조각들과 남자의 벨트가 나뒹굴고 있었다. 경찰은 그곳 구석구석을 꼼꼼히 촬영해놓았다. 농가 위층에서 발견된 남자는 농장 인부라는 그의 주장과 달리 데렉 토런스임이 확인되었다. 지인들 사이에서 딕이라는 이름으로 알려진 바로 그 인물.

경찰이 농장을 살피는 동안 리버스는 차를 몰아 댈키스로 향했다. 좀 더 정확히 말하자면 덩턴 테라스로 갔다. 이른 저녁이었고, 킨툴 가족은 모두 집에 있었다. 어머니, 아버지, 그리고 아들은 주방의 접이식 테이블에 둘러앉아 있었다. 가스레인지에 얹어놓은 프라이팬에서는 무언가가 익어가고 있었다. 물방울이 맺힌 비닐 벽지는 미끈거렸다. 접시에 담긴 음식은 갈색 소스에 뒤덮여 그 정체를 알 수 없었다. 리버스는 식초와 주방용 세제 냄새를 뚜렷이 맡을 수 있었다. 로리 킨툴이 자리에서 일어나 리버스를 거실로 안내했다. 주방과 거실은 서빙 해치(요리를 내놓는 창구)로 연결되어 있었다. 리버스는 그의 아내와 아들이 해치에 달라붙어 엿듣고 있지는 않은지 궁금했다.

리버스는 난롯가 의자에, 킨툴은 그 맞은편 의자에 각각 앉았다.

"연락도 없이 불쑥 찾아와서 죄송합니다." 리버스가 말했다.

"무슨 일입니까, 경위님?"

"우리가 모리스 캐퍼티를 체포했다는 소식을 들었겠죠, 킨툴 씨? 그는 아주 오랫동안 감옥에서 썩게 될 겁니다." 리버스가 벽난로 위 선반에 놓인 사진들을 눈으로 찬찬히 훑어나갔다. 앞니 빠진 아이들. 킨툴의 조카들인 모양이었다. 그의 얼굴에 미소가 머금어졌다. "이제는 모든 걸 속 시원히 털어놓을 때가 되지 않았습니까?"

그는 계속해서 선반 위 액자들을 응시했다. 킨툴은 여전히 입을 열지 않고 있었다.

"당신이 좋은 사람이라는 거 압니다." 리버스가 말했다. "이건 사탕발림으로 하는 얘기가 아닙니다. 당신은 늘 가족을 우선으로 챙기지 않습니까, 그렇죠?" 킨툴이 말없이 고개를 끄덕였다. "아내분과 아드님, 그들을 위해서라면 못 할 게 없잖아요. 다른 가족을 위해서도 마찬가지일 거고. 부모님, 형제자매들, 사촌들……" 리버스가 말끝을 흐렸다.

"캐퍼티가 그렇게 됐다는 거 알고 있습니다." 킨툴이 말했다.

"그리고?"

킨툴이 어깨를 으쓱였다.

"우리는 모든 걸 알고 있습니다." 리버스가 말했다. "그저 약간의 보강 증거가 필요할 뿐입니다."

"나더러 증언을 하라는 건가요?"

리버스가 고개를 끄덕였다. 에디 링건도 센트럴 호텔 사건 관련해 기꺼이 증언해줄 것이다. 경찰이 법정에서 그의 편을 들어준다면. "킨툴 씨, 당신은 많이 바뀌었습니다. 몇 년 전의 로리 킨툴이 아니란 말입니다. 그땐 왜 그랬던 겁니까?" 리버스가 친구를 대하듯 부드럽게 물었다. 단지 호기심을 해소하기 위한 것처럼.

킨툴이 손가락으로 턱에 묻은 소스를 문질러 닦았다. "그냥 부탁을 들어줬을 뿐입니다. 짐이 늘 그런 부탁을 해와서요."

"그래서 당신이 밴을 몬 겁니까?"

"그래요. 내가 몰았습니다."

"하지만 당신은 병원 실험실 기사일 뿐이잖아요."

킨툴이 미소를 지었다. "정육점 밴을 몰면 더 많은 돈을 벌 수 있었어요." 그가 다시 어깨를 으쓱였다. "당신 말대로 난 무조건 가족을 최우선으로 챙깁니다. 그래서 돈이 더 필요했던 거고요."

"계속 해봐요."

"어디까지 알고 있습니까?"

"밴이 시체들을 처리하는 데 쓰였다는 것도 알고 있습니다."

"누구도 정육점 밴을 의심하지 않죠."

"파이프 북동부의 그 불운한 순경만 빼고. 그 친구는 뇌진탕을 일으켰답니다."

"그건 내가 손을 떼고 난 후에 벌어진 일입니다." 그는 리버스가 천천히 고개를 끄덕일 때까지 기다렸다가 계속 이어나갔다. "내가 손을 떼겠다고 했을 때 캐퍼티는 순순히 놓아주지 않았습니다. 오히려 압력을 가했죠."

"칼에 찔린 것도 그래서였습니까?"

"그의 경호원이 찌른 겁니다. 지미 디 이어. 내가 차에서 내리고 있을 때 달려들어 칼침을 놓았습니다. 아주 미친놈이에요." 킨튤이 서빙 해치 쪽을 돌아보았다. "내가 더 이상 밴을 몰지 않겠다고 했더니 캐퍼티가 어떻게 나왔는지 알아요? 제이슨에게 '그 일'을 넘겨주겠다고 하더군요. 제이슨은 내 아들입니다."

리버스가 고개를 끄덕였다. "일이 왜 이렇게 커져버린 겁니까? 캐퍼티라면 밴을 몰아줄 놈들을 어렵지 않게 구할 수 있었을 텐데."

"그를 잘 모르는 것 같군요, 경위님. 캐퍼티는 원래 그런 놈입니다. 그는…… 굉장히 사람을 가리는 타입이죠."

"그게 아니라 그냥 미친 겁니다." 리버스가 말했다. "아무튼 그 일은 어떻게 시작하게 됐습니까?"

"캐퍼티가 짐의 지분 절반을 땄을 때 난 이미 풀타임으로 밴을 몰고 있었습니다. 어느 날 저녁, 캐퍼티의 부하 하나가 날 찾아와 알랑거리더군요. 아침 일찍 해안에 다녀와야 할 일이 생겼다나요. 보더스에 있는 무슨 농장에도 들러야 한다고 했습니다."

"그 농장에도 갔습니까?" 밴 안에서 밀짚이 발견된 이유가 설명되는 순간이었다.

킨튤의 얼굴이 핏물 뺀 고기처럼 창백해졌다.

"갔었죠. 돼지우리에 뭔가가 있었습니다. 비료 부대에 담겨 있더라고요. 역겨운 악취가 장난 아니었습니다. 정육점에서 오랫동안 일해봐서 압니다. 돼지우리에서 뭐가 썩어가고 있는지. 모르긴 해도 몇 달 동안 그렇게 방치되어온 것 같았습니다."

"시체였나요?"

"쉽게 짐작이 되죠? 난 거기서 속을 비워내고 말았습니다. 캐퍼티의 부하는 기왕이면 여물통에 하지 그랬느냐며 핀잔을 주더군요." 킨툴이 잠시 말을 멈추었다. 그는 더 이상 소스의 흔적이 보이지 않는 턱을 다시 문질러댔다. "캐퍼티는 시체들을 일부러 썩게 만들었습니다. 그래야 나중에 해안으로 쓸려 와도 신원 확인이 불가능할 테니까요."

"맙소사."

"이게 전부가 아닙니다." 주방에서는 킨툴의 아내와 아들이 나지막이 대화를 나누고 있었다. 킨툴이 자리에서 일어나 뒤창으로 다가갔다. 뒤뜰에는 작은 정원이 꾸며져 있었다. 그가 다시 돌아와 가스난로 앞에 멈춰 섰다. 그의 시선은 리버스를 외면하고 있었다.

"그가 누군가를 죽이는 걸 봤습니다." 그가 덤덤하게 말했다. 그의 눈이 질끈 감겼다. 바짝 긴장한 리버스는 호흡을 가다듬었다. 이 친구를 어떻게든 증인석에 앉혀놔야 하는데.

"어떻게 죽이던가요?" 여전히 친구를 대하는 톤으로.

킨툴이 고개를 뒤로 살짝 젖혔다. 흐르는 눈물을 다시 거두기 위해서였다. "어떻게 죽였냐고요? 맨손으로 죽이더군요. 우린 늦게 도착했습니다. 가는 길에 밴이 말썽을 좀 부려서 말이죠. 아침 10시쯤 됐을 겁니다. 농장은 자욱한 안개에 파묻혀 있었습니다. 꼭 브리가둔(동명 뮤지컬에서 묘사된 백 년에 한 번씩 모습을 드러낸다는 스코틀랜드의 도시)에 온 것 같았어요. 그들은 발목까지 오는 진창에 양복 차림으로 서 있었습니다."

리버스의 미간이 찌푸려졌다. "그들이 돼지우리 안에 들어가 있었다는 뜻인가요?"

킨툴이 고개를 끄덕였다. "울타리가 둘러진 곳이었어요. 캐퍼티랑 또 다른 남자가 서 있더라고요. 다른 사람들은 울타리 밖에서 그들을 지켜보고 있었고요." 그가 마른침을 한 번 삼켰다. "캐퍼티는 실실 쪼개더군요. 마치 그 상황을 즐기는 듯이 말입니다. 진창은 절벅거리고, 돼지들은 우리 안에 갇혀 꽥꽥대고, 구경꾼들은 밖에서 숨죽여 지켜보는데." 킨툴은 머릿속에서 끔찍한 기억을 지워내려 애쓰고 있는 것 같았다. 어쩌면 매일 그런 노력을 반복해왔는지도 몰랐다.

"그들이 싸우고 있었습니까?"

"다른 남자는 이미 흠씬 두들겨 맞은 상태였습니다. 누가 봐도 공정한 싸움은 아니었죠. 캐퍼티는 그런 그를 아주 신나게 팼습니다. 그의 얼굴을 진창에 파묻기도 하고, 그의 등에 올라가 사정없이 밟아대기도 했어요. 마치 그 짓을 여러 번 해본 사람 같아 보였습니다. 아무튼 한참 후, 남자의 저항이 뚝 멎어버렸어요."

리버스와 킨툴은 잠시 침묵을 지켰다. 두 사람 모두 이른 아침의 돼지 우리를 머릿속에 그려보고 있었다. "그러고 나서는……" 킨툴이 한층 낮아진 목소리로 말했다. "그가 우리를 돌아보며 환히 웃었습니다. 마치 그게 자신의 대관식이라도 되는 것처럼 말이죠."

마침내 그는 더 참지 못하고 펑펑 울기 시작했다.

리버스는 요즘 들어 부쩍 병원을 찾는 일이 많아졌다. 아예 정기 입장권을 끊어야 할 정도였다. 하지만 그곳에서 플라워를 보게 될 줄은 꿈에도 몰랐다.

"입원하려고? 정신병동은 복도 끝에 있어."

"하하." 플라워가 말했다.

"여긴 무슨 일이야?"

"그건 내가 묻고 싶은 질문인데."

"난 여기 살아. 자네는?"

"뭣 좀 물어보려고."

"앤드류 맥페일에게?" 플라워가 고개를 끄덕였다. "그의 턱이 철사로 다물려졌다는 건 알고 있지?" 그 말에 플라워가 움찔했다. 리버스는 동료의 반응을 지켜보며 환하게 웃었다. "맥페일을 자네가 왜 만나야 하지?"

"캐퍼티와 관련이 있으니까." 플라워가 말했다.

"아, 그렇지. 깜빡했어."

"이번엔 확실히 처넣을 수 있겠어."

"그런 것 같지? 하지만 상대는 캐퍼티야. 마지막 순간까지 긴장의 끈을 놓아선 안 된다고." 리버스는 눈도 깜빡이지 않은 채 플라워의 얼굴을 응시했다. "그가 지금껏 법 무서운 줄 모르고 활개치고 다닌 건 영리하기 때문이야. 영리한 데다가 최고의 변호사들까지 거느리고 있으니 누구도 건드릴 수가 없었지. 그뿐 아니라 그는 협박과 돈으로 사람들을 마음껏 부리고 있어. 어쩌면 경찰 내에도 그의 영향력에서 자유롭지 못한 사람이 몇몇 있을지도 몰라."

플라워가 눈을 깜빡였다. "내가 캐퍼티에게 뇌물을 받아먹고 있다고 생각해?"

솔직히 리버스도 그 가능성을 생각해본 적이 있었다. 그와 캐퍼티가 마이클을 조져놓을 계획을 함께 짰을 가능성. 그들이 권총으로 리버스에게 누명을 씌우려 했을 가능성. 어설픈 뺑소니 시도는 아마추어들의 소행이었다. 보나마나 그 배후에는 브로더릭 깁슨이 있었을 것이다. 캐퍼티였다면 당연히 프로들을 보냈을 테니.

그가 고개를 저었다. "자네는 영리하지 못해서 아닐 거야. 캐퍼티는 똑똑한 놈들을 좋아하거든. 하지만 자네가 날 괴롭히려고 국세청을 끌어들였다는 건 알고 있어."

"그게 무슨 소리야?"

리버스가 씩 웃었다. "그런 클리셰는 집어치워." 그는 다시 걸음을 옮기기 시작했다.

앤드류 맥페일은 쉽게 찾을 수 있었다. 부서진 얼굴만 찾아내면 되었으니. 수많은 전선이 달라붙어 있는 그의 몸은 꼭 접속 배선함을 보는 듯했다. 리버스는 하나면 충분한 부위에 전선을 두 개씩이나 붙여놓은 이유가 궁금했지만 의사가 아닌 그가 따질 문제는 아니었다. 맥페일의 눈은 감겨 있었다.

"안녕." 리버스가 말했다. 그 소리를 듣고 환자가 눈을 떴다. 그의 눈에는 분노가 서려 있었다. 하지만 리버스는 애써 외면했다. 그가 한 손을 들어 보였다. "아니." 그가 말했다. "나한테 고마워할 거 없어요." 그가 미소를 지어 보였다. "내가 다 준비해놨습니다. 퇴원하자마자 북쪽의 재활 시설로 가게 될 겁니다. 해변을 산책할 수 있고, 운이 좋으면 일자리도 구할 수 있으니 얼마나 좋습니까? 솔직히 난 당신이 부럽습니다." 그가 병동을 쓱 둘러보았다. 빈 침대는 보이지 않았다. 간호사들은 휴가가 절실해 보였다. 최소한 진 앤 라임이라도 한 잔씩 사주고 싶었다. 달달 볶은 땅콩을 곁들여서.

"앞으로는 당신을 괴롭히지 않을 거라고 약속했죠?" 리버스가 말했다. "난 약속을 칼같이 지키는 사람입니다. 하지만 충고 하나 할게요." 그가 침대 가장자리에 두 손을 얹고 맥페일 앞으로 몸을 기울였다. "캐퍼티는 이 도시에서 가장 악명 높은 악당입니다. 에든버러에서 그 사실을 모르는 건 아마 그에게 당한 한 사람뿐일 겁니다. 이제 그의 부하들은 맥페일이라는 사람이 자기들 보스를 함정에 빠뜨렸다는 걸 알게 됐습니다. 그러니까 두 번 다시 돌아올 생각일랑 말아요. 알아듣겠습니까?" 맥페일은 계속해서 그를 노려볼 뿐이었다. "알아들었다니 다행입니다." 리버스가 말했다. 그리고 다시 허리를 편 후 천천히 돌아섰다. 그가 몇 걸음 내딛다 말고 멈칫했다. "참," 그가 말했다. "깜빡한 게 있습니다." 그가 다시 침대로 돌아갔다. 침대에는 맥페일의 체온과 그가 복용한 약이 기록된 차트가 붙어 있었다. 리버스는 맥페일의 젖은 눈이 자신에게로 돌아올 때까지 기다렸다. 그의 얼굴에 다시 동정 어린 미소가 머금어졌다.

"미안해요." 그가 말했다. 그리고 다시 돌아서서 병동을 빠져나갔다.

앤디 스틸은 중개자 역할을 충실히 수행해주었다. 리버스가 직접 전달했더라면 참담한 일을 겪었을 수도 있었다. 캐퍼티가 정보의 출처를 확인하는 순간 공든 탑은 무너져 내렸을 것이다. 굳이 맥페일까지 끌어들일 필요는 없었다. 하지만 꽤 유용하게 쓰였으니 후회는 없었다. 리버스는 앤디 스틸에게 자신의 계략을 두 차례나 설명해주었다. 하지만 젊은 어부는 끝내 이해하지 못했다. 그의 얼굴은 마치 수십 개의 난해한 질문을 받은 듯한 표정이었다.

"이젠 어쩔 건가?" 리버스가 물었다. 솔직히 그는 스틸이 이미 집으로 돌아갔기를 바랐다.

"오, 정부 보조금을 신청해보려고요." 스틸이 말했다.

"대학에 가려고?"

그 말에 스틸이 폭소를 터뜨렸다. "설마요! 이건 실업자들의 창업을 돕는 프로그램이에요."

"그런 게 있었어?"

스틸이 고개를 끄덕였다. "알아보니 받을 자격이 된다고 하네요."

"무슨 사업을 할 건데?"

"탐정 사무소. 당연한 걸 물으시다니!"

"어디서?"

"에든버러에서요. 여기 온 지 며칠 만에 애버딘에서 6개월간 번 것보다 많은 돈을 벌었어요."

"설마, 농담이겠지." 리버스가 말했다. 하지만 앤디 스틸은 진지했다.

36

그에겐 마지막으로 계획해둔 미팅이 있었다. 썩 내키지는 않았지만. 세인트 레너즈를 나선 리버스는 걸어서 조지 스퀘어에 자리한 대학 도서관으로 향했다. 의욕이라고는 찾아볼 수 없는 경비가 그의 신분증을 흘끔 쳐다본 후 턱으로 프론트 데스크를 가리켰다. 큰 키에 어깨가 떡 벌어진 넬 스테이플턴은 더플코트 차림의 학생이 반납한 책들을 챙기고 있었다. 그녀가 리버스를 발견하고는 흠칫 놀랐다. 순간 반가워하는 듯했지만 그녀는 이내 심란해하는 표정을 지으며 책들로 관심을 돌려버렸다. 작업을 마친 그녀가 그에게 다가왔다.

"안녕하세요, 존."

"넬."

"여긴 무슨 일로 오셨어요?"

"잠깐 나랑 얘기 좀 해요."

그녀는 동료에게 양해를 구하고 그를 따라나섰다. 두 사람은 양옆이 책으로 뒤덮인 복도를 걸었다.

"브라이언에게 들었어요. 또 하나의 사건을 해결하셨다고요? 그 사람을 그렇게 만들어놓은……."

리버스가 고개를 끄덕였다.

"기쁜 소식이네요. 감사합니다."

리버스는 어깨를 으쓱였다.

그녀가 고개를 살짝 갸웃거렸다. "혹시 무슨 문제라도 생긴 건가요?"

"글쎄, 모르겠어요." 리버스가 말했다. "난 당신에게 같은 질문을 하고 싶었는데."

"제게요?"

리버스가 다시 고개를 끄덕였다.

"이해가 안 되네요."

"경찰과 살아봐서 알잖아요, 넬. 우린 동기에 따라 움직이는 사람들입니다. 가끔 동기가 사라질 때도 있죠. 난 요즘 들어 동기들에 대해 많은 생각을 하게 됐어요." 여학생 하나가 문을 열고 복도로 나오자 그의 입이 딱 다물어졌다. 학생은 넬에게 미소를 지어 보이고 나서 바삐 갈 길을 갔다. 넬은 학생의 뒷모습을 물끄러미 바라보았다. 마치 단 몇 분만이라도 그녀와 몸을 바꿔보고 싶다는 듯이. 적어도 리버스의 눈에는 그런 것 같아 보였다.

"동기들?" 그녀가 벽에 몸을 기대며 말했다. 그녀의 자세는 편해 보이기는커녕 어색해 보이기만 했다.

"기억해요?" 그가 말했다. "브라이언이 병원에 실려 온 날 밤? 당신은 그와 다툰 얘기를 들려줬었죠. 그가 화를 내며 하트브레이크 카페로 가버렸다고."

그녀가 고개를 끄덕였다. "그랬죠. 그날 밤 우린 술을 마시며 대화를 나누려고 만났어요. 하지만 어쩌다 보니 언쟁을 벌이게 됐죠. 그건데 그게 어때서……"

"어떤 동기로 그날 습격이 이루어졌는지 생각해봤어요. 처음엔 수많은 동기들이 한꺼번에 떠오르더군요. 그래서 그것들을 하나씩 짚어보며 후보를 줄여나갔죠. 그랬더니 어떤 결론이 나왔는지 알아요? 전부 당신이 갖고 있는 동기들과 일치했어요."

"네?"

"당신은 그가 걱정된다고 했죠? 그가 두려워하는 게 두렵다고. 그가 두려워한 이유는 마침내 빅 제르 캐퍼티의 덜미를 제대로 잡을 수 있는 기회가 찾아왔기 때문이었습니다. 그를 도울 다른 사람이 있으면 좋겠다고 생각했죠? 그로부터 캐퍼티를 걷어내줄 사람 말입니다. 바로 나 같은 사람. 그래서 당신은 날 끌어들인 겁니다."

"잠시만요……"

하지만 리버스는 한 손을 들어 그녀의 말을 막은 후 눈을 감았다. "그뿐 아니라……" 그가 말했다. "클락 경장 문제도 있었어요. 그들의 사이가 좋다는 건 경찰서에서도 아주 유명합니다. 그래서 질투가 난 건가요? 그것도 단골로 등장하는 동기 중 하나죠."

"지금 그걸 말씀이라고 하세요?"

리버스는 못 들은 척 계속 말을 이었다. "가장 단순한 동기이기도 하고요. 당신과 브라이언은 2세 문제로 오랫동안 싸워왔어요. 당신은 그 친구가 일 중독자라는 점도 늘 못마땅해했었고요. 당신에게 충분한 관심을 보여주지 않아서……"

"그가 경위님께 그러던가요?"

리버스는 차분한 톤으로 이어나갔다. "그날 저녁 그와 싸웠다고 내게 얘기했었죠? 당신은 집을 나간 그가 어디로 향했는지 알고 있었어요. 그의 단골 식당. 당신은 그의 차 근처에서 기다리고 있다가 그가 나타나면 머리를 내리치기로 했습니다. 복수하려고요." 리버스가 잠시 말을 멈추었다. "지금까지 동기가 몇 개나 나왔죠? 너무 많아서 잊어버렸습니다. 뭐아무튼 충분히 나왔다고 봐도 무방하지 않겠습니까?"

"황당해서 말이 안 나오네요." 그녀의 눈에는 눈물이 맺혀 있었다. 그녀가 눈을 깜빡일 때마다 굵은 눈물이 뚝뚝 떨어졌다. 그녀는 엄지와 검지로 자신의 코를 잡고 몇 번 힝힝거렸다. "그래서 어쩌실 건가요?" 그녀가 가슴을 진정시키고 나서 물었다.

"당신에게 손수건을 빌려줄까 하는데." 리버스가 말했다.

"경위님의 빌어먹을 손수건은 필요 없어요!"

리버스가 손가락을 자신의 입술로 가져다 댔다. "여긴 도서관이에요. 명심해요."

그녀가 코를 훌쩍이며 눈물을 훔쳤다.

"넬," 그가 나지막이 말했다. "당신에게 해명을 들으려고 온 게 아니에요. 솔직히 알고 싶지도 않고요. 난 그저 당신이 알아주기를 바랄 뿐이에요. 내 말 이해하겠어요?"

"자신이 엄청 똑똑하다고 착각하시는 것 같네요."

그가 어깨를 으쓱였다. "원한다면 지금이라도 손수건을 빌려줄게요."

"됐어요."

"정말로 브라이언이 그만두기를 바라나요?"

하지만 그녀는 대답도 없이 돌아서서 걸어가기 시작했다. 고개를 빳빳이 쳐든 채 어깨를 과장되게 흔들어대며. 그는 데스크로 돌아 들어가는 그녀를 지켜보았다. 심상치 않은 분위기를 감지한 동료가 그녀의 어깨를 감싸며 위로했다. 리버스는 눈앞에 빽빽이 꽂힌 책들을 찬찬히 훑어보았다.

애석하게도 빌려갈 만한 책은 한 권도 눈에 띄지 않았다.

그는 도서관 건물을 등진 채 메도우즈의 벤치에 앉아 있었다. 두 손은 주머니에 넣고 있었고, 시선은 그의 눈앞에서 펼쳐지고 있는 축구 경기에 고정되어 있었다. 여덟 명 대 일곱 명의 경기였다. 아까 그들이 우르르 몰려와 같이 놀지 않겠느냐고 물었었다. 인원수를 채우고 싶다면서.

"나 같은 사람에게 그런 부탁을 하다니, 팀의 수준이 그토록 절망적인가?" 그는 고개를 저으며 말했었다. 그들은 오렌지, 원뿔형의 도로 표지, 코트 더미, 책 더미, 그리고 나뭇가지를 이용해 골대를 만들어놓았다. 리버스는 필요 이상으로 자주 시간을 확인했다. 경기장을 누비는 이들 중 누구도 시간에 신경을 쓰는 것 같지 않았다. 그들 중 두 명은 형제 같아 보였지만 각자 다른 팀에 속해 있었다. 그날 아침, 마이클은 아버지와 지미 삼촌의 사진만 달랑 챙겨 아파트를 나갔다.

"좋았던 시절을 추억하려고." 그는 말했었다.

버버리 트렌치코트 차림의 여자가 다가와 그의 옆에 앉았다.

"당신이 보기에 실력들이 괜찮나요?" 그녀가 물었다.

"하이버니언 놈들보다 훨씬 나은데요."

"그럼 아주 잘하는 거예요?" 그녀가 물었다.

리버스는 페이션스 에이트킨 박사를 돌아보며 미소를 지었다. 그가 손을 뻗어 그녀의 손을 살며시 잡았다. "왜 이렇게 오래 걸렸어요?" 그가 물었다.

"늘 그렇잖아요." 그녀가 말했다. "일."

"내가 그렇게나 많이 연락을 했는데."

"그럼 이제 날 안심시켜줘요."

"어떻게 말이죠?"

그녀가 리버스 쪽으로 조금 더 다가왔다. "내가 당신의 작은 수첩에 적힌 번호, 그 이상이라고 말해줘요."

감사의 말

이 책을 집필하는 데 도움을 준 '챈들러-풀브라이트 어워드'에 감사의 뜻을 전한다.

옮긴이의 말

　영국에서 매년 팔려나가는 범죄소설 전체에서 무려 10퍼센트를 차지하는 엄청난 시리즈가 있다. 제임스 엘로이가 '타탄 누아르의 제왕'이라고 칭한 이언 랜킨의 '존 리버스 컬렉션'이 바로 그것이다. 지금까지 발표된 그의 모든 작품이 출간 3개월 만에 50만 부 이상씩 팔려나갔다는 통계도 있다. 이처럼 영국 범죄문학계에서 이언 랜킨이 차지하는 비중은 실로 대단하다.

　다섯 번째 존 리버스 소설을 번역하면서 문득 이만큼 중독성 강한 시리즈가 또 있었나 하는 의문이 생겼다. 전편들과 마찬가지로 지능적이고 직설적이며 치밀하게 쓰인 『검은 수첩』은 범죄소설 시리즈에서 '캐릭터의 힘'이 얼마나 중요한지 잘 보여주고 있다. 리버스는 누구도 말릴 수 없는 인물이다. 무능한 상관들로부터, 시기하는 동료들로부터, 통제 불능의 부하들로부터, 그리고 사악한 악당들로부터 숱한 강타를 얻어맞고도 그는 우직하게 앞만 보고 돌진해나간다. 하지만 개인적으로는 그의 다소 엉뚱하고 어수룩한 면에 더 큰 매력을 느낀다. 소설에서 그는 교도소에서 갓 풀려난 동생을 두고 어찌할 줄 모르다가 급한 나머지 대학생들이 세 들어 사는 아파트에 쉴 공간을 내준다. 하지만 공교롭게도 페이션스 박사의 집에서 쫓겨난 리버스마저 자신의 아파트로 돌아가게 되고, 그렇게 소원해진 형제의 어색하고 불편한 동거가 시작된다. 버거운 적을 상대로 바동대는 형사로서, 폐인이 된 동생을 챙겨야 하는 형으로서, 그리고 연인의 싸늘해진 태도에 심란해하는 한 남자로서 고단한 삶을 이어가는 리버스에게 독자는 단순히 연민을 느끼는 것을 넘어 어느새 그의 편에 서서 응원하고 있는 자신을 발견하게 된다.

『검은 수첩』은 리버스의 대적(對敵)이자 그와 함께 이 시리즈의 가장 강력한 추진체로 꼽을 수 있는 빅 제르 캐퍼티가 처음으로 모습을 드러내는 매우 중요한 작품이다. 또한 리버스의 든든한 조력자인 쇼반 클락 경장도 이 작품을 통해 성공적인 데뷔전을 치른다. 빅 제르와 클락은 『검은 수첩』 이후에도 자주 존재감을 과시하며 독자들에게 깊은 인상을 심어주는데, 정확히 22년 후 출간된 존 리버스 컬렉션 20편 『황야의 얌전한 개들(Even Dogs in the Wild)』에서도 이 두 캐릭터는 이 작품에서만큼이나 중추적인 역할을 한다. (은퇴한 리버스가 경위로 진급한 쇼반 클락의 요청으로 킬러의 표적이 된 빅 제르를 보호한다는 내용이다.) '루키' 쇼반 클락 경장이 경사를 거쳐 경위 자리에 올랐다는 것도 신기한데, 어느새 리버스는 은퇴를 해버렸으며, 이제는 그가 오랫동안 숙명의 라이벌 여겨온 빅 제르 캐퍼티의 목숨까지 지켜줘야 하는 처지에 놓이게 되다니. 대체 6편부터 19편 사이에 이들에게 무슨 일이 있었던 것일까? 열혈 팬으로서 궁금해하지 않을 수 없다.

모든 규칙을 무시하지만 자신의 도덕률만큼은 절대 깨지 않는 주인공, 어느새 정이 들어버린 조연들, 점점 복잡하게 꼬여만 가는 인물 관계망, 에든버러와 그 주변 지역의 생생한 묘사, 랜킨의 남다른 필력이 돋보이는 문장들, 불쾌한 참상을 있는 그대로 보여주는 사실주의, 경찰 내부의 흥미진진한 정치적 상황, 그리고 이제는 그의 트레이드마크가 되어버린 부수적인 말장난들까지……『검은 수첩』에는 독자가 존 리버스 소설에 기대하는 모든 요소가 듬뿍 담겨 있다. 불행히도 아직까지 존 리버스 컬렉션을 경험해보지 못했다면 랜킨의 수려한 글발의 진수를 제대로 느낄 수 있는 『검은 수첩』으로 시작해보기를 강력히 권한다.

최필원

www.ianrankin.net

twitter.com/Beathhigh

검은 수첩

초판 1쇄 인쇄 2017년 4월 20일
초판 1쇄 발행 2017년 4월 27일

지은이 | 이언 랜킨
옮긴이 | 최필원
펴낸이 | 정상우
주간 | 정상준
편집 | 이민정 김민채 황유정
디자인 | 박수연 김인경
관리 | 김정숙

펴낸곳 | 오픈하우스
출판등록 | 2007년 11월 29일 (제13-237호)
주소 | 서울시 마포구 동교로13길 34(04003)
전화 | 02-333-3705   팩스 | 02-333-3745
openhousebooks.com
facebook.com/vertigo.kr

ISBN 979-11-86009-99-4 04840
     979-11-86009-19-2 (세트)

VERTIGO 는 (주)오픈하우스의 장르문학 시리즈입니다.

이 도서의 국립중앙도서관 출판예정도서목록(CIP)은 서지정보유통지원시스템 홈페이지(http://seoji.nl.go.kr)와
국가자료공동목록시스템(http://www.nl.go.kr/kolisnet)에서 이용하실 수 있습니다.
(CIP제어번호: CIP2017008727)